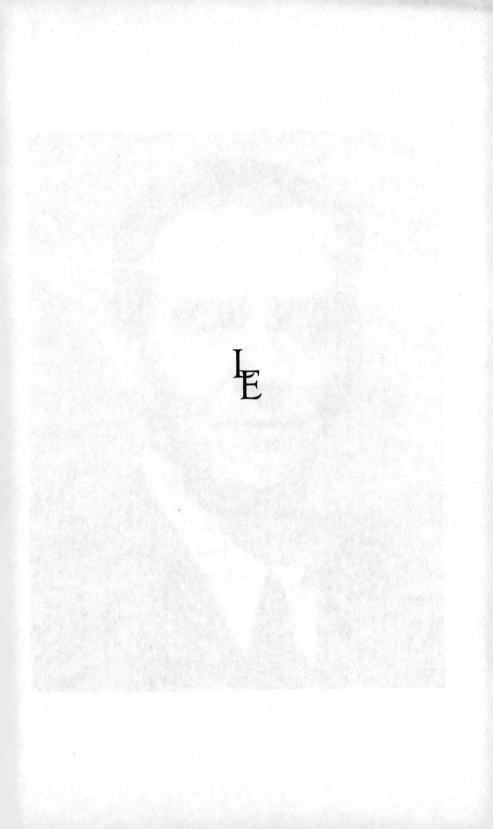

LE

Para Fernando Hugo
Casullo.

Federico García

Buenos Aires

Lorca Esencial

Edición de Mauro Armiño

edaf

2016
www.edaf.net
Madrid - México - Buenos Aires - San Juan - Santiago

© 1936-2016 Herederos de Federico García Lorca
© 2016. Editorial EDAF, S. L. U. Jorge Juan, 68. 28009 Madrid
© 2016. Edición de Mauro Armiño
Fotografías: Fundación Federico García Lorca
Diseño de cubierta: Gerardo Domínguez

Editorial Edaf, S.L.U.
Jorge Juan, 68. 28009 Madrid
Tel. (34) 91 435 82 60
http://www.edaf.net
edaf@edaf.net

Algaba Ediciones, S. A. de C.V.
Calle 21, Poniente 3323, entre la 33 sur y la 35 sur
Colonia Belisario Domínguez
Puebla 72180 México
522222111387
jaime.breton@edaf.com.mx

Edaf del Plata, S. A.
Chile, 2222
1227 Buenos Aires (Argentina)
11 43 08 52 22
edaf4@speedy.com.ar

Edaf Chile, S. A.
Coyancura, 2270 Oficina, 914
Providencia, Santiago de Chile
Tel. (56) 2/335 75 11 - (56) 2/334 84 17
Fax (56) 2/231 13 97
e-mail: comercialedafchile@edafchile.cl

Edaf Antillas Inc/FORSA
Local 30, A-2
Zona Portuaria Puerto Nuevo
San Juan PR 00920
Tel. (787) 707-1792 - Fax (787) 707 17 97
e-mail: carlos@forsapr.com

Primera edición en esta colección: septiembre, 2016

ISBN: 978-84-414-3666-4
Depósito legal: M-18023-2016

PRINTED IN SPAIN   IMPRESO EN ESPAÑA
COFÁS, S. A. - Móstoles (Madrid)

ÍNDICE

TEATRO

Prólogo

Mauro Armiño

Última imagen conocida de Federico García Lorca,
tomada en julio de 1936.

Vida y muerte de un poeta

En 1898, año en que Federico García Lorca nace en Fuente Vaqueros (Granada), se derrumba el imperio colonial español; hacía tiempo que estaba perdido, pero la independencia de Cuba ponía fin a cuatro siglos de expansión, y España tenía ahora por fronteras prácticamente sus límites geográficos anteriores al descubrimiento de América por Cristóbal Colón, con la anécdota de las posesiones en África. La fecha de ese derrumbe serviría para dar nombre a una serie de intelectuales y escritores que, en torno a ese momento, empiezan a escribir con la espalda cargada de pesimismo, de protesta, y con un afán renovador en el que va a criarse, intelectual y poéticamente, García Lorca.

La historia reciente española —un siglo marcado por la paulatina desaparición de las colonias americanas— había dibujado un poso de derrota al que no ayudaron las aventuras políticas que, sobre todo, desde mediados de siglo, habían propiciado un rumbo desnortado en la política española: una monarquía inestable, a la que la Revolución de 1868 envió al exilio, un Sexenio democrático que incluyó en esos seis años el reinado de Amadeo de Saboya (1871-1873) —primer intento de monarquía parlamentaria—, una Primera República que no llegó a pervivir dos y un pronunciamiento militar que devolvía la corona de España a un hijo de la reina exiliada, Alfonso XII, de vida breve; la regencia de la reina viuda y el reinado de Alfonso XIII, que se inicia en 1902 y llega hasta su destierro en 1931 y la proclamación de la Segunda República, coinciden en buena medida con la vida de García Lorca. Una acción política tan ajetreada había impedido en la segunda mitad del siglo XIX el establecimiento de unas bases de progreso para una España atrasada, predominantemente rural, con escasa industrialización —salvo en la periferia—, y dominada por un régimen caciquil en la mayoría de las provincias; solo el inicio de un precario capitalismo propiciado por la expansión de las vías ferroviarias —su mayor logro en ese momento— reavivó algo el atraso español. Con el nuevo siglo, la economía se ve animada por un espíritu de modernización encabezado por una burguesía que consigue crear una pequeña clase media: será la que estimule la vida económica; su repercusión sobre la vida cultural se hará notar, concentrada en las grandes ciudades, donde bulle en círculos muy limitados, pero situados como élite muy por encima del retardo cultural y al tanto de las corrientes europeas.

Hacia la modernidad poética

La vitalidad intelectual que había nacido con el romanticismo y continuado con las querellas sobre naturalismo y realismo, se vio ampliada por la aceptación del modernismo, que en España tuvo por efecto abrir las puertas de Europa, del pensamiento alemán sobre todo, en diversas etapas que llegan hasta la Primera Guerra Mundial. La revisión del tema que preocupó a la llamada generación del 98, «la cuestión de España», trató de revolucionar los tópicos en tres aspectos claves: el paisaje, la historia y la literatura. En este último campo, el literario, la revisión rechaza el pasado inmediato, aquel romanticismo desmesurado de ayes y contradicciones, así como la herencia de una Ilustración literariamente pobre, para retornar a los primitivos de la Edad Media (Berceo, Juan Ruiz, Santillana), a los clásicos olvidados, a la rehabilitación del Greco, al nombre de Larra, considerado como precursor por su rebeldía, su comprensión de las raíces de la miseria, su espíritu crítico e inconforme ante una realidad amarga.

Con distintas ideologías, sin puntos de vista comunes, sin aspiraciones iguales, sin nexo de edad, con diferentes gustos estéticos, como reconocía Pío Baroja, los miembros de la generación del 98 crearon una problemática común en torno al tema de España, tema precisamente que no intervendrá en la formación del grupo de poetas del 27 a la que pertenece García Lorca. Ni siquiera Antonio Machado, el poeta por excelencia de la generación del 98, influirá en la nueva generación, que da un salto hacia atrás en busca de la renovación que había supuesto Rubén Darío para la lírica en lengua española. Machado lo había dejado claro: buscaba en sus versos preocupaciones humanas alejándose del arte sensorial, musical: «Pensaba yo que el elemento poético no era la palabra por su valor fónico ni el color ni la línea ni un complejo de sensacio-

LE

13

Sentados: Vicenta Lorca Romero y Federico García Rodríguez.
De pie: Federico, Concha, y Francisco García Lorca. Granada, 1912.

Federico e Isabel García Lorca. Granada, 1914.

Federico García Lorca y Luis Buñuel en un ensayo de *Don Juan Tenorio*. Residencia de Estudiantes. Madrid, 1 de noviembre de 1920.

Verbena de San Antonio de La Florida. De izquierda a derecha: Pepín Bello, Juan Centeno, Juan Vicens, Luis Eaton y Federico García Loeca. Madrid, 1924.

nes, sino una honda palpitación del espíritu». La emoción humana, la huella del ser, los surcos más profundos del paso por la vida del poeta van a integrarse poco a poco en la generación que se educa en las tres primeras décadas del siglo XX —desde los mayores, cronológicamente hablando, Pedro Salinas, Jorge Guillén y el vanguardista Juan Larrea, hasta los nombres claves que articulan la generación en torno al centenario de Góngora, en 1927: García Lorca, Rafael Alberti, Luis Cernuda, Vicente Aleixandre, Gerardo Diego. El lazo con Rubén Darío los convertía en herederos del parnasianismo y del simbolismo francés, que buscaban la belleza en la forma y dejaban de lado la realidad, analizada por el naturalismo en sus recovecos más oscuros.

Ese movimiento finisecular adoptó en español el nombre de modernismo, que fue, más que literario, cultural: atacado por el *spleen* francés, Darío se enclaustra en una torre de marfil donde sus propios sentimientos le preparan una existencia más digna, hermosa y auténtica: desde *Azul* (1888) a *Cantos de vida y esperanza* (1905), Darío labra una forma estética nueva y un desarrollo poético que alcanza el cénit de su mejor expresión. Entre esa última fecha y la Primera Guerra Mundial se produce la decadencia y liquidación final del modernismo, dando paso a una evolución de las formas expresivas. En esa disolución se criará literariamente la generación de García Lorca, con recuelos todavía del romanticismo, y con un pesimismo de origen tanto libresco como social que busca la originalidad en su postura estética.

En ese cultivo de la belleza, al lado del español Salvador Rueda, un solitario, la generación tiene en Rubén Darío, sobre todo a partir del momento en que el nicaragüense se instala en Madrid, a su maestro; vino acompañado, literariamente hablando, de sus «precursores», de los herederos de Baudelaire en distintos países latinoamericanos: desde el cubano Julián del Casal hasta los mexicanos Manuel Gutiérrez Nájera, Salvador Díaz Mirón y Manuel José Othón, el colombiano José Asunción Silva, o el peruano Manuel González de Prada; coetáneos, mueren en la última década del siglo menos este último, que encarna, junto al cubano José Martí, la faceta desdeñada por los otros: el verso debe ir cargado de ideología, la lengua ha de ser concisa, popular y moderna, con el pensamiento como vehículo dinamizador. Pero esos dos poetas —González de Prada y Martí—son la excepción en ese movimiento que busca «la música ante todo», lema sacado del *Arte poética* de Verlaine. A ese «gran movimiento de entusiasmo y libertad hacia la belleza», como lo definiría Juan Ramón Jiménez, se habían sumado, pero con menos influencia sobre los inicios de la generación del 27, otros poetas latinoamericanos que pasan el siglo; Juan Ramón Jiménez, Lorca, Alberti, etc., llegaron a leer, si no a conocer personalmente en algunos casos, a otros poetas más cercanos en el tiempo: el argentino Leopoldo Lugones, el peruano José Sanchos Chocano —que utiliza los metros, ritmos y abundantes recursos modernistas, pero cuyo arte procede del romanticismo grandilocuente y victorhuguesco—, el uruguayo Julio Herrera y Reissig que, evadido de la realidad y encerrado en su Torre de los Panoramas, crea un mundo exótico en el que se mezcla la influencia de Góngora con la poesía de vanguardia y con imágenes extravagantes, el mexicano Amado Nervo, que encarna el lado místico del modernismo, el colombiano Guillermo Valencia, cantor de temas exóticos, decadentes y mórbidamente melancólicos porque para él la poesía debe evadirse de la realidad; impersonal en sus temas, atemporal, exótico, Valencia proclamaba la eliminación de los sentimientos personales y las confesiones íntimas de la poesía:

> Dadme el verso pulido en alabastro...
> un astro de blanca luz cual cinerario fuego.

Habría que sumar a estos otros nombres, perfectamente conocidos por los jóvenes del 27 en su etapa de formación; pero fue la citada estancia de Rubén Darío en España, enviado como diplomático por el gobierno de su país, en 1892, la que formó en sus directrices al grupo de escritores que, a disgusto con las escasas posibilidades que ofrecía la poesía realista de finales de siglo, vieron en Darío al roturador de nuevos derroteros líricos, hacia los que se orientan figuras quizá menores, como Manuel Machado, en quien priva la vena galante hecha de colorido, modernidad, parnasianismo y andalucismo; ese andalucismo —que tanto interesará a García Lorca— terminará imponiéndose para reflejar ambientes populares, y en él insistirá otro poeta muy apreciado por el autor del *Romancero gitano*, Francisco Villaespesa. Son los poetas de transición de un posmodernismo cuyos aires renovadores iba a aspirar Juan Ramón Jiménez, respetado, a distancia, pero no seguido por la generación del 27.

Cuando el modernismo desgastado prosigue en figuras de segundo orden, y a los cisnes de Darío les faltan las plumas de un cuello que denunciaba su edad, dejando al descubierto la carnaza real que disimulaban aquellas plumas teñidas de oros, una punta de vanguardia aparece en la primera década del siglo: dos revistas, *Helios* y, sobre todo, *Prometeo* (1907), dirigida por Ramón Gómez de la Serna, proponían una ruptura radical con el mundo literario establecido. *Prometeo* publica los manifiestos del futurismo italiano, y Gómez de la Serna está dispuesto a saludar efusivamente todo lo nuevo. Será corto el vuelo de los movimientos de ruptura, como el ultraísmo, heredero de la revolución vanguardista que el chileno Vicente Huidobro bautizó como creacionismo; aventuró, antes que los surrealistas a los que terminaría sumándose, la metáfora arriesgada, rompiendo con la lógica inmediata del sentido; y su técnica de acumulación de elementos raros iba a proponer opciones a los tres representantes mayores del intento español por adaptar el surrealismo: García Lorca, Rafael Alberti y Luis Cernuda, que lo abordan en ciertas etapas de su poesía.

En esa geografía histórica, política y literaria va a nacer y a desenvolverse la vida de Federico García Lorca, vida en la que apenas hay «episodios» relevantes y que remata su ignominioso asesinato a manos de militares y falangistas un mes después de que el general Franco se sublevase contra la República. Esa circunstancia de su muerte iba a convertirlo en símbolo de su generación, a cuyos poetas había unido con la atracción de su persona; fue él, además, quien rompió el fuego con su primer *Libro de poemas* en 1921, y quien, con su muerte, pareció señalar el principio de la disolución del grupo. Fue guía de una generación por su gracia popular, su facultad de síntesis y su aguda captación de lo poético en las cosas más nimias, así como su absoluto dominio del lenguaje: una genera-

Recepción de la asociación de prensa a los participantes en el concurso de Cante Jondo de Granada, junio de 1922. En el centro, Manuel de Falla; hacia la derceha y apoyado en una guitarra, Ramón Gómez de la Serna, con Federico García Lorca a su izquierda.

Banquete-homenaje ofrecido a Federico García Lorca y Margarita Xirgu en Granada, Hotel Alhambra Palace, 5 de mayo de 1929.

Homenaje a Góngora en la Real Sociedad Económica de Amigos del País. Sevilla, 16-17 de diciembre de 1927. De izqda. a drcha: Rafael Alberti, Federico García Lorca, Juan Chabás, Mauricio Bacarisse, José María Romero Martínez, Manuel Blasco Garzón, Jorge Guillén, José Bergamín, Dámaso Alonso y Gerardo Diego.

Margarita Xirgu, José Cañizares y Alejandro Maximino, en una escena de la farsa violenta de García Lorca *La zapatera prodigiosa*, representada en el Español (*Nuevo Mundo*, 2-1-1931)

ción unida, aunque cada cual siguiera caminos tan personales como los de Lorca y tan distintos de él como los de Cernuda o Aleixandre; por la autonomía de su mundo poético, todos ellos podían escribir sin necesidad de acercarse al de los demás.

García Lorca se crió en un escalón acomodado de la sociedad gracias al nivel alcanzado por su padre, Federico García Rodríguez (1859-1945), hacendado terrateniente de ideas liberales; su segunda esposa, Vicenta Lorca Romero (1870-1959), maestra de escuela hasta su embarazo de Federico, su primer hijo, nacido en 1898, enseñará a leer y a escribir al futuro poeta, y, desde su adolescencia, se ocupará de escrutar los pasos de un joven con pretensiones de escritor pero sin una carrera que garantizase el éxito económico. Mientras su hermano Francisco, tres años menor que él, se entregaba al estudio y a una formación intelectual respaldada por títulos académicos —licenciado en Derecho en 1923 y doctor, estudios jurídicos becados en Burdeos y Toulouse, plaza en el Cuerpo Diplomático con destino como vicecónsul en Túnez y cónsul general en El Cairo, donde se encontraba en 1936—, el poeta se matriculaba en Letras y Derecho en 1914, pero sin gran afición por las asignaturas regladas, centrado sobre todo en un abanico de temas en los que sus padres no veían ningún brillante porvenir: la guitarra, el piano, una pasión por el folclore popular que se vería reflejado en su primer libro en prosa, *Impresiones y paisajes* (1918) y en su *Libro de poemas* (1921). Esa pasión por la música le hizo pensar en seguir cursos en París, a lo que se opusieron de forma tajante sus padres. La indiferencia hacia los estudios académicos quedaba compensada por la decidida inmersión en intereses literarios y culturales;

unos buenos profesores iniciales y amistades artísticas —Martín Domínguez Berrueta, Melchor Fernández Almagro, Miguel Ángeles Ortiz— van a ayudarlo a buscar un camino que lo encauza hacia la poesía. 1919 será el año del distanciamiento familiar y de la seguridad vocacional: la provinciana Granada se había quedado pequeña para sus ansias de formación, y Lorca consigue que sus padres, muy dubitativos respecto a su futuro, le permitan instalarse en la Residencia de Estudiantes de Madrid —adonde también irá a parar su hermano Francisco poco después—, el núcleo más liberal de la cultura española del momento, con profesores vinculados a la Institución Libre de Enseñanza, fundada en 1876 por un grupo de catedráticos con el objetivo de liberar la enseñanza de los condicionamientos y dogmas —religiosos, morales, políticos— que la enclaustraban en métodos del pasado. Avalada por nombres como Francisco Giner de los Ríos, Joaquín Costa, Gumersindo de Azcárate, Federico Rubio, etc., la Institución supuso un salto cualitativo en la renovación de la cultura española.

Lorca pasaría diez años (1919-1928) en el ambiente intelectual y de convivencia que suponía la Residencia de Estudiantes, por cuya sala de conferencias y estancias pasaron importantes renovadores del conocimiento y el arte —desde Albert Einstein a Le Corbusier o Henri Bergson, desde Walter Gropius a Marie Curie, desde Paul Valéry a Stravinski, Alexander Calder o Walter Gropius—; daba cobijo, además, a estancias permanentes o transeúntes de figuras culturales, científicas o políticas ya prestigiadas como Miguel de Unamuno, Ortega y Gasset, Juan Ramón Jiménez, Pedro Salinas, Manuel de Falla, Blas Cabrera, Alfonso Reyes... El conocimiento y trato con algunas de estas personalidades serviría de acicate a un Lorca que también se relacionó con jóvenes que iniciaban su andadura artística como Luis Buñuel, Rafael Alberti y, sobre todo, Salvador Dalí, a quien conoce en 1923 y con el que contraerá la amistad más fuerte e influyente en su obra inicial y la relación sería determinante para la ruptura estética que, aún anclado en el populismo y en influencias puristas, Lorca empezó a promover tanto para su poesía como para su teatro, campos ambos donde alternan, a la vez y sin solución de continuidad, el arraigo más claro en la tradición (farsas de ambiente andaluz, dramas o tragedias como *Bodas de sangre* y *La casa de Bernarda Alba)* y la penetración en una vanguardia propia, en la que resuenan ecos de la europea y que alcanza, al menos en teatro, el límite más extremo por su vanguardismo de la escena española (*El público, Así que pasen cinco años).*

La conmemoración del centenario de Luis de Góngora en 1927, año que se convertirá en icono de marca para la generación poética que surge con fuerza en la década de 1920, había empezado a confabularse el año anterior: en febrero de 1926 ya daba Lorca una conferencia en Granada bajo el título «La imagen poética de don Luis de Góngora». El grupo va aglutinándose bajo ese lema, aunque cada cual con características muy distintas. En ese momento Lorca se plantea la manera de resolver las exigencias materiales de la vida, ante las presiones familiares para que se ocupe en algo «productivo»: el único libro publicado hasta esa fecha, la puesta en escena de un guiñol y alguna conferencia de tiempo en tiempo no auguraban, según sus padres, una solución a las necesidades vitales. Por un momento pensó en preparar oposiciones a una cátedra de literatura, pero no parece que diera pasos para hacer realidad esa idea. En cambio, profundizó en otra, la del teatro; a principios de siglo, una carta de Miguel de Unamuno al joven poeta Eduardo Marquina, orientaba a este en dirección a los escenarios como única vía para sobrevivir de la pluma. Era cosa sabida. Lorca venía escribiendo teatro desde 1920, fecha en la que había llegado a estrenar *El maleficio de la mariposa;* su fracaso no le arredró: siguió escribiendo piececillas de guiñol y empezó a abordar obras de mayor calado, como *Mariana Pineda,* que había iniciado en 1922 y dio por concluida tres años más tarde. Será su bautismo teatral serio en 1927, cuando se estrene en junio y octubre en Barcelona y Madrid respectivamente.

Tras los fastos gongorinos de diciembre de ese último año, en los que participa y que le permiten conocer a Luis Cernuda, a Fernando Villalón y a varios poetas andaluces más, el *Romancero gitano,* que aparece en julio de 1928, supone un éxito no exento de *sinsabores:* su «popularismo» no mereció el aprecio de su grupo generacional, más vanguardista. Su amigo Salvador Dalí, en cuyas casas de Figueras y Cadaqués había pasado una temporada en mayo-junio de 1927, no duda en destrozar el poemario: «Tu poesía actual va de lleno dentro de lo tradicional, en ella advierto la sustancia *poética más gorda que ha existido,* pero ligada en absoluto a las normas de la poesía antigua, incapaz de emocionarnos, ni de satisfacer nuestros deseos actuales, tu poesía está ligada de pies y brazos al arte de la poesía vieja»; y otro amigo de la Residencia de Estudiantes, Luis Buñuel, aunque de intimidad mucho menor que la mantenida con Dalí, no duda en proclamar que el libro le «parece malo, muy malo».

Federico García Lorca y Luis Buñuel en una avión de feria.

José María Hinojosa, Juan Centeno, Federico García Lorca, Emilio Prados y Luis Eaton.

Salvador Dalí, José Moreno Villa, Luis Buñuel, Federico García Lorca y José Antonio Rubio Sacristán.

Con Luis Buñuel, a la izquierda. Con Salvador Dalí, a la derecha.

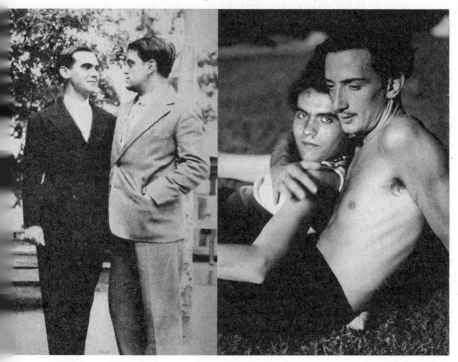

Año capital en la biografía lorquiana es el siguiente, 1929; empieza mal, con la dictadura de Primo de Rivera prohibiendo el estreno de *Amor de don Perlimplín con Belisa en su jardín:* su desenfado era excesivo para un político autoritario que se vio a sí mismo, desde 1923 a 1930, periodo de su dictadura, como un «cirujano de hierro». Pero también ese año está marcado por la determinante aventura neoyorkina; en junio de 1929 Lorca sale hacia la ciudad de los rascacielos, vía París-Londres, junto a su «viejo maestro» Fernando de los Ríos. La estancia en Nueva York, junto con su apéndice cubano, causa en Lorca un fuerte impacto del que van a derivar poéticamente dos elementos nuevos: el lenguaje y la visión del mundo que deduce de la realidad contemplada en las calles de la gran ciudad. Las luces mediterráneas o andaluzas que iluminaban sus fantasías de gitanos se esfuma ante la realidad de humo y acero, ante la falacia de la vida, ante el hormigón de los mataderos, ante las secuelas de la quiebra financiera del 29. Hasta entonces, Lorca no se había entregado a lo inconsciente o semiinconsciente salvo en dos poemas del año anterior: la «Oda a Salvador Dalí» y la «Oda al Santísimo Sacramento». Nueva York, con sus teatros, museos, cines, calles, Harlem, el jazz, provoca un vuelco que utiliza recursos de vanguardia para trasladar al poema las sensaciones provocadas por esa realidad. Dos meses y medio en Cuba, desde primeros de marzo de 1930, donde conoce a José Lezama Lima y otros escritores cubanos, le permitirán acercarse a otros ámbitos, a otros sones poéticos. Y cuando retorna a España en junio, le falta tiempo para rematar *El público,* que había empezado a escribir durante su estancia en la isla caribeña.

La situación política española del momento era confusa y peligrosa: la creciente impopularidad del dictador, mantenido y tolerado por Alfonso XIII, provocó su salida del poder, su instalación en París y su rápida muerte tras un veloz agravamiento de su diabetes. No tarda mucho en proclamarse la II República, el 14 de abril de 1931, que las calles celebran con fiestas a las que se suma un Lorca concentrado en la escritura y remate de sus poemas neoyorquinos, de *Así que pasen cinco años,* de los primeros poemas de *Diván del Tamarit.* Su pasión por el teatro se verá apoyada por el nuevo régimen: el Ministerio de Instrucción Pública crea en marzo de 1932 *La Barraca,* un grupo de teatro universitario cuyo objetivo era llevar la cultura escénica a pueblos y ciudades de escasa actividad cultural. Lorca se hace cargo de la dirección e inicia las primeras representaciones ese verano. Además de poeta, Lorca es ya un hombre de teatro de cuerpo entero cuando estrena *Bodas de sangre* en marzo de 1933; el éxito de esta pieza le permite alcanzar el anhelo mucho tiempo perseguido: una independencia económica que lo justifica ante los reproches de sus padres. Desde ese momento, y durante los tres últimos años de vida, esas serán sus dos ocupaciones exclusivas, la poesía y el teatro, en medio de un éxito creciente que traspasa fronteras: su estancia en Argentina y Uruguay, de octubre de 1933 a marzo de 1934, lo convierte en celebridad literaria y dramaturgo culto de moda: sus clamorosos estrenos de obras como *La zapatera prodigiosa* y *Bodas de sangre,* sus conferencias en Buenos Aires y Montevideo, sus lecturas de poemas inéditos de *Poeta en Nueva York* lo consagran, en su despedida de Argentina, como «embajador de las letras españolas» en una sesión pública de homenaje, en la que está acompañado por escritores representantes de las repúblicas latinoamericanas.

Poco después de su regreso, la muerte en una plaza del torero Ignacio Sánchez Mejías, muy vinculado con los medios intelectuales, le permitirá dedicar a ese amigo un *Llanto* que conmoverá, por su dramatismo, a los asistentes a la lectura que del poema hace en reuniones privadas. Teatralmente, el año 1934 termina bien y da paso a otra serie continuada de triunfos: el estreno de *Yerma* en Madrid se convierte en un éxito, pese a las furibundas críticas de la prensa derechista; éxito que se repite al año siguiente, durante su reposición en Barcelona; y mientras estrena a finales de 1935 *Doña Rosita la soltera*, Lorca remata otra obra mayor, *La casa de Bernarda Alba*, leída ya en una reunión privada el 24 de junio.

En pleno éxito, el final trágico: su participación en *La Barraca*, su intervención en actos de propaganda a favor del Frente Popular, su homosexualidad, habían marcado a Lorca entre las fuerzas más retrógradas y conservadoras en el momento en que se ciernen los nubarrones que iban a concluir con la rebelión militar contra la República, el 18 de julio de 1936; ante el clima de violencia que reina en la capital, Lorca piensa en refugiarse, al lado de los suyos, y viaja a Granada la noche del 13 de julio, cinco días antes del golpe; como las amenazas siguen persiguiéndolo en Granada, se acoge a la presunta seguridad de la familia Rosales desde el día 9 de agosto, a cuyo hijo Luis, que ya ha publicado un libro de versos, *Abril* (1935), conoce; pero la seguridad que buscaba cobijándose en el seno de una familia de gerifaltes falangistas, adherida a la sublevación militar desde el primer momento, resultó nefasta: el día 16 de agosto, el mismo día en que fue fusilado su cuñado,

Manuel Fernández Montesinos, alcalde de la ciudad, Federico García Lorca era detenido y vilmente asesinado tres días más tarde, el 19. Su cuerpo fue arrojado en una cuneta del lugar de la ejecución, en la carretera de Víznar a Alfacar; aún no se ha encontrado.

La poesía lorquiana: tradición y vanguardia

Más de cien años despueś de su nacimiento, Federico García Lorca es el poeta, el escritor más y mejor editado de toda la historia de la literatura española, pese a que su obra pueda considerarse ingente si atendemos a los quince años en que fue escrita, desde 1921 hasta ese fatídico amanecer del 19 de agosto de 1936. Podríamos, incluso, dejar ese periodo en nueve años, si consideramos el volumen inicial de su bibliografía, *Libro de Poemas*, editado en 1921, como el intento juvenil de quien tantea posibilidades solamente, y empezar la cuenta con su segundo poemario, este ya definitivo, *Canciones*, publicado seis años más tarde. Cierto que en ese mismo año de 1921, Lorca compone el *Poema del cante jondo*, que no editará hasta 1931; que en 1922 deja listo, salvo correcciones y repasos de última hora, *Primeras canciones*, que verá la luz en 1936, y que escribe, entre 1924 y 1927, el *Romancero gitano*, editado en 1928. Desde esos inicios de la tercera década hasta 1936 —en una docena de años aproximadamente— Lorca escribe las cuatro mil páginas que encierran sus *Obras Completas* en la edición más reciente —con epistolario, prosas, entrevistas y escritos juveniles incluidos—, y que, desde luego, no pueden compararse en cantidad con las mil y pico comedias, los innumerables poemas y las narraciones de un Lope de Vega, ni con la abultada producción ensayística, narrativa y lírica de un Quevedo, ni con los extensos mundos novelescos de un Pérez Galdós o de un Baroja, ni con el conjunto de la obra, todos los géneros confundidos, de Valle-Inclán, por citar solo unos pocos nombres; pero aun así, considerado el breve espacio de la vida literaria de García Lorca, esas cuatro mil páginas suponen una producción inmensa que atienden sobre todo a dos campos, la poesía y el teatro.

Reducida a silencio su poesía por los vencedores de la guerra civil, y prohibida la representación de sus piezas teatrales, la obra de García Lorca fue rebrotando contra quienes la prohibieron, lenta, clandestinamente, primero en ediciones americanas: los textos que, en marcha e inéditos en 1936, el crimen dispersó en manos de familiares y amigos —algunos tan capitales para la lírica española del siglo como *Poeta en Nueva York*, o para el teatro más moderno como *El público*— se editaron o representaron en las condiciones precarias que la época exigía, y fuera de España la mayoría de las veces. Pero del intento mismo de matar al poeta y de borrar nombre y obra surgió una popularidad que, aunque extraliteraria, actuaba así contra la infamia de su crimen y su censura.

A medida que se propagaba la edición, todavía deficiente, de sus obras, sobrevino otra infamia: la que durante dos o tres décadas —aún hay quienes, anclados en la vileza, lo afirman— ha propalado que la importancia de García Lorca se debe al irracional asesinato de que fue víctima: el poeta se habría beneficiado de su propia muerte para, convertido en símbolo mitificado de la cultura aniquilada por los sublevados en julio de 1936, alzarse con la primacía de la lírica española. Hoy, con la obra perfectamente editada, dejando a un lado anécdotas y bajezas, podemos acercarnos a la obra de García Lorca con plena libertad para interpretarla en su dimensión literaria y penetrar en la complejísima médula de este poeta que, junto con Juan Ramón Jiménez y Luis Cernuda, y arropados los tres por los nombres que forman la nómina del movimiento modernista y la generación del 27, son la clave de la poesía española del siglo xx. Sin olvidar lo que ocurrió en Víznar, lo anecdótico ni la biografía del poeta, la esencia de su obra va sedimentándose con el tiempo a partir de sus propios textos exclusivamente.

El lector que haga el recorrido poético de García Lorca desde ese inicial *Canciones* hasta los títulos que vieron póstumos la luz —*Poeta en Nueva York*, *Diván del Tamarit* y *Sonetos del amor oscuro*— puede quedar sorprendido por la enorme distancia salvada en nueve años: desde los ecos de la tradición clásica y popular y los últimos fulgores del romanticismo y del modernismo en periodo decadente, que sirve a Lorca para hacer sus primeras armas en las prosas de *Impresiones y paisajes* (1918), hasta la ruptura del sistema poético asentado de sus libros finales, donde Lorca asume riesgos y osadías no probadas hasta entonces por ningún otro compañero de generación. Además, resulta inútil buscar, en la producción de esos nueve años, un factor que reduzca a la unidad y facilite una comprensión simple del trayecto recorrido: García Lorca es ante todo movilidad, ensayo constante, ruptura con los moldes anteriores, olvido del libro una vez dado a luz, de los recursos ya usados, de los registros —incluso métricos— ya puestos a contribución para las experiencias anteriores. Cerrada una etapa y un título, el poeta parte al asalto de nuevas formas, de ritmos distintos, que hacen de su obra una continua novedad de tonos hasta desembocar en el modo expresivo más alucinante, desgarrado y tenso de la lírica española del siglo xx, solo comparable hasta un punto con *Los placeres prohibidos* de Luis Cernuda. Y todo ello para atravesar «el corazón como una espada», que, para Lorca, era la meta última del poema, según escribía en fecha temprana, un año antes de editar ese «primer» libro, *Canciones*, en carta a Jorge Guillén.

Y sin embargo, hay una unidad meridiana en la totalidad de la obra, que se aclara a la luz de las ideas expresadas en su conferencia bonaerense de 1933, «Juego y teoría del duende», donde explica los conceptos fundamentales de su lírica mediante tres figuras: la musa, el ángel y el duende, que corresponderían a tres categorías creativas: «imaginación, inspiración y evasión». Por más puertas que puedan ponerse a estos conceptos, y por más amplios que sean sus límites, lo cierto es que mezclan los frutos de la inteligencia, de la gracia, de la técnica, a las secuelas de la vivencia interior y de la mirada exterior, para terminar haciendo pasar por el crisol de las «últimas habitaciones de la sangre», a ese duende que «hiere, y en la curación de esta herida que no se cierra nunca está lo insólito, lo inventado de la obra de un hombre».

Resulta esencial ver, en sus propios términos, la definición que el propio Lorca ofrece, en la citada conferencia, de esas tres figuras que van a perpetuar la unidad de su médula poética iluminándola a través de los años, prestándole una ligazón básica, absolutamente interna, por más diversa que pueda ser la apariencia de los versos: «Ángel y musa vienen de fuera; el ángel da luces y la musa formas [...]. Pan de oro o pliegue de túnica, el poeta recibe normas en su bosquecillo de laureles. En cambio, al duende hay que despertarlo en las últimas habitaciones de la sangre».

Es ahí, en el mundo poético interior y descrito, en la igual intensidad que el poeta propone para personajes y voces, propias o ajenas, para la construcción poética; hay una unidad no de verso a verso, sino global: un denominador común en la poetización de varios temas persistentes, en la fijación de unos mismos símbolos que así crean su propia clave de significaciones: clave totalmente personal del mundo lorquiano. ¿No aparecen ya, en ese volumen primerizo, el *Libro de poemas*, entramado por suaves ecos románticos y rubendaríacos, los elementos de sus libros mayores: la luna, los azahares, el amor frustrado —aunque los tintes dramáticos apenas luzcan sangres—, los álamos de plata? Los materiales utilizados por Lorca no difieren mucho de los que arrastraba la tradición lírica y la popular, ni de los que utilizaba la inmediata poesía modernista y, en especial Rubén Darío, Juan Ramón Jiménez y los hermanos Machado. Y si en esa primera salida hay ingenuidad, popularismo y una ternura infantil demasiado blanda, también podemos encontrar posos de escepticismo, desilusión y desengaño aunque tengan a Rubén Darío al fondo, el Darío de

> Dichoso el árbol que es apenas sensitivo,
> y más la piedra dura, porque esta ya no siente,
> pues no hay dolor más grande que el dolor de ser vivo,
> ni mayor pesadumbre que la vida consciente.

El Darío que, en ese mismo poema, «Lo fatal», enumera las angustias y alegrías del hombre, el misterio del

Federico García Lorca en Nueva York.

Homenaje a Federico García Lorca en el Teatro Avenida.
Buenos Aires, 1 de marzo de 1933.

Federico García Lorca con el elenco de La Barraca.

Federico García Lorca, Margarita Xirgu y Cipriano Rivas Cherif después de la representación de Yerma en el Teatro Principal de Valencia, entre el 9 y el 15 de noviembre de 1935.

ser, las incógnitas del futuro, la exaltación del deseo ante la carne y sus «frescos racimos», el pavor ante los «fúnebres ramos» de la muerte, y del que, en ese primer libro, Lorca parece hacerse eco:

> Y tengo la amargura solitaria
> de no saber ni fin ni mi destino.

Pero si, en fecha tan temprana como diciembre de 1918, data de «Elegía a Doña Juana la Loca», encontramos ya la suntuosidad estilística que más tarde habrá de emplear en las *Odas*, también en ese primer poemario hay huellas que proceden de la vanguardia, del rupturismo creacionista para novedades metafóricas como «la sombra de mi alma / huye por un ocaso de alfabetos», donde hay que ver una voluntad de originalidad y de riesgo, un articulación de tropos que lentamente va a preparar en Lorca la necesaria flexibilidad para establecer un sistema de referencias cuyo punto de partida, la realidad, queda sublimado de tal modo que la critica no ha dejado de invocar, a propósito de su aplicación en *Poeta en Nueva York*, el nombre de Góngora. Una conferencia de Lorca en el clima de resurrección de Góngora que los «poetas profesores» capitanean, con Dámaso Alonso al frente, en 1927, da pie para aceptar el acercamiento; podrían entresacarse, desde luego, numerosos ejemplos donde la realidad, completamente eludida, se esconde bajo una doble o triple capa, a modo de filón soterrado, hermético, que no ha de escapar al análisis desmenuzado de la superficie metafórica del texto.

Con Lorca nos encontramos desde el primer momento ante una elaboración en profundidad que, a partir de un dato real vivo en la conciencia del poeta, aflora mediante un proceso de síntesis, de condensación, y elimina cualquier rastro de aquel dato original, hasta el punto de ocultar a una primera lectura los residuos que esa realidad poéticamente elaborada habría dejado. Y una vez que Lorca crea su mundo simbólico, un código propio, se desenvuelve en él con entera libertad, dando por supuesto que el lector ha de conocerlo, y carga de intensidad y de condensaciones acumulativas el sentido primigenio del que partió. ¿No estamos ante el distanciamiento del lenguaje y su referente, tan caro a Góngora? El sistema, válido para comparaciones, imágenes y metáforas, está ya en el gran poeta barroco, creador de un mundo poético forjado a base de referencias encabalgadas. Lo curioso no es que ese sistema de «imaginería» sea clásico, sino que en la segunda década del siglo se convierta en el carácter específico de la poesía más osada del momento, del surrealismo. El Lorca que arrancaba de la tradición, el de «¡Qué alegría me dan nuestros viejos poetas!», empleaba en la citada conferencia de Buenos Aires de 1933 casi los mismos términos que el creacionista Reverdy y el surrealista André Breton para explicar el sistema poético:

> Una vez me preguntaron qué era poesía y me acordé de un amigo mío, y dije: ¿Poesía? Pues, vamos: es la unión de dos palabras que uno nunca supuso que pudieran juntarse, y que forman algo así como un misterio; cuanto más las pronuncias, más sugestiones acuerda, por ejemplo, acordándome de aquel amigo, poesía es: «ciervo vulnerado».

Tras esa nostalgia de san Juan de la Cruz, podemos explicar por qué se juntan polos tan opuestos como Góngora —quintaesencia del clasicismo— y las vanguardias en tema tan sustancialmente poético como la teoría y práctica de los tropos: porque no hay vanguardia sin tradición, porque la vanguardia, acarreo de la tradición, no es sino el punto de llegada del camino que arrancó hace siglos, el estallido en un momento dado de potencias que nacieron en el manadero fluyente del pasado poético de una lengua, y, mejor que de una lengua, del pasado de la Poesía, que hemos de considerar en cierto modo como una *lingua franca* que vive, en una de sus facetas, por encima de fronteras territoriales o lingüísticas: casos como el de Garcilaso, importando a la cultura española las formas y metros italianos, prueban la existencia de esa *lingua franca* desde hace varios siglos.

«La obra lorquiana es el resultado de una síntesis plena de tradición y vanguardia. He ahí lo diferencial, lo absolutamente distintivo de la posición de Lorca en comparación con otros grandes poetas del siglo», escribe el crítico Miguel García-Posada. Con esas herramientas, con los esquemas definidos en el Siglo de Oro por Lope, Quevedo y Góngora, con los materiales tradicionales del caballista y la muerte, el verano y la aurora, los espejos y los gitanos, García Lorca avanza desde sus primeros poemas, realizando un poderoso esfuerzo para revitalizar los viejos temas con las aportaciones propias del siglo xx, y lo hace en síntesis perfecta y en amalgama con esos años en que el creacionismo, el dadaísmo y el surrealismo actúan como elementos de liberalización y flexibilización de un lenguaje y un mundo afincados sabiamente en el pasado.

Y de ahí, de esa mezcla compleja de tradición y vanguardia brota intacta una expresión nueva que no pertenece a escuela ni «ismo» alguno, que es cristalización de una voz individual de la Poesía. Lorca elabora así, poco a poco, una poética y una obra varia: cada libro renueva métodos, innova modos y ritmos; aunque soterrado, del primero de sus poemarios al último subyace el mismo mundo, idénticos temas que, título a título, se desarrollan, se matizan y se profundizan, cada vez más fértiles, hasta llegar a los libros póstumos; y ello, gracias a un esfuerzo denodado, porque, además de ser «poeta por la gracia de Dios —o la del Demonio— lo es también «por la gracia de la técnica y del esfuerzo, de darme cuenta en absoluto de lo que es un poema», como dicen sus palabras para la *Antología* de Gerardo Diego en 1932. No es una frase ni una declaración única; son muchos los fragmentos de conferencias y entrevistas que hablan de la seguridad meditada del quehacer lorquiano; bastaría, además, una somera mirada a los manuscritos, donde correcciones, sustituciones y tachaduras constantes muestran el trabajo del poeta que reescribe una y otra vez buceando en el lenguaje para sacarle la mayor riqueza verbal posible y los ritmos más acabados.

Los grandes temas líricos

En esta obra, que gira una y otra vez sobre los mismos gozones con diversidad y multiplicidad de recursos, podemos vislumbrar y aislar los grandes temas, los que corresponden a la poesía universal de todos los tiempos: el amor, en su doble vertiente de pasión sentimental y erótica, la vida, la muerte, el inexorable destino individual y el del mundo, la amenaza del tiempo, el sinsentido de la existencia, que solo contrapesa la energía vital.

García-Posada ha situado la frustración como el prisma temático dominante que aúna bajo sus facetas toda la lírica lorquiana: «Esta frustración, este destino trágico, se proyecta sobre un doble plano: el metafísico y el histórico, el ontológico y el social», que no siempre pueden disociarse y considerarse de forma aislada: así, en *Poeta en Nueva York*, según el mismo crítico, las terribles voces contra la civilización capitalista suenan sobre el oscuro lecho que forman, como humus y caldo de cultivo, los fantasmas del tiempo, la naturaleza y la muerte: de este modo consigue Lorca entreverar mundos, crear una atmósfera extraña donde la realidad, con sus elementos más cotidianos —amores de una muchacha, estampas populares de caballistas andaluces, tradicionales reyertas de gitanos o la entrada a saco de la guardia civil en una ciudad de gitanos que se transmuta en portal de Belén—, se sublima mediante la irracionalidad lírica; Lorca va sembrando sus descripciones de pinceladas donde aletean sordas amenazas de aves de mal agüero, oscuras intenciones que brotan de la sangre, misteriosos signos que, lentamente, caminan hacia la fatalidad.

De esa omnipresencia de la frustración no se libra siquiera el amor, por más gozosos que en el fondo sean muchos de los poemas lorquianos: si el amor es gozo en su origen, en su desenlace lleva a la tragedia; una tragedia que puede ser bíblica, como en el romance de Thamar y Amnón, o desarrollar de forma originalísima el viejo tema medieval de la espera y la ausencia («Romance sonámbulo»); y en el caso de obras teatrales como *Bodas de sangre* o *La casa de Bernarda Alba*, la tragicidad terrible del amor que, desenfrenado por el deseo, acaba con todo para materializarse más allá de la muerte y ofrecerse en estado puro. Ese mismo halo trágico invade el fuerte pansexualismo erótico de *Poeta en Nueva York* y domina sobre todo la obra de teatro más arriesgada de Lorca, *El público*.

Trágico, porque el amor, como la muerte, brota de los oscuros chorros de la sangre, crece en el pecho, donde ya estaban, en un poema juvenil, los innumerables hijos de la Muerte; trágico también porque, desde su nacimiento, sobre él se lanza la sociedad con su catálogo de códigos y prohibiciones para maldecirlo primero y destruirlo si puede; trágico, también, porque, superadas las coacciones sociales, el amor vive en sí desesperado, cercado por presagios de una finalización imprevista, por premoniciones de desgarramientos infinitos; trágico, por último, porque el amor nada puede contra la omnipotencia del tiempo y de la muerte; ni siquiera la perpetuación de la especie en otra criatura ha de servir de consuelo, pues el tema de la esterilidad aparece desde el drama de 1934 *Yerma* hasta los *Sonetos del amor oscuro*, pasando por composiciones de *Poeta en Nueva York* como la «Oda a Walt Whitman»; la falta de «fruto», la esterilidad, hacen del amor una «piedra sin semilla», y la piedra era, para el Rubén Darío de «Lo fatal», la imposibilidad absoluta de sentimiento, es decir: la esterilidad condena el amor a la inexistencia, y todo lo más a un goce erótico lleno de desesperaciones y amarguras.

Recorrido poético

Tras *Impresiones y paisajes*, libro de prosas, la obra lorquiana se inicia con el citado *Libro de poemas* que ha servido para mostrar cómo se amalgaman en la obra de Lorca, desde el primer momento, romanticismo y pinceladas vanguardistas, búsqueda de un popularismo sencillo y tonos reflexivos de escepticismo juvenil, germen de la posterior visión dramática del mundo. Nada más concluido, Lorca se embarca en la escritura de *suites* que no habrían de ver la luz en su totalidad hasta 1981 en traducción francesa, y 1983 en su original castellano, aunque parcialmente habían ido apareciendo en distintas recopilaciones de *Obras Completas* desde 1951. De hecho, había empezado a escribir *suites* a finales de 1920 y, pese a su deseo explícito de publicarlas, solo unas pocas habían aparecido en revistas; pero la profunda concentración que le exigió el *Poema del cante jondo*, durante tres meses de 1921, interrumpieron esa dedicación cuyo sentido explica el propio Lorca, en enero de 1922, prácticamente concluido el libro, en carta a su amigo Adolfo Salazar:

> Terminé de dar el último repaso a las suites y ahora pongo los tejadillos de oro al *Poema del cante jondo* [...]. Su ritmo es estilizadamente popular y saco a relucir en él a los cantaores viejos y a toda la fauna y flora fantásticas que llenan estas sublimes canciones: el Silverio, el Juan Breva, el Loco Mateos, la Parrala, el Fillo... y ¡la Muerte! Es un retablo... es... un puzzle americano, ¿comprendes? El poema empieza con un crepúsculo inmóvil y por él desfilan la siguiriya, la soleá, la saeta y la petenera. El poema está lleno de gitanos, de velones, de fraguas: tiene hasta alusiones a Zoroastro. Es la primera cosa de otra orientación mía y no sé todavía qué decirte de él... ¡pero novedad si tiene! (...). Los poetas españoles no han tocado nunca este tema, y siquiera por el atrevimiento merezco una sonrisa, que tú me enviarás enseguiditita.

Lorca enuncia ya el eje de este libro y de buena parte de su obra: la escenografía es la Andalucía doliente y dolida del cante jondo, con su séquito de guitarras, de ciudades, de guardias civiles y de gitanos. La Andalucía que se configura como espacio mítico, con sus pulsiones violentas, dionisíacas y trágicas; porque aunque haya aspectos narrativos, como la existencia real y documentada de personajes como Juan el Breva, Silverio, etc., Lorca controla ese mundo quintaesenciando la realidad, sublimando la anécdota, eliminando toda la escoria de los datos para desembocar en el lirismo puro. De este modo consigue aunar dos extremos: el tema andaluz, por el que entronca con el popularismo, y el lenguaje, virtualmente nuevo, tramado por unos inicios de cosmovisión propia, en parte acabada, a base de apuntes delicados y rápidos, versos impresionistas de metro corto, preferentemente octosílabos, de gran fuerza musical y poderosa síntesis de imagen.

Ciudad en fiesta, caballistas con sus jacas, gitanos, lunas, saetas, pechos redondos, panderetas, reyertas: un mundo trágico donde a menudo brillan los puñales y donde oscuras expresiones de misterio profundo crean ese ámbito mítico de la «Andalucía del llanto», donde amor y muerte se dan la mano y donde la naturaleza no es una fuerza estática, sino que, personificada, actúa como una amenaza ayudando a la tensión de la anécdota en que se sustenta —cuatro hilos apenas— el poema.

Pero también es radicalmente nueva en este camino iniciado aquí, en el *Poema del cante jondo*, y que desembocará en el *Romancero gitano*, junto a ese tema nunca tocado por los poetas españoles, según observa el propio Lorca, la fuerza musical de sus octosílabos. Característica que no puede extrañar si tenemos en cuenta que Lorca, además del conocimiento de la poesía popular, estaba al tanto del orientalismo importado a la lírica castellana por los modernistas, y en especial por el mexicano José Juan Tablada: son esas alusiones zoroástricas y la fina estilización de todo el poemario, que en ocasiones presenta rasgos emparentados con el hai-ku (en el poema «Cruz», por ejemplo). Y temáticamente, un rasgo relevante: la presencia de la muerte, constante, esencial para el mundo de mitología descrito por metáforas osadas que contrastan con la sencillez del mundo expuesto. Algo posteriores al bloque central del *Poema del cante jondo* son dos diálogos: «Escena del teniente de la Guardia civil» y «Diálogo del Amargo», donde la tensión teatral —ambos se han llevado a los escenarios— y la brutal presencia de la muerte se unen a la denuncia de la marginación y la opresión sufrida por la etnia gitana: esa crítica, esa denuncia será, a partir de este momento, constante en la obra de Lorca: el gitano en la Andalucía del romancero en este inicio; o el homosexual en Nueva York y las ciudades de violencia, cemento y hierro en los últimos poemas.

Hasta 1927, fecha de conclusión del *Romancero gitano*, son dos los ciclos que Lorca sigue poéticamente: el de las *suites* y el de *Canciones*; entre 1921 y 1924, Lorca se dedica a un tipo de canción breve con distintas variaciones de tono: el *Poema del cante jondo*, por un lado; las *Suites* —recogidas finalmente con ese título en las *Obras completas*— y las *Canciones*; por otro; aunque en estos dos el tono sea popular, la concentración subjetiva es más honda. A pesar de la semejanza métrica, el tono de *Suites* y *Canciones* se vuelve distinto: en el primero, esas breves composiciones se cargan, al describir espacios, paisajes, matices, de la intimidad del poeta, aislado en breves reflexiones sustancializadas de estados de ánimo dominados por una desazón que no llega al desgarro: la nostalgia del amor perdido, la vivencia en el abandono empañan levemente la mirada del poeta porque pretende describir desde una perspectiva neutra que, no obstante, deja traslucir la intimidad de Lorca: la presencia de la noche es constante, y todo se materializa en una sensación de abandono, de añoranza y de frustración. El lucero está «sin párpados»; el agua, dormida; los tonos resultan negros y amarillos; y en «Madrigal», el recuerdo emocionado de Lucía de Granada concluye con interrogaciones desazonadas.

En estas *Suites*, Lorca gira de forma obsesiva sobre un mundo al que le lleva la búsqueda de la poesía pura. La nostalgia de la edad feliz, de la infancia, siempre presente, le hace gritar: «Quiero morirme siendo / amanecer. / Quiero morirme siendo / ayer. / Yo vuelvo / por mis alas». Toda la serie «El Regreso» es un llanto por la infancia perdida, un intento de retorno a la pureza matinal de la niñez. El mundo se abre desolado y desolador: el agua es negra, muerto está el camino, y segado el tallo de la luna...

Algunas de las *suites* pasarán a *Canciones*, pero aquí el tono puede parecer más leve, más gozoso, proponiendo un claro avance hacia una alegría delicada por su recuerdo de experiencias y ritmos infantiles, por juegos que, en cierto modo, emparentan con el romancero. Sería, sin embargo, una mirada superficial: por debajo corre un sabor agridulce, la añoranza que ya aparecía en las *suites*. La gracia de poemas como «El lagarto está llorando» deja paso acto seguido a una caída hacia el abismo: abismo de la muerte, abismo del sexo («Eros con bastón»), abismo de sombra misteriosa, como en la «Canción del naranjo seco», donde aparece obsesiva la esterilidad. Son dos las fuerzas que juegan en esta nostalgia de la infancia: el simple recordar, por un lado; por el otro, la añoranza y la presencia del presente y del futuro («Canción con movimiento»).

En esos tres libros, Lorca ha conseguido unas herramientas expresivas que le han permitido redondear su mundo de símbolos. A partir de ese instante, los poemarios son perfectos, acabados, como demuestra *Romancero gitano*, formado por dieciocho romances de éxito fulgurante que retornan al mundo del *Poema del cante jondo*. Con poderoso vuelo dramático, Lorca acepta la tradición del viejo romance castellano para humanizarla hasta la médula, en contraste con los puristas, para llenarla de objetos y de sensaciones humanas, de violencia, odio, sexualidad, evocaciones y referencias concretas a lenguajes populares que trata poéticamente con un fulgor desconocido por la tradición. Pero no hay popularismo en el tratamiento del *Romancero gitano*, sino cultismo. Lorca maneja el idioma con una habilidad sorprendente, con una facilidad difícil mediante la cual la realidad se trueca en narrativa poética, en épica, mientras por debajo corre toda la cultura y su natural capacidad creativa. El juego metafórico da vida y anima esa realidad poética y dramática a un tiempo, porque el *Romancero* está tendido, en esencia, sobre hilos narrativos, según buena parte de la tradición del género: la muerte de Antonio Camborio a manos de sus cuatro primos, los guardias civiles persiguiendo a las tribus gitanas, el mundo extrafolclórico de los romances de san Rafael, san Miguel y san Gabriel, a quienes con fina agudeza Lorca inserta en ese otro mundo de su Andalucía mítica, el erotismo que se derrama por numerosas composiciones, etc. Amor, sueño, sangre y muerte servirán de pauta a estos romances donde se contraponen realidad e irrealidad, emotividad y crudeza realista, colorido y musicalidad.

En su síntesis de lo popular y lo culto, habíamos visto a Lorca recoger facetas de la poesía de vanguardia en el sistema de simbolizaciones, cierta entrega a lo semi-inconsciente, que ya aparece en la «Oda a Salvador Dalí» y en la «Oda al Santísimo Sacramento», de 1928. Poco antes, Lorca había conocido el movimiento surrealista, su culto a la irracionalidad y al sueño y su sistema de creación de imágenes. El impacto que para el poeta supuso su viaje a Nueva York, en 1929, había de provocar la aparición de dos elementos nuevos en su poesía: el lenguaje y la visión del mundo, que ahora se centra en la realidad contemplada entre el asfalto y los rascacielos. Las luces mediterráneas o andaluzas, los cielos nacientes por donde corría su fantasía preñada de gitanos se esfuma ante la bruma de humo y acero, ante la falacia de la vida, ante el hormigón y los mataderos, ante el *crack* de las finanzas de ese mismo año; un mundo donde violencia y rebeldía tienen un final de muerte. Nadie recibe la aurora en su boca «porque allí no hay mañana ni esperanza posible»:

Los primeros que salen comprenden con sus huesos
que no habrá paraísos ni amores deshojados;
saben que van al ciclo de números y leyes.

Poeta en Nueva York y *Tierra y luna* —que formó parte del primer título en las ediciones iniciales— son el látigo que Lorca emplea para fustigar una realidad malsana, para señalar con voz agria los manantiales del dolor del hombre con una furia poética que traspasa, en su desmesura, lo real. Para ello, da preferencia a sus recursos de poeta dramático, deja que una plasticidad casi escénica penetre lo inconsciente, alarga los versos y destruye los cortos ritmos octosílabos para dar a las imágenes un sesgo alucinado; las asociaciones de imágenes y metáforas se descomponen y repiten formando un clima dominado por la opacidad, por un magma ameboide que linda con la pesadilla. Por todas partes encontramos ejemplos que parecen propios de la escritura automática, aunque en Lorca sus raíces arranquen del mundo metafórico antes citado:

Una luna incomprensible que iluminaba por los rincones
los pedazos de limón seco bajo el negro duro de las estrellas
....
Las muchachas americanas
llevaban niños y monedas en el vientre

En estos dos poemario, Lorca traspasa sus propios límites, se sumerge en un mundo caótico para denunciarlo, corriendo el mayor riesgo asumido por la poesía española del siglo. Y, de este modo, *Poeta en Nueva York* y *Tierra y Luna* se convierten en el eje central de la lírica lorquiana, obligándonos a ordenar todo lo escrito hasta entonces y lo que todavía ha de escribir en esos cinco últimos años a partir de la experiencia neoyorquina y de la complejidad lírica de su forma expresiva. Pero solo le quedaban dos títulos poéticos: *Diván del Tamarit*, también editado póstumo, formado por veintiún poemas divididos en gacelas y casidas, con claras resonancias orientales en el aparato externo, pero íntimamente centrado en dos de los temas consustanciales al mundo lorquiano: el amor y la muerte. El poeta se vuelve ahora hacia la propia intimidad, como en los *Sonetos del amor oscuro*, solo editados en 1983-1984, para tornar hacia formas clásicas en la expresión del sentimiento amoroso, de fuerte contenido erótico.

De entreacto podemos calificar el *Llanto por Ignacio Sánchez Mejías*, torero muerto en la plaza de Manzanares en agosto de 1934: algo más de doscientos versos divididos en cuatro partes que narran la cogida y la muerte, que consideran al torero en su lucha final, que lo ven ya muerto para concluir la elegía con un *carpe diem* sereno y melancólico, de denso dramatismo. En el *Llanto* están presentes las dos fases lorquianas: la trágica y narrativa del *Romancero* y la fuerza descarnada que le presta el lenguaje de los últimos años, lo mismo que el breve volumen titulado *Seis poemas galegos*, un homenaje a Galicia, con inclusión entre sus temas de la romería a Nuestra Señora da Barca, la emigración, Rosalía de Castro y la lluvia.

El teatro lorquiano: de lo popular a la tragedia

En las primeras décadas del siglo XX, el teatro español estaba sumido en el marasmo de chabacanería y vulgaridad en que tanto José de Echegaray como Jacinto Benavente lo habían sumido; la concesión a ambos del premio Nobel provocó airadas protestas: en el caso del primero, los jóvenes de la generación del 98 denunciaron la vacuidad de su obra, su retórica fácil y sus versos ripiosos, el sobrecargado juego escénico de entradas y salidas, la falta de vida de los personajes, su carencia de percepción psicológica, el sermoneo, bastante pobre en cuanto a moralidad, que aplica a costumbres sociales que, a su parecer, alteran más o menos el funcionamiento del engranaje social. En el caso de Benavente, fueron los jóvenes escritores de una incipiente vanguardia que no llegó a cuajar los que mostraron su desaprobación. Echegaray, prohombre político, encontró una receta para interesar a la anacrónica burguesía de la época: el folletín, que utiliza una y otra vez con los trucos más gruesos y previsibles; mientras perpetraba todavía dramas románticos o post-románticos, Benavente pasó a dominar la escena durante medio siglo desde sus éxitos iniciales con *La noche del sábado* (1903) y *Rosas de otoño* (1905): sus dramas y comedias oscilan entre el realismo y un costumbrismo levemente tocado por el preciosismo impuesto por la época y el público —por temática y por precio, burgués—, al que divertía enfocando sus propios problemas con trazos irónicos; su teatro, moralizador, sin grandes conflictos, ni grandes pasiones, ni grandes personajes, quizá tuvo un mérito: detener la oleada neorromántica con la que Echegaray había llenado la escena de retóricas e irrealidades.

Con estos dos autores como figuras dominantes, el teatro español seguía anclado en el siglo xix; los escenarios no habían olfateado siquiera las revoluciones que en el arte teatral estaban proponiendo en Europa, desde el ruso Stanislavski hasta André Antoine, el inventor de la puesta en escena moderna en Francia: trataban de simplificar los trucos teatrales, de desterrar la ampulosidad de los textos, la declamación artificial, los golpes de efecto, etc., en los que también perecía el teatro modernista.

Madrid, ciudad de unos seiscientos mil habitantes en la primera década del siglo, disponía de treinta y cinco teatros en los que, por ejemplo en 1908, llegaron a estrenarse cuatrocientas obras. La clase social que acudía a ver espectáculos donde reinaban las grandes figuras de la interpretación —María Guerrero, Margarita Xirgu, Catalina Bárcena, Carmen Carbonell—, fue cambiando paulatinamente: el caballero de chistera de la aristocracia y la alta burguesía dejó paso a una audiencia de menor cultura a la que sirvieron, por ejemplo, Carlos Arniches con sus sainetes madrileños de fuerte raigambre popular, o los hermanos Serafín y Joaquín Álvarez Quintero, encargados de hacer la versión andaluza de los sainetes castizos de Arniches. Las obras que trataban de plantear ideas, las de Miguel de Unamuno, o, en buena medida, las de Valle-Inclán, se vieron condenadas al silencio, cuando no al fracaso: los medios y recursos de la época imposibilitaban la puesta en escena de obras como *Luces de bohemia*, *Divinas palabras* o los esperpentos de este último, que tuvieron que ser dados a la imprenta, porque la escenografía ya sobrepasaba todos los planteamientos escénicos de la época; el montaje de algunas de sus obras más fáciles en cuanto a complejidades escenográficas resultó un fracaso de público. Y algunos intentos, escasos, por un teatro distinto, aunque solo para minorías, fueron considerados extravagancias vanguardistas: Azorín, que denunciaba en sus críticas el atraso y las deficiencias del teatro español —al tiempo que de España—, exigía una renovación «a impulsos de lo extranjero», y «pulverizar las cadenas de la tradición»; pero su decena de obras teatrales resultaron, y lo son, fallidas. El más vanguardista en todos los terrenos literarios del momento, Ramón Gómez de la Serna, se sitúa desde el primer momento, con su drama *La utopía I*, solo publicado en la revista *Prometeo* (1901), fuera de los márgenes de los escenarios; terminará recogiendo bajo el título de *Teatro Muerto* sus obras más experimentales, a las que ya califica de «imposibles», y que tuvo en *Los medios seres* (que consiguió estrenar en 1929) su título más «escandaloso»: fue abucheada el día de su estreno, pese a que esa «farsa fácil», como la subtitula el autor, buscaba la atención del público. Su rechazo de la psicología, de la intriga y del realismo destrozaba de arriba abajo los planteamientos escénicos, pero el público, ni siquiera el más restringido y literario, lo siguió, porque destinaba su preferencia a las obras que aceptaban, en vez de rechazar, esos tres elementos del teatro decimonónico. No será pequeña la influencia que la visión de la farsa de Gómez de la Serna deje en los autores de la generación del 27 y, sobre todo, en García Lorca: el autor de las *Greguerías* sienta las bases de la renovación. Y, entre los directores, prácticamente un solo nombre, Gregorio Martínez Sierra (1881-1947), apostó por la innovación; conocedor de las experiencias francesas de Lugné Poe, de las rusas de Meyerhold y Stanislavski, a partir de 1916 introdujo autores desconocidos en los pagos españoles, transformó el concepto de escenografía, montó piezas de Ibsen, de Bernard Shaw, de Pirandello, tradujo y dirigió piezas del teatro simbolista de Maeterlinck. Lo que Martínez Sierra no logró ni como poeta ni como autor dramático, lo consiguió como gestor cultural con sus innovaciones en el campo escénico. Pero solo representaba una gota de agua en la cultura del momento, únicamente seguido por unas minorías de por sí ya escasas, numéricamente hablando.

La estilización de las farsas

Federico García Lorca va a abrir, en los dieciséis últimos años de su vida, el abanico que une esos dos extremos: un teatro de vuelo tradicional, con farsas, piezas para guiñol, temas históricos y dramas rurales (*Bodas de sangre, Yerma, La casa de Bernarda Alba*) por un lado, y dos piezas, por lo menos, que certifican la defunción de los senderos por los que transita la escena. Ambas formas van a la par en el tiempo: dos años antes de escribir *Bodas de sangre* (1932) ha dado por concluida la redacción de *El público*, y ocho meses después de estrenar *La zapatera prodigiosa* (1930) termina *Así que pasen cinco años*. Lorca conocía perfectamente la situación de la escena: «Todo lo que existe ahora en España está muerto. O se cambia el teatro de raíz o se acaba para siempre», escribe en carta a sus padres desde Nueva York, en 1930, cuando ya llevaba a su espalda el estreno de dos piezas que buscaban al público (*El maleficio de la mariposa, Mariana Pineda)*, además de una abortada por la censura en 1929 (*El amor de don Perlimplín)*.

Desde el primer momento, Lorca va a intentar, en poesía o en prosa, un teatro poético, primero al hilo del modernismo imperante, y, luego, desnudando a sus textos de ese preciosismo inaugural, pero permaneciendo poético siempre, hasta el punto de afirmar toda una teoría basada en el hecho poético: «El teatro necesita que los personajes que aparezcan en la escena lleven un traje de poesía y al mismo tiempo que se les vean los huesos, la sangre». (…) «El teatro que ha perdurado siempre es el de lo poetas. Siempre el teatro ha estado en manos de los poetas. Y ha sido mejor el teatro en tanto era más grande el poeta», declaraciones ambas de 1935. Pero no hay que equivocarse en la apreciación de esa poesía: «El verso no quiere decir poesía en el teatro. Don Carlos Arniches es más poeta que casi todos los que escriben teatro en verso actualmente». Poesía, en teatro, equivale a un lenguaje determinado, a una plástica, a una escenografía, a la síntesis de elementos que promovían los vanguardistas europeos.

Sus comienzos teatrales no auguraban el cumplimiento de la pretensión de sus padres: el teatro era el único camino que podía permitirle vivir de su trabajo. Pero, recién llegado a Madrid, y una vez en contacto con Martínez Sierra, que, como hemos dicho, apostaba por la renovación y no dudaba en levantar su telón para jóvenes, estrenó su primera obra, *El maleficio de la mariposa,* el 22 de marzo de 1920, en el Teatro Eslava; solo aguantó en cartel cuatro funciones amenizadas por abucheos y silbidos de los espectadores. Esta variante del teatro simbolista de Maeterlinck, pese a su ingenuidad, a la endeble estructura, a esa comunidad de cucarachas en las que los protagonista reúnen amor y muerte en un desenlace trágico, *El maleficio de la mariposa* contiene más de un germen temático que Lorca hará brotar más tarde y que reaparecerá en su obra más vanguardista: el amor abre tantas puertas a la libertad que puede maridar íntimamente seres de distinta naturaleza: una cucaracha y una mariposa, un asno (Bottom) y la reina de las Hadas (*El público*).

El fracaso fue apabullante, pero no tanto como para que Lorca abandonase una pasión que había brotado muy pronto, en los «teatritos» de su infancia; cierto que tardará siete años en atreverse a levantar de nuevo el telón de un teatro comercial para presentar su *Mariana Pineda;* pero no ceja y, en 1923, en una fiesta familiar para niños en Granada, junto con Manuel de Falla, que escribió la música para las canciones, monta una pieza para títeres de guante, *La niña que riega la albahaca y el príncipe preguntón,* perdida hasta la fecha. A este periodo corresponden sus cuatro farsas: la *Tragicomedia de don Cristóbal y la señá Rosita,* redactada en parte al menos en 1922, y su «continuación», el *Retablillo de don Cristóbal; La zapatera prodigiosa,* empezada en 1923, y *Amor de don Perlimplín con Belisa en su jardín,* iniciada en otoño de 1924. Este grupo de farsas muestra al Lorca que hace y deshace la tradición, que está convencido de que el teatro nace del títere, que se divierte con la farsa ligera, aunque a veces sea tan malicioso que *Amor de don Perlimplín* sería prohibido por la censura primorriverista cinco años más tarde. Es puro arte sencillo, lleno «de emoción andaluza y de exquisito sentimiento popular», como escribe en una carta a Manuel de Falla; no importa que el verso parezca volverse tonto, infantil; lo que le importa es la musicalidad, el movimiento escénico.

La *Tragicomedia de don Cristóbal y la señá Rosita* y diez años más tarde el *Retablillo de don Cristóbal,* resultan obras de tono muy distinto aunque la materia sea la misma: el tradicional juego de la niña que quiere casarse con su novio, pero a la que obligan a contraer matrimonio con el cristobita viejo pero rico, permite el juego de *commedia dell'arte* para burlar, mediante una violencia grotesca, el autoritarismo paterno y la codicia del cristobita: el ingenio proporciona la salida a la tragedia de doña Rosita, que, desenlace tradicional también, termina por casarse con su «clavel» Cocoliche. Teatro para guante, sí, pero con posibilidades de encarnación escénica por actores, como suele hacerse en los escenarios. En el *Retablillo,* diez años después, el lenguaje lírico desaparece, ya no hay «clavel» ni novio Cocoliche; la madre pone en venta a su hija no por necesidad económica como hacía el padre en la *Tragicomedia,* sino para satisfacer caprichos; la violencia del cristobita se vuelve agresión física, y Rosita muestra una desvergüenza ácida; la piececilla resulta de una agresividad en la que, ni siquiera en broma y de forma grotesca, podía pensar la *Tragicomedia*: «Es la obra de mayor intención crítica de su teatro —escribe su hermano Francisco García Lorca—, incluso diríamos la más "ejemplar". Ya no solo por lo que se dice contra las convenciones teatrales, sino porque la procacidad misma es el ejemplo más evidente de romper la convención».

Entre la *Tragicomedia* y el *Retablillo,* la estética de Lorca ha cambiado por completo, pero no algunas de las ideas que perpetuarán su necesidad constante de libertad; libertad no solo de creación, sino de concepto sobre el mundo, sobre el amor: vemos cómo insiste en una idea de *El maleficio de la mariposa,* que se prolongará en *El público:* doña Rosita aspira a la total libertad de elección: «Pero yo digo que los perros se casan con quien quieren (…). ¡Cómo me gustaría ser perro!»; y en el *Retablillo* quiere casarse con todos, con cualquiera, sea Juan, Pedro, un borriquito o un caimán.

Las dos últimas farsas, farsas mayores, para personas, fueron iniciadas con un año de diferencia: 1923 y 1924 para *La zapatera prodigiosa* y *Amor de don Perlimplín;* pero ambas, por distintos motivos, permanecerían en el telar lorquiano mucho tiempo: el previsto estreno de esta última fue prohibido en 1929, y la primera consiguió ser representada en el Teatro Español la Nochebuena del siguiente. Los amores de doña Rosita y Cristóbal tienen en *Amor de don Perlimplín* una variante, trágica y poética a la vez, del esquema general de marido viejo con mujer joven, casados por conveniencia: para que don Perlimplín tenga alguien que le cuide cuando ella muera, su criada Marcolfa arregla su matrimonio con la joven Belisa a través de su madre; la acción escapa pronto a cualquier visión realista: la misma noche de bodas, unos duendes sustituyen en el lecho nupcial a Belisa, que escapa («Amor, amor, / entre mis muslos cerrados / nada como un pez el sol») para entregarse a «representantes de las cinco razas de la tierra». Un fuerte erotismo la hace huir del viejo e impotente Perlimplín, que, enamorado luego de la joven, recurre a un ardid poético para cautivar a Belisa; aunque sin remisión, porque —marido despreciado y, a la vez, desconocido amante que, embozado en una capa significativamente roja, enamora y enseña a Belisa a amarle—, no tiene otra salida que la muerte cuando Belisa reconoce estar ya enamorada: así, Perlimplín será amado, pero su amor por la joven le hace sacrificarse para que, alcanzada la libertad, Belisa pueda amar y ser feliz: Perlimplín triunfa muriendo. El juego de cuerpo y alma, de amor físico o sentimental, invierte los papeles, eleva el clima poético y a la vez trágico: en la muerte nace el amor verdadero de Belisa, en él se bautiza como algo esencialmente lírico. Si el honor y la fama laten, como en los clásicos del Siglo de Oro, por debajo de la acción, Lorca, en esta pieza que tituló de «aleluya erótica», da la vuelta a esos elementos e insufla vida a los muñecos hasta convertir, sobre todo al sublimado Perlimplín, en persona de carne, alma y poesía: el fantoche que termina el primer cuadro «herido, muerto de amor», se ve ridiculizado por su impotencia la noche de bodas: el patetismo de la situación le hará evolucionar. El propio autor sabía que era «el boceto de un drama grande. No he puesto en él más que las palabras precisas para dibujar los personajes».

Amor de don Perlimplín ya es un guiñol trágico que deshace las normas teatralmente prescritas del género; pero el censurado intento de estreno en 1929 no debe llamar a engaño respecto a *La zapatera prodigiosa*. Esta «farsa violenta en dos actos», como Lorca la subtitula, aplica el esquema tradicional, el de sus farsas anteriores: casamiento de mujer joven con hombre viejo, sin amor por ninguna de las partes; la Zapatera, una especie de fierecilla indómita, después de hacer huir al marido termina enamorándose de él cuando regrese al pueblo disfrazado de titiritero; todo se consuma en reconciliación y en confesión de amantes; amores trágicos y farsescos a un tiempo, patéticos y, a la vez, con una chispa de alegría popular, aunque nubes de tragedia amenacen siempre el filo de la trama. La Zapatera, pese al feliz desenlace, no acaba como fierecilla domada: la pareja junta sus amores, cumple con «el mito de nuestra pura ilusión insatisfecha», según el autor, que pone en liza la lucha entre la realidad y los sueños que la imaginación sugiere a la protagonista; de ahora en adelante serán «dos para defender mi casa, ¡dos!, ¡dos!, yo y mi marido», pero, más que un amor profundo, sus últimas palabras parecen expresar más bien un sometimiento a las convenciones; en el Zapatero, la joven encuentra un refugio ante el acoso de un tipo burdo como el alcalde, ante las habladurías de las comadres que la culpan de las riñas a navajazos de los mozos; pero el Zapatero, esa muralla frente a la sociedad que la acosa, es para la Zapatera, según la última frase que sale de su boca en la farsa, un «pillo» y un «granuja», términos de un lenguaje amoroso que no deja de ocultar una decepción: los sueños de la moza tienen que conformarse a la realidad. Al dar un paso más, la farsa alcanza una violencia extrema en la que el lenguaje sigue siendo una estilización, pero ya en un sentido tan procaz como trágico.

Amor sobre telón histórico

Tras el fracaso de *El maleficio de la mariposa*, Lorca guarda silencio siete años en los que escribe una tras otra sus farsas, por el momento guardadas en el cajón. Sin embargo, una tragedia que, sobre un fondo histórico, se convierte en una exaltación del amor, *Mariana Pineda*, iniciada probablemente a finales de 1922 y rematada tres años más tarde, verá las luces de las candilejas en junio de 1927, en un teatro, por fin, comercial, el Teatro Goya de Barcelona, para pasar en octubre a Madrid; Salvador Dalí se encargó de los decorados y una gran actriz, la que sería la intérprete lorquiana por excelencia, Margarita Xirgu, interpretó a la protagonista. Suponía para Lorca una posibilidad de independizarse económicamente, y de ganar «todo con mi familia».

Fue Fernando de los Ríos quien orientó a Lorca hacia un personaje de la historia granadina, Mariana Pineda (1804-1831), cuya historia, además, andaba en coplas por Granada: de ahí que subtitule la pieza como «romance popular»: viuda en el momento de la acción, Mariana Pineda había sido una víctima más de la represión que, por todo el país, ordenó Fernando VII una vez restaurado el absolutismo tras el trienio liberal. Lorca va a construir la tragedia dentro de los cánones modernistas, pero los hechos históricos solo le sirven de fondo, y alterados, para que, en vez de una obra «política», se convierta en tragedia amorosa: la protagonista vuelve a ser una víctima de un «amor imposible», que se resuelve íntimamente como en *Amor de don Perlimplín:* el amor se consagra eternamente puro, inmortal, en la muerte.

Lorca describe con las dos primeras estampas el entorno y eje de la acción; la sitúa de forma directa y sencilla, rehaciendo la realidad histórica para que el amor se convierta en el tema de *Mariana Pineda*: dos polos van a tener su eje en la viuda Mariana, enamorada de Pedro de Sotomayor, cabecilla de los liberales, y codiciada por el «alcalde del crimen», Pedrosa; al tiempo que persigue a los revolucionarios opuestos al régimen absolutista, Pedrosa propone a Mariana Pineda, una vez condenada a garrote vil, la salvación a cambio de denunciar a sus correligionarios. Mariana, rodeada por todo un mundo de raíz popular, hijos, novicias, monjas, criadas, termina asumiéndose como símbolo de una libertad a la que sacrifica todo, hijos incluidos; Sotomayor, en cambio, pone en segundo plano el amor y no acude·a salvarla, porque ha preferido «la libertad por la cual me dejaste»:

Que yo también estoy dormida, niños,
y voy volando por mi propio sueño,
como van, sin saber adónde van.
los tenues vilanicos por el viento.

Es en la muerte por la libertad —el dios de Sotomayor— donde Mariana afirma ese amor imposible: «Amas la libertad por encima de todo, / pero yo soy la misma Libertad (...) «Amor, amor, y eternas soledades»: este verso es la última palabra de Mariana camino del cadalso.

Lorca utiliza en la obra los símbolos que ya recorren toda su poesía de esa época, y de manera especial en las tres estampas iniciales: la luna, las hierbas, la sangre, el caballo y el toro, con metáforas puras, de cierto sabor gongorino contrarrestado por la concentración expresiva y un popularismo de raigambre tradicional.

Mariana Pineda, con reticencias por parte de la censura primorriverista, no se convertirá en un éxito teatral que permita a Lorca ofrecer esa carrera a su familia como garantía de supervivencia. Habrá de esperar tres años para que vuelva a estrenar (*La zapatera prodigiosa);* tres años que lo convierten en un poeta reconocido gracias al éxito de *Romancero gitano* (1928) y de *Canciones* al año siguiente; tres años que son claves en la experiencia tanto vital como literaria de un Lorca cuyo viaje a Estados Unidos provoca un vuelco definitivo en su concepción del teatro y de la poesía: entre junio y junio de 1929 a1931, además de *Poeta en Nueva York,* escribe lo que supondrá una revolución para el teatro: sus obras «imposibles», en las que una tradición remozada acepta sus dos vertientes, la popular y la culta, y a las que incorpora alientos recibidos de la vanguardia europea.

En estos seis últimos años que le quedan por vivir desde el viaje neoyorquino, Lorca va a explotar como autor de un teatro lírico y a un tiempo comercial, que habían de convertirlo en el dramaturgo más representado del siglo: sus dos tragedias «sobre la tierra española» y sus dos dramas se convierten en cuatro obras mayores para la historia del teatro, y ello sin que en ese momento se conozcan todavía las dos comedias «imposibles» que no vieron los escenarios hasta casi medio siglo después de su muerte.

Dos tragedias: Bodas de sangre *y* Yerma

Parte de una «trilogía dramática de la tierra española», cuya tercera hoja no llegó a escribirse, *Bodas de sangre* y *Yerma,* suponen para Lorca la liberación económica desde el éxito de la primera en 1933. Ambas, tan distintas, asumen el concepto de lo trágico desde una perspectiva que refuerza la potencia de un lirismo desgarrado y desgarrador. La primera, *Bodas de sangre,* estrenada en marzo de ese año, iba a ser un revulsivo para el adocenado teatro español, y hacía revivir la escena con una potencia inigualable, desconocida desde el Siglo de Oro; aunque debe tenerse en cuenta que Valle-Inclán solo pudo llevar a los escenarios las farsas y alguna de las piezas de su *Retablo de la avaricia, la lujuria y la* muerte (publicado en 1927); pero sus grandes tragedias, desde *Comedias bárbaras* (1906-

1922) a *Divinas palabras* (1919) y *Luces de bohemia* (1920) no serían representadas sino varias décadas después de su muerte, dados los recursos —materiales, pero también de imaginación artística— tan exiguos de la escena del momento. Editadas, esas tragedias lo estaban; y fue mucho lo que teatralmente aprendió Lorca del autor gallego.

En *Bodas de sangre*, Lorca acierta a dar con un mundo escénico propio que profundizará en otras dos obras: *Yerma* y *La casa de Bernarda Alba*. La sangre, el sexo y la maternidad, esas tres fuerzas elementales protagonizan tres dramas que conjugan perfectamente el popularismo con el primitivismo de las pasiones y con el hondo sabor trágico de unos personajes esquemáticos, que cumplen ese sentido trágico casi a golpes de sino griego. *Bodas* desparrama ese líquido vital por culpa del honor mancillado de un varón y el amor hirsuto de otro, con un referente real que Lorca sitúa en el marco andaluz en el que había ocurrido: en 1928, en el Cortijo del Fraile (Níjar, Almería), el día de su boda, la novia huyó con un pretendiente anterior y ambos fueron perseguidos por la parentela del abandonado; en la realidad fue un hermano del novio el que consiguió alcanzarlos, matando en la reyerta al antiguo pretendiente. La escapada de la Novia no se debe en la obra lorquiana a ningún resorte racional, sino a una furia de pasión amorosa; en el último momento ha elegido entre «un poquito de agua» que solo calmaría su sed, y «un río oscuro, lleno de ramas que acercaba a mí el rumor de sus juncos»; su acción no tiene la menor racionalidad, ni siquiera ha sido la voluntad, según dice a la madre del abandonado, la que la ha decidido por el otro, que «me arrastró como un golpe de mar, como la cabezada de un mulo, y me hubiera arrastrado siempre, siempre, siempre, aunque hubiera sido vieja y todos los hijos de tu hijo me hubiesen agarrado de los cabellos».

El suceso andaba en romances, y sobre él había escrito una novela breve en cinco capítulos, *Puñal de claveles* (1931), la periodista y escritora Carmen de Burgos, «Colombine» (1867-1932), que lo abordó como uno más de los «raptos de novia» que figuran, como costumbre, en su ciclo narrativo de Rodalquilar, espacio imaginario creado por la famosa periodista y situado en el mundo de la infancia de la autora, el Cabo de Gata. Tras la guerra civil, los libros de Colombine estuvieron prohibidos y, en la actualidad, más que como novelista se la recuerda como portavoz reivindicativa del papel social y cultural de la mujer. Pero, en esas primeras décadas del siglo, su importancia como periodista y escritora marcaba la vida literaria española, y Lorca leyó con atención su *Puñal de claveles;* por supuesto, no hay comparación posible, ni por intención, ni por intensidad trágica, ni por recursos, ni por estilo: Lorca va a hacer algo muy distinto con el breve nudo que el hecho histórico ofrecía, y va a modelarlo de acuerdo con pautas exigidas por la tragedia y por una potencia lírica en la que alternan prosa y verso.

Los tres actos de que consta *Bodas de sangre* siguen una técnica muy lorquiana: estampa de costumbres en el primero, para referir y situar los antecedentes de lo que ha de ocurrir: una rivalidad de dos familias con muertes no vengadas por medio, la de la Madre del Novio que va a casarse, y la familia de los Félix, a la que pertenece Leonardo, el pretendiente anterior, al que Lorca sí da nombre. A la Madre la acompañan como una losa las muertes antiguas no vengadas: «Me aguanto, pero no perdono». Y cuando el Novio vaya enfrentarse a Leonardo resurge también ese pasado: «Pues no es mi brazo. Es el brazo de mi hermano y el de mi padre y el de toda mi familia que está muerta».

Lorca desarrolla en prosa el ambiente social que subyace bajo de la pasión amorosa: el realismo de estampa rural —la Criada tiene un papel clave— se ve invadido de pronto por coros de raíz griega, leñadores o vecinas que subrayan lo que sucede y presagian lo que va a ocurrir; e invadido, sobre todo, por la aparición en escena de la Luna y la Muerte, dando paso, según el propio Lorca, «a la fantasía poética, donde es natural que me encuentre como pez en el agua». Personificadas en un leñador y en una mendiga, Luna y Muerte anuncian al espectador el desenlace de cuchillos:

> La luna deja un cuchillo
> abandonado en el aire,
> que siendo acecho de plomo
> quiere ser dolor de sangre.

Los elementos telúricos con sus símbolos —Tierra, Luna, caballo, navaja, mendiga, flores— tiñen de irracionalidad la pasión que domina a Leonardo y a la Novia, por cuyas venas corre la violencia de una pasión patológica; ninguno de los dos puede evitar su destino, son presas de una fatalidad que, desde el primer momento, es fácil presumir de trágica, como demostrará su huida a caballo, perseguidos como piezas de cacería:

> Porque yo quise olvidar
> y puse un muro de piedra
> entre tu casa y la mía
> [...] Pero montaba a caballo
> y el caballo iba a tu puerta.

También la Novia se ve dominada por una pulsión irremediable: «Pero el brazo del otro me arrastró como un golpe de mar». Es una «sinrazón» lo que mueve a la Novia, y Leonardo no tiene ninguna culpa,

> que la culpa es de la tierra
> y de ese olor que te sale
> de los pechos y las trenzas.

Sangre, sexo, y, también, la maternidad obsesiva, encarnada en el papel más trágicamente hondo de la obra, el de la Madre, personificación de la Tierra misma; y a la Tierra irá su sangre que, con la muerte del hijo, ya no se perpetuará; en su memoria laten vivísimos todos sus muertos, los que han caído bajo las navajas de la familia de Leonardo. Y la muerte del único hijo que le queda, la condena a la esterilidad de su sangre, a la nada, y para siempre. A ella le corresponde cerrar la pieza entonando un planto funesto y enfrentándose de forma brutal a las justificaciones de la Novia, que sigue proclamando su honra. «Pero ¿qué me importa a mí tu honradez?»

Dirigida con meticuloso cuidado por el propio Lorca en su estreno con Lola Membrives en el Teatro Beatriz de Madrid, *Bodas de sangre*, repetiría éxito poco después, cuando Lorca visitó Buenos Aires en octubre de ese mismo año, y el siguiente en Barcelona, esta vez con la actriz preferida del autor, Margarita Xirgu.

Esta última actriz estrenará, el 29 de diciembre de 1934, *Yerma*, «poema trágico» según la definió su autor, de acción prácticamente inexistente porque los sentimientos de una protagonista apresada en un matrimonio sin amor varían, pero no por una acción exterior, sino en función del paso del tiempo; la boda ha sido pactada a espaldas de la mujer («Me lo dio mi padre, y lo acepté»), que se ha conformado, aunque la esperanza de ser madre parece aliviar esa situación: «Yo me entregué a mi marido por él [el hijo], y me sigo entregando para ver si llega, pero nunca por divertirme». No hay amor, ni deseo, porque, según Lorca «Yerma es, sobre todas las cosas, la imagen de la fecundidad castigada a la esterilidad». Dos años después del matrimonio, Yerma empieza a hacerse preguntas sobre ese proyecto de maternidad que es la única función que para ella tiene su marido; de nada sirve la conjuradora ni las hierbas que, según las tradiciones rurales, provocan la fecundidad; ni el paso por la romería de la ermita del santo que podría darle descendencia; Valle–Inclán ya había utilizado estas romerías donde los mozos hacían, detrás de las tapias, el milagro del santo con las malcasadas.

> Vete sola detrás de los muros,
> donde están las higueras cerradas,
> y soporta mi cuerpo de tierra
> hasta el blanco gemido del alba,

canta el Macho mientras se cimbrea con la Hembra en el baile de bacanal que celebra con la Hembra.

Se necesita una infidelidad, que la Vieja le propone ofreciéndole su hijo. Pero la honra de Yerma se lo impide; y, cuando se encare con Juan, verá que todo su proyecto de vida estaba arruinado desde el inicio de su matrimonio, porque, para Juan, «sin hijos es la vida más dulce. (…) Yo soy feliz no teniéndolos. No tenemos culpa ninguna». A Yerma no le queda otra salida que lanzarse a la garganta de su marido: «No os acerquéis, porque he matado a mi hijo, ¡yo misma he matado a mi hijo!» Condenada a la esterilidad por siempre, nada tiene sentido.

Paso a paso, Lorca hace crecer la angustia de una Yerma que ha puesto la esperanza de su vida en el cumplimiento de prejuicios sociales como el de ser madre. Primero dudará entre la esterilidad propia y la de Juan; las estampas van creando un entorno que excita y acrecienta la ansiedad de la joven: un coro de lavanderas y mozas le hace ver que todas las novias de su edad van teniendo hijos mientras ella se revuelve entre las sábanas obsesionada por el que no tiene y que podría tener si entre ella y su marido hubiera amor: «Él va con sus ovejas por los caminos y cuenta el dinero por las noches. Cuando me cubre cumple con su deber, pero yo le noto la cintura fría como si tuviera el cuerpo muerto y yo, que siempre he tenido asco de las mujeres calientes, quisiera ser en aquel instante como una montaña de fuego». O si recurre a otro hombre, cuando el hogar se ha convertido ya en un infierno, al que Juan ha traído a vivir a sus hermanas como vigilantes; están, además, los mil ojos de un pueblo dado al rumor y al chisme: nosotras no, pero «las gentes» la han visto con otro; además, el divorcio era imposible en una sociedad marcada por leyes más religiosas que civiles; y, por último, cegándole la vida definitivamente, el concepto de la honra que Yerma tiene: la posibilidad de aunar amor e hijo está cegada: cuando pasa al lado de Víctor, un muchacho que sí la enamoraba, oye llorar a un niño; pero no podrá tenerlo, por honra, al margen del matrimonio.

Dos dramas: Doña Rosita la soltera *y* La casa de Bernarda Alba

Aunque los temas propuestos en *Yerma* en una España de leyes controladas por el conservadurismo más reacio a cualquier cambio social —faltan cuatro meses para la proclamación de la República— concitaron la ira de la derecha política, Lorca suma con esta obra dos triunfos teatrales seguidos y se ha convertido en el máximo exponente del teatro culto y comercial a la vez; dos títulos más, en los veinte meses que todavía le quedan por vivir, iban a darle el título de gran dramaturgo en la escena española. Tanto *Doña Rosita la soltera* como *La casa de Bernarda Alba* son «tragedias», en el sentido intrínseco e intenso de la psicología de los personajes, pero esta última, aunque adscrita al drama, pertenece, por más rigor que se aplique al término, al género trágico; de ahí que forme parte, junto a *Bodas de sangre* y *Yerma*, de lo que se ha denominado «trilogía de la vida española» en la obra de Lorca.

Desde el punto de vista de los géneros literarios, por más trágica que sea la situación de esa engañada protagonista, *Doña Rosita la soltera o El lenguaje de las flores* es un «poema granadino», dice Lorca, un drama chejoviano, en el que, como ocurría en *Yerma* la acción viene marcada por el paso del tiempo. Estrenada en 1935, con Margarita Xirgu en el papel protagonista, *Doña Rosita* escenifica un episodio de la vida femenina y provinciana de la época, encarnado en la metáfora de la rosa mudable, a la que Lorca ya había dedicado un poema; una rosa que «por la mañana es roja; más roja al mediodía; a la tarde, blanca, y por la noche se deshace». Es, según el propio Lorca, un poema del novecientos, «el drama de la cursilería española, de la mojigatería española», que terminan por convertir a una doncella granadina «en esa cosa grotesca y conmovedora que es una solterona en España». El propio autor adjudica en el reparto los años de vida que los principales personajes tienen en los tres actos, en los tres *jar-*

dines, «con escenas de canto y baile»: Rosita tiene veinte en el primero (1885), plena primavera de la vida, y como la rosa mudable «cuando se abre en la mañana / roja como sangre está». En ese momento, su primo le hace, antes de emigrar a América, juramentos de amor y promesas de matrimonio en una escena de visos románticos, con cierta cursilería buscada patéticamente a propósito por Lorca; quince años más tarde (1900), estamos en un jardín otoñal, cuando «la tarde la pone blanca / con blanco de espuma y sal», las promesas se refuerzan con la perspectiva de un casamiento por poderes que nunca recibió; «y cuando llega la noche / se comienza a deshojar» en el tercero (1911); ahora es un jardín de invierno habitado solo por las cenizas de la esperanza y ilusiones: a sus 46 años, doña Rosita es una mujer ya pasada y vieja para la época; durante esos veinte seis años ha permanecido fiel a su amor, ha rechazado otros pretendientes, a cambio solo de cartas y promesas; «cartas van, cartas vienen / por el correo, / nada me satisface / si no te veo», cantaba el estribillo popular; Doña Rosita, en vez de volver a verlo, recibirá el hachazo en una misiva: su primo, el de las promesas, le comunica que ya está casado. Pero, en su corazón, Doña Rosita siempre ha sabido que se había casado con otra.

La vida provinciana castigaba a las solteronas, las señalaba con el dedo. Y el entorno de la protagonista sufre la misma desolación invernal de vida consumada, consumida: el Tío botánico que se arruinará cultivando rosas ha sido el primero en despedirse de la vida por ley natural; y por la misma ley de la edad han tomado el mismo camino personajes y cosas, que se van deteriorando mientras la solterona Doña Rosita tiene la muerte en el alma. Último símbolo del desastre: la alegría vital del primer acto, con sus cantos y bailes, sustentada por una economía desahogada, desaparece con la mengua del patrimonio; Doña Rosita se ve obligada a mudarse de la casa familiar a otra más modesta; y lo hará a escondidas, aprovechando la lluvia para que no haya nadie en los balcones ni vea salir al Ama, a la Tía y a Doña Rosita, que en el último instante sufre un desmayo, porque «cuando llega la noche / se comienza a deshojar»: ella misma cierra con estos dos versos la pieza.

Lorca enmarca este naufragio existencial en una estampa provinciana, con personajes llenos de humanidad y realismo: desde los populares (el Ama y su lenguaje sencillo, directo, hasta brusco incluso), hasta los que protagonizan las menudencias de la vida cotidiana, deliciosos unos, recios otros, antipáticos o ridículos, a medida que van desnudándose en las conversaciones para dibujar los valores de esa sociedad: la apariencia lo es todo (las cursis y remilgadas Solteronas, pertenecientes a la clase acomodada), la coquetería y la gracia que se imponen a la envidia (las Manolas, las hijas de Ayola), y las lenguas de las que acuchillan con su doble filo y su malquerencia, con insinuaciones sutiles o burdas, a las que se quedan solteras,. El papel del Ama, realista, sacado de las entrañas del pueblo, es la única que tiene los pies en la realidad, pero su carácter generoso y las reconvenciones de la Tía le impiden ir hasta el final de lo que piensa para no herir a sus amas; en el segundo acto, Lorca utiliza al Señor X, pretendiente de Doña Rosita, catedrático pedante, para burlarse del esnobismo de los que han convertido al progreso en dios. Introduce además, en cada acto, los cambios sociales y de costumbres que han ocurrido en los veintiséis años de la acción, subrayando el paso del tiempo por medio del Muchacho, hijo de una de las Manolas; también las hijas de Ayola se encargan de señalar que el tiempo se desliza mansamente, y que nunca pasa en vano; lo denuncian también la decoración y el vestuario de los personajes que van acomodándose a las fechas, desde la finisecular, con cierta influencia de la energía vital de la Belle Époque, hasta la primera década del siglo XX, cuando ya se percibe una insatisfacción social y política cargada de nubarrones: seis años después estallaba la Primera Guerra Mundial.

La casa de Bernarda Alba suele adscribirse, como hemos dicho, al género dramático, pero es la mayor tragedia lorquiana y quizá su pieza más conseguida. Terminada el 19 de junio de 1936 —dos meses antes, día por día, de su vil asesinato—, y leída pocos días después en casas de amigos, este «Drama de mujeres en los pueblos de España», como la subtituló Lorca, tendría que esperar nueve años para ser estrenado: lo hizo en Buenos Aires la compañía de Margarita Xirgu en marzo de 1945. Según su autor, quería ser un «documental fotográfico» sobre una familia que vivía en Valderrubio, donde los padres de Lorca poseían una pequeña propiedad a la que la familia acudía con alguna frecuencia, según contó el poeta a su amigo y diplomático chileno Carlos Morla Lynch: «En la casa vecina y colindante a la nuestra vivía "doña Bernarda", una viuda de muchos años que ejercía una inexorable y tiránica vigilancia sobre sus hijas solteras. Prisionera privada de todo albedrío jamás hablé con ellas, pero las veía pasar como sombras, siempre silenciosas y siempre vestidas de negro. Ahora bien, había en el confín del patio un pozo medianero, sin agua, y a él descendía para espiar a esa familia extraña cuyas actitudes enigmáticas me intrigaban. Y pude observarla. Era un infierno mudo y frío en ese sol africano, sepultura de gente viva bajo la férula inflexible de cancerbero oscuro. Y así nació *La casa de Bernarda Alba*, en que las secuestradas son andaluzas, pero como tú dices, tienen quizás un colorido de tierras ocres más de acuerdo con las mujeres de Castilla».

Lorca levanta sobre el escenario los muros de una cárcel, en un «pueblo sin río, pueblo de pozos, donde siempre se bebe el agua con el miedo de que esté envenenada». En eso convierte Bernarda su casa, donde encierra, para salvaguardar sus virginidades, a las cinco hijas que ha tenido: Angustias, Magdalena, Amelia, Martirio y Adela. Esa ley de luto riguroso, de puertas atrancadas durante ocho años, como ella misma hizo con su padre y su abuelo, de castración, la impone Bernarda incluso a su propia madre, María Josefa, trastornada mentalmente por una locura profética y oracular, con algunos puntos de contacto con la del rey Lear shakespeariano; y la impone también a las criadas, consiguiendo hacer de Poncia una segunda Bernarda que vigila y pone el oído a los rumores del pueblo: «¡Mal dolor de clavo le pinche en los ojos!, pero yo soy buena perra, ladro cuando me lo dicen y muerdo los talones de los que piden limosna cuando ella me azuza». La única vía de escape de ese espacio cerrado es el matrimonio, pero ha de ser por riguroso orden, empezando por Angustias la mayor de las hijas —treinta y nueve años—, y fruto único del primer matrimonio de Bernarda. Angustias, la menos agraciada de todas, se afirma a sí misma con su mayorazgo y con la envidiable herencia que le dejó su padre: ha de ser la primera en casar con un Pepe el Romano veinticinco años más joven que ella, y en cuyo patrimonio se ceban las esperanzas del joven caballista. La dominación de la madre sobre Angustias es absoluta: a pesar de su edad, llega a golpearla por el solo hecho de asomarse para ver a Pepe, que no aparecerá en escena, pero que es el eje que dispara los sentimientos y aversiones de todos los personajes.

Bernarda ordena ese universo de forma brutal, con un espíritu controlador y represivo de cualquier impulso heroico: su carácter, hecho de energía negativa, se rige por los conceptos que presiden la vida provinciana: la virginidad, la honra, el temor al qué dirán, la apariencia ante la sociedad. Los celos y la envidia pronto disuelven los lazos fraternales y convierte el espacio de la casa en una liza para hembras en celo; en especial la más joven, adolescente de veinte años, Adela, la preferida de Pepe el Romano; las muchachas conseguirán romper el cerco de prohibiciones de Bernarda, pero su dicha será escasa. La madre se encargará de resolver el problema: muerto el perro se acabó la rabia, y disparando contra el Romano, provoca la tragedia en su propia familia: el disparo de la escopeta no ha acertado, pero la adolescente enamorada no lo sabe; ante el cuerpo ahorcado de Adela, Bernarda no se inmuta: vuelve a cerrar a cal y canto la casa y a imponer el dogma de la apariencia social: «Nos hundiremos todas en un mar de luto»: Adela, la hija menor de Bernarda Alba, «ha muerto virgen. ¿Me habéis oído? ¡Silencio, silencio he dicho!»

El drama, los dramas, se plantean en un medio rural de clase alta, con una jerarquización de las personas en función de los bienes que poseen; pero no todas las hijas responden del mismo modo ante el poder autoritario de la madre y la jerarquización que entre ellas se produce: Lorca ha descrito a cada una con un carácter distinto, aunque en todas late la definición que de ellas da Poncia, para quien no son malas: «son mujeres sin hombre, nada más» (...), situación completamente antinatural, y porque las mujeres deben de «tener un hombre». Magdalena y Amelia se conforman a esa cárcel con una desesperanza que crece cada día; la primera ni siquiera tiene envidia por el destino de sus hermanas; la segunda es presa del miedo a la madre; y ambas, incapacitadas para cualquier acción, salvo pequeñas pullas en frases dictadas por la envidia. Martirio y Adela son las rebeldes: la primera, aunque despreciada por su padre debido a su fealdad, había llegado a tener un pretendiente; Bernarda lo rechazó e impidió el casamiento por pertenecer el joven a una clase social inferior; al rencor contra su madre suma el deseo de disputar el Romano a sus hermanas, sobre todo a Adela, a la que denunciará. Mientras, esta se juega todo a una carta cuando grita: «Aquí se acabaron las voces de presidio», y rompe el bastón de la madre, porque su indocilidad no está ahormada solo por el amor; gracias a este, con ese gesto violento pone en cuestión el orden social y moral de su madre, encarnación de la España rural de la época; Bernarda se mira en ese espejo, lo refleja, lo sostiene; lo sostendrá, incluso, después de que esas ideas le hayan costado la vida de su hija.

A través de Bernarda, del drama de estas mujeres, Lorca cuestiona todo el sistema de costumbres, organizado en torno a la represión social y económica; y al denunciar el sistema de castas que rodea a las hijas de Bernarda, acusa, como vértice del que todo fluye, al Poder, al Poder civil pero también, y, sobre todo, religioso, porque las normas de vida y de convivencia se dictaban desde los púlpitos; sobre todo las normas que afectaban al honor, la honra y la sexualidad de las mujeres, y que permanecían inamovibles durante siglos.

Lorca aplicó su cámara fotográfica a la tragedia de las costumbres de una Andalucía atrasada, en mano de caciques, terratenientes y curas, «pero como tú dices, tienen quizás un colorido de tierras ocres más de acuerdo con las mujeres de Castilla». Es un reflejo de la España entera de la época, que todavía cohabita en el siglo XIX. Y su cámara devuelve un trozo de realidad, para el que Lorca quiso impedirse salir del realismo: «Ni una gota de poesía», asegura haberle oído decir su amigo y músico Adolfo Salazar. Y solo hay dos fragmentos en verso: la canción de los segadores y el delirio de María Josefa, la vieja loca. No hay verso, porque la poesía está en la tensión dramática, en la red de símbolos que las palabras de todas las mujeres de la casa van enhebrando: símbolos eróticos, de opresión, de sumisión, que concuerdan con los emblemas de la poesía lorquiana: desde los colores hasta la presencia de la naturaleza —el caballo como atributo del erotismo, el agua y la sed como alegorías del deseo sexual, la luna, el bastón de Bernarda, los nombres de los personajes...

Comedias imposibles

Al mismo tiempo, y antes y después de estrenar un teatro «comercial» como hemos visto hasta ahora, García Lorca iba escribiendo teatro para «dentro de diez o veinte años». Hubieron de ser más, tanto por la situación de la escena española en los años 1930 como por la imposición de la dictadura tras el golpe militar de 1936. En 1930 y 1931, en medio de la revolución que gesta la poesía lorquiana, con influencias surrealistas, rechazo del realismo y presencia de un onirismo irracional, escribe dos piezas emblemáticas: *El público* y *Así que pasen cinco años*. La lectura privada de la primera en esas fechas demostró a Lorca, por la fría acogida recibida del núcleo de personas amigas y de alto nivel cultural que asistieron, su adelanto respecto a un público convencional; de ahí que él mismo las calificara de «irrepresentables»: iban a carecer de público porque los espectadores no quieren ver «desfilar en escena los dramas propios que cada uno [de ellos] está pensando, mientras está mirando, muchas veces sin fijarse, la representación. Y como el drama de cada uno es muy punzante y generalmente nada honroso, pues los espectadores enseguida se levantarían indignados e impedirían que continuase la representación», asegura en 1933. Para Lorca hay dos tipos de teatro: el *teatro bajo la arena* y el *teatro al aire libre*. El teatro verdadero que escenifica fuerzas ocultas (las del amor), y el teatro falso.

Lorca se suma a las corrientes europeas de vanguardia, empezando por Pirandello y sus *Seis personajes en busca de un autor* y siguiendo por el teatro y las posiciones surrealistas, desde el *Ubu Roi* de Alfred Jarry a Jean Cocteau. Pero, por encima y por debajo de esas influencias formales, el autor se asienta teatralmente en tres grandes clásicos: en *El sueño de una noche de verano,* de Shakespeare, en varias piezas de Calderón de la Barca, empezando por *La vida es sueño* y terminando por *El mágico prodigioso,* y en el *Fausto* de Goethe; aprendices de brujos llamará Lorca a estos autores. Hay personajes, situaciones e incluso nombres comunes entre *El público* y estos títulos y autores citados.

Lorca acumula en *El público* símbolos con una libertad absoluta para entrar en la intimidad del Director: caballos, bailarines, disfraces, en torno a una representación de *Ro-*

meo y Julieta —ejemplo de teatro convencional, del falso teatro—, para terminar clamando que la escena se abra a lo que pasa en la calle, a la vida real vista desde la energía poética en un teatro que desempeñe una función social: «En este momento dramático del mundo —afirma en una entrevista de 1936—, el artista debe llorar y reír con su pueblo. Hay que dejar el ramo de azucenas y meterse en el fango hasta la cintura para ayudar a los que buscan las azucenas». El teatro y el amor, los dos temas fundamentales, viajan hacia el espectador en medio de una cadena de símbolos centrados sobre todo en algo que ya aparecía en el primer intento teatral lorquiano, en *El maleficio de la mariposa:* la accidentalidad del amor, el juego de la casualidad en las relaciones amorosas, bajo la batuta del Director de teatro. Hay un líquido mágico, el que Puck da a Oberón, rey de las hadas, en *El sueño de una noche de verano,* que le hace enamorarse de la primera persona que ve, mientras su reina Titania enloquecerá por un asno, bajo cuyo disfraz está el tejedor Bottom; pero Titania se ha enamorado del asno. La fuerza oscura del amor puede maridar todo indistintamente: y con esa libertad absoluta, Lorca interroga al espectador sobre la imposibilidad del amor, la homosexualidad y la rebelión contra unos esquemas sociales periclitados por nuevas formas de vida.

El público no fue estrenada hasta diciembre de 1986 [1], con el texto que Lorca había dejado a su amigo Rafael

---

[1] Tuve la oportunidad de asistir a su estreno mundial en Milán, un deslumbrante montaje dirigido por Lluís Pasqual, con Fabià Puigserver como escenógrafo y la colaboración del pintor Frederic Amat; sobre las desnudas paredes color piedra de la Sala Fossati del Piccolo Teatro, recién reestructurada por Marco Zanuso, resaltaba la energía trágica y poética del texto, que en el empaste rojo del Teatro María Guerrero de Madrid, que poco después acogió la obra, quedaba deslavazado. Dada la situación textual de *El público*

Martínez Nadal y que, probablemente, no hubiera sido el definitivo de no haber sido asesinado su autor. Así y todo, es una lección de teatro nuevo, de revolución escénica, de rebeldía social contra los tópicos y valores aceptados.

Algo parecido ocurre con *Así que pasen cinco años;* empezó a ensayarse en abril de 1936, pero hubo de esperar a 1978 para ser vista y oída en español bajo dirección de Miguel Narros, que repetiría montaje con distinto reparto en 1989; antes se había estrenado en francés en 1959, interpretada por Laurent Terzieff y dirigida por Marcelle Auclair, y en México diez años más tarde; la pieza ha vuelto a representarse ocasionalmente porque ofrece a los jóvenes directores posibilidades muy tentadoras para exponer lecturas nuevas. Subtitulada «La leyenda del tiempo», *Así que pasen cinco años* repite una de las obsesiones que hemos visto en otras piezas de Lorca: el paso del tiempo, que se vuelve protagonista en sí mismo; los personajes, como en *El público,* se convierten en símbolos de deseos, de vivencias subconscientes, como El Viejo, el Niño y el Gato muertos, como el Amigo 2.º que quiere descumplir años, y se prestan a interpretaciones diversas, y a veces contrarias; el eje de la acción, la angustiada espera del amor por parte del Joven, que de su visita a la Novia solo saca frustración, termina por resolverse en un sueño, antes de que en el tercer acto sea visitado por los

---

en ese momento, y sin apenas trabajos filológicos sobre la obra, viajé a la ciudad italiana con el texto depurado por Rafael Martínez Nadal (1976) y la lectura de dos ensayos, en ese momento casi los únicos centrados en la obra, ambos esclarecedores de las dificultades y simbología de la pieza: *El público. Amor y muerte en la obra de Federico García Lorca* (México, Joaquín Mortiz, 1970), del citado Martínez Nadal, y la tesis doctoral de Julio Huélamo, que terminó dando origen al libro *El teatro imposible de García Lorca (Estudio sobre* El Público), Universidad de Granada, 1996.

Tres Jugadores de cartas, encarnaciones de la muerte; al perder el as de corazones, el Joven pierde la vida.

Que, a partir de 1931, Lorca escribiese para el teatro «comercial», no supuso el abandono de esa línea de renovación; lo demuestran distintos proyectos, iniciados o perdidos como *La destrucción de Sodoma*, *Los sueños de mi prima Aurelia*, y, de manera especial, el único acto que nos ha llegado de *Comedia sin título*, escrita en 1935-1936 según la estudiosa Marie Laffranque; ese acto, pergeñado de forma nada definitiva, llegó a ser estrenada, en su inacabado estado, por Lluís Pasqual en 1989. Por lo que se puede suponer, está emparentada con *El público*, aunque sea menor su nivel simbólico y mayor el empeño en llevar la realidad a la escena; no una realidad externa, sino íntima, a la que no puede tener acceso el espectador que la mira superficialmente; el Autor termina increpándolo y expulsándolo del teatro: «Lo que pasa es que usted tiene miedo. Sabe, porque me conoce, que yo quiero echar abajo las paredes para que sintamos llorar o asesinar o roncar con los vientres podridos a los que están fuera, a los que no saben siquiera que el teatro existe, y usted se espanta por eso. Pero váyase. En su casa tiene la mentira esperándolo».

Teatro difícil para un público convencional, pero, como se ha visto, teatro por fin «no imposible», del dramaturgo más vivo y abierto a la modernidad, junto con Valle-Inclán, del siglo xx en la escena española.

LORCA Y SU ÉPOCA

1898. Nace Federico García Lorca en Fuente Vaqueros, pueblo de la Vega de Granada. Es el mayor de cuatro hermanos.

Nacen Vicente Aleixandre y Dámaso Alonso.

España pierde sus últimas colonias —Cuba, Puerto Rico y Filipinas— tras una guerra con Estados Unidos.

1902. Su madre, maestra en excedencia, es su primera profesora.

Sube al trono Alfonso XIII.

1906. Santiago Ramón y Cajal, Premio Nobel de Medicina.

1907. La familia se traslada a Valderrubios (entonces Asquerosa).

Antonio Machado publica *Soledades, galerías y otros poemas*. Picasso: *Las señoritas de Aviñón*.

1908. Ingresa en el Instituto de Segunda Enseñanza de Almería, donde solo permanecerá unos meses. Comienza sus estudios de música.

Ramón del Valle-Inclán publica *Romance de lobos*.
Ramón Menéndez Pidal inicia la publicación de su
edición del *Cantar del Cid*. Benavente: *Señora ama*.

1909. Vuelve a Granada. Cursa el bachillerato a la vez que
estudia música.
Semana Trágica de Barcelona.

1910. Se abre en Madrid la Residencia de Estudiantes.

1912. Antonio Machado publica *Campos de Castilla*. Manuel Machado publica *Cante jondo*.

1913. Aparece *Del sentimiento trágico de la vida*, de Miguel de
Unamuno. Marcel Proust publica *Por la parte de Swann*,
primer volumen de *A la busca del tiempo perdido*.

1914. Se publica *Platero y yo*, de Juan Ramón Jiménez. Aparece *Niebla*, de Miguel de Unamuno.
Estalla la Primera Guerra Mundial.

1915. Ingresa en la Universidad de Granada, matriculado
en Derecho y en Filosofía y Letras.

1916. Viajes de estudios por España. Conoce en Baeza a
Antonio Machado.
Muere Rubén Darío.

1917. Abandona el estudio de la música y empieza a escribir
poesía. Conoce a Manuel de Falla.
Juan Ramón Jiménez edita *Diario de un poeta reciencasado*. Se publica el primer tomo de *Greguerías*, de
Ramón Gómez de la Serna. Francisco Villaespesa publica sus *Poesías escogidas*.
Revolución en Rusia.

1918. Publica su primer libro, *Impresiones y paisajes*, descripciones líricas en prosa.
J. R. Jiménez: *Eternidades*.
Marcel Proust: *A la sombra de las muchachas en flor*.
Termina la Primera Guerra Mundial con la victoria
de los Aliados (Francia, Gran Bretaña y Estados Unidos) sobre Alemania.

1919.   Se instala en la Residencia de Estudiantes de Madrid
        donde vivirá hasta 1929, con largas estancias en Gra-
        nada.
        Escribe *El maleficio de la mariposa.*
1920.   Estreno en Madrid de *El maleficio de la mariposa.*
        Muere Benito Pérez Galdós. León Felipe: *Versos y
        oraciones del caminante.* Ramón del Valle-Inclán: *Di-
        vinas palabras, Luces de Bohemia* y *Farsa y licencia de la
        Reina castiza.* Gerardo Diego: *Romancero de la novia*
        (su primer libro).
1921.   Publica *Libro de poemas.* En noviembre escribe *Poema
        del cante jondo.* Trabaja en *Suites* y *Canciones.*
        Trabaja en *Lola la comedianta* (varias versiones hasta
        1923).
        Muere Emilia Pardo Bazán. Dámaso Alonso: *Poemas
        puros. Poemillas de la ciudad.* Gabriel Miró: *Nuestro
        Padre San Daniel.* Pirandello: *Seis personajes en busca
        de autor.* Muerte de Marcel Proust; aparece *La parte
        de Guermantes.*
1922.   Organiza, con Manuel de Falla, la «Fiesta del cante
        jondo», que se celebra en Granada.
        Escribe *Los títeres de Cachiporra. Tragicomedia de don
        Cristóbal y la señá Rosita.*
        Juan Ramón Jiménez: *Segunda antología poética.* Ge-
        rardo Diego: *Imagen.* Jacinto Benavente, Premio No-
        bel de Literatura. Eliot: *La tierra baldía.* Joyce: *Ulises.*
        M. Proust: *Sodoma y Gomorra*
        El fascismo toma el poder en Italia.
1923.   Licenciatura en Derecho. Conoce a Dalí en la Resi-
        dencia.
        Representación privada de *La niña que riega la alba-
        haca y el príncipe preguntón* (marionetas).
        José Ortega y Gasset funda la *Revista de Occidente.*
        Proust: *La prisionera.*

Alfonso XIII acepta la Dictadura del general Miguel Primo de Rivera.

1924. Escribe parte del *Romancero gitano*.

Trabaja en *Mariana Pineda* (versión definitiva en 1925) y primer borrador de *Doña Rosita la soltera*. Pedro Salinas: *Presagio* (su primer libro). Gerardo Diego: *Manual de espumas*. André Breton publica en Francia el primer manifiesto surrealista. A. Machado: *Nuevas canciones*. P. Neruda: *Veinte poemas de amor*.

1925. Estancia en Cadaqués, con Dalí y su familia.

Escribe *Diálogos (La doncella, el marinero y el estudiante; El paseo de Buster Keaton; Quimera; Diálogo mudo de los cartujos, y Diálogo de los dos caracoles)*. Rafael Alberti publica su primer libro: *Marinero en tierra*. J. Ortega y Gasset: *La deshumanización del arte*. M. Proust: *Albertina desaparecida*.

1926. Da varias conferencias y recitales. Publica *Oda a Salvador Dalí*.

Escribe *La zapatera prodigiosa*. Manuel Altolaguirre: *Las islas invitadas* (su primer libro). Ramón Menéndez Pidal: *Orígenes del español*.

1927. Publica *Canciones*. Expone dibujos en una galería de arte de Barcelona.

Estreno de *Mariana Pineda* en Madrid y Barcelona (aquí, con decorados de Dalí). Celebración del centenario de Góngora en Sevilla. Rafael Alberti: *Cal y canto*. Luis Cernuda publica su primer libro, *Perfil del aire*. M. Proust: *El tiempo recobrado*, séptimo y último volumen de *À la recherche du temps perdu*.

1928. Publica *Romancero gitano*.

Escribe *Amor de don Perlimplín con Belisa en su jardín*. Publica en la revista *El Gallo* dos diálogos: *El paseo de Buster Keaton* y *La doncella, el marinero y el estudiante*.

Luis Buñuel y Dalí ruedan en Francia *El perro anda-luz*. Vicente Aleixandre publica su primer libro: *Ám-bito*. Primer libro de Jorge Guillén: *Cántico*.

1929. En junio sale hacia Nueva York. Allí escribe *Poeta en Nueva York* (con *Tierra y luna*) y algunos sonetos. La censura prohíbe el estreno de *Amor de don Perlim-plín con Belisa en su jardín*. Escribe *Viaje a la Luna*. Dalí expone por primera vez sus cuadros en París. Rafael Alberti: *Sobre los ángeles*. J. Ortega y Gasset: *La rebelión de las masas*. José Moreno Villa: *Jacinta la pelirroja*. Hundimiento de la Bolsa de Nueva York. Intentos de derrocar la Dictadura de Primo de Rivera.

1930. En marzo se traslada a Cuba, donde permanecerá hasta el verano. Trabaja en *El público*. Estreno de *La zapatera prodi-giosa* en Madrid. Luis Buñuel filma *La edad de oro*. Emilio García Gó-mez edita *Poemas arabigoandaluces*. El partido nazi gana las elecciones en Alemania. Di-mite el general Primo de Rivera.

1931. Publica *Poema del cante jondo*. Escribe los primeros poemas de *Diván del Tamarit*. Escribe *Así que pasen cinco años* y *Retablillo de don Cristóbal y doña Rosita*. Trabaja en *El público*. Pedro Salinas: *Fábula y signo*. Unamuno: *La agonía del cristianismo* y *San Manuel Bueno, mártir*. Abril: las elecciones municipales dan el triunfo a la República. Alfonso XIII abandona España.

1932. Se funda «La Barraca», compañía oficial de teatro di-rigida por F. G. L. Primeras representaciones en pue-blos. Estancia en Galicia. Escribe *Bodas de sangre*.

Gerardo Diego: *Fábula de Equis y Zeda*. Vicente Alei-xandre: *Espadas como labios*. Miguel Mihura: *Tres sombreros de copa*.

Aprobación del Estatuto de Cataluña.

1933. En octubre sale para Argentina y Uruguay, donde permanecerá hasta marzo de 1934.

Estreno de *Bodas de sangre* en Madrid, Barcelona y Buenos Aires. Estreno de *Amor de don Perlimplín con Belisa en su jardín* en el club privado Anfistora de Madrid. Publica en la revista *Los Cuatro Vientos* dos actos de *El público*. Trabaja en *Yerma* (versión definitiva en 1934).

Pedro Salinas: *La voz a ti debida*.

Elecciones generales en España: gana la derecha.

1934. Prepara *Diván del Tamarit* para su edición.

Estrena *Retablillo de don Cristóbal y doña Rosita* en Buenos Aires (marzo) y Madrid (octubre). Estreno de *Yerma* en Madrid.

Agosto: Muere Ignacio Sánchez Mejías. Enrique Jardiel Poncela: *Angelina o el honor de un brigadier*. Alejandro Casona: *La sirena varada*.

Octubre: La revolución de los mineros asturianos es duramente reprimida.

1935. Publica *Llanto por Ignacio Sánchez Mejías*. Trabaja en *Sonetos*.

Estreno de *Doña Rosita la soltera* en Barcelona, donde también se representa *Yerma*. Se repone *Bodas de sangre* en Madrid y se estrena su versión inglesa —*Bitter Oleander*— en Nueva York. Se repone en Madrid *Retablillo de don Cristóbal y doña Rosita*. Trabaja en *Comedia sin título*.

Vicente Aleixandre: *La destrucción o el amor*. Primer libro de Luis Rosales: *Abril*. Ramón J. Sender: *Mr. Witt en el Cantón*.

1936.   Publica *Primeras canciones*. En julio, viaja a Granada.
Tras recibir amenazas, se refugia en casa de la familia
Rosales, falangistas conocidos. Aun así, es detenido el
16 de agosto y asesinado el 18 o 19 en Víznar, cerca
de Granada.
Escribe *La casa de Bernarda Alba*. Trabaja en *Los sueños de mi prima Aurelia* y en *Comedia sin título*. Se
publica *Bodas de sangre* en la editorial Cruz y Raya.
¿Versión definitiva de *El público*?
Antonio Machado: *Juan de Mairena*. Luis Cernuda:
La realidad y el deseo. Miguel Hernández: *El rayo que
no cesa*. Mueren Ramón del Valle-Inclán y Miguel de
Unamuno.
Febrero: gana las elecciones generales el Frente Popular (coalición de izquierdas). 17 de julio: un sector
del ejército, con el general Franco al frente, se subleva
contra la República y comienza la guerra civil.

L̵E

BIBLIOGRAFÍA DE LORCA

FEDERICO GARCÍA LORCA: *Obras Completas*, edición de Miguel García-Posada, 4 volúmenes. Galaxia-Gutenberg/Círculo de Lectores, Barcelona, 1996-1997.

Edición rigurosa, con abundantes textos y documentos inéditos, de la *Obra Completa* de García Lorca, ordenada del siguiente modo: tomo I: *Poesía*; tomo II: *Teatro*; tomo III: *Prosa*; tomo IV: *Primeros escritos*.

En *Lorca esencial* seguimos los textos fijados por Miguel García-Posada, a quien agradezco su amable permiso para reproducirlos; tengo en cuenta del mismo modo para la cronología y la bibliografía su estudio *Federico García Lorca* (EDAF, Madrid, 1979).

A continuación damos de forma sucinta la bibliografía lorquiana, anotando la cronología de redacción (fechas entre paréntesis), y la publicación de los principales poemarios, obras dramáticas y demás textos lorquianos, ordenados por la data de edición.

Obras de Federico García Lorca

Obras completas

Obras completas, al cuidado de Guillermo de Torre, Editorial Losada, Buenos Aires, 1938-1945.

Obras completas, al cuidado de Arturo del Hoyo, Editorial Aguilar, Madrid, 1954-1986.

Obras completas de Federico García Lorca, edición de Miguel García-Posada, 4 vols., Galaxia Gutenberg, Barcelona, 1996-1998.

Libros de poesía

Libro de poemas (1918-1920), Madrid, Maroto, 1921.

Canciones (1921-1924), Málaga, Litoral, 1927.

Primer romancero gitano (1924-1927), Madrid, Revista de Occidente, 1928.

Poema del cante jondo (1921), Madrid, C.I.A.P., Ulises, 1931.

Llanto por Ignacio Sánchez Mejías (1934), Madrid, Ediciones del Árbol, Cruz y Raya, 1935.

Seis poemas galegos (1932-1934), Santiago de Compostela, Nós, 1935.

Primeras canciones (1922), Madrid, Héroe, 1936.

Poeta en Nueva York (1929-1930), México, Ediciones Séneca, 1940 (fecha oficial de terminación: 15 de junio).

The Poet in New York and other poems of F.G.L. The Spanish Text with an English translation by Rolfe Humphries, Norton, New York, 1940 (fecha oficial de terminación: 24 de mayo).

Diván del Tamarit (1931-1934), *Revista Hispánica Moderna*, Nueva York, 1940.

Suites, ed. de André Belamich, Ariel, Barcelona, 1983.

Sonetos del amor oscuro, Granada, 1983.

Prosa

Impresiones y paisajes (1917-1918), Granada, Imp. Paulino Ventura, 1918.

Obras dramáticas

El maleficio de la mariposa (1920), Madrid, Aguilar, 1954.

Mariana Pineda (1927), Madrid, La Farsa, 1928.

Los títeres de Cachiporra. Tragicomedia de don Cristóbal y la señá Rosita (después de 1923), *Raíz*, Facultad de Filosofía y Letras, 1948-1949.

Amor de don Perlimplín con Belisa en su jardín (Aleluya erótica), 1923-33, Buenos Aires, Losada, 1938-1942.

La zapatera prodigiosa (1930), *O. C.*, Buenos Aires, Losada.

El público (1930). Fragmentos en *Los Cuatro Vientos* (1933). Texto de R. Martínez Nadal, en *Autógrafos*, II, cit., 1976.

Así que pasen cinco años (1931-1936). *Hora de España*, Valencia, 1937 (una escena); *O. C.*, Buenos Aires, Losada.

Retablillo de don Cristóbal (1931), Valencia, Comisariado General de Guerra, 1938.

Bodas de sangre (1933), Cruz y Raya, Madrid, 1936.

Yerma (1934), *O. C.*, Buenos Aires, Losada.

Comedia sin título (1935), publicada por M. Laffranque, «F. G. L.: Une piéce inachevée», *Bulletin Hispanique*, t. LXXVIII, núms. 3-4, julio-diciembre 1976, pp. 349-372.

Doña Rosita la soltera o El lenguaje de las flores (1935), *O. C.*, Buenos Aires, Losada.

La casa de Bernarda Alba (1936), *O. C.*, Buenos Aires, Losada.

El público. Comedia sin título, Barcelona, Seix Barral, 1978 (con estudio de M. Laffranque).

Conferencias

«El cante jondo. Primitivo canto andaluz», Granada, 1922.
«La imagen poética de don Luis de Góngora», Granada, 1926.
«Homenaje a Soto de Rojas», Granada, 1926.
«Imaginación, inspiración y evasión», Granada, 1928.
«Sketch de la pintura moderna», Granada, 1928.
«Las nanas infantiles», Madrid, 1928.
«Lo que canta una ciudad de noviembre a noviembre», La Habana, 1930.
«Juego y teoría del duende», La Habana, 1933.
«Conferencia-recital sobre *Poeta en Nueva York*», Madrid, 1932.
«Elegía a María Blanchard», Madrid, 1932.
«Conferencia sobre el *Romancero gitano*», Madrid, 1933.
«Charla sobre teatro», Madrid, 1935.

Otras prosas

«Granada (Paraíso cerrado para muchos)».
«Semana Santa en Granada», 1936.
Diversos artículos, notas y alocuciones, recogidos en *O. C.*, Aguilar.
«Sol y sombra» (1930), poema en prosa destinado a una *Tauromaquia*.
Cartas (más de doscientas) dirigidas a amigos y familiares. Declaraciones y entrevistas, recogidas en *O. C.*

BIBLIOGRAFÍA SOBRE LORCA

CAMACHO ROJO, José María (ed.): *La tradición clásica en la obra de Federico García Lorca*, Universidad de Granada, 2006.

CORREA, Gustavo: *La poesía mítica de Federico García Lorca*, Gredos, Madrid, 1975.

EDWARD, Gwynne: *El teatro de Federico García Lorca*, Gredos, Madrid, 1938.

GARCÍA LORCA, Francisco: *Federico García Lorca y su mundo*, Alianza Editorial, Madrid, 1980.

GARCÍA-POSADA, Miguel: *Federico García Lorca*, EDAF, Madrid, 1979.

GIBSON, Ian: *Vida, pasión y muerte de Federico García Lorca (1898-1936)*, Plaza y Janés, Barcelona, 1998. Nueva edición aumentada y revisada, De Bolsillo, Barcelona, 2016.

GIL, Ildefonso Manuel (ed.): *Federico García Lorca*, «El escritor y la crítica», Taurus, Madrid, 1975.

LAFRANQUE, Marie: *Federico García Lorca*, Seghers, París, 1966.

— *Les idées esthétiques de Federico García Lorca,* Las Américas Publishing Company, Nueva York, 1963.

LIMA, Robert: *The theatre of García Lorca,* Las Américas Publishing Company, Nueva York, 1963.

MARTÍN, Eutimio: *Federico García Lorca, heterodoxo y mártir,* Siglo XXI, Madrid, 1986.

MAURER, Christopher, y ANDERSON, Andrew: *Federico García Lorca en Nueva York y La Habana,* Galaxia Gutenberg, Barcelona, 2013.

MOLINA FAJARDO, Eduardo: *Los últimos días de García Lorca,* Plaza y Janés, Barcelona, 1982.

RAMOS ESPEJO, Antonio: *Herido por el agua. García Lorca y La Alhambra,* Editorial Almuzara, Córdoba, 2012.

RODRIGO, Antonina: *García Lorca en el país de Dalí,* Editorial Base, Barcelona, 2013.

RODRÍGUEZ, Juan Carlos: *Lorca y el sentido. Un inconsciente para una historia,* Akal, Madrid, 1994.

RUIZ RAMÓN, Francisco: *Historia del teatro español. Siglo XX,* Cátedra, Madrid, 1997.

LIBRO DE POEMAS

Canción otoñal

Noviembre de 1918
(Granada)

Hoy siento en el corazón
Un vago temblor de estrellas
Pero mi senda se pierde
En el alma de la niebla.
La luz me troncha las alas
Y el dolor de mi tristeza
Va mojando los recuerdos
En la fuente de la idea.

Todas las rosas son blancas,
Tan blancas como mi pena,
Y no son las rosas blancas,
Que ha nevado sobre ellas.

Antes tuvieron el iris.
También sobre el alma nieva.
La nieve del alma tiene
Copos de besos y escenas
Que se hundieron en la sombra
O en la luz del que las piensa.

La nieve cae de las rosas
Pero la del alma queda,
Y la garra de los años
Hace un sudario con ella.

¿Se deshelará la nieve
Cuando la muerte nos lleva?
¿O después habrá otra nieve
Y otras rosas más perfectas?

¿Será la paz con nosotros
Como Cristo nos enseña?
¿O nunca será posible
La solución del problema?

¿Y si el Amor nos engaña?
¿Quién la vida nos alienta
Si el crepúsculo nos hunde
En la verdadera ciencia
Del Bien que quizá no exista
Y del Mal que late cerca?

¿Si la esperanza se apaga
Y la Babel se comienza
Qué antorcha iluminará
Los caminos en la Tierra?

¿Si el azul es un ensueño
Qué será de la inocencia?
¿Qué será del corazón
Si el Amor no tiene flechas?

¿Y si la muerte es la muerte
Qué será de los poetas
Y de las cosas dormidas
Que ya nadie las recuerda?
¡Oh sol de las esperanzas!
¡Agua clara! ¡Luna nueva!
¡Corazones de los niños!
¡Almas rudas de las piedras!
Hoy siento en el corazón
Un vago temblor de estrellas
Y todas las rosas son
Tan blancas como mi pena.

L
E
101

Madrigal de verano

Agosto de 1920
(Vega de Zujaira)

Junta tu roja boca con la mía,
¡Oh Estrella la gitana!
Bajo el oro solar del mediodía
Morderé la Manzana.

En el verde olivar de la colina,
Hay una torre mora
Del color de tu carne campesina
Que sabe a miel y aurora.

Me ofreces en tu cuerpo requemado,
El divino alimento
Que da flores al cauce sosegado
Y luceros al viento.

¿Cómo a mi te entregaste, luz morena?
¿Por qué me diste llenos
De amor tu sexo de azucena
Y el rumor de tus senos?

¿No fue por mi figura entristecida?
(¡Oh mis torpes andares!)
¿Te dio lástima acaso de mi vida,
Marchita de cantares?

¿Cómo no has preferido a mis lamentos
Los muslos sudorosos
De un San Cristóbal campesino lentos
En el amor y hermosos?

Danaide del placer eres conmigo.
Femenino Silvano.
Huelen tus besos como huele el trigo
Reseco del verano.

Entúrbiame los ojos con tu canto.
Deja tu cabellera
Extendida y solemne como un manto
De sombra en la pradera.

Píntame con tu boca ensangrentada
Un cielo del amor,
En un fondo de carne la morada
Estrella de dolor.

Mi pegaso andaluz está cautivo
De tus ojos abiertos,
Volará desolado y pensativo
Cuando los vea muertos.

Y aunque no me quisieras te querría,
Por tu mirar sombrío
Como quiere la alondra al nuevo día,
Solo por el rocío.

Junta tu roja boca con la mía,
¡Oh Estrella la gitana!
Déjame bajo el claro mediodía
Consumir la Manzana.

Balada de un día de julio

Julio de 1919

Esquilones de plata
Llevan los bueyes.

—¿Dónde vas, niña mía,
De sol y nieve?

—Voy a las margaritas
Del prado verde.

—El prado está muy lejos
Y miedo tiene.

—Al airón y a la sombra
Mi amor no teme.

—Teme al sol, niña mía,
De sol y nieve.

—¿Se fue de mis cabellos
Ya para siempre.

—Quién eres, blanca niña.
¿De dónde vienes?

—Vengo de los amores
Y de las fuentes.

Esquilones de plata
Llevan los bueyes.

—¿Que llevas en la boca
Que se te enciende?

—La estrella de mi amante
Que vive y muere.

—¿Que llevas en el pecho
Tan fino y leve?

—La espada de mi amante
Que vive y muere.

—¿Qué llevas en los ojos
Negro y solemne?

—Mi pensamiento triste
Que siempre hiere.

—¿Por qué llevas un manto
Negro de muerte?

—¡Ay, yo soy la viudita
Triste y sin bienes!

Del conde del Laurel
De los Laureles.

—¿A quién buscas aquí
Si a nadie quieres?

—Busco el cuerpo del conde
De los Laureles.

—¿Tú buscas el amor,
Viudita aleve?
Tú buscas un amor
Que ojalá encuentres.

—Estrellitas del cielo
Son mi quereres,
¿Dónde hallaré a mi amante
Que vive y muere?

—Está muerto en el agua,
Niña de nieve,
Cubierto de nostalgias
Y de claveles.

—¡Ay! caballero errante
De los cipreses,
Una noche de luna
Mi alma te ofrece.

—¡Ah! Isis soñadora.
Niña sin mieles
La que en bocas de niños
Su cuento vierte.

Mi corazón te ofrezco,
Corazón tenue,
Herido por los ojos
De las mujeres.

—Caballero galante,
Con Dios te quedes.
Voy a buscar al conde
De los Laureles.

Adiós mi doncellita,
Rosa durmiente,
Tú vas para el amor
Y yo a la muerte.

Esquilones de plata
Llevan los bueyes.

Mi corazón desangra
Como una fuente.

«In memoriam»

Agosto de 1920

Dulce chopo,
Dulce chopo,
Te has puesto
De oro.
Ayer estabas verde,
Un verde loco
De pájaros
Gloriosos.
Hoy estás abatido
Bajo el cielo de agosto
Como yo bajo al cielo
De mi espíritu rojo.
La fragancia cautiva
De tu tronco
Vendrá a mi corazón
Piadoso.
¡Rudo abuelo del prado!
Nosotros,
Nos hemos puesto
De oro.

La balada del agua del mar

1920

A Emilio Prados
(Cazador de nubes)

El mar,
Sonríe a lo lejos.
Dientes de espuma,
Labios de cielo.

—¿Qué vendes, oh joven rubia
Con los senos al aire?

—Vendo, señor, el agua
De los mares.

—¿Qué llevas, oh negro joven,
Mezclado con tu sangre?

—Llevo, señor, el agua
De los mares.

—¿Esas lágrimas salobres
De dónde vienen, madre?

—Lloro, señor, el agua
De los mares.

—¿Corazón, y esta amargura
Seria, ¿de dónde nace?

—¡Amarga mucho el agua
De los mares!

El mar,
Sonríe a lo lejos.
Dientes de espuma,
Labios de cielo.

Meditación bajo la lluvia

[FRAGMENTO]

3 de enero de 1919

A José Mora

Ha besado la lluvia al jardín provinciano
Dejando emocionantes cadencias en las hojas.
El aroma sereno de la tierra mojada,
Inunda al corazón de tristeza remota.

Se rasgan nubes grises en el mudo horizonte.
Sobre el agua dormida de la fuente, las gotas
Se clavan, levantando claras perlas de espuma.
Fuegos fatuos, que apaga el temblor de las ondas.

La pena de la tarde estremece a mi pena.
Se ha llenado el jardín de ternura monótona
¿Todo mi sufrimiento Se ha perder, Dios mío,
Como se pierde el dulce sonido de las frondas?

¿Todo el eco de estrellas que guardo sobre el alma
Será luz que me ayude a luchar con mi forma?
¿Y el alma verdadera se despierta en la muerte?
¿Y esto que ahora pensamos Se lo traga la sombra?

¡Oh, qué tranquilidad del jardín con la lluvia!
Todo el paisaje casto mi corazón transforma,
En un ruido de ideas humildes y apenadas
Que pone en mis entrañas un batir de palomas.

Sale el sol.
          El jardín desangra en amarillo
Late sobre el ambiente una pena que ahoga.
Yo siento la nostalgia de mi infancia intranquila,
Mi ilusión de ser grande en el amor, las horas
Pasadas como esta contemplando la lluvia
Con tristeza nativa.
                Caperucita roja
Iba por el sendero...

Se fueron mis historias, hoy medito, confuso,
Ante la fuente turbia que del amor me brota.

¿Todo mi sufrimiento Se ha de perder, Dios mío,
Como se pierde el dulce sonido de las frondas?

Vuelve a llover.
El viento va trayendo a las sombras.

Aire de nocturno

1919

Tengo mucho miedo
De las hojas muertas,
Miedo de los prados
Llenos de rocío.
Yo voy a dormirme;
Si no me despiertas,
Dejaré a tu lado
mi corazón frío.

¿Qué es eso que suena
Muy lejos?
Amor.
El viento en las vidrieras,
¡Amor mío!

Te puse collares
Con gemas de aurora.
¿Por qué me abandonas
En este camino?
Si te vas muy lejos
Mi pájaro llora
Y la verde viña
No dará su vino.

¿Qué es eso que suena
Muy lejos?
Amor.
El viento en las vidrieras,
¡Amor mío!

Tú no sabrás nunca,
Esfinge de nieve,

Lo mucho que yo
Te hubiera querido
Esas madrugadas
Cuando tanto llueve
Y en la rama seca
Se deshace el nido.

¿Qué es eso que suena
Muy lejos?
Amor.
El viento en las vidrieras,
¡Amor mío!

Nido

1919

¿Qué es lo que guardo en estos
Momentos de tristeza?
¡Ay!, ¿quién tala mis bosques
Dorados y floridos?
¿Qué leo en el espejo
De plata conmovida
Que la aurora me ofrece
Sobre el agua del río?
¿Qué gran olmo de idea
Se ha tronchado en mi bosque?
¿Qué lluvia de silencio
Me deja estremecido?
Si a mi amor dejé muerto
En la ribera triste,
¿Qué zarzales me ocultan
Algo recién nacido?

SUITES

Suite de los espejos

SÍMBOLO

Cristo
tenía un espejo
en cada mano.
Multiplicaba
su propio espectro.
Proyectaba su corazón
en las miradas
negras.
¡Creo!

EL GRAN ESPEJO

Vivimos
bajo el gran espejo.
¡El hombre es azul!
¡Hosanna!

REFLEJO

Doña Luna.
(¿Se ha roto el azogue?)
No.
¿Qué muchacho ha encendido
su linterna?
Solo una mariposa
basta para apagarte.
Calla... ¡Pero es posible!
¡Aquella luciérnaga
es la luna!

RAYOS

Todo es abanico.
Hermano, abre los brazos.
Dios es el punto.

RÉPLICA

Un pájaro tan solo
canta.
El aire multiplica.
Oímos por espejos.

TIERRA

Andamos
sobre un espejo,
sin azogue,
sobre un cristal
sin nubes.
Si los lirios nacieran
al revés,
si todas las raíces
miraran las estrellas,
y el muerto no cerrara
sus ojos,
seríamos como cisnes.

CAPRICHO

Detrás de cada espejo
hay una estrella muerta
y un arco iris niño
que duerme.

Detrás de cada espejo
hay una calma eterna
y un nido de silencios
que no han volado.

El espejo es la momia
del manantial; se cierra,
como concha de luz,
por la noche.

El espejo
es la madre-rocío,
el libro que diseca
los crepúsculos, el eco hecho carne.

SINTO

Campanillas de oro.
Pagoda dragón.
Tilín, tilín,
sobre los arrozales.
Fuente primitiva.
Fuente de la verdad.
A lo lejos,
garzas de color rosa
y el volcán marchito.

LOS OJOS

En los ojos se abren
Infinitos senderos.
Son dos encrucijadas
de la sombra.

La muerte llega siempre
de esos campos ocultos.
(Jardinera que troncha
las flores de las lágrimas.)

Las pupilas no tienen
horizontes.
Nos perdemos en ellas
como en la selva virgen.
Al castillo de irás
y no volverás
se va por el camino
que comienza en el iris.
¡Muchacho sin amor,
Dios te libre de la yedra roja!
¡Guárdate del viajero,
Elenita que bordas
corbatas!

«INITIUM»

Adán y Eva.
La serpiente
partió el espejo
en mil pedazos,
y la manzana
fue la piedra.

«BERCEUSE» AL ESPEJO DORMIDO

Duerme.
No temas la mirada
errante.
Duerme.

Ni la mariposa,
ni la palabra,
ni el rayo furtivo
de la cerradura
te herirán.
                    Duerme.

Como mi corazón,
así tú,
espejo mío.
Jardín donde el amor
me espera.

Duérmete sin cuidado,
pero despierta,
cuando se muera el último
beso de mis labios.

AIRE

El aire,
preñado de arcos iris,
rompe sus espejos
sobre la fronda.

CONFUSIÓN

Mi corazón
¿es tu corazón?
¿Quién me refleja pensamientos?

¿Quién me presta
esta pasión
sin raíces?
¿Por qué cambia mi traje
de colores?
¡Todo es encrucijada!
¿Por qué ves en el cielo
tanta estrella?
¿Hermano, eres tú
o soy yo?
¿Y estas manos tan frías
son de aquel?
Me veo por los ocasos,
y un hormiguero de gente
anda por mi corazón.

L
E
121

REMANSO

El búho
deja su meditación,
limpia sus gafas
y suspira.
Una luciérnaga
rueda monte abajo,
y una estrella
se corre.
El búho bate sus alas
y sigue meditando.

El jardín de las morenas

ENCUENTRO

María del Reposo,
te vuelvo a encontrar
junto a la fuentefría
del limonar.
¡Viva la rosa en su rosal!

María del Reposo,
te vuelvo a encontrar,
los cabellos de niebla
y ojos de cristal.
¡Viva la rosa en su rosal!

María del Reposo,
te vuelvo a encontrar.
Aquel guante de luna que olvidé,
¿dónde está?
¡Viva la rosa en su rosal!

El regreso

Yo vuelvo
por mis alas.

¡Dejadme volver!

¡Quiero morirme siendo
amanecer!
¡Quiero morirme siendo
ayer!

Yo vuelvo
por mis alas.

¡Dejadme retornar!

¡Quiero morirme siendo
manantial.

Quiero morirme fuera
de la mar.

RECODO

Quiero volver a la infancia.
Y de la infancia a la sombra.

¿Te vas, ruiseñor?
Vete.

Quiero volver a la sombra.
Y de la sombra a la flor.

¿Te vas, aroma?
¡Vete!

Quiero volver a la flor.
Y de la flor.
a mi corazón.

¿Te vas, amor?
¡Adiós!

(¡A mi desierto corazón!)

Suite del agua

PAÍS

En el agua negra,
árboles yacentes,
margaritas
y amapolas.

Por el camino muerto
van tres bueyes.

Por el aire,
el ruiseñor,
corazón del árbol.

TEMBLOR

En mi memoria turbia,
con un recuerdo de plata,
piedra de rocío.

En el campo sin monte,
una laguna clara,
manantial apagado.

ACACIA

¿Quién segó el tallo
de la luna?

(Nos dejó raíces
de agua.)

¡Qué fácil nos sería cortar las flores
de la eterna acacia!

CURVA

Con un lirio en la mano
te dejo.
¡Amor de mi noche!
Y viudita de mi astro
te encuentro.

¡Domador de sombrías
mariposas!
Sigo por mi camino.
Al cabo de mil años
me verás.
¡Amor de mi noche!
Por la vereda azul,
domador de sombrías
estrellas,
seguiré mi camino.
Hasta que el Universo
quepa en mi corazón.

COLMENA

¡Vivimos en celdas
de cristal,
en colmena de aire!
Nos besamos a través
de cristal.
¡Maravillosa cárcel,
cuya puerta
es la luna!

Cruz

NORTE

Las estrellas frías
sobre los caminos.
Hay quien va y quien viene
por selvas de humo.
Las cabañas suspiran
bajo la aurora perpetua.

¡En el golpe
del hacha
valles y bosques tienen
un temblor de cisterna!
¡En el golpe
del hacha!

SUR

Sur,
espejismo,
reflejo.

Da lo mismo decir
estrella que naranja,
cauce que cielo.

¡Oh la flecha,
la flecha!
El Sur
es eso:
una flecha de oro,
sin blanco, sobre el viento.

ESTE

Escala de aroma
que baja
al Sur
(por grados conjuntos).

OESTE

Escala de luna
que asciende
al Norte
(cromática).

Ferias

CANCIÓN MORENA

Me perdería
por tu país moreno,
María del Carmen.

Me perdería
por tus ojos sin nadie
pulsando los teclados
de tu boca inefable.
En tu abrazo perpetuo
sería moreno el aire
y tendría la brisa
el vello de tu carne.

Me perdería
por tus senos temblantes,
por las hondas negruras
de tu cuerpo suave.

Me perdería
por tu país moreno,
María del Carmen.

Ensueños del río

CORRIENTE LENTA

En el Cubillas

Por el río se van mis ojos,
por el río...

Por el río se va mi amor,
por el río...

(Mi corazón va contando
las horas que está dormido.)

El río trae hojas secas,
el río...

El río es claro y profundo,
el río...

(Mi corazón me pregunta
Si puede cambiar de sitio.)

POEMA
DEL
CANTE JONDO

Baladilla de los tres ríos

A Salvador Quinteros

El río Guadalquivir
va entre naranjos y olivos.
Los dos ríos de Granada
bajan de la nieve al trigo.

¡Ay, amor
que se fue y no vino!

El río Guadalquivir
tiene las barbas granates.
Los dos ríos de Granada
uno llanto y otro sangre.

¡Ay, amor
que se fue por el aire!

Para los barcos de vela,
Sevilla tiene un camino;
por el agua de Granada
solo reman los suspiros.

¡Ay, amor
que se fue y no vino!

Guadalquivir, alta torre
y viento en los naranjales.
Dauro y Genil, torrecillas
muertas sobre los estanques,

¡Ay, amor
que se fue por el aire!

¡Quién dirá que el agua lleva
un fuego fatuo de gritos!

¡Ay, amor
que se fue y no vino!

Lleva azahar, lleva olivas,
Andalucía, a tus mares.

¡Ay, amor
que se fue por el aire!

LA GUITARRA

Empieza el llanto
de la guitarra.
Se rompen las copas
de la madrugada.
Empieza el llanto
de la guitarra.
Es inútil
callarla.
Es imposible
callarla.
Llora monótona
como llora el agua,
como llora el viento
sobre la nevada.
Es imposible
callarla.
Llora por cosas
lejanas.
Arena del Sur caliente
que pide camelias blancas.
Llora flecha sin blanco,
la tarde sin mañana,
y el primer pájaro muerto
sobre la rama.
¡Oh guitarra!
Corazón malherido
por cinco espadas.

ENCRUCIJADA

Viento del Este;
un farol
y el puñal
en el corazón.
La calle
tiene un temblor
de cuerda
en tensión,
un temblor
de enorme moscardón.
Por todas partes
yo
veo el puñal
en el corazón.

SORPRESA

Muerto se quedó en la calle
con un puñal en el pecho.
No lo conocía nadie.
¡Cómo temblaba el farol!
Madre,
¡Cómo temblaba el farolito
de la calle!
Era madrugada. Nadie
pudo asomarse a sus ojos
abiertos al duro aire
Que muerto se quedó en la calle
que con un puñal en el pecho
y que no lo conocía nadie.

ARQUEROS

Los arqueros oscuros
a Sevilla se acercan

Guadalquivir abierto

Anchos sombreros grises,
largas capas lentas.

¡Ay, Guadalquivir!

Vienen de los remotos
países de la pena.

Guadalquivir abierto.

Y van a un laberinto.
Amor, cristal y piedra.

¡Ay, Guadalquivir!

SEVILLA

Sevilla es una torre
llena de arqueros finos.

Sevilla para herir.
Córdoba para morir.

Una ciudad que acecha
largos ritmos,
y los enrosca como laberintos.

Como tallos de parra
encendidos.

¡Sevilla para herir!

Bajo el arco del cielo,
sobre su llano limpio,
dispara la constante
saeta de su río

¡Córdoba para morir!

Y loca de horizonte
mezcla en su vino,
lo amargo de Don Juan
y lo perfecto de Dionisio.

Sevilla para herir.
¡Siempre Sevilla parar herir!

CAMINO

Cien jinetes enlutados,
¿dónde irán,
por el cielo yacente
del naranjal?
Ni a Córdoba ni a Sevilla
llegarán.
Ni a Granada la que suspira
por el mar.
Esos caballos soñolientos
los llevarán,
al laberinto de las cruces
donde tiembla el cantar.

Con siete ayes clavados,
¿dónde irán,
los cien jinetes andaluces
del naranjal?

MUERTE DE LA PETENERA

En la casa blanca muere
la perdición de los hombres.

Cien jacas caracolean.
Sus jinetes están muertos.

Bajo las estremecidas
estrellas de los velones,
su falda de moaré tiembla
entre sus muslos de cobre.

Cien jacas caracolean.
Sus jinetes están muertos.

Largas sombras afiladas
vienen del turbio horizonte,
y el bordón de una guitarra
se rompe.

Cien jacas caracolean.
Sus jinetes están muertos.

MEMENTO

Cuando yo me muera,
enterradme con mi guitarra
bajo la arena.

Cuando yo me muera,
entre los naranjos
y la hierbabuena.

Cuando yo me muera,
enterradme si queréis
en una veleta.

¡Cuando yo me muera!

MALAGUEÑA

La muerte
entra y sale
de la taberna.

Pasan caballos negros
y gente siniestra
por los hondos caminos
de la guitarra.

Y hay un olor a sal
y a sangre de hembra,
en los nardos febriles
de la marina.

La muerte
entra y sale,
y sale y entra
la muerte
de la taberna.

CRÓTALO

Crótalo.
Crótalo.
Crótalo.
Escarabajo sonoro.

En la araña
de la mano
rizas el aire
cálido,
y te ahogas en tu trino
de palo.

Crótalo.
Crótalo.
Crótalo.
Escarabajo sonoro.

Escena del teniente coronel de la Guardia Civil

CUARTO DE BANDERAS

TENIENTE CORONEL.— Yo soy el teniente coronel de la Guardia civil.

SARGENTO.— Sí.

TENIENTE CORONEL.— Y no hay quien me desmienta.

SARGENTO.— No.

TENIENTE CORONEL.— Tengo tres estrellas y veinte cruces.

SARGENTO.— Sí.

TENIENTE CORONEL.— Me ha saludado el cardenal arzobispo de Toledo con sus veinticuatro borlas moradas.

SARGENTO.— Si.

TENIENTE CORONEL.— Yo soy el teniente. Yo soy el teniente. Yo soy el teniente coronel de la Guardia civil.

(Romeo y Julieta, celeste, blanco y oro, se abrazan sobre el jardín de tabaco de la caja de puros. El militar acaricia el cañón de su fusil lleno de sombra submarina.)

UNA VOZ.—*(Fuera.)*
    Luna, luna, luna, luna,
    del tiempo de la aceituna.
    Cazorla enseña su torre
    y Benamejí la oculta.

    Luna, luna, luna, luna.
    Un gallo canta en la luna.
    Señor alcalde, sus niñas
    están mirando a la luna.

TENIENTE CORONEL.— ¿Que pasa?

SARGENTO.— ¡Un gitano!

*(La mirada de mulo joven del gitanillo ensombre-
ce y agiganta los ojirris del* Teniente Coronel *de la
Guardia civil.)*

TENIENTE CORONEL.— Yo soy el teniente coronel de la Guardia civil.

SARGENTO.— Sí.

TENIENTE CORONEL.— ¿Tú quién eres?

GITANO.— Un gitano.

TENIENTE CORONEL.— ¿Y qué es un gitano?

GITANO.— Cualquier cosa.

TENIENTE CORONEL.— ¿Cómo te llamas?

GITANO.— Eso.

TENIENTE CORONEL.— ¿Que dices?

GITANO.— Gitano.

SARGENTO.— Me lo encontré y lo he traído.

TENIENTE CORONEL.— ¿Dónde estabas?

GITANO.— En la puente de los ríos.

TENIENTE CORONEL.— Pero ¿de qué ríos?

GITANO.— De todos los ríos.

TENIENTE CORONEL.— ¿Y qué hacías allí?

GITANO.— Una torre de canela.

TENIENTE CORONEL.— ¡Sargento!

SARGENTO.— A la orden, mi teniente coronel de la Guardia
civil.

GITANO.— He inventado unas alas para volar, y vuelo. Azufre y
rosa en mis labios.

TENIENTE CORONEL.— ¡Ay!

GITANO.— Aunque no necesito alas, porque vuelo sin ellas. Nubes y anillos en mi sangre.

TENIENTE CORONEL.— ¡Ayy!

GITANO.— En enero tengo azahar.

TENIENTE CORONEL.— *(Retorciéndose.)* ¡Ayyyyy!

L
E

143

GITANO.— Y naranjas en la nieve.
TENIENTE CORONEL.— ¡Ayyyyy, pun pin, pam. *(Cae muerto.)*

(El alma de tabaco y café con leche del teniente coronel de la Guardia civil sale por la ventana.)

SARGENTO.— ¡Socorro!

(En el patio del cuartel, cuatro guardias civiles apalean al gitanillo.)

CANCIÓN DEL GITANO APALEADO

Veinticuatro bofetadas.
Veinticinco bofetadas;
después, mi madre, a la noche,
me pondrá en papel de plata.

Guardia civil caminera,
dadme unos sorbitos de agua.
Agua con peces y barcos.
Agua, agua, agua, agua.

¡Ay, mandor de los civiles
que estás arriba en tu sala!
¡No habrá pañuelos de seda
para limpiarme la cara!

Diálogo del Amargo

CAMPO

UNA VOZ.—Amargo.
Las adelfas de mi patio.
Corazón de almendra amarga.
Amargo.

(Llegan tres jóvenes con anchos sombreros.)

JOVEN 1.º.— Vamos a llegar tarde.
JOVEN 2.º.— La noche se nos echa encima.
JOVEN 1.º.— ¿Y ese?
JOVEN 2.º.— Viene detrás.
JOVEN 1.º.— *(En alta voz.)* ¡Amargo!
AMARGO.— *(Lejos.)* Ya voy.
JOVEN 2.º.— *(A voces.)* ¡Amargo!
AMARGO.— *(Con calma.)* ¡Ya voy!

(Pausa.)

JOVEN 1.º.— ¡Qué hermosos olivares!
JOVEN 2.º.— Sí.

(Largo silencio.)

JOVEN 1.º.— No me gusta andar de noche.
JOVEN 2.º.— Ni a mí tampoco.
JOVEN 1.º.— La noche se hizo para dormir.
JOVEN 2.º.— Es verdad.

(Ranas y grillos hacen la glorieta del estío andaluz.
El AMARGO *camina con las manos en la cintura.)*

AMARGO.— Ay yayayay.
Yo le pregunté a la Muerte.
Ay yayayay.

(El grito de su canto pone un acento circunflejo sobre el corazón de los que han oído.)

JOVEN 1.º.— *(Desde muy lejos.)* ¡Amargo!
JOVEN 2.º.— *(Casi perdido.)* ¡Amargooo!

(Silencio.)

(EL AMARGO está solo en medio de la carretera. Entorna sus grandes ojos verdes y se ciñe la chaqueta de pana alrededor del talle. Altas montañas lo rodean. Su gran reloj de plata le suena oscuramente en el bolsillo a cada paso.)

(Un JINETE viene galopando par la carretera.)

JINETE.— *(Parando el caballo.)* ¡Buenas noches!
AMARGO.— A la paz de Dios.
JINETE.— ¿Va usted a Granada?
AMARGO.— A Granada voy.
JINETE.— Pues vamos juntos.
AMARGO.— Eso parece.
JINETE.— ¿Por qué no monta en la grupa?
AMARGO.— Porque no me duelen los pies.
JINETE.— Yo vengo de Málaga.
AMARGO.— Bueno.
JINETE.— Allí están mis hermanos.
AMARGO.— *(Displicente.)* ¿ Cuántos?
JINETE.— Son tres. Venden cuchillos. Ese es el negocio.
AMARGO.— De salud les sirva.
JINETE.— De plata y de oro.

AMARGO.— Un cuchillo no tiene que ser más que cuchillo.

JINETE.— Se equivoca.

AMARGO.— Gracias.

JINETE.— Los cuchillos de oro se van solos al corazón. Los de
plata cortan el cuello como una brizna de hierba.

AMARGO.— ¿No sirven para partir el pan?

JINETE.— Los hombres parten el pan con las manos.

AMARGO.— ¡Es verdad!

(El caballo se inquieta.)

JINETE.— ¡Caballo!

AMARGO.— Es la noche.

*(El camino ondulante salomoniza la sombra del ani-
mal.)*

JINETE.— ¿Quieres un cuchillo?

AMARGO.— No.

JINETE.— Mira que te lo regalo.

AMARGO.— Pero yo no lo acepto.

JINETE.— No tendrás otra ocasión.

AMARGO.— ¿Quién sabe?

JINETE.— Los otros cuchillos no sirven. Los otros cuchillos son
blandos y se asustan de la sangre. Los que nosotros vende-
mos son fríos. ¿Entiendes? Entran buscando el sitio de más
calor y allí se paran.

(El AMARGO *calla. Su mano derecha se le enfría como
si agarrase un pedazo de oro.)*

JINETE.— ¡Que hermoso cuchillo!

AMARGO.— ¿Vale mucho?

JINETE.— Pero ¿no quieres este?

(Saca un cuchillo de oro. La punta brilla como una llama de candil.)

AMARGO.— He dicho que no.

JINETE.— ¡Muchacho, súbete conmigo!

AMARGO.— Todavía no estoy cansado.

(El caballo se vuelve a espantar.)

JINETE.— *(Tirando de las bridas.)* Pero ¡qué caballo este!

AMARGO.— Es lo oscuro.

(Pausa.)

JINETE.— Como te iba diciendo, en Málaga están mis tres hermanos. ¡Qué manera de vender cuchillos! En la catedral compraron dos mil para adornar todos los altares y poner una corona a la torre. Muchos barcos escribieron en ellos sus nombres, los pescadores más humildes de la orilla del mar se alumbran de noche con el brillo que despiden sus hojas afiladas.

AMARGO.— ¡Es una hermosura!

JINETE.— ¿Quién lo puede negar?

(La noche se espesa como un vino de cien años. La serpiente gorda del Sur abre sus ojos en la madrugada, y hay en las durmientes un deseo infinito de arrojarse por el balcón a la magia perversa del perfume y la lejanía.)

AMARGO.— Me parece que hemos perdido el camino.

JINETE.— *(Parando el caballo.)* ¿Sí?

AMARGO.— Con la conversación.

JINETE.— ¿No son aquellas las luces de Granada?

AMARGO.— No sé. El mundo es muy grande.

JINETE.— Y muy solo.
AMARGO.— Como que está deshabitado.
JINETE.— Tú lo estás diciendo.
AMARGO.— ¡Me da una desesperanza! ¡Ay yayayay!
JINETE.— Porque si llegas allí, ¿qué haces?
AMARGO.— ¿Qué hago?
JINETE.— Y si te estás en tu sitio, ¿para qué quieres estar?
AMARGO.— ¿Para qué?
JINETE.— Yo monto este caballo y vendo cuchillos, pero si no lo hiciera, ¿qué pasaría?
AMARGO.— ¿Qué pasaría?

(Pausa.)

JINETE.— Estamos llegando a Granada.
AMARGO.— ¿Es posible?
JINETE.— Mira cómo relumbran los miradores.
AMARGO.— Sí, ciertamente.
JINETE.— Ahora no te negarás a montar conmigo.
AMARGO.— Espera un poco.
JINETE.— ¡Vamos, sube! Sube deprisa. Es necesario llegar antes de que amanezca... Y toma este cuchillo. ¡Te lo regalo!
AMARGO.— ¡Ay, yayayay!

(El JINETE ayuda al Amargo. Los dos emprenden el camino de Granada. La sierra del fondo se cubre de cicutas y de ortigas.)

CANCIÓN DE LA MADRE DEL AMARGO

Lo llevan puesto en mi sábana
mis adelfas y mi palma.

Día veintisiete de agosto
con un cuchillo de oro.

La cruz. ¡Y vamos andando!
Era moreno y amargo.

Vecinas, dadme una jarra
de azófar con limonada.

La cruz. No llorad ninguna.
El Amargo esta en la luna.

9 de julio 1925

CANCIONES

CANCIONES

Nocturnos de la ventana

4

Al estanque se le ha muerto
hoy una niña de agua.
Está fuera del estanque,
sobre el suelo amortajada.

De la cabeza a sus muslos
un pez la cruza, llamándola.
El viento le dice «niña»
más no puede despertarla.

El estanque tiene suelta
su cabellera de algas
y al aire sus grises tetas
estremecidas de ranas.

«Dios te salve». rezaremos
a Nuestra Señora de Agua
por la niña del estanque
muerta bajo las manzanas.

Yo luego pondré a su lado
dos pequeñas calabazas
para que se tenga a flote,
¡ay! sobre la mar salada.

Residencia de Estudiantes 1923

El lagarto está llorando

A Mademoiselle Teresita Guillén
tocando su piano de seis notas

El lagarto está llorando
La lagarta está llorando.

El lagarto y la lagarta
con delantaritos blancos.

Han perdido sin querer
su anillo de desposados.

¡Ay, su anillito de plomo,
ay, su anillito plomado!

Un cielo grande y sin gente
monta en su globo a los pájaros.

El sol, capitán redondo,
lleva un chaleco de raso.

¡Miradlos qué viejos son!
¡Qué viejos son los lagartos!

¡Ay! cómo lloran y lloran,
¡ay! ¡ay! cómo están llorando!

Canción de jinete

1860

En la luna negra
de los bandoleros,
cantan las espuelas.

Caballito negro.
¿Dónde llevas tu jinete muerto?

...Las duras espuelas
del bandido inmóvil
que perdió las riendas.

Caballito frío.
¡Qué perfume de flor de cuchillo!

En la luna negra,
sangraba el costado
de Sierra Morena.

Caballito negro.
¿Dónde llevas tu jinete muerto?

La noche espolea
sus negros ijares
clavándose estrellas.

Caballito frío.
¡Que perfume de flor de cuchillo!

En la luna negra,
¡un grito! y el cuerno
largo de la hoguera.

Caballito negro.
¿Dónde llevas tu jinete muerto?

Canción de jinete

Córdoba.
Lejana y sola.

Jaca negra, luna grande,
y aceitunas en mi alforja.
Aunque sepa los caminos
yo nunca llegaré a Córdoba.

Por el llanto, por el viento,
jaca negra, luna roja.
La muerte me está mirando
desde las torres de Córdoba.

¡Ay qué camino tan largo!
¡Ay mi jaca valerosa!
¡Ay que la muerte me espera,
antes de llegar a Córdoba!

Córdoba.
Lejana y sola.

Es verdad

¡Ay qué trabajo me cuesta
quererte como te quiero!

Por tu amor me duele el aire,
el corazón
y el sombrero.

¿Quién me compraría a mí,
este cintillo que tengo
y esta tristeza de hilo
blanco, para hacer pañuelos?

¡Ay qué trabajo me cuesta
quererte como te quiero!

Arbolé, arbolé
seco y verdé.

La niña del bello rostro
está cogiendo aceituna.
El viento, galán de torres,
la prende por la cintura.

Pasaron cuatro jinetes,
sobre jacas andaluzas
con trajes de azul y verde,
con largas capas oscuras.

«Vente a Córdoba, muchacha.»
La niña no los escucha.

Pasaron tres torerillos
delgaditos de cintura,
con trajes color naranja
y espadas de plata antigua.

«Vente a Sevilla, muchacha.»
La niña no los escucha.

Cuando la tarde se puso
morada, con luz difusa,
pasó un joven que llevaba
rosas y mirtos de luna.

«Vente a Granada, muchacha.»
Y la niña no lo escucha.

La niña del bello rostro
sigue cogiendo aceituna,
con el brazo gris del viento
ceñido por la cintura.

Arbolé, Arbolé
seco y verdé.

Tres retratos con sombras

Verlaine

La canción,
que nunca diré,
se ha dormido en mis labios.
La canción, que nunca diré.

Sobre las madreselvas
había una luciérnaga,
y la luna picaba
con un rayo en el agua.

Entonces yo soñé,
la canción,
que nunca diré.

Canción llena de labios
y de cauces lejanos.

Canción llena de horas
perdidas en la sombra.

Canción de estrella viva
sobre un perpetuo día.

BACO

Verde rumor intacto.
La higuera me tiende sus brazos.

Como una pantera, su sombra,
acecha mi lírica sombra.

La luna cuenta los perros.
Se equivoca y empieza de nuevo.

Ayer, mañana, negro y verde,
rondas mi cerco de laureles.

Quién te querría como yo,
si me cambiaras el corazón?

… Y la higuera me grita y avanza
terrible y multiplicada.

Juan Ramón Jiménez

En el blanco infinito,
nieve, nardo y salina,
perdió su fantasía.

El color blanco, anda,
sobre una muda alfombra
de plumas de paloma.

Sin ojos ni ademán,
inmóvil sufre un sueño.
Pero tiembla por dentro.

En el blanco infinito,
¡qué pura y larga herida
dejó su fantasía!

En el blanco infinito.
Nieve. Nardo. Salina.

VENUS

Así te vi

La joven muerta
en la concha de la cama,
desnuda de flor y brisa
surgía en la luz perenne.

Quedaba el mundo,
lirio de algodón y sombra,
asomado a los cristales
viendo el tránsito infinito.

La joven muerta,
surcaba el amor por dentro.
Entre la espuma de las sabanas
se perdía su cabellera.

Debussy

Mi sombra va silenciosa
por el agua de la acequia.

Por mi sombra están las ranas
privadas de las estrellas.

La sombra manda a mi cuerpo
reflejos de cosas quietas.

Mi sombra va como inmenso
cínife color violeta.

Cien grillos quieren dorar
la luz de la cañavera.

Una luz nace en mi pecho,
reflejado, de la acequia.

Narciso

Niño.
¡Qué te vas a caer al río!

    En lo hondo hay una rosa
    y en la rosa hay otro no.

¡Mira aquel pájaro! ¡Mira
aquel pájaro amarillo!

    Se me han caído los ojos
    dentro del agua.

¡Dios mío!
¡Que se resbala! ¡Muchacho!

    ... y en la rosa estoy yo mismo.

Cuando se perdió en el agua,
comprendí. Pero no explico.

Canción del mariquita

El mariquita se peina
en su peinador de seda.

Los vecinos se sonríen
en sus ventanas postreras.

El mariquita organiza
los bucles de su cabeza.

Por los patios gritan loros,
surtidores y planetas.
El mariquita se adorna
con un jazmín sinvergüenza.

La tarde se pone extraña
de peines y enredaderas.

El escándalo temblaba
rayado como una cebra.

¡Los mariquitas del Sur,
cantan en las azoteas!

Eros con bastón

1925

A Pepín Bello

SUSTO EN EL COMEDOR

Eras rosa.
Te pusiste alimonada.

¿Qué intención viste en mi mano
que casi te amenazaba?

Quise las manzanas verdes.
No las manzanas rosadas...

alimonada...

(Grulla dormida la tarde,
puso en tierra la otra pata.)

LUCÍA MARTÍNEZ

Lucía Martínez.
Umbría de seda roja.

Tus muslos como la tarde
van de la luz a la sombra.
Los azabaches recónditos
oscurecen las magnolias.

Aquí estoy, Lucía Martínez.
Vengo a consumir tu boca
y arrastrarte del cabello
en madrugada de conchas.

Porque quiero, y porque puedo.
Umbría de seda roja.

LA SOLTERA EN MISA

Bajo el Moisés del incienso,
adormecida.

Ojos de toro te miraban.
Tu rosario llovía.

Con ese traje de profunda seda,
no te muevas, Virginia.

Da los negros melones de tus pechos
al rumor de la misa.

INTERIOR

Ni quiero ser poeta,
ni galante.
¡Sábanas blancas donde te desmayes!

No conoces el sueño
ni el resplandor del día.
Como los calamares,
ciegas desnuda en tinta de perfume.
Carmen.

«NU»

Bajo la adelfa sin luna
estabas fea desnuda.

Tu carne buscó en mi mapa
el amarillo de España.

Qué fea estabas, francesa,
en lo amargo de la adelfa.

Roja y verde, echó a tu cuerpo
la capa de mi talento.

Verde y roja, roja y verde.¡
¡Aquí somos otra gente!

L
E

167

SERENATA

Homenaje a Lope de Vega

Por las orillas del río
se está la noche mojando
y en los pechos de Lolita
se mueren de amor los ramos.

Se mueren de amor los ramos.

La noche canta desnuda
sobre los puentes de marzo.
Lolita lava su cuerpo
con agua salobre y nardos.

Se mueren de amor los ramos.

La noche de anís y plata
relumbra por los tejados.
Plata de arroyos y espejos.
Anís de tus muslos blancos.

Se mueren de amor los ramos.

EN MÁLAGA

Suntuosa Leonarda.
Carne pontificial y traje blanco,
en las barandas de «Villa Leonarda».
Expuesta a los tranvías y a los barcos.
Negros torsos bañistas oscurecen
la ribera del mar. Oscilando
—concha y loto a la vez—
viene tu culo
de Ceres en retórica de mármol.

Despedida

Si muero,
dejad el balcón abierto.

El niño come naranjas.
(Desde mi balcón lo veo.)

El segador siega el trigo.
(Desde mi balcón lo siento.)

¡Si muero,
dejad el balcón abierto!

Canción del naranjo seco

A Carmen Morales

Leñador.
Córtame la sombra.
Líbrame del suplicio
de verme sin toronjas.

¿Por qué nací entre espejos?
El día me da vueltas.
Y la noche me copia
en todas sus estrellas.

Quiero vivir sin verme.
Y hormigas y vilanos,
soñaré que son mis
hojas y mis pájaros.

Leñador.
Córtame la sombra.
Líbrame del suplicio
de verme sin toronjas.

ROMANCERO GITANO *

1924-1927

* Se publicó en Madrid, *Revista de Occidente*, en 1928, con el título en la portada de *Primer romancero gitano;* sin embargo, en la cubierta aparece *Romancero gitano* junto a un dibujo del propio Lorca.

1

Romance de la luna, luna

A Conchita García Lorca

La luna vino a la fragua
con su polisón de nardos.
El niño la mira, mira.
El niño la está mirando.
En el aire conmovido
mueve la luna sus brazos
y enseña, lúbrica y pura,
sus senos de duro estaño.
Huye luna, luna, luna.
Si vinieran los gitanos,
harían con tu corazón
collares y anillos blancos.
Niño, déjame que baile.
Cuando vengan los gitanos,
te encontrarán sobre el yunque
con los ojillos cerrados.
Huye luna, luna, luna,
que ya siento sus caballos.

Niño, déjame, no pises
mi blancor almidonado.

El jinete se acercaba
tocando el tambor del llano.
Dentro de la fragua el niño,
tiene los ojos cerrados.
Por el olivar venían,
bronce y sueño, los gitanos.
Las cabezas levantadas
y los ojos entornados.
Cómo canta la zumaya,
¡ay cómo canta en el árbol!
Por el cielo va la luna
con un niño de la mano.

Dentro de la fragua lloran,
dando gritos, los gitanos.
El aire la vela, vela.
El aire la está velando.

2

Preciosa y el aire

A Dámaso Alonso

Su luna de pergamino
Preciosa tocando viene,
por un anfibio sendero
de cristales y laureles.
El silencio sin estrellas,
huyendo del sonsonete,

cae donde el mar bate y canta
su noche llena de peces.
En los picos de la sierra
los carabineros duermen
guardando las blancas torres
donde viven los ingleses.
Y los gitanos del agua
levantan por distraerse,
glorietas de caracolas
y ramas de pino verde.

* * *

Su luna de pergamino
Preciosa tocando viene.
Al verla se ha levantado
el viento, que nunca duerme.
San Cristobalón desnudo,
lleno de lenguas celestes,
mira a la niña tocando
una dulce gaita ausente.

Niña, deja que levante
tu vestido para verte.
Abre en mis dedos antiguos
la rosa azul de tu vientre.

Preciosa tira el pandero
y corre sin detenerse.
El viento-hombrón la persigue
con una espada caliente.

Frunce su rumor el mar.
Los olivos palidecen.

Cantan las flautas de umbría
y el liso gong de la nieve.
¡Preciosa, corre, Preciosa,
que te coge el viento verde!
¡Preciosa, corre, Preciosa!
¡Míralo por dónde viene!
Sátiro de estrellas bajas
con sus lenguas relucientes.

* * *

Preciosa, llena de miedo,
entra en la casa que tiene
más arriba de los pinos,
el cónsul de los ingleses.

Asustados por los gritos
tres carabineros vienen,
sus negras capas ceñidas
y los gorros en las sienes.

El inglés da a la gitana
un vaso de tibia leche,
y una copa de ginebra
que Preciosa no se bebe.

Y mientras cuenta, llorando,
su aventura a aquella gente,
en las tejas de pizarra
el viento, furioso, muerde.

3

Reyerta

A Rafael Méndez

En la mitad del barranco
las navajas de Albacete,
bellas de sangre contraria,
relucen como los peces.
Una dura luz de naipe
recorta en el agrio verde,
caballos enfurecidos
y perfiles de jinetes.
En la copa de un olivo
lloran dos viejas mujeres.
El toro de la reyerta
se sube por las paredes.
Ángeles negros traían
pañuelos y agua de nieve.
Ángeles con grandes alas
de navajas de Albacete.
Juan Antonio el de Montilla
rueda muerto la pendiente,
su cuerpo lleno de lirios
y una granada en las sienes.
Ahora monta cruz de fuego
carretera de la muerte.

*   *   *

El juez, con guardia civil,
por los olivares viene.
Sangre resbalada gime
muda canción de serpiente.
Señores guardias civiles:
aquí pasó lo de siempre.

Han muerto cuatro romanos
y cinco cartagineses.

* * *

La tarde loca de higueras
y de rumores calientes
cae desmayada en los muslos
heridos de los jinetes.
Y ángeles negros volaban
por el aire de poniente.
Ángeles de largas trenzas
y corazones de aceite.

4

Romance sonámbulo

A Gloria Giner y a Fernando de los Ríos

Verde que te quiero verde.
Verde viento. Verdes ramas.
El barco sobre la mar
y el caballo en la montaña.
Con la sombra en la cintura
ella sueña en su baranda,
verde carne, pelo verde,
con ojos de fría plata.
Verde que te quiero verde.
Bajo la luna gitana,
las cosas la están mirando
y ella no puede mirarlas.

* * *

Verde que te quiero verde.
Grandes estrellas de escarcha,
vienen con el pez de sombra
que abre el camino del alba.
La higuera frota su viento
con la lija de sus ramas,
y el monte, gato garduño,
eriza sus pitas agrias.
¿Pero quién vendrá? ¿Y por dónde...?
Ella sigue en su baranda
verde carne, pelo verde,
soñando en la mar amarga.

* * *

Compadre, quiero cambiar
mi caballo por su casa,
mi montura por su espejo,
mi cuchillo por su manta.
Compadre, vengo sangrando,
desde los puertos de Cabra.
Si yo pudiera, mocito,
este trato se cerraba.
Pero yo ya no soy yo,
ni mi casa es ya mi casa.
Compadre, quiero morir
decentemente en mi cama.
De acero, si puede ser,
con las sábanas de holanda.
¿No ves la herida que tengo
desde el pecho a la garganta?
Trescientas rosas morenas
lleva tu pechera blanca.
Tu sangre rezuma y huele
alrededor de tu faja.
Pero yo ya no soy yo.

Ni mi casa es ya mi casa.
Dejadme subir al menos
hasta las altas barandas,
¡dejadme subir!, dejadme
hasta las verdes barandas.
Barandales de la luna
por donde retumba el agua.

* * *

Ya suben los dos compadres
hacia las altas barandas.
Dejando un rastro de sangre.
Dejando un rastro de lágrimas.
Temblaban en los tejados
farolillos de hojalata.
Mil panderos de cristal,
herían la madrugada.

Verde que te quiero verde,
verde viento, verdes ramas.
Los dos compadres subieron.
El largo viento, dejaba
en la boca un raro gusto
de hiel, de menta y de albahaca.
¡Compadre! ¿Dónde está, dime?
¿Dónde está tu niña amarga?
¡Cuántas veces te esperó!
¡Cuántas veces te esperara
cara fresca, negro pelo,
en esta verde baranda!

* * *

Sobre el rostro del aljibe,
se mecía la gitana.

Verde carne, pelo verde,
con ojos de fría plata.
Un carámbano de luna,
la sostiene sobre el agua.
La noche se puso íntima
como una pequeña plaza.
Guardias civiles borrachos,
en la puerta golpeaban.
Verde que te quiero verde.
Verde viento. Verdes ramas.
El barco sobre la mar.
Y el caballo en la montaña.

5

La monja gitana

A José Moreno Villa

Silencio de cal y mirto.
Malvas en las hierbas finas.
La monja borda alhelíes
sobre una tela pajiza.
Vuelan en la araña gris,
siete pájaros del prisma.
La iglesia gruñe a lo lejos
como un oso panza arriba.
¡Qué bien borda! ¡Con qué gracia!
Sobre la tela pajiza,
ella quisiera bordar
flores de su fantasía.
¡Qué girasol! ¡Qué magnolia
de lentejuelas y cintas!

¡Qué azafranes y qué lunas,
en el mantel de la misa!
Cinco toronjas se endulzan
en la cercana cocina.
Las cinco llagas de Cristo
cortadas en Almería.
Por los ojos de la monja
galopan dos caballistas.
Un rumor último y sordo
le despega la camisa,
y al mirar nubes y montes
en las yertas lejanías,
se quiebra su corazón
de azúcar y yerbaluisa.
¡Oh!, qué llanura empinada
con veinte soles arriba.
¡Qué ríos puestos de pie
vislumbra su fantasía!
Pero sigue con sus flores,
mientras que de pie, en la brisa,
la luz juega el ajedrez
alto de la celosía.

6

La casada infiel

A Lydia Cabrera y a su negrita

Y que yo me la llevé al río
creyendo que era mozuela,
pero tenía marido.

Fue la noche de Santiago
y casi por compromiso.
Se apagaron los faroles
y se encendieron los grillos.
En las últimas esquinas
toqué sus pechos dormidos,
y se me abrieron de pronto
como ramos de jacintos.
El almidón de su enagua
me sonaba en el oído,
como una pieza de seda
rasgada por diez cuchillos.
Sin luz de plata en sus copas
los árboles han crecido
y un horizonte de perros
ladra muy lejos del río.

* * *

Pasadas las zarzamoras,
los juncos y los espinos,
bajo su mata de pelo
hice un hoyo sobre el limo.
Yo me quité la corbata.
Ella se quitó el vestido.
Yo el cinturón con revólver.
Ella sus cuatro corpiños.
Ni nardos ni caracolas
tienen el cutis tan fino,
ni los cristales con luna
relumbran con ese brillo.
Sus muslos se me escapaban
como peces sorprendidos,
la mitad llenos de lumbre,
la mitad llenos de frío.

Aquella noche corrí
el mejor de los caminos,
montado en potra de nácar
sin bridas y sin estribos.
No quiero decir, por hombre,
las cosas que ella me dijo.
La luz del entendimiento
me hace ser muy comedido.
Sucia de besos y arena
yo me la llevé del río.
Con el aire se batían
las espadas de los lirios.

Me porté como quien soy.
Como un gitano legítimo.
Le regalé un costurero
grande de raso pajizo,
y no quise enamorarme
porque teniendo marido
me dijo que era mozuela
cuando la llevaba al río.

7

Romance de la pena negra

A José Navarro Pardo

Las piquetas de los gallos
cavan buscando la aurora,
cuando por el monte oscuro
baja Soledad Montoya.

Cobre amarillo, su carne,
huele a caballo y a sombra.
Yunques ahumados sus pechos,
gimen canciones redondas.
Soledad: ¿por quién preguntas
sin compaña y a estas horas?
Pregunte por quien pregunte,
dime; ¿a ti qué se te importa?
Vengo a buscar lo que busco,
mi alegría y mi persona.
Soledad de mis pesares,
caballo que se desboca,
al fin encuentra la mar
y se lo tragan las olas.
No me recuerdes el mar
que la pena negra, brota
en las tierras de aceituna
bajo el rumor de las hojas.
¡Soledad, qué pena tienes!
¡Qué pena tan lastimosa!
Lloras zumo de limón
agrio de espera y de boca.
¡Qué pena tan grande! Corro
mi casa como una loca,
mis dos trenzas por el suelo,
de la cocina a la alcoba.
¡Qué pena! Me estoy poniendo
de azabache, carne y ropa.
¡Ay mis camisas de hilo!
¡Ay mis muslos de amapola!
Soledad: lava tu cuerpo
con agua de las alondras,
y deja tu corazón
en paz, Soledad Montoya.

* * *

Por abajo canta el río:
volante de cielo y hojas.
Con flores de calabaza,
la nueva luz se corona.
¡Oh pena de los gitanos!
Pena limpia y siempre sola.
¡Oh pena de cauce oculto
y madrugada remota!

8

San Miguel

Granada

A Diego Buigas de Dalmáu

SAN MIGUEL

Se ven desde las barandas,
por el monte, monte, monte,
mulos y sombras de mulos
cargados de girasoles.

Sus ojos en las umbrías
se empañan de inmensa noche.
En los recodos del aire,
cruje la aurora salobre.

Un cielo de mulos blancos
cierra sus ojos de azogue
dando a la quieta penumbra
un final de corazones.

Y el agua se pone fría
para que nadie la toque.
Agua loca y descubierta
por el monte, monte, monte.

* * *

San Miguel lleno de encajes
en la alcoba de su torre,
enseña sus bellos muslos
ceñidos por los faroles [1].
Arcángel domesticado
en el gesto de las doce,
finge una cólera dulce
de plumas y ruiseñores.
San Miguel canta en los vidrios;
Efebo de tres mil noches,
fragante de agua colonia
y lejano de las flores.

* * *

El mar baila por la playa,
un poema de balcones.
Las orillas de la luna
pierden juncos, ganan voces.
Vienen manolas comiendo
semillas de girasoles,
los culos grandes y ocultos
como planetas de cobre.
Vienen altos caballeros
y damas de triste porte,
morenas por la nostalgia

L‡E

---

[1] Se refiere a la ermita de San Miguel en el Sacromonte. La estatua del santo, realizada por Bernardo Francisco de Mora, tiene la cabeza adornada con plumas, el brazo derecho levantado y una túnica con faldón de encaje.

de un ayer de ruiseñores.
Y el obispo de Manila
ciego de azafrán y pobre,
dice misa con dos filos
para mujeres y hombres.

* * *

San Miguel se estaba quieto
en la alcoba de su torre,
con las enaguas cuajadas
de espejitos y entredoses.

San Miguel, rey de los globos
y de los números nones,
en el primer berberisco
de gritos y miradores.

9

San Rafael

Córdoba

A Juan Izquierdo Croselles

SAN RAFAEL

Coches cerrados llegaban
a las orillas de juncos
donde las ondas alisan
romano torso desnudo.
Coches, que el Guadalquivir
tiende en su cristal maduro,
entre láminas de flores

y resonancias de nublos.
Los niños tejen y cantan
el desengaño del mundo,
cerca de los viejos coches
perdidos en el nocturno.
Pero Córdoba no tiembla
bajo el misterio confuso,
pues si la sombra levanta
la arquitectura del humo,
un pie de mármol afirma
su casto fulgor enjuto.
Pétalos de lata débil
recaman los grises puros
de la brisa, desplegada
sobre los arcos de triunfo [2].
Y mientras el puente sopla
diez rumores de Neptuno,
vendedores de tabaco
huyen por el roto muro.

II

Un solo pez en el agua
que a las dos Córdobas junta:
Blanda Córdoba de juncos.
Córdoba de arquitectura.
Niños de cara impasible
en la orilla se desnudan,
aprendices de Tobías
y Merlines de cintura,
para fastidiar al pez

[2] Alusión al puente romano de Córdoba que tiene en su mitad una estatua grande de San Rafael.

en irónica pregunta
si quiere flores de vino
o saltos de media luna.
Pero el pez que dora el agua
y los mármoles enluta,
les da lección y equilibrio
de solitaria columna.
El Arcángel aljamiado
de lentejuelas oscuras,
en el mitin de las ondas
buscaba rumor y cuna.

* * *

Un solo pez en el agua.
Dos Córdobas de hermosura.
Córdoba quebraba en chorros.
Celeste Córdoba enjuta.

10

San Gabriel

Sevilla

A D. Agustín Viñuales

SAN GABRIEL

Un bello niño de junco,
anchos hombros, fino talle,
piel de nocturna manzana,
boca triste y ojos grandes,
nervio de plata caliente,
ronda la desierta calle.

Sus zapatos de charol
rompen las dalias del aire,
con los dos ritmos que cantan
breves lutos celestiales.
En la ribera del mar
no hay palma que se le iguale,
ni emperador coronado
ni lucero caminante.
Cuando la cabeza inclina
sobre su pecho de jaspe,
la noche busca llanuras
porque quiere arrodillarse.
Las guitarras suenan solas
para San Gabriel Arcángel,
domador de palomillas
y enemigo de los sauces.
San Gabriel: El niño llora
en el vientre de su madre.
No olvides que los gitanos
te regalaron el traje.

II

Anunciación de los Reyes
bien lunada y mal vestida,
abre la puerta al lucero
que por la calle venía.
El Arcángel San Gabriel
entre azucena y sonrisa,
biznieto de la Giralda
se acercaba de visita.
En su chaleco bordado
grillos ocultos palpitan.
Las estrellas de la noche
se volvieron campanillas.

San Gabriel: Aquí me tienes
con tres clavos de alegría.
Tu fulgor abre jazmines
sobre mi cara encendida.
Dios te salve, Anunciación.
Morena de maravilla.
Tendrás un niño más bello
que los tallos de la brisa.
¡Ay San Gabriel de mis ojos!
¡Gabrielillo de mi vida!
para sentarte yo sueño
un sillón de clavellinas.
Dios te salve, Anunciación,
bien lunada y mal vestida.
Tu niño tendrá en el pecho
un lunar y tres heridas.
¡Ay San Gabriel que reluces!
¡Gabrielillo de mi vida!
En el fondo de mis pechos
ya nace la leche tibia.
Dios te salve, Anunciación.
Madre de cien dinastías.
Áridos lucen tus ojos.
paisajes de caballista.

* * *

El niño canta en el seno
de Anunciacíon sorprendida.
Tres balas de almendra verde
tiemblan en su vocecita.
Ya San Gabriel en el aire
por una escala subía.
Las estrellas de la noche
se volvieron siemprevivas.

11

Prendimiento de Antoñito el Camborio en el camino de Sevilla

A Margarita Xirgu

Antonio Torres Heredia,
hijo y nieto de Camborios,
con una vara de mimbre
va a Sevilla a ver los toros.
Moreno de verde luna
anda despacio y garboso.
Sus empavonados bucles
le brillan entre los ojos.
A la mitad del camino
cortó limones redondos,
y los fue tirando al agua
hasta que la puso de oro.
Y a la mitad del camino,
bajo las ramas de un olmo,
guardia civil caminera
lo llevó codo con codo.

* * *

El día se va despacio,
la tarde colgada a un hombro,
dando una larga torera
sobre el mar y los arroyos.
Las aceitunas aguardan
la noche de Capricornio,
y una corta brisa, ecuestre,
salta los montes de plomo.
Antonio Torres Heredia,
hijo y nieto de Camborios,

viene sin vara de mimbre
entre los cinco tricornios.

Antonio, ¿quién eres tú?
Si te llamaras Camborio,
hubieras hecho una fuente
de sangre con cinco chorros.
Ni tú eres hijo de nadie,
ni legítimo Camborio.
¡Se acabaron los gitanos
que iban por el monte solos!
Están los viejos cuchillos,
tiritando bajo el polvo.

* * *

A las nueve de la noche
lo llevan al calabozo,
mientras los guardias civiles
beben limonada todos.
Y a las nueve de la noche
le cierran el calabozo,
mientras el cielo reluce
como la grupa de un potro.

12

Muerte de Antoñito el Camborio

A José Antonio Rubio Sacristán

Voces de muerte sonaron
cerca del Guadalquivir.
Voces antiguas que cercan
voz de clavel varonil.
Les clavó sobre las botas
mordiscos de jabalí.
En la lucha daba saltos
jabonados de delfín.
Bañó con sangre enemiga
su corbata carmesí,
pero eran cuatro puñales
y tuvo que sucumbir.
Cuando las estrellas clavan
rejones al agua gris,
cuando los erales sueñan
verónicas de alhelí,
voces de muerte sonaron
cerca del Guadalquivir.

* * *

Antonio Torres Heredia,
Camborio de dura crin,
moreno de verde luna,
voz de clavel varonil :
¿Quién te ha quitado la vida
cerca del Guadalquivir?
Mis cuatro primos Heredias
hijos de Benamejí.

Lo que en otros no envidiaban,
ya lo envidiaban en mí.
Zapatos color corinto,
medallones de marfil,
y este cutis amasado
con aceituna y jazmín.
¡Ay Antoñito el Camborio
digno de una Emperatriz!
Acuérdate de la Virgen
porque te vas a morir.
¡Ay Federico García!
llama a la Guardia Civil
Ya mi talle se ha quebrado
como caña de maíz.
Tres golpes de sangre tuvo,
y se murió de perfil.
Viva moneda que nunca
se volverá a repetir.
Un ángel marchoso pone
su cabeza en un cojín.
Otros de rubor cansado,
encendieron un candil.
Y cuando los cuatro primos
llegan a Benamejí,
voces de muerte cesaron
cerca del Guadalquivir.

13

Muerto de amor

A Margarita Manso

¿Qué es aquello que reluce
por los altos corredores?
Cierra la puerta, hijo mío,
acaban de dar las once.
En mis ojos, sin querer,
relumbran cuatro faroles.
Será que la gente aquella,
estará fregando el cobre.

* * *

Ajo de agónica plata
la luna menguante, pone
cabelleras amarillas
a las amarillas torres.
La noche llama temblando
al cristal de los balcones
perseguida por los mil
perros que no la conocen,
y un olor de vino y ámbar
viene de los corredores.

* * *

Brisas de caña mojada
y rumor de viejas voces,
resonaban por el arco
roto de la media noche.

Bueyes y rosas dormían.
Solo por los corredores
las cuatro luces clamaban
con el furor de San Jorge.
Tristes mujeres del valle
bajaban su sangre de hombre,
tranquila de flor cortada
y amarga de muslo joven.
Viejas mujeres del río
lloraban al pie del monte,
un minuto intransitable
de cabelleras y nombres.
Fachadas de cal, ponían
cuadrada y blanca la noche.
Serafines y gitanos
tocaban acordeones.
Madre, cuando yo me muera,
que se enteren los señores.
Pon telegramas azules
que vayan del Sur al Norte.

Siete gritos, siete sangres,
siete adormideras dobles,
quebraron opacas lunas
en los oscuros salones.
Lleno de manos cortadas
y coronitas de flores,
el mar de los juramentos
resonaba, no sé dónde.
Y el cielo daba portazos
al brusco rumor del bosque,
mientras clamaban las luces
en los altos corredores.

14

El emplazado

Para Emilio Aladrén

ROMANCE DEL EMPLAZADO

¡Mi soledad sin descanso!
Ojos chicos de mi cuerpo
y grandes de mi caballo,
no se cierran por la noche
ni miran al otro lado
donde se aleja tranquilo
un sueño de trece barcos.
Sino que limpios y duros
escuderos desvelados,
mis ojos miran un norte
de metales y peñascos
donde mi cuerpo sin venas
consulta naipes helados.

* * *

Los densos bueyes del agua
embisten a los muchachos
que se bañan en las lunas
de sus cuernos ondulados.
Y los martillos cantaban
sobre los yunques sonámbulos,
el insomnio del jinete
y el insomnio del caballo.

* * *

El veinticinco de junio
le dijeron a el Amargo:
Ya puedes cortar si gustas
las adelfas de tu patio.
Pinta una cruz en la puerta
y pon tu nombre debajo,
porque cicutas y ortigas
nacerán en tu costado,
y agujas de cal mojada
te morderán los zapatos.
Será de noche, en lo oscuro,
por los montes imantados
donde los bueyes del agua
beben los juncos soñando.
Pide luces y campanas.
Aprende a cruzar las manos,
y gusta los aires fríos
de metales y peñascos.
Porque dentro de dos meses
yacerás amortajado.

* * *

Espadón de nebulosa
mueve en el aire Santiago.
Grave silencio, de espalda,
manaba el cielo combado.

* * *

El veinticinco de junio
abrió sus ojos Amargo,
y el veinticinco de agosto
se tendió para cerrarlos.
Hombres bajaban la calle
para ver al emplazado,

que fijaba sobre el muro
su soledad con descanso.
Y la sábana impecable,
de duro acento romano,
daba equilibrio a la muerte
con las rectas de sus paños.

15

Romance de la Guardia Civil española

A Juan Guerrero.
Cónsul general de la poesía

Los caballos negros son.
Las herraduras son negras.
Sobre las capas relucen
manchas de tinta y de cera.
Tienen, por eso no lloran,
de plomo las calaveras.
Con el alma de charol
vienen por la carretera.
Jorobados y nocturnos,
por donde animan ordenan
silencios de goma oscura
y miedos de fina arena.
Pasan, si quieren pasar,
y ocultan en la cabeza
una vaga astronomía
de pistolas inconcretas.

* * *

¡Oh ciudad de los gitanos!
En las esquinas banderas.
La luna y la calabaza
con las guindas en conserva.
¡Oh ciudad de los gitanos!
¿Quién te vio y no te recuerda?
Ciudad de dolor y almizcle,
con las torres de canela.

* * *

Cuando llegaba la noche
noche que noche nochera,
los gitanos en sus fraguas
forjaban soles y flechas.
Un caballo malherido,
llamaba a todas las puertas.
Gallos de vidrio cantaban
por Jerez de la Frontera.
El viento, vuelve desnudo
la esquina de la sorpresa,
en la noche platinoche
noche, que noche nochera.

* * *

La Virgen y San José
perdieron sus castañuelas,
y buscan a los gitanos
para ver si las encuentran.
La Virgen viene vestida
con un traje de alcaldesa
de papel de chocolate
con los collares de almendras.
San José mueve los brazos
bajo una capa de seda.

Detrás va Pedro Domecq
con tres sultanes de Persia.
La media luna, soñaba
un éxtasis de cigüeña.
Estandartes y faroles
invaden las azoteas.
Por los espejos sollozan
bailarinas sin caderas.
Agua y sombra, sombra y agua
por Jerez de la Frontera.

* * *

¡Oh ciudad de los gitanos!
En las esquinas banderas.
Apaga tus verdes luces
que viene la benemérita.
¡Oh ciudad de los gitanos!
¿Quién te vio y no te recuerda?
Dejadla lejos del mar
sin peines para sus crenchas.

* * *

Avanzan de dos en fondo
a la ciudad de la fiesta.
Un rumor de siemprevivas,
invade las cartucheras.
Avanzan de dos en fondo.
Doble nocturno de tela.
El cielo, se les antoja,
una vitrina de espuelas.

* * *

La ciudad libre de miedo,
multiplicaba sus puertas.

Cuarenta guardias civiles
entran a saco por ellas.
Los relojes se pararon,
y el coñac de las botellas
se disfrazó de noviembre
para no infundir sospechas.
Un vuelo de gritos largos
se levantó en las veletas.
Los sables cortan las brisas
que los cascos atropellan.
Por las calles de penumbra,
huyen las gitanas viejas
con los caballos dormidos
y las orzas de monedas.
Por las calles empinadas
suben las capas siniestras,
dejando detrás fugaces
remolinos de tijeras.

En el Portal de Belén,
los gitanos se congregan.
San José, lleno de heridas,
amortaja a una doncella.
Tercos fusiles agudos
por toda la noche suenan.
La Virgen cura a los niños
con salivilla de estrella.
Pero la Guardia Civil
avanza sembrando hogueras,
donde joven y desnuda
la imaginación se quema.
Rosa la de los Camborios,
gime sentada en su puerta

con sus dos pechos cortados
puestos en una bandeja.
Y otras muchachas corrían
perseguidas por sus trenzas,
en un aire donde estallan
rosas de pólvora negra.
Cuando todos los tejados
eran surcos en la tierra,
el alba meció sus hombros
en largo perfil de piedra.

* * *

¡Oh ciudad de los gitanos!
la Guardia Civil se aleja
por un túnel de silencio
mientras las llamas te cercan.

¡Oh ciudad de los gitanos!
¿Quién te vio y no te recuerda?
Que te busquen en mi frente.
Juego de luna y arena.

Tres romances históricos

16

Martirio de Santa Olalla

A Rafael Martínez Nadal

I

PANORAMA DE MÉRIDA

Por la calle brinca y corre
caballo de larga cola,
mientras juegan o dormitan
viejos soldados de Roma.
Medio monte de Minervas
abre sus brazos sin hojas.
Agua en vilo redoraba
las aristas de las rocas.
Noche de torsos yacentes
y estrellas de nariz rota,
aguarda grietas del alba
para derrumbarse toda.
De cuando en cuando sonaban
blasfemias de cresta roja.
Al gemir la santa niña,
quiebra el cristal de las copas.
La rueda afila cuchillos
y garfios de aguda comba.
Brama el toro de los yunques,
y Mérida se corona
de nardos casi despiertos
y tallos de zarzamora.

II

EL MARTIRIO

Flora desnuda se sube
por escalerillas de agua.
El Cónsul pide bandeja
para los senos de Olalla.
Un chorro de venas verdes
le brota de la garganta.
Su sexo tiembla enredado
como un pájaro en las zarzas.
Por el suelo, ya sin norma,
brincan sus manos cortadas
que aún pueden cruzarse en tenue
oración decapitada.
Por los rojos agujeros
donde sus pechos estaban
se ven cielos diminutos
y arroyos de leche blanca.
Mil arbolillos de sangre
le cubren toda la espalda
y oponen húmedos troncos
al bisturí de las llamas.
Centuriones amarillos
de carne gris, desvelada,
llegan al cielo sonando
sus armaduras de plata.
Y mientras vibra confusa
pasión de crines y espadas,
el Cónsul porta en bandeja
senos ahumados de Olalla.

III

INFIERNO Y GLORIA

Nieve ondulada reposa.
Olalla pende del árbol.
Su desnudo de carbón
tizna los aires helados.
Noche tirante reluce.
Olalla muerta en el árbol.
Tinteros de las ciudades
vuelcan la tinta despacio.
Negros maniquís de sastre
cubren la nieve del campo
en largas filas que gimen
su silencio mutilado.
Nieve partida comienza.
Olalla blanca en el árbol.
Escuadras de níquel juntan
los picos en su costado.

* * *

Una Custodia reluce
sobre los cielos quemados,
entre gargantas de arroyo
y ruiseñores en ramos.
¡Saltan vidrios de colores!
Olalla blanca en lo blanco.
Ángeles y serafines
dicen: Santo, Santo, Santo.

17

Burla de Don Pedro a caballo

Romance con lagunas

A Jean Cassou

Por una vereda
venía Don Pedro.
¡Ay cómo lloraba
el caballero!
Montado en un ágil
caballo sin freno,
venía en la busca
del pan y del beso.
Todas las ventanas
preguntan al viento,
por el llanto oscuro
del caballero.

PRIMERA LAGUNA

Bajo el agua
siguen las palabras.
Sobre el agua
una luna redonda
se baña,
dando envidia a la otra
¡tan alta!
En la orilla,
un niño,
ve las lunas y dice:
¡Noche; toca los platillos!

SIGUE

A una ciudad lejana
ha llegado Don Pedro.
Una ciudad lejana
entre un bosque de cedros.
¿Es Belén? Por el aire
yerbaluisa y romero.
Brillan las azoteas
y las nubes. Don Pedro
pasa por arcos rotos.
Dos mujeres y un viejo
con velones de plata
le salen al encuentro.
Los chopos dicen: No.
Y el ruiseñor: Veremos.

SEGUNDA LAGUNA

Bajo el agua
siguen las palabras.
Sobre el peinado del agua
un círculo de pájaros y llamas.
Y por los cañaverales,
testigos que conocen lo que falta.
Sueño concreto y sin norte
de madera de guitarra.

SIGUE

Por el camino llano
dos mujeres y un viejo
con velones de plata
van al cementerio.

Entre los azafranes
han encontrado muerto
el sombrío caballo
de Don Pedro.
Voz secreta de tarde
balaba por el cielo.
Unicornio de ausencia
rompe en cristal su cuerno.
La gran ciudad lejana
está ardiendo
y un hombre va llorando
tierras adentro.
Al Norte hay una estrella.
Al Sur un marinero.

ÚLTIMA LAGUNA

Bajo el agua
están las palabras.
Limo de voces perdidas.
Sobre la flor enfriada,
está Don Pedro olvidado
¡ay! jugando con las ranas.

18

Thamar y Amnón [3]

Para Alfonso García Valdecasas

La luna gira en el cielo
sobre las tierras sin agua
mientras el verano siembra
rumores de tigre y llama.
Por encima de los techos
nervios de metal sonaban.
Aire rizado venía
con los balidos de lana.
La tierra se ofrece llena
de heridas cicatrizadas,
o estremecida de agudos
cauterios de luces blancas.

* * *

Thamar estaba soñando
pájaros en su garganta,
al son de panderos fríos
y cítaras enlunadas.
Su desnudo en el alero,
agudo norte de palma,
pide copos a su vientre
y granizo a sus espaldas.
Thamar estaba cantando
desnuda por la terraza.

---

[3] Thamar: hija del rey David, violada y muerta por su hermano Amnón, que, a su vez y en venganza, fue muerto también por Absalón, hermano de ambos (Biblia, 2 Samuel, 13).

Alrededor de sus pies,
cinco palomas heladas.
Amnón delgado y concreto,
en la torre la miraba
llenas las ingles de espuma
y oscilaciones la barba.
Su desnudo iluminado
se tendía en la terraza,
con un rumor entre dientes
de flecha recién clavada.
Amnón estaba mirando
la luna redonda y baja,
y vio en la luna los pechos
durísimos de su hermana.

* * *

Amnón a las tres y media
se tendió sobre la cama.
Toda la alcoba sufría
con sus ojos llenos de alas.
La luz maciza, sepulta
pueblos en la arena parda,
o descubre transitorio
coral de rosas y dalias.
Linfa de pozo oprimida,
brota silencio en las jarras.
En el musgo de los troncos
la cobra tendida canta.
Amnón gime por la tela
fresquísima de la cama.
Yedra del escalofrío
cubre su carne quemada.
Thamar entró silenciosa
en la alcoba silenciada,

color de vena y Danubio
turbia de huellas lejanas.
Thamar, bórrame los ojos
con tu fija madrugada.
Mis hilos de sangre tejen
volantes sobre tu falda.
Déjame tranquila, hermano.
Son tus besos en mi espalda,
avispas y vientecillos
en doble enjambre de flautas.
Thamar, en tus pechos altos
hay dos peces que me llaman
y en las yemas de tus dedos
rumor de rosa encerrada.

* * *

Los cien caballos del rey
en el patio relinchaban.
Sol en cubos resistía
la delgadez de la parra.
Ya la coge del cabello,
ya la camisa le rasga.
Corales tibios dibujan
arroyos en rubio mapa.

* * *

¡Oh, qué gritos se sentían
por encima de las casas!
Qué espesura de puñales
y túnicas desgarradas.
Por las escaleras tristes
esclavos suben y bajan.
Émbolos y muslos juegan
bajo las nubes paradas.

Alrededor de Thamar
gritan vírgenes gitanas
y otras recogen las gotas
de su flor martirizada.
Paños blancos, enrojecen
en las alcobas cerradas.
Rumores de tibia aurora
pámpanos y peces cambian.

* * *

Violador enfurecido,
Amnón huye con su jaca.
Negros le dirigen flechas
en los muros y atalayas.
Y cuando los cuatro cascos
eran cuatro resonancias,
David con unas tijeras
cortó las cuerdas del arpa.

ODAS

Oda a Salvador Dalí

Una rosa en el alto jardín que tú deseas.
Una rueda en la pura sintaxis del acero.
Desnuda la montaña de niebla impresionista.
Los grises oteando sus balaustradas últimas.

Los pintores modernos en sus blancos estudios,
cortan la flor aséptica de la raíz cuadrada.
En las aguas del Sena un *ice-berg* de mármol
enfría las ventanas y disipa las yedras.

El hombre pisa fuerte las calles enlosadas.
Los cristales esquivan la magia del reflejo.
El Gobierno ha cerrado las tiendas de perfume.
La máquina eterniza sus compases binarios.

Una ausencia de bosques, biombos y entrecejos
yerra por los tejados de las casas antiguas.
El aire pulimenta su prisma sobre el mar
y el horizonte sube como un gran acueducto.

Marineros que ignoran el vino y la penumbra,
decapitan sirenas en los mares de plomo.
La Noche, negra estatua de la prudencia, tiene
el espejo redondo de la luna en su mano.

Un deseo de formas y límites nos gana.
Viene el hombre que mira con el metro amarillo.
Venus es una blanca naturaleza muerta
y los coleccionistas de mariposas huyen.

Cadaqués, en el fiel del agua y la colina,
eleva escalinatas y oculta caracolas.
Las flautas de madera pacifican el aire.
Un viejo dios silvestre da frutas a los niños.

Sus pescadores duermen, sin ensueño, en la arena.
En alta mar les sirve de brújula una rosa.
El horizonte virgen de pañuelos heridos,
junta los grandes vidrios del pez y de la luna.

Una dura corona de blancos bergantines
ciñe frentes amargas y cabellos de arena.
Las sirenas convencen, pero no sugestionan,
y salen si mostramos un vaso de agua dulce.

* * *

¡Oh Salvador Dalí, de voz aceitunada!
No elogio tu imperfecto pincel adolescente
ni tu color que ronda la color de tu tiempo,
pero alabo tus ansias de eterno limitado.

Alma higiénica, vives sobre mármoles nuevos.
Huyes la oscura selva de formas increíbles.
Tu fantasía llega donde llegan tus manos,
y gozas el soneto del mar en tu ventana.

El mundo tiene sordas penumbras y desorden,
en los primeros términos que el humano frecuenta.
Pero ya las estrellas ocultando paisajes,
señalan el esquema perfecto de sus órbitas.

La corriente del tiempo se remansa y ordena
en las formas numéricas de un siglo y otro siglo.
Y la Muerte vencida se refugia temblando
en el círculo estrecho del minuto presente.

Al coger tu paleta, con un tiro en un ala,
pides la luz que anima la copa del olivo.
Ancha luz de Minerva, constructora de andamios,
donde no cabe el sueño ni su flora inexacta.

Pides la luz antigua que se queda en la frente,
sin bajar a la boca ni al corazón del hombre.
Luz que temen las vides entrañables de Baco
y la fuerza sin orden que lleva el agua curva.

Haces bien en poner banderines de aviso,
en el límite oscuro que relumbra de noche.
Como pintor no quieres que te ablande la forma
el algodón cambiante de una nube imprevista.

El pez en la pecera y el pájaro en la jaula.
No quieres inventarlos en el mar o en el viento.
Estilizas o copias después de haber mirado,
con honestas pupilas sus cuerpecillos ágiles.

Amas una materia definida y exacta
donde el hongo no pueda poner su campamento.
Amas la arquitectura que construye en lo ausente
y admites la bandera como una simple broma.

Dice el compás de acero su corto verso elástico.
Desconocidas islas desmiente ya la esfera.
Dice la línea recta su vertical esfuerzo
y los sabios cristales cantan sus geometrías.

* * *

Pero también la rosa del jardín donde vives.
¡Siempre la rosa, siempre, norte y sur de nosotros!
Tranquila y concentrada como una estatua ciega,
ignorante de esfuerzos soterrados que causa.

Rosa pura que limpia de artificios y croquis
y nos abre las alas tenues de la sonrisa.
(Mariposa clavada que medita su vuelo.)
Rosa del equilibrio sin dolores buscados.
¡Siempre la rosa!

* * *

¡Oh Salvador Dalí de voz aceitunada!
Digo lo que me dicen tu persona y tus cuadros.
No alabo tu imperfecto pincel adolescente,
pero canto la firme dirección de tus flechas.

Canto tu bello esfuerzo de luces catalanas,
tu amor a lo que tiene explicación posible.
Canto tu corazón astronómico y tierno,
de baraja francesa y sin ninguna herida.

Canto el ansia de estatua que persigues sin tregua,
el miedo a la emoción que te aguarda en la calle.
Canto la sirenita de la mar que te canta
montada en bicicleta de corales y conchas.

Pero ante todo canto un común pensamiento
que nos une en las horas oscuras y doradas.

No es el Arte la luz que nos ciega los ojos.
Es primero el amor, la amistad o la esgrima.

Es primero que el cuadro que paciente dibujas
el seno de Teresa, la de cutis insomne,
el apretado bucle de Matilde la ingrata,
nuestra amistad pintada como un juego de oca.

Huellas dactilográficas de sangre sobre el oro,
rayen el corazón de Cataluña eterna.
Estrellas como puños sin halcón te relumbren,
mientras que tu pintura y tu vida florecen.

No mires la clepsidra con alas membranosas,
ni la dura guadaña de las alegorías.
Viste y desnuda siempre tu pincel en el aire
frente a la mar poblada con barcos y marinos.

L
E

223

Soledad

Homenaje a Fray Luis de León

> *Difícil delgadez:*
> *¿Busca el mundo una blanca,*
> *Total, perenne ausencia?*
>
> Jorge Guillén

Soledad pensativa
sobre piedra y rosal, muerte y desvelo,
donde libre y cautiva,
fija en su blanco vuelo,
canta la luz herida por el hielo.

Soledad con estilo
de silencio sin fin y arquitectura,
donde la flauta en vilo
del ave en la espesura,
no consigue clavar tu carne oscura.

En ti dejo olvidada
la frenética lluvia de mis venas,
mi cintura cuajada:
y rompiendo cadenas,
rosa débil seré por las arenas.

Rosa de mi desnudo
sobre paños de cal y sordo fuego,
cuando roto ya el nudo,
limpio de luna, y ciego,
cruce tus fijas ondas de sosiego.

En la curva del río
el doble cisne su blancura canta.
Húmeda voz sin frío
fluye de su garganta,
y por los juncos rueda y se levanta.

Con su rosa de harina
niño desnudo mide la ribera,
mientras el bosque afina
su música primera
en rumor de cristales y madera.

Coros de siemprevivas
giran locos pidiendo eternidades.
Sus señas expresivas
hieren las dos mitades
del mapa que rezuma soledades.

El arpa y su lamento
prendido en nervios de metal dorado,
tanto dulce instrumento
resonante o delgado,
buscan ¡oh soledad! tu reino helado.

Mientras tú, inaccesible
para la verde lepra del sonido,
no hay altura posible
ni labio conocido,
por donde llegue a ti nuestro gemido.

Oda al Santísimo Sacramento del Altar

Homenaje a Manuel de Falla

EXPOSICIÓN

> *Pange lingua gloriosi
> corporis mysterium.*

Cantaban las mujeres por el muro clavado
cuando te vi, Dios fuerte, vivo en el Sacramento,
palpitante y desnudo como un niño que corre
perseguido por siete novillos capitales.

Vivo estabas, Dios mío, dentro del ostensorio.
Punzado por tu Padre con agujas de lumbre.
Latiendo como el pobre corazón de la rana
que los médicos ponen en el frasco de vidrio.

Piedra de soledad donde la hierba gime
y donde el agua oscura pierde sus tres acentos,
elevan tu columna de nardo bajo nieve
sobre el mundo de ruedas y falos que circula.

Yo miraba tu forma deliciosa flotando
en la llaga de aceites y paño de agonía,
y entornaba mis ojos para darle en el dulce
tiro al blanco de insomnio sin un pájaro negro.

Es así, Dios anclado, como quiero tenerte.
Panderito de harina para el recién nacido.
Brisa y materia juntas en expresión exacta
por amor de la carne que no sabe tu nombre.

Es así, forma breve de rumor inefable,
Dios en mantillas, Cristo diminuto y eterno,
repetido mil veces, muerto, crucificado
por la impura palabra del hombre sudoroso.

Cantaban las mujeres en la arena sin norte,
cuando te vi presente sobre tu Sacramento.
Quinientos serafines de resplandor y tinta
en la cúpula neutra gustaban tu racimo.

¡Oh Forma sacratísima, vértice de las flores,
donde todos los ángulos toman sus luces fijas,
donde número y boca construyen un presente
cuerpo de luz humana con músculos de harina!

¡Oh Forma limitada para expresar concreta
muchedumbre de luces y clamor escuchado!
¡Oh nieve circundada por témpanos de música!
¡Oh llama crepitante sobre todas las venas!

MUNDO

Agnus Dei qui tollis peccata
mundi. Miserere nobis.

Noche de los tejados y la planta del pie,
silbaba por los ojos secos de las palomas.
Alga y cristal en fuga ponen plata mojada
los hombros de cemento de todas las ciudades.

La gillete descansaba sobre los tocadores
con su afán impaciente de cuello seccionado.
En la casa del muerto, los niños perseguían
una sierpe de arena por el rincón oscuro.

Escribientes dormidos en el piso catorce.
Ramera con los senos de cristal arañado.
Cables y media luna con temblores de insecto.
Bares sin gente. Gritos. Cabezas por el agua.

Para el asesinato del ruiseñor, venían
tres mil hombres armados de lucientes cuchillos.
Viejas y sacerdotes lloraban resistiendo
una lluvia de lenguas y hormigas voladoras.

Noche de rostro blanco. Nula noche sin rostro.
Bajo el Sol y la Luna. Triste noche del Mundo.
Dos mitades opuestas y un hombre que no sabe
cuándo su mariposa dejará los relojes.

Debajo de las alas del dragón hay un niño.
Caballitos de cadmio por la estrella sin sangre.
El unicornio quiere lo que la rosa olvida,
y el pájaro pretende lo que las aguas vedan.

Sólo tu Sacramento de luz en equilibrio,
aquietaba la angustia del amor desligado.
Sólo tu Sacramento, manómetro que salva
corazones lanzados a quinientos por hora.

Porque tu signo es clave de llanura celeste
donde naipe y herida se entrelazan cantando,
donde la luz desboca su toro relumbrante
y se afirma el aroma de la rosa templada.

Porque tu signo expresa la brisa y el gusano.
Punto de unión y cita del siglo y el minuto.
Orbe claro de muertos y hormiguero de vivos
con el hombre de nieves y el negro de la llama.

Mundo, ya tienes meta para tu desamparo.
Para tu horror perenne de agujero sin fondo.
¡Oh Cordero cautivo de tres voces iguales!
¡Sacramento inmutable de amor y disciplina!

DEMONIO

Quia tu es Deus, fortitudo mea:
quare me repulisti? et quare tristis incedo,
dum affligit me inimicus?

Honda luz cegadora de materia crujiente,
luz oblicua de espadas y mercurio de estrella
anunciaban el cuerpo sin amor que llegaba
por todas las esquinas del abierto domingo.

Forma de la belleza sin nostalgia ni sueño.
Rumor de superficies libertadas y locas.
Médula de presente. Seguridad fingida
de flotar sobre el agua con el torso de mármol.

Cuerpo de belleza que late y que se escapa;
un momento de venas y ternura de ombligo.
Belleza encadenada sin línea en flor, ni centro,
ni puras relaciones de número y sonrisa.

Vedlo llegar, oriente de la mano que palpa.
Vendaval y mancebo de rizos y moluscos.
Fuego para la carne sensible que se quema.
Níquel para el sollozo que busca a Dios volando.

Las nubes proyectaban sombras de cocodrilo
sobre un cielo incoloro batido por motores.
Altas esquinas grises y letras encendidas
señalaban las tiendas del enemigo Bello.

No es la mujer desnuda, ni el duro adolescente
ni el corazón clavado con besos y lancetas.
No es ser dueño de todos los caballos del mundo
ni descubrir el anca musical de la luna.

El encanto secreto del enemigo es otro.
Permanecer. Quedarse con la luz del minuto.
Permanecer clavados en su belleza triste
y evitar la inocencia de las aguas nacidas.

Que al balido reciente y a la flor desnortada
y a los senos sin huellas de la monja dormida,
responda negro toro de límites maduros
con la fe de un momento sin pudor ni mañana.

FEDERICO GARCÍA LORCA

Para vencer la carne fuerte del enemigo,
mágico prodigioso de fuegos y colores,
das tu cuerpo celeste con tu sangre divina,
en este Sacramento definido que canto.

Desciendes a materia para hacerte visible
a los ojos que observan tu vida renovada
y vencer sin espadas, en unidad sencilla,
al enemigo bello de las mil calidades.

¡Alegrísimo Dios! ¡Alegrísima Forma!
Aleluya reciente de todas las mañanas.
Misterio facilísimo de razón o de sueño
si es fácil la belleza visible de la rosa.

¡Aleluya, aleluya del zapato y la nieve!
Alba pura de acantos en la mano incompleta.
¡Aleluya, aleluya de la norma y el punto
sobre los cuatro vientos sin afán deportivo!

Lanza tu Sacramento semillas de alegría
contra los perdigones de dolor del Demonio
y en el estéril valle de luz y roca pura
la aguja de la flauta rompe un ángel de vidrio.

230

CARNE

Qué bien os quedasteis,
galán del cielo,
que es muy de galanes
quedarse en cuerpo.

Lope de Vega, *Auto de los cantares*

Por el nombre del Padre, roca, luz y fermento.
Por el nombre del Hijo, flor y sangre vertida,
en el fuego visible del Espíritu Santo
Eva quema sus dedos teñidos de manzana.

Eva gris y rayada con la púrpura rota
cubierta con las mieles y el rumor del insecto.
Eva de yugulares y de musgo baboso
en el primer impulso torpe de los planetas.

Llegaban las higueras con las flores calientes
a destrozar los blancos muros de disciplina.
El hacha por el bosque daba normas de viento
a la pura dinamo clavada en su martirio.

Hilos y nervios tiemblan en la sección fragante
de la luna y el vientre que el bisturí descubre.
En el diván de raso los amantes aprietan
los tibios algodones donde duermen sus huesos.

¡Mirad aquel caballo cómo corre! ¡Miradlo
por los hombros y el seno de la niña cuajada!
¡Mirad qué tiernos ayes y qué son movedizo
oprimen la cintura del joven embalado!

¡Venid, venid! Las venas alargarán sus puntas
para morder la cresta del caimán enlunado
mientras la verde sangre de Sodoma reluce
por la sala de un yerto corazón de aluminio.

Es preciso que el llanto se derrame en la axila,
que la mano recuerde blanda goma nocturna.
Es preciso que ritmos de sístole y diástole
empañen el rubor inhumano del cielo.

Tienen en lo más blanco huevecillos de muerte
(diminutos madroños de arsénico invisible)
que secan y destruyen el nervio de luz pura
por donde el alma filtra lección de beso y ala.

Es tu cuerpo, galán, tu boca, tu cintura,
el gusto de tu sangre por los dientes helados.
Es tu carne vencida, rota, pisoteada,
la que vence y relumbra sobre la carne nuestra.

Es el yerto vacío de lo libre sin norte
que se llena de rosas concretas y finales.
Adam es luz y espera bajo el arco podrido
las dos niñas de sangre que agitaban sus sienes.

¡Oh Corpus Christi! ¡Oh Corpus de absoluto silencio
donde se quema el cisne y fulgura el leproso!
¡Oh blanca Forma insomne!
¡Ángeles y ladridos contra el rumor de venas!

POETA EN NUEVA YORK

1910

Intermedio

Aquellos ojos míos de mil novecientos diez
no vieron enterrar a los muertos
ni la feria de ceniza del que llora por la madrugada
ni el corazón que tiembla arrinconado como un caballito de mar.

Aquellos ojos míos de mil novecientos diez
vieron la blanca pared donde orinaban las niñas,
el hocico del toro, la seta venenosa
y una luna incomprensible que iluminaba por los rincones
los pedazos de limón seco bajo el negro duro de las botellas.

Aquellos ojos míos en el cuello de la jaca,
en el seno traspasado de Santa Rosa dormida,
en los tejados del amor, con gemidos y frescas manos,
en un jardín donde los gatos se comían a las ranas.

Desván donde el polvo viejo congrega estatuas y musgos.
Cajas que guardan silencio de cangrejos devorados.
En el sitio donde el sueño tropezaba con su realidad.
Allí mis pequeños ojos.

No preguntarme nada. He visto que las cosas
cuando buscan su pulso encuentran su vacío.
Hay un dolor de huecos por el aire sin gente
y en mis ojos criaturas vestidas ¡sin desnudo!

Tu infancia en Menton

Sí, tu niñez: ya fábula de fuentes.

Jorge Guillén

Sí, tu niñez: ya fábula de fuentes.
El tren y la mujer que llena el cielo.
Tu soledad esquiva en los hoteles
y tu máscara pura de otro signo.
Es la niñez del mar y tu silencio
donde los sabios vidrios se quebraban.
Es tu yerta ignorancia donde estuvo
mi torso limitado por el fuego.
Norma de amor te di, hombro de Apolo,
llanto con ruiseñor enajenado,
pero, pasto de ruinas, te afilabas
para los breves sueños indecisos.
Pensamiento de enfrente, luz de ayer,
índices y señales del acaso.
Tu cintura de arena sin sosiego
atiende solo rastros que no escalan.
Pero yo he de buscar por los rincones
tu alma tibia sin ti que no entiende,
con el dolor de Apolo detenido
con que he roto la máscara que llevas.
Allí león, allí furia del cielo,
te dejaré pacer en mis mejillas;
allí caballo azul de mi locura,
pulso de nebulosa y minutero.
He de buscar las piedras de alacranes
y los vestidos de tu madre niña,
llanto de media noche y paño roto
que quitó la luna de la sien del muerto.
Sí, tu niñez: ya fábula de fuentes.

Alma extraña de mi hueco de venas,
te he de buscar pequeña y sin raíces.
¡Amor de siempre, amor, amor de nunca!
¡Oh, sí! Yo quiero. ¡Amor, amor! Dejadme.
No me tapen la boca los que buscan
espigas de Saturno por la nieve
o castran animales por un cielo,
clínica y selva de la anatomía.
Amor, amor, amor. Niñez del mar.
Tu alma tibia sin ti que no entiende.
Amor, amor, un vuelo de la corza
por el pecho sin fin de la blancura.
Y tu niñez, amor, y tu niñez.
El tren y la mujer que llena el cielo.
Ni tú, ni yo, ni el aire, ni las hojas.
Sí, tu niñez: ya fábula de fuentes.

El rey de Harlem

Con una cuchara de palo
le arrancaba los ojos a los cocodrilos
y golpeaba el trasero de los monos.
Con una cuchara de palo.

Fuego de siempre dormía en los pedernales
y los escarabajos borrachos de anís
olvidaban el musgo de las aldeas.

Aquel viejo cubierto de setas
iba al sitio donde lloraban los negros
mientras crujía la cuchara del rey
y llegaban los tanques de agua podrida.

Las rosas huían por los filos
de las últimas curvas del aire
y en los montones de azafrán
los niños machacaban pequeñas ardillas
con un rubor de frenesí manchado.

Es preciso cruzar los puentes
y llegar al rubor negro
para que el perfume de pulmón
nos golpee las sienes con su vestido
de caliente piña.

Es preciso matar al rubio vendedor de aguardiente,
a todos los amigos de la manzana y de la arena;
y es necesario dar con los puños cerrados
a las pequeñas judías que tiemblan llenas de burbujas,
para que el rey de Harlem cante con su muchedumbre,
para que los cocodrilos duerman en largas filas bajo el amianto
[de la luna,

y para que nadie dude de la infinita belleza
de los plumeros, los ralladores, los cobres y las cacerolas
[de las cocinas.

¡Ay Harlem! ¡Ay Harlem! ¡Ay Harlem!
No hay angustia comparable a tus rojos oprimidos,
a tu sangre estremecida dentro del eclipse obscuro,
a tu violencia granate, sordomuda en la penumbra,
a tu gran rey prisionero, en un traje de conserje.

* * *

Tenía la noche una hendidura y quietas salamandras de marfil.
Las muchachas americanas
llevaban niños y monedas en el vientre
y los muchachos se desmayaban en la cruz del desperezo.

Ellos son.
Ellos son los que beben el whisky de plata junto a los volcanes
y tragan pedacitos de corazón por las heladas montañas del oso.

Aquella noche el rey de Harlem, con una durísima cuchara,
arrancaba los ojos a los cocodrilos
y golpeaba el trasero de los monos.
Con una durísima cuchara.

Los negros lloraban confundidos
entre paraguas y soles de oro;
los mulatos estiraban gomas, ansiosos de llegar al torso blanco,
y el viento empañaba espejos
y quebraba las venas de los bailarines.

¡Negros! ¡Negros! ¡Negros! ¡Negros!
La sangre no tiene puertas en vuestra noche boca arriba.
No hay rubor. Sangre furiosa por debajo de las pieles,

viva en la espina del puñal y en el pecho de los paisajes,
bajo las pinzas y las retamas de la celeste luna de Cáncer.
Sangre que busca por mil caminos muertes enharinadas
[y ceniza de nardos,
cielos yertos, en declive, donde las colonias de planetas
rueden por las playas, con los objetos abandonados.

Sangre que mira lenta con el rabo del ojo,
Hecha de espartos exprimidos, néctares de subterráneos.
Sangre que oxida el alisio descuidado en una huella
y disuelve a las mariposas en los cristales de la ventana.

Es la sangre que viene, que vendrá
por los tejados y azoteas, por todas partes,
para quemar la clorofila de las mujeres rubias,
para gemir al pie de las camas, ante el insomnio de los lavabos
y estrellarse en una aurora de tabaco y bajo amarillo.

¡Hay que huir!,
huir por las esquinas y encerrarse en los últimos pisos,
porque el tuétano del bosque penetrará por las rendijas
para dejar en vuestra carne una leve huella de eclipse
y una falsa tristeza de guante desteñido y rosa química.

^LE

241

* * *

Es por el silencio sapientísimo
cuando los cocineros y los camareros y los que limpian
[con la lengua
las heridas de los millonarios
buscan al rey por las calles o en los ángulos del salitre.

Un viento sur de madera, oblicuo en el negro fango,
escupe a las barcas rotas y se clava puntillas en los hombros.
Un viento sur que lleva

colmillos, girasoles, alfabetos
y una pila de Volta con avispas ahogadas.
El olvido estaba expresado por tres gotas de tinta sobre
[el monóculo.
El amor, por un solo rostro invisible a flor de piedra.
Médulas y corolas componían sobre las nubes
un desierto de tallos sin una sola rosa.

A la izquierda, a la derecha, por el Sur y por el Norte,
se levanta el muro impasible
para el topo y la aguja del agua.
No busquéis, negros, su grieta
para hallar la mascara infinita.
Buscad el gran sol del centro
hechos una piña zumbadora.
El sol que se desliza por los bosques
seguro de no encontrar una ninfa.
El sol que destruye números y no ha cruzado nunca un sueño,
el tatuado sol que baja por el río
y muge seguido de caimanes.

¡Negros! ¡Negros! ¡Negros! ¡Negros!
Jamás sierpe, ni cebra, ni mula
palidecieron al morir.
El leñador no sabe cuándo expiran
los clamorosos árboles que corta.
Aguardad bajo la sombra vegetal de vuestro rey
a que cicutas y cardos y ortigas turben postreras azoteas.

Entonces, negros, entonces, entonces,
podréis besar con frenesí las ruedas de las bicicletas,
poner parejas de microscopios en las cuevas de las ardillas
y danzar al fin, sin duda, mientras las flores erizadas
asesinan a nuestro Moisés casi en los juncos del cielo.

¡Ay, Harlem disfrazada!
¡Ay, Harlem, amenazada por un gentío de trajes sin cabeza!
Me llega tu rumor.
Me llega tu rumor atravesando troncos y ascensores,
a través de láminas grises,
donde flotan tus automóviles cubiertos de dientes,
a través de los caballos muertos y los crímenes diminutos,
a través de tu gran rey desesperado
cuyas barbas llegan al mar.

Iglesia abandonada

Balada de la Gran Guerra

Yo tenía un hijo que se llamaba Juan.
Yo tenía un hijo.
Se perdió por los arcos un viernes de todos los muertos.
Le vi jugar en las últimas escaleras de la misa,
y echaba un cubito de hojalata en el corazón del sacerdote.
He golpeado los ataúdes. ¡Mi hijo! ¡Mi hijo! ¡Mi hijo!
Saqué una pata de gallina por detrás de la luna, y luego,
comprendí que mi niña era un pez
por donde se alejan las carretas.
Yo tenía una niña.
Yo tenía un pez muerto bajo las cenizas de los incensarios.
Yo tenía un mar ¿De qué? Dios mío. ¡Un mar!
Subí a tocar las campanas pero las frutas tenían gusanos
y las cerillas apagadas
se comían los trigos de la primavera.
Yo vi la transparente cigüeña de alcohol
mondar las negras cabezas de los soldados agonizantes
y vi las cabañas de goma
donde giraban las copas llenas de lágrimas.
En las anémonas del ofertorio te encontraré ¡corazón mío!
cuando el sacerdote levanta la mula y el buey con sus fuertes
                                                           [brazos
para espantar los sapos nocturnos que rondan los helados
paisajes del cáliz.
Yo tenía un hijo que era un gigante,
pero los muertos son más fuertes y saben devorar pedazos de cielo.
Si mi niño hubiera sido un oso,
yo no temería el sigilo de los caimanes,
ni hubiese visto al mar amarrado a los árboles
para ser fornicado y herido por el tropel de los regimientos.
¡Si mi niño hubiera sido un oso!

Me envolveré sobre esta lona dura para no sentir el frío
                                        [de los musgos.
Sé muy bien que me darán una manga o la corbata;
pero en el centro de la misa yo romperé el timón y entonces
vendrá a la piedra la locura de pingüinos y gaviotas
que harán decir a los que duermen y a los que cantan
                                        [por las esquinas:
él tenía un hijo.
Un hijo. Un hijo. Un hijo
que no era más que suyo porque era su hijo!
Su hijo. Su hijo. Su hijo.

Paisaje de la multitud que vomita

Anochecer de Coney Island

La mujer gorda venía delante
arrancando las raíces y mojando el pergamino de los tambores.
La mujer gorda
que vuelve del revés los pulpos agonizantes.
La mujer gorda, enemiga de la luna,
corría por las calles y los pisos deshabitados
y dejaba por los rincones pequeñas calaveras de paloma
y levantaba las furias de los banquetes de los siglos últimos
y llamaba al demonio del pan por las colinas del cielo barrido
y filtraba un ansia de luz en las circulaciones subterráneas.
Son los cementerios. Lo sé. Son los cementerios
y el dolor de las cocinas enterradas bajo la arena.
Son los muertos, los faisanes y las manzanas de otra hora
los que nos empujan en la garganta.

Llegaban los rumores de la selva del vómito
con las mujeres vacías, con niños de cera caliente,
con árboles fermentados y camareros incansables
que sirven platos de sal bajo las arpas de la saliva.
Sin remedio, hijo mío, ¡vomita! No hay remedio.
No es el vómito de los húsares sobre los pechos de la prostituta,
ni el vómito del gato que se tragó una rana por descuido.
Son los muertos que arañan con sus manos de tierra
las puertas de pedernal donde se pudren nublos y postres.

La mujer gorda venía delante
con las gentes de los barcos y de las tabernas y de los jardines.
El vómito agitaba delicadamente sus tambores
entre algunas niñas de sangre
que pedían protección a la luna.
¡Ay de mí! ¡Ay de mí! ¡Ay de mí!

Esta mirada mía fue mía pero ya no es mía.
Esta mirada que tiembla desnuda por el alcohol
y despide barcos increíbles
por las anémonas de los muelles.
Me defiendo con esta mirada
que mana de las ondas por donde el alba no se atreve.
Yo, poeta sin brazos, perdido
entre la multitud que vomita,
sin caballo efusivo que corte
los espesos musgos de mis sienes.
Pero la mujer gorda seguía delante
y la gente buscaba las farmacias
donde el amargo trópico se fija:
Solo cuando izaron la bandera y llegaron los primeros canes
la ciudad entera se agolpó en las barandillas del embarcadero.

Paisaje de la multitud que orina

Nocturno de Battery Place

Se quedaron solos.
Aguardaban la velocidad de las últimas bicicletas.
Se quedaron solas.
Esperaban la muerte de un niño en el velero japonés.
Se quedaron solos y solas,
soñando con los picos abiertos de los pájaros agonizantes,
con el agudo quitasol que pincha
al sapo recién aplastado
bajo un silencio con mil orejas
y diminutas bocas de agua
en los desfiladeros que resisten
el ataque violento de la luna.
Lloraba el niño del velero y se quebraban los corazones
angustiados por el testigo y la vigilia de todas las cosas
y porque todavía en el suelo celeste de negras huellas
gritaban nombres oscuros, salivas y radios de níquel.
No importa que el niño calle cuando le claven el último alfiler.
Ni importa la derrota de la brisa en la corola de algodón.
Porque hay un mundo de la muerte con marineros definitivos
que se asomarán a los arcos y os helarán por detrás de los arboles.
Es inútil buscar el recodo
donde la noche olvida su viaje
y acechar un silencio que no tenga
trajes rotos y cáscaras y llanto,
porque tan solo el diminuto banquete de la araña
basta para romper el equilibrio de todo el cielo.
No hay remedio para el gemido del velero japonés
ni para estas gentes ocultas que tropiezan con las esquinas.
El campo se muerde la cola para unir las raíces en un punto
y el ovillo busca por la grama su ansia de longitud insatisfecha.
¡La luna! ¡Los policías! ¡Las sirenas de los trasatlánticos!

Fachadas de orín, de humo, anémonas, guantes de goma.
Todo está roto por la noche
abierta de piernas sobre las terrazas.
Todo está roto por los tibios caños
de una terrible fuente silenciosa.
¡Oh gentes! ¡Oh mujercillas! ¡Oh soldados!
Será preciso viajar por los ojos de los idiotas,
campos libres donde silban mansas cobras de alambradas,
paisajes llenos de sepulcros que producen fresquísimas manzanas,
para que venga la luz desmedida
que temen los ricos detrás de sus lupas,
el olor de un solo cuerpo con la doble vertiente de lis y rata,
y para que se quemen estas gentes que pueden orinar alrededor
[de un gemido
o en los cristales donde se comprenden las olas nunca repetidas.

Ciudad sin sueño

Nocturno del Brooklyn Bridge

No duerme nadie por el cielo. Nadie, nadie.
No duerme nadie.
Las criaturas de la luna huelen y rondan las cabañas.
Vendrán las iguanas vivas a morder a los hombres que no sueñan
y el que huye con el corazón roto encontrará por las esquinas
al increíble cocodrilo quieto bajo la tierna protesta de los astros.

No duerme nadie por el mundo. Nadie, nadie.
No duerme nadie.
Hay un muerto en el cementerio más lejano
que se queja tres años
porque tiene un paisaje seco en la rodilla
y el niño que enterraron esta mañana lloraba tanto
que hubo necesidad de llamar a los perros para que callase.

No es sueño la vida. ¡Alerta! ¡Alerta! ¡Alerta!
Nos caemos por las escaleras para comer la tierra húmeda
o subimos al filo de la nieve con el coro de las dalias muertas.
Pero no hay olvido ni sueño:
carne viva. Los besos atan las bocas
en una maraña de venas recientes
y al que le duele su dolor le dolerá sin descanso
y al que teme la muerte la llevara sobre sus hombros.

Un día
los caballos vivirán en las tabernas
y las hormigas furiosas
atacarán los cielos amarillos que se refugian en los ojos
[de las vacas.
Otro día
veremos la resurrección de las mariposas disecadas

y aun andando por un paisaje de esponjas grises y barcos mudos
veremos brillar nuestro anillo y manar rosas de nuestra lengua.

¡Alerta! ¡Alerta! ¡Alerta
a los que guardan todavía huellas de zarpa y aguacero!
Aquel muchacho que llora porque no sabe la invención del puente
o aquel muerto que ya no tiene más que la cabeza y un zapato
hay que llevarlos al muro donde iguanas y sierpes esperan
donde espera la dentadura del oso
donde espera la mano momificada del niño
y la piel del camello se eriza con un violento escalofrío azul.

No duerme nadie por el cielo. Nadie, nadie.
No duerme nadie.
Pero si alguien cierra los ojos,
¡azotadlo, hijos míos, azotadlo!
Haya un panorama de ojos abiertos
y amargas llagas encendidas.
No duerme nadie por el mundo. Nadie, nadie.
Ya lo he dicho.
No duerme nadie.
Pero si alguien tiene por la noche exceso de musgo en las sienes,
abrid los escotillones para que vea bajo la luna
las copas falsas, el veneno y la calavera de los teatros.

L
E
251

Panorama ciego de Nueva York

Si no son los pájaros
cubiertos de ceniza,
si no son los gemidos que golpean las ventanas de la boda,
serán las delicadas criaturas del aire
que manan la sangre nueva por la oscuridad inextinguible.
Pero no, no son los pájaros,
porque los pájaros están a punto de ser bueyes.
Pueden ser rocas blancas con la ayuda de la luna
y son siempre muchachas heridas
antes de que los jueces levanten la tela.

Todos comprenden el dolor que se relaciona con la muerte,
pero el verdadero dolor no está presente en el espíritu.
No está en el aire, ni en nuestra vida,
ni en estas terrazas llenas de humo;
el verdadero dolor que mantiene despiertas las cosas,
es una pequeña quemadura infinita
en los ojos inocentes de los otros sistemas.

Un traje abandonado pesa tanto en los hombros,
que muchas veces el cielo los agrupa en ásperas manadas;
y las que mueren de parto saben en la última hora
que todo rumor será piedra y toda huella, latido.
Nosotros ignoramos que el pensamiento tiene arrabales
donde el filósofo es devorado por los chinos y las orugas
y algunos niños idiotas han encontrado por las cocinas
pequeñas golondrinas con muletas
que sabían pronunciar la palabra amor.

No, no son los pájaros.
No es un pájaro el que expresa la turbia fiebre de laguna,
ni el ansia del asesinato que nos oprime cada momento,
ni el metálico rumor de suicidio que nos anima cada madrugada:

es una cápsula de aire donde nos dude todo el mundo,
es un pequeño espacio vivo al loco unísón de la luz,
es una escala indefinible donde las nubes y rosas olvidan
el griterío chino que bulle por el desembarcadero de la sangre.
Yo muchas veces me he perdido
para buscar la quemadura que mantiene despiertas las cosas
y solo he encontrado marineros echados sobre las barandillas
y pequeñas criaturas del ciclo enterradas bajo la nieve.
Pero el verdadero dolor estaba en otras plazas
donde los peces cristalizados agonizaban dentro de los troncos,
plazas del cielo extraño para las antiguas estatuas ilesas
y para la tierna intimidad de los volcanes.

No hay dolor en la voz. Solo existen los dientes;
pero dientes que callaran aislados por el raso negro.
No hay dolor en la voz. Aquí solo existe la Tierra
La tierra con sus puertas de siempre
que llevan al rubor de los frutos.

Niña ahogada en el pozo

Granada y Newburg

Las estatuas sufren por los ojos con la oscuridad
[de los ataúdes
pero sufren mucho más por el agua que no desemboca.
... que no desemboca.

El pueblo corría por las almenas rompiendo las cañas
[de los pescadores.
¡Pronto! ¡Los bordes! ¡De prisa! Y croaban las estrellas tiernas.
... que no desemboca.

Tranquila en mi recuerdo, astro, circulo, meta,
lloras por las orillas de un ojo de caballo
... que no desemboca.

Pero nadie en lo oscuro podrá darte distancias:
sino afilado limite: porvenir de diamante.
... que no desemboca.

Mientras la gente busca silencios de almohada
tú lates para siempre definida en tu anillo.
... que no desemboca.

Eterna en los finales de unas ondas que aceptan
combate de raíces y soledad prevista.
... que no desemboca.

¡Ya vienen por las rampas! ¡Levántate del agua!
¡Cada punto de luz te dará una cadena!
... que no desemboca.

Pero el pozo te alarga manecitas de musgo,
insospechada ondina de su casta ignorancia.
... que no desemboca.

No, que no desemboca. Agua fija en un punto.
Respirando con todos sus violines sin cuerdas
en la escala de las heridas y los edificios deshabitados.
¡Agua que no desemboca!

Muerte

A Isidoro de Blas

¡Qué esfuerzo,
qué esfuerzo del caballo
por ser perro!,
¡qué esfuerzo del perro por ser golondrina!,
¡qué esfuerzo de la golondrina por ser abeja!,
¡qué esfuerzo de la abeja por ser caballo!
Y el caballo,
¡qué flecha aguda exprime de la rosa!,
¡qué rosa gris levanta de su belfo!;
y la rosa,
¡qué rebaño de luces y alaridos
ata en el vivo azúcar de su tronco!;
y el azúcar,
¡que puñalitos sueña en su vigilia!;
y los puñales diminutos,
¡qué luna sin establos!, ¡qué desnudos,
piel eterna y rubor, andan buscando!
Y yo por los aleros,
¡qué serafín de llamas busco y soy!;
pero el arco de yeso,
¡qué grande, qué invisible, qué diminuto!
sin esfuerzo.

Nocturno del hueco

I

Para ver que todo se ha ido,
para ver los huecos y los vestidos,
¡dame tu guante de luna!,
tu otro guante perdido en la hierba,
¡amor mío!

Puede el aire arrancar los caracoles
muertos sobre el pulmón del elefante
y soplar los gusanos ateridos
de las yemas de luz o de las manzanas.

Los rostros bogan impasibles
bajo el diminuto griterío de las hierbas
y en el rincón está el pechito de la rana
turbio de corazón y mandolina.

En la gran plaza desierta
mugía la bovina cabeza recién cortada
y eran duro cristal definitivo
las formas que buscaban el giro de la sierpe.

Para ver que todo se ha ido
dame tu mudo hueco, ¡amor mío!
Nostalgia de academia y cielo triste.
¡Para ver que todo se ha ido!

Dentro de ti, amor mío, por tu carne,
¡qué silencio de trenes boca arriba!
¡cuanto brazo de momia florecido!
¡qué cielo sin salida, amor, que cielo!

Es la piedra en el agua y es la voz en la brisa
bordes de amor que escapan de su tronco sangrante.
Basta tocar el pulso de nuestro amor presente
para que broten flores sobre los otros niños.

Para ver que todo se ha ido.
Para ver los huecos de nubes y ríos.
Dame tus ramos de laurel, amor.
¡Para ver que todo se ha ido!

Ruedan los huecos puros, por mí, por ti, en el alba,
conservando las huellas de las ramas de sangre
y algún perfil de yeso tranquilo que dibuja
instantáneo dolor de luna apuntillada.

Mira formas concretas que buscan su vacío.
Perros equivocados y manzanas mordidas.
Mira el ansia, la angustia de un triste mundo fósil
que no encuentra el acento de su primer sollozo.

Cuando busco en la cama los rumores del hilo
has venido, amor mío, a cubrir mi tejado.
El hueco de una hormiga puede llenar el aire
pero tú vas gimiendo sin norte por mis ojos.

No, por mis ojos no, que ahora me enseñas
cuatro ríos ceñidos en tu brazo,
en la dura barraca donde la luna prisionera
devora a un marinero delante de los niños.

Para ver que todo se ha ido
¡amor inexpugnable, amor huido!
No, no me des tu hueco,
¡que ya va por el aire el mío!
¡Ay de ti, ay de mí, de la brisa!
Para ver que todo se ha ido.

II

Yo.
Con el hueco blanquísimo de un caballo,
crines de ceniza. Plaza pura y doblada.

Yo.
Mi hueco traspasado con las axilas rotas.
Piel seca de uva neutra y amianto de madrugada.

Toda la luz del mundo cabe dentro de un ojo,
canta el gallo y su canto dura más que sus alas.

Yo.
Con el hueco blanquísimo de un caballo.
Rodeado de espectadores que tienen hormigas en las palabras.

En el arco del frío sin perfil mutilado.
Por los capiteles rotos de las mejillas desangradas.

Yo.
Mi hueco sin ti, ciudad, sin tus muertos que comen.
Ecuestre por mi vida definitivamente anclada.

Yo.

No hay siglo nuevo ni luz reciente.
Solo un caballo azul y una madrugada.

Luna y panorama de los insectos

Poema de amor

La luna en el mar riela,
en la lona gime el viento,
y alza en blando movimiento
olas de plata y azul.

Espronceda

Mi corazón tendría la forma de un zapato
si cada aldea tuviera una sirena.
Pero la noche es interminable cuando se apoya en los enfermos
y hay barcos que buscan ser mirados para poder hundirse
[tranquilos.

Si el aire sopla blandamente
mi corazón tiene la forma de una niña.
Si el aire se niega a salir de los cañaverales
mi corazón tiene la forma de una milenaria boñiga de toro.

¡Bogar! bogar, bogar, bogar
hacia el batallón de puntas desiguales
hacia un paisaje de acechos pulverizados.
Noche igual de la nieve, de los sistemas suspendidos.
Y la luna.
¡La luna!
Pero no la luna.
La raposa de las tabernas.
El gallo japonés que se comió los ojos.
Las hierbas masticadas.

No nos salvan las solitarias en los vidrios
ni los herbolarios donde el metafísico
encuentra las otras vertientes del cielo.

Son mentira las formas. Solo existe
el círculo de bocas del oxígeno.
Y la luna.
Pero no la luna.
Los insectos,
los muertos diminutos por las riberas.
Dolor en longitud.
Yodo en un punto.
Las muchedumbres en el alfiler.
El desnudo que amasa la sangre de todos
y mi amor que no es un caballo ni una quemadura.
Criatura de pecho devorado.
¡Mi amor!

Ya cantan, gritan, gimen: Rostro. ¡Tu rostro! Rostro.
Las manzanas son unas,
las dalias son idénticas,
la luz tiene un sabor de metal acabado
y el campo de todo un lustro cabrá en la mejilla de la moneda.
Pero tu rostro cubre los cielos del banquete.
¡Ya cantan! ¡gritan! !gimen!
¡cubren! ¡trepan! ¡espantan!

Es necesario caminar ¡de prisa! por las ondas, por las ramas,
por las calles deshabitadas de la Edad Media que bajan al río,
por las tiendas de las pieles donde suena un cuerno de vaca
[herida
por las escalas ¡sin miedo! , por las escalas.
Hay un hombre descolorido que se está bañando en el mar;
es tan tierno que los reflectores le comieron jugando el corazón
y en el Perú viven mil mujeres ¡oh insectos! que noche y día
hacen nocturnos desfiles entrecruzando sus propias venas.

Un diminuto guante corrosivo me detiene. ¡Basta!
En mi pañuelo he sentido el tris

de la primera vena que se rompe
Cuida tus pies amor mío, ¡tus manos!,
ya que yo tengo que entregar mi rostro.
¡Mi rostro! ¡Mi rostro! ¡Ay mi comido rostro!

Este fuego casto para mi deseo,
esta confusión por anhelo de equilibrio,
este inocente dolor de pólvora en mis ojos
aliviará la angustia de otro corazón
devorado por las nebulosas.

No nos salva la gente de las zapaterías
ni los paisajes que se hacen música al encontrar las llaves oxidadas.
Son mentira los aires. Solo existe
una cunita en el desván
que recuerda todas las cosas.
Y la luna.
Pero no luna.
Los insectos.
Los insectos solos,
crepitantes, mordientes, estremecidos, agrupados,
y la luna
con un guante de humo sentada en la puerta de sus derribos.
¡¡La luna!!

New York

Oficina y denuncia

A Fernando Vela

Debajo de las multiplicaciones
hay una gota de sangre de pato;
debajo de las divisiones
hay una gota de sangre de marinero;
debajo de las sumas, un río de sangre tierna.
Un río que viene cantando
por los dormitorios de los arrabales,
y es plata, cemento o brisa
en el alba mentida de New York.
Existen las montañas. Lo sé.
Y los anteojos para la sabiduría.
Lo sé. Pero yo no he venido a ver el cielo.
He venido para ver la turbia sangre,
la sangre que lleva las máquinas a las cataratas
y el espíritu a la lengua de la cobra.
Todos los días se matan en New York
cuatro millones de patos,
cinco millones de cerdos,
dos mil palomas para el gusto de los agonizantes,
un millón de vacas,
un millón de corderos
y dos millones de gallos,
que dejan los cielos hechos añicos.

Más vale sollozar afilando la navaja
o asesinar a los perros en las alucinantes cacerías,
que resistir en la madrugada
los interminables trenes de leche,
los interminables trenes de sangre

y los trenes de rosas maniatadas
por los comerciantes de perfumes.

Los patos y las palomas,
y los cerdos y los corderos
ponen sus gotas de sangre
debajo de las multiplicaciones,
y los terribles alaridos de las vacas estrujadas
llenan de dolor el valle
donde el Hudson se emborracha con aceite.

Yo denuncio a toda la gente
que ignora la otra mitad,
la mitad irredimible
que levanta sus montes de cemento
donde laten los corazones
de los animalitos que se olvidan
y donde caeremos todos
en la última fiesta de los taladros.
Os escupo en la cara.
La otra mitad me escucha
devorando, cantando, volando, en su pureza
como los niños de las porterías
que llevan frágiles palitos
a los huecos donde se oxidan
las antenas de los insectos.
No es el infierno, es la calle.
No es la muerte. Es la tienda de frutas.
Hay un mundo de ríos quebrados y distancias inasibles
en la patita de ese gato quebrada por el automóvil,
y yo oigo el canto de la lombriz
en el corazón de muchas niñas.
óxido, fermento, tierra estremecida.
Tierra tú mismo que nadas por los números de la oficina.
¿Qué voy a hacer? ¿Ordenar los paisajes?

¿Ordenar los amores que luego son fotografías,
que luego son pedazos de madera y bocanadas de sangre?
No, no; yo denuncio,
yo denuncio la conjura
de estas desiertas oficinas
que no radian las agonías,
que borran los programas de la selva,
y me ofrezco a ser comido por las vacas estrujadas
cuando sus gritos llenan el valle
donde el Hudson se emborracha con aceite.

Grito hacia Roma

Desde la torre de Chrysler Building

Manzanas levemente heridas
por finos espadines de plata,
nubes rasgadas por una mano de coral
que lleva en el dorso una almendra de fuego,
peces de arsénico como tiburones,
tiburones como gotas de llanto para cegar una multitud,
rosas que hieren
y agujas instaladas en los caños de la sangre,
mundos enemigos y amores cubiertos de gusanos,
caerán sobre ti. Caerán sobre la gran cúpula
que untan de aceite las lenguas militares,
donde un hombre se orina en una deslumbrante paloma
y escupe carbón machacado
rodeado de miles de campanillas.

Porque ya no hay quien reparta el pan ni el vino,
ni quien cultive hierbas en la boca del muerto,
ni quien abra los linos del reposo,
ni quien llore por las heridas de los elefantes.
No hay más que un millón de herreros
forjando cadenas para los niños que han de venir.
No hay más que un millón de carpinteros
que hacen ataúdes sin cruz.
No hay más que un gentío de lamentos
que se abren las ropas en espera de la bala.
El hombre que desprecia la paloma debía hablar,
debía gritar desnudo entre las columnas,
y ponerse una inyección para adquirir la lepra
y llorar un llanto tan terrible
que disolviera sus anillos y sus teléfonos de diamante.

Pero el hombre vestido de blanco
ignora el misterio de la espiga,
ignora el gemido de la parturienta,
ignora que Cristo puede dar agua todavía,
ignora que la moneda quema el beso de prodigio
y da la sangre del cordero al pico idiota del faisán.

Los maestros enseñan a los niños
una luz maravillosa que viene del monte;
pero lo que llega es una reunión de cloacas
donde gritan las oscuras ninfas del cólera.
Los maestros señalan con devoción las enormes cúpulas
                                                    [sahumadas;
pero debajo de las estatuas no hay amor.
No hay amor bajo los ojos de cristal definitivo;
el amor está en las carnes desgarradas por la sed,
en la choza diminuta que lucha con la inundación;
el amor está en los fosos donde luchan las sierpes del hambre,
en el triste mar que mece los cadáveres de las gaviotas
y en el oscurísimo beso punzante debajo de las almohadas.
Pero el viejo de las manos traslúcidas
dirá: amor, amor, amor,
aclamado por millones de moribundos.
Dirá: amor, amor, amor,
entre el tisú estremecido de ternura,
dirá: paz, paz, paz.
entre el tirite de cuchillos y melenas de dinamita.
Dirá: amor, amor, amor,
hasta que se le pongan de plata los labios.

Mientras tanto, mientras tanto ¡ay! mientras tanto,
los negros que sacan las escupideras,
los muchachos que tiemblan bajo el terror pálido de los directores,
las mujeres ahogadas en aceites minerales,
la muchedumbre de martillo, de violín o de nube,

LE
267

ha de gritar aunque le estrellen los sesos en el muro,
ha de gritar frente a las cúpulas,
ha de gritar loca de fuego,
ha de gritar loca de nieve,
ha de gritar con la cabeza llena de excremento,
ha de gritar como todas las noches juntas,
ha de gritar con voz tan desgarrada
hasta que las ciudades tiemblen como niñas
y rompan las prisiones del aceite y la música.
Porque queremos el pan nuestro de cada día,
flor de aliso y perenne ternura desgranada,
porque queremos que se cumpla la voluntad de la Tierra
que da sus frutos para todos.

Oda a Walt Whitman

Por el East River y el Bronx,
los muchachos cantaban enseñando sus cinturas.
Con la rueda, el aceite, el cuero y el martillo
noventa mil mineros sacaban la plata de las rocas
y los niños dibujaban escaleras y perspectivas.

Pero ninguno se dormía,
ninguno quería ser río,
ninguno amaba las hojas grandes,
ninguno la lengua azul de la playa.

Por el East River y el Queensborough
los muchachos luchaban con la industria,
y los judíos vendían al fauno del río
la rosa de la circuncisión
y el cielo desembocaba por los puentes y los tejados
manadas de bisontes empujadas por el viento.

Pero ninguno se detenía,
ninguno quería ser nube,
ninguno buscaba los helechos
ni la rueda amarilla de tamboril.

Cuando la luna salga
las poleas rodarán para turbar el cielo;
un límite de agujas cercará la memoria
y los ataúdes se llevaran a los que no trabajan.

Nueva York de cieno,
Nueva York de alambres y de muerte.
¿Qué ángel llevas oculto en la mejilla?
¿Qué voz perfecta dirá las verdades del trigo?
¿Quién el sueño terrible de tus anémonas manchadas?

Ni un solo momento, viejo hermoso Walt Whitman,
he dejado de ver tu barba llena de mariposas,
ni tus hombros de pana gastados por la luna,
ni tus muslos de Apolo virginal,
ni tu voz como una columna de ceniza;
anciano hermoso como la niebla
que gemías igual que un pájaro
con el sexo atravesado por una aguja,
enemigo del sátiro,
enemigo de la vid
y amante de los cuerpos bajo la burda tela.

Ni un solo momento, hermosura viril
que en montes de carbón, anuncios y ferrocarriles,
soñabas ser un río y dormir como un río
con aquel camarada que pondría en tu pecho
un pequeño dolor de ignorante leopardo.

Ni un solo momento, Adán de sangre, Macho,
hombre solo en el mar, viejo hermoso Walt Whitman,
porque por las azoteas,
agrupados en los bares,
saliendo en racimos de las alcantarillas,
temblando entre las piernas de los *chauffeurs*
o girando en las plataformas del ajenjo,
los maricas, Walt Whitman, te señalan.

¡También ese! ¡También! Y se despeñan
sobre tu barba luminosa y casta
rubios del norte, negros de la arena,
muchedumbres de gritos y ademanes
como gatos y como las serpientes,
los maricas, Walt Whitman, los maricas,
turbios de lágrimas, carne para fusta,
bota o mordisco de los domadores.

¡También ese! ¡También! Dedos teñidos
apuntan a la orilla de tu sueño
cuando el amigo come tu manzana
con un leve sabor de gasolina
y el sol canta por los ombligos
de los muchachos que juegan bajo los puentes.

Pero tú no buscabas los ojos arañados,
ni el pantano oscurísimo donde sumergen a los niños,
ni la saliva helada,
ni las curvas heridas como panza de sapo
que llevan los maricas en coches y en terrazas
mientras la luna los azota por las esquinas del terror.

Tú buscabas un desnudo que fuera como un río.
Toro y sueño que junte la rueda con el alga,
padre de tu agonía, camelia de tu muerte
y gimiera en las llamas de tu ecuador oculto.

Porque es justo que el hombre no busque su deleite
en la selva de sangre de la mañana próxima.
El cielo tiene playas donde evitar la vida
y hay cuerpos que no deben repetirse en la aurora.

Agonía, agonía, sueño, fermento y sueño.
Este es el mundo, amigo, agonía, agonía.
Los muertos se descomponen bajo el reloj de las ciudades.
La guerra pasa llorando con un millón de ratas grises,
los ricos dan a sus queridas
pequeños moribundos iluminados,
y la vida no es noble, ni buena, ni sagrada.

Puede el hombre, si quiere, conducir su deseo
por vena de coral o celeste desnudo;
mañana los amores serán rocas y el Tiempo
una brisa que viene dormida por las ramas.

L‐
E

271

Por eso no levanto mi voz, viejo Walt Whitman,
contra el niño que escribe
nombre de niña en su almohada,
ni contra el muchacho que se viste de novia
en la oscuridad del ropero;
ni contra los solitarios de los casinos
que beben con asco el agua de la prostitución,
ni contra los hombres de mirada verde
que aman al hombre y queman sus labios en silencio.
Pero sí contra vosotros, maricas de las ciudades
de carne tumefacta y pensamiento inmundo.
Madres de lodo. Arpías. Enemigos sin sueño
del amor que reparte coronas de alegría.

Contra vosotros siempre, que dais a los muchachos
gotas de sucia muerte con amargo veneno.
Contra vosotros siempre,
«Fairies» de Norteamérica,
«Pájaros» de la Habana,
«Jotos» de Méjico,
«Sarasas» de Cádiz,
«Apios» de Sevilla,
«Cancos» de Madrid,
«Floras» de Alicante,
«Adelaidas» de Portugal.

¡Maricas de todo el mundo, asesinos de palomas!
Esclavos de la mujer. Perras de sus tocadores.
Abiertos en las plazas, con fiebre de abanico
o emboscados en yertos paisajes de cicuta.

¡No haya cuartel! La muerte
mana de vuestros ojos
y agrupa flores grises en la orilla del cieno.
¡No haya cuartel! ¡¡Alerta!!

Que los confundidos, los puros,
los clásicos, los señalados, los suplicantes
os cierren las puertas de la bacanal.

Y tú, bello Walt Whitman, duerme orillas del Hudson
con la barba hacia el polo y las manos abiertas.
Arcilla blanda o nieve, tu lengua está llamando
camaradas que velen tu gacela sin cuerpo.

Duerme: no queda nada.
Una danza de muros agita las praderas
y América se anega de maquinas y llanto.
Quiero que el aire fuerte de la noche más honda
quite flores y letras del arco donde duermes,
y un niño negro anuncie a los blancos del oro
la llegada del reino de la espiga.

Pequeño vals vienés

En Viena hay diez muchachas,
un hombro donde solloza la muerte
y un bosque de palomas disecadas.
Hay un fragmento de la mañana
en el museo de la escarcha.
Hay un salón con mil ventanas.

¡Ay, ay, ay, ay!
Toma este vals con la boca cerrada.

Este vals, este vals, este vals,
de sí, de muerte y de coñac
que moja su cola en el mar.

Te quiero, te quiero, te quiero,
con la butaca y el libro muerto,
por el melancólico pasillo,
en el oscuro desván del lirio,
en nuestra cama de la luna
y en la danza que sueña la tortuga.

¡Ay, ay, ay, ay!
Toma este vals de quebrada cintura.

En Viena hay cuatro espejos
donde juegan tu boca y los ecos.
Hay una muerte para piano
que pinta de azul a los muchachos.
Hay mendigos por los tejados.
Hay frescas guirnaldas de llanto.

¡Ay, ay, ay, ay!
Toma este vals que se muere en mis brazos.

Porque te quiero, te quiero, amor mío,
en el desván donde juegan los niños,
soñando viejas luces de Hungría
por los rumores de la tarde tibia,
viendo ovejas y lirios de nieve
por el silencio oscuro de tu frente.

¡Ay, ay, ay, ay!
Toma este vals del «Te quiero siempre».

En Viena bailaré contigo
con un disfraz que tenga
cabeza de río.
¡Mira qué orillas tengo de jacintos!
Dejaré mi boca entre tus piernas,
mi alma en fotografías y azucenas,
y en las ondas oscuras de tu andar
quiero, amor mío, amor mío, dejar,
violín y sepulcro, las cintas del vals.

Tierra y luna

Tierra y luna

Me quedo con el transparente hombrecillo
que come los huevos de la golondrina.
Me quedo con el niño desnudo
que pisotean los borrachos de Brooklyn.
Con las criaturas mudas que pasan bajo los arcos.
Con el arroyo de venas ansioso de abrir sus manecitas.

Tierra tan solo. Tierra.
Tierra para los manteles estremecidos,
para la pupila viciosa de nube,
para las heridas recientes y el húmedo pensamiento.
Tierra para todo lo que huye de la Tierra.

No es la ceniza en vilo de las cosas quemadas,
ni los muertos que mueven sus lenguas bajo los árboles.
Es la Tierra desnuda que bala por el cielo
y deja atrás los grupos ligeros de ballenas.

Es la tierra alegrísima, imperturbable nadadora,
la que yo encuentro en el niño y en las criaturas que pasan los arcos.
Viva tierra de mi pulso y del baile de los helechos
que deja a veces por el aire un duro perfil de Faraón.

Me quedo con la mujer fría
donde se queman los musgos inocentes;
me quedo con los borrachos de Brooklyn
que pisan al niño desnudo.
Me quedo con los signos desgarrados
de la lenta comida de los osos.

Pero entonces bajó la luna despeñada por las escaleras
poniendo las ciudades de hule celeste y talco sensitivo,
llenando de pies de maromo la llanura sin recodos
y olvidando, bajo las sillas, diminutas carcajadas de algodón.

¡Oh Diana, Diana! Diana vacía.
Convexa resonancia donde la abeja se vuelve loca.
Mi amor es paso, tránsito, larga muerte gustada,
nunca la piel ilesa de tu desnudo huido.

Es Tierra ¡Dios mío! Tierra lo que vengo buscando.
Embozo de horizonte, latido y sepultura.
Es dolor que se acaba y amor que se consume.
Torre de sangre abierta con las manos quemadas.

Pero la luna subía y bajaba las escaleras,
repartiendo lentejas desangradas en los ojos,
dando escobazos de plata a los niños de los muelles
y borrando mi apariencia por el término del aire.

Pequeño poema infinito

Para Luis Cardoza y Aragón

Equivocar el camino
es llegar a la nieve
y llegar a la nieve
es pacer durante veinte siglos las hierbas de los cementerios.
Equivocar el camino
es llegar a la mujer,
la mujer que no teme a la luz,
la mujer que mata dos gallos en un segundo,
la luz que no teme a los gallos
y los gallos que no saben cantar sobre la nieve.
Pero si la nieve se equivoca de corazón
puede llegar el viento Austro
y como el aire no hace caso de los gemidos
tendremos que pacer otra vez las hierbas de los cementerios.
Yo vi dos dolorosas espigas de cera
que enterraban un paisaje de volcanes
y vi dos niños locos
que empujaban llorando las pupilas de un asesino.
Pero el dos no ha sido nunca un número
porque es una angustia y su sombra,
porque es la guitarra donde el amor se desespera,
porque es la demostración de otro infinito que no es suyo
y es las murallas del muerto
y el castigo de la nueva resurrección sin finales.
Los muertos odian el número dos,
pero el número dos adormece a las mujeres,
y como la mujer teme la luz,
la luz tiembla delante de los gallos
y los gallos solo saben volar sobre la nieve
tendremos que pacer sin descanso las hierbas de los cementerios.

Canción de la muerte pequeña

Prado mortal de lunas
y sangre bajo tierra.
Prado de sangre vieja.

Luz de ayer y mañana.
Ciclo mortal de hierba.
Luz y noche de arena.

Me encontré con la Muerte.
Prado mortal de tierra.
Una muerte pequeña.

El perro en el tejado.
Sola mi mano izquierda
atravesaba montes sin fin
de flores secas.

Catedral de ceniza.
Luz y noche de arena.
Una muerte pequeña.

Una muerte y yo un hombre.
Un hombre solo, y ella
una muerte pequeña.

Prado mortal de lunas.
La nieve gime y tiembla
por detrás de la puerta.

Un hombre, ¿y qué? Lo dicho.
Un hombre solo y ella.
Prado, amor, luz y arena.

Omega

Poema para muertos

Las hierbas.

Yo me cortaré la mano derecha.
Espera.

Las hierbas.

Tengo un guante de mercurio y otro de seda.
Espera.

¡Las hierbas!

No solloces. Silencio. Que no nos sientan.
Espera.

¡Las hierbas!

Se cayeron las estatuas
al abrirse la gran puerta.

¡¡Las hierbaaas!!

DIVÁN DEL TAMARIT

Gacela primera
Del amor imprevisto

Nadie comprendía el perfume
de la oscura magnolia de tu vientre.
Nadie sabía que martirizabas
un colibrí de amor entre los dientes.

Mil caballitos persas se dormían
en la plaza con luna de tu frente,
mientras que yo enlazaba cuatro noches
tu cintura, enemiga de la nieve.

Entre yeso y jazmines, tu mirada
era un pálido ramo de simientes.
Yo busqué, para darte, por mi pecho
las letras de marfil que dicen *siempre*.

Siempre, siempre, jardín de mi agonía,
tu cuerpo fugitivo para siempre,
la sangre de tus venas en mi boca,
tu boca ya sin luz para mi muerte.

Gacela II
De la terrible presencia

Yo quiero que el agua se quede sin cauce
Yo quiero que el viento se quede sin valles.

Quiero que la noche se quede sin ojos
y mi corazón sin la flor del oro;

que los bueyes hablen con las grandes hojas
y que la lombriz se muera de sombra;

que brillen los dientes de la calavera
y los amarillos inunden la seda.

Puedo ver el duelo de la noche herida
luchando enroscada con el mediodía.

Resisto un ocaso de verde veneno
y los arcos rotos donde sufre el tiempo.

Pero no ilumines tu limpio desnudo
como un negro cactus abierto en los juncos.

Déjame en un ansia de oscuros planetas,
¡pero no me enseñes tu cintura fresca!

Gacela III
Del amor desesperado

La noche no quiere venir
para que tú no vengas,
ni yo pueda ir.

Pero yo iré
aunque un sol de alacranes me coma la sien.

Pero tú vendrás
con la lengua quemada por la lluvia de sal.

El día no quiere venir
para que tú no vengas
ni yo pueda ir.

Pero yo iré
entregando a los sapos mi mordido clavel.

Pero tú vendrás
por las turbias cloacas de la oscuridad.

Ni la noche ni el día quieren venir
para que por ti muera
y tú mueras por mí.

Gacela V
Del niño muerto

Todas las tardes en Granada,
todas las tardes se muere un niño.
Todas las tardes el agua se sienta
a conversar con sus amigos.

Los muertos llevan alas de musgo.
El viento nublado y el viento limpio
son dos faisanes que vuelan por las torres
y el día es un muchacho herido.

No quedaba en el aire ni una brizna de alondra
cuando yo te encontré por las grutas del vino.
No quedaba en la tierra ni una miga de nube
cuando te ahogabas por el río.

Un gigante de agua cayó sobre los montes
y el valle fue rodando con perros y con lirios.
Tu cuerpo, con la sombra violeta de mis manos,
era, muerto en la orilla, un arcángel de frío.

Gacela VI
De la raíz amarga

Hay una raíz amarga
y un mundo de mil terrazas.

Ni la mano más pequeña
quiebra la puerta del agua.

¿Dónde vas? ¿adónde? ¿dónde?
Hay un ciclo de mil ventanas
—batalla de abejas lívidas—
y hay una raíz amarga.

Amarga.

Duele en la planta del pie
el interior de la cara,
y duele en el tronco fresco
de noche recién cortada.

¡Amor! Enemigo mío
¡muerde tu raíz amarga!

Gacela VII
Del recuerdo de amor

No te lleves tu recuerdo.
Déjalo solo en mi pecho,

temblor de blanco cerezo
en el martirio de Enero.

Me separa de los muertos
un muro de malos sueños.

Doy pena de lino fresco
para un corazón de yeso.

Toda la noche, en el huerto
mis ojos como dos perros.

Toda la noche, corriendo
los membrillos de veneno.

Algunas veces el viento
es un tulipán de miedo.

Es un tulipán enfermo
la madrugada de invierno.

Un muro de malos sueños
me separa de los muertos.

La hierba cubre en silencio
el valle gris de tu cuerpo.

Por el arco del encuentro
la cicuta está creciendo.

Pero deja tu recuerdo,
déjalo solo en mi pecho.

Gacela VIII
De la muerte oscura

Quiero dormir el sueño de las manzanas,
alejarme del tumulto de los cementerios.
Quiero dormir el sueño de aquel niño
que quería cortarse el corazón en alta mar.

No quiero que me repita que los muertos no pierden la sangre,
que la boca podrida sigue pidiendo agua.
No quiero enterarme de los martirios que da la hierba
ni de la luna con boca de serpiente
que trabaja antes del amanecer.

Quiero dormir un rato,
un rato, un minuto, un siglo;
pero que todos sepan que no he muerto;
que hay un establo de oro en mis labios;
que soy el pequeño amigo del viento Oeste;
que soy la sombra inmensa de mis lágrimas.

Cúbreme por la aurora con un velo,
porque me arrojará puñados de hormigas
y moja con agua dura mis zapatos
para que resbale la pinza de su alacrán.

Porque quiero dormir el sueño de las manzanas
para aprender un llanto que me limpie de tierra,
porque quiero vivir con aquel niño oscuro
que quería cortarse el corazón en alta mar.

Gacela X
De la huida

Me he perdido muchas veces por el mar
con el oído lleno de flores recién cortadas,
con la lengua llena de amor y de agonía.
Muchas veces me he perdido por el mar,
como me pierdo en el corazón de algunos niños.

No hay nadie que, al dar un beso,
no sienta la sonrisa de la gente sin rostro,
ni hay nadie que, al tocar un recién nacido,
olvide las inmóviles calaveras de caballo.

Porque las rosas buscan en la frente
un duro paisaje de hueso
y las manos del hombre no tienen más sentido
que imitar a las raíces bajo tierra.

Como me pierdo en el corazón de algunos niños,
me he perdido muchas veces por el mar.
Ignorante del agua, voy buscando
una muerte de luz que me consuma.

Casida II
Del llanto

He cerrado mi balcón
porque no quiero oír el llanto
pero por detrás de los grises muros
no se oye otra cosa que el llanto.

Hay muy pocos ángeles que canten,
hay muy pocos perros que ladren,
mil violines caben en la palma de mi mano.

Pero el llanto es un perro inmenso,
el llanto es un ángel inmenso,
el llanto es un violín inmenso,
las lagrimas amordazan al viento,
y no se oye otra cosa que el llanto.

Casida III
De los ramos

Por las arboledas del Tamarit
han venido los perros de plomo
a esperar que se caigan los ramos
a esperar que se quiebren ellos solos.

El Tamarit tiene un manzano
con una manzana de sollozos.
Un ruiseñor agrupa los suspiros.
y un faisán los ahuyenta por el polvo.

Pero los ramos son alegres,
los ramos son como nosotros.
No piensan en la lluvia y se han dormido,
como si fueran árboles, de pronto.

Sentados con el agua en las rodillas
dos valles aguardaban al Otoño.
La penumbra con paso de elefante
empujaba las ramas y los troncos.

Por las arboledas del Tamarit
hay muchos niños de velado rostro
a esperar que se caigan mis ramos
a esperar que se quiebren ellos solos.

Casida IV
De la mujer tendida

Verte desnuda es recordar la Tierra,
la Tierra lisa, limpia de caballos.
La tierra sin un junco, forma pura
cerrada al porvenir: confín de plata.

Verte desnuda es comprender el ansia
de la lluvia que busca débil talle
o la fiebre del mar de inmenso rostro
sin encontrar la luz de su mejilla.

La sangre sonará por las alcobas
y vendrá con espadas fulgurantes,
pero tú no sabrás dónde se ocultan
el corazón de sapo o la violeta.

Tu vientre es una lucha de raíces,
tus labios son un alba sin contorno.
Bajo las rosas tibias de la cama
los muertos gimen esperando turno.

SEIS POEMAS GALEGOS

Canzón de cuna pra Rosalía Castro, morta

¡Érguete miña amiga
que xa cantan os galos do día!
¡Érguete miña amada
porque o vento muxe, coma unha vaca!

Os arados van e ven
dende Santiago a Belén.
Dende Belén a Santiago
un anxo ven en un barco.
Un barco de prata fina
que traia a door de Galicia.
Galicia deitada e queda
transida de tristes herbas.
Herbas que cobren teu leito,
e a negra fonte dos teus cabelos.
Cabelos que van ao mar
onde as nubens teñen seu nidio pombal.

¡Érguete miña amiga
que xa cantan os galos do dia!
¡Érguete miña amada
porque o vento muxe, como unha vaca!

Danza da lúa en Santiago

¡Fita aquel branco galán,
olla seu transido corpo!

É a lúa que baila
na Quintana dos mortos.

Fita seu corpo transido,
negro de somas e lobos.

Nai: A lúa está bailando
na Quintana dos mortos.

¿Quén fire poldro de pedra
na mesma porta do sono?

¡É a lúa! ¡É a lúa
na Quintana dos mortos!

¿Quén fita meus grises vidros
cheos de nubens seus ollos?

¡É a lúa, é a lúa
na Quintana dos mortos!

Déixame morrer no leito
soñando na frol d'ouro.

Nai: A lúa está bailando
na Quintana dos mortos.

¡Ai filla, c'o ar do ceo
vólvome branca de pronto!

Non é o ar, é a triste lúa
na Quintana dos mortos.

¿Quén xime co-este xemido
d'imenso boi melancónico?

Nai: É a lúa, é a lúa
na Quintana dos mortos.

¡Sí, a lúa, a lúa
coroada de toxo,
que baila, e baila, e baila
na Quintana dos mortos!

LLANTO POR
IgnacioSÁNCHEZ MEJÍAS

(1934)

A mi querida amiga
Encarnación López Júlvez [1]

---

[1] Ignacio Sánchez Mejías (1891-1934) fue un torero popular en su época, apreciado por su valentía y estilo arriesgado, sin llegar a la fama y calidad de su cuñado Joselito o de Juan Belmonte. Amigo de Ortega y Gasset, Valle Inclán, Alberti y Bergamín, Sánchez Mejías fue un animador desde sus comienzos de la Generación del 27 y él mismo escribió y estrenó dos obras de teatro (*Sinrazón* y *Zaya*, ambas en 1928), y póstumas aparecieron dos (*Ni más ni menos* y *Soledad*). El 11 de agosto de 1934, citando al toro desde el estribo, fue cogido en la plaza de Manzanares y dos días después moriría en Madrid por gangrena. Lorca dedica el poema a la amante del torero, Encarnación López Júlvez *La Argentinita*.

1

La cogida y la muerte

A las cinco de la tarde.
Eran las cinco en punto de la tarde.
Un niño trajo la blanca sábana
a las cinco de la tarde.
Una espuerta de cal ya prevenida
a las cinco de la tarde.
Lo demás era muerte y solo muerte
a las cinco de la tarde.

El viento se llevó los algodones
a las cinco de la tarde,
y el óxido sembró cristal y níquel
a las cinco de la tarde.
Ya luchan la paloma y el leopardo
a las cinco de la tarde,
y un muslo con un asta desolada
a las cinco de la tarde.
Comenzaron los sones de bordón
a las cinco de la tarde.
Las campanas de arsénico y el humo
a las cinco de la tarde.

En las esquinas grupos de silencio
a las cinco de la tarde.
¡Y el toro solo corazón arriba!
a las cinco de la tarde.
Cuando el sudor de nieve fue llegando
a las cinco de la tarde,
cuando la plaza se cubrió de yodo
a las cinco de la tarde,
la muerte puso huevos en la herida
a las cinco de la tarde.
A las cinco de la tarde.
A las cinco en punto de la tarde.

Un ataúd con ruedas es la cama
a las cinco de la tarde.
Huesos y flautas suenan en su oído
a las cinco de la tarde.
El toro ya mugía por su frente
a las cinco de la tarde.
El cuarto se irisaba de agonía
a las cinco de la tarde.
A lo lejos ya viene la gangrena
a las cinco de la tarde.
Trompa de lirio por las verdes ingles
a las cinco de la tarde.
Las heridas quemaban como soles
a las cinco de la tarde,
y el gentío rompía las ventanas
a las cinco de la tarde.
A las cinco de la tarde.
¡Ay qué terribles cinco de la tarde!
¡Eran las cinco en todos los relojes!
¡Eran las cinco en sombra de la tarde!

2

La sangre derramada

¡Que no quiero verla!

Dile a la luna que venga,
que no quiero ver la sangre
de Ignacio sobre la arena.

¡Que no quiero verla!

La luna de par en par,
caballo de nubes quietas,
y la plaza gris del sueño
con sauces en las barreras.

¡Que no quiero verla!
Que mi recuerdo se quema.
¡Avisad a los jazmines
con su blancura pequeña.

¡Que no quiero verla!

La vaca del viejo mundo
pasaba su triste lengua
sobre un hocico de sangres
derramadas en la arena,
y los toros de Guisando,
casi muerte y casi piedra,
mugieron como dos siglos
hartos de pisar la tierra.

No.
¡Que no quiero verla!

Por las gradas sube Ignacio
con toda su muerte a cuestas.
Buscaba el amanecer,
y el amanecer no era.
Busca su perfil seguro,
y el sueño lo desorienta.
Buscaba su hermoso cuerpo
y encontró su sangre abierta.
¡No me digáis que la vea!
No quiero sentir el chorro
cada vez con menos fuerza;
ese chorro que ilumina
los tendidos y se vuelca
sobre la pana y el cuero
de muchedumbre sedienta.
¿Quién me grita que me asome?
¡No me digáis que la vea!

No se cerraron sus ojos
cuando vio los cuernos cerca,
pero las madres terribles
levantaron la cabeza.
Y a través de las ganaderías
hubo un aire de voces secretas
que gritaban a toros celestes
mayorales de pálida niebla.

No hubo príncipe en Sevilla.
que comparársele pueda,
ni espada como su espada
ni corazón tan de veras.
Como un río de leones
su maravillosa fuerza,

y como un torso de mármol
su dibujada prudencia.
Aire de Roma andaluza
le doraba la cabeza
donde su risa era un nardo
de sal y de inteligencia.
¡Qué gran torero en la plaza!
¡Qué buen serrano en la sierra!
¡Qué blando con las espigas!
¡Qué duro con las espuelas!
¡Qué tierno con el rocío!
¡Qué deslumbrante en la feria!
¡Qué tremendo con las últimas
banderillas de tiniebla!

Pero ya duerme sin fin.
Ya los musgos y la hierba
abren con dedos seguros
la flor de su calavera.
Y su sangre ya viene cantando:
cantando por marismas y praderas,
resbalando por cuernos ateridos,
vacilando sin alma por la niebla,
tropezando con miles de pezuñas
como una larga, oscura, triste lengua,
para formar un charco de agonía
junto al Guadalquivir de las estrellas.

¡Oh blanco muro de España!
¡Oh negro toro de pena!
¡Oh sangre dura de Ignacio!
¡Oh ruiseñor de sus venas!

No.
¡Que no quiero verla!

Que no hay cáliz que la contenga,
que no hay golondrinas que se la beban,
no hay escarcha de luz que la enfríe,
no hay canto ni diluvio de azucenas,
no hay cristal que la cubra de plata.
No.
¡¡Yo no quiero verla!!

3

Cuerpo presente

La piedra es una frente donde los sueños gimen
sin tener agua curva ni cipreses helados.
La piedra es una espalda para llevar al tiempo
con árboles de lágrimas y cintas y planetas.

Yo he visto lluvias grises correr hacia las olas
levantando sus tiernos brazos acribillados,
para no ser cazadas por la piedra tendida
que desata sus miembros sin empapar la sangre.

Porque la piedra coge simientes y nublados,
esqueletos de alondras y lobos de penumbra;
pero no da sonidos, ni cristales, ni fuego,
sino plazas y plazas y otra plaza sin muros.

Ya está sobre la piedra Ignacio el bien nacido.
Ya se acabó; ¿qué pasa? Contemplad su figura:
la muerte lo ha cubierto de pálidos azufres
y le ha puesto cabeza de oscuro minotauro.

Ya se acabó. La lluvia penetra por su boca.
El aire como loco deja su pecho hundido,
y el Amor, empapado con lágrimas de nieve,
se calienta en la cumbre de las ganaderías.

¿Qué dicen? Un silencio con hedores reposa.
Estamos con un cuerpo presente que se esfuma,
con una forma clara que tuvo ruiseñores
y la vemos llenarse de agujeros sin fondo.

¿Quién arruga el sudario? ¡No es verdad lo que dice!
Aquí no canta nadie, ni llora en el rincón,
ni pica las espuelas, ni espanta la serpiente:
aquí no quiero más que los ojos redondos
para ver ese cuerpo sin posible descanso.

Yo quiero ver aquí los hombres de voz dura.
Los que doman caballos y dominan los ríos:
los hombres que les suena el esqueleto y cantan
con una boca llena de sol y pedernales.

Aquí quiero yo verlos. Delante de la piedra,
delante de este cuerpo con las riendas quebradas.
Yo quiero que me enseñen dónde está la salida
para este capitán atado por la muerte.

Yo quiero que me enseñen un llanto como un río
que tenga dulces nieblas y profundas orillas,
para llevar el cuerpo de Ignacio y que se pierda
sin escuchar el doble resuello de los toros.

Que se pierda en la plaza redonda de la luna
que finge cuando niña doliente res inmóvil;
que se pierda en la noche sin canto de los peces
y en la maleza blanca del humo congelado.

L
E

No quiero que le tapen la cara con pañuelos
para que se acostumbre con la muerte que lleva.
Vete, Ignacio: No sientas el caliente bramido.
Duerme, vuela, reposa: ¡También se muere el mar!

4

Alma ausente

No te conoce el toro ni la higuera,
ni caballos ni hormigas de tu casa.
No te conoce el niño ni la tarde
porque te has muerto para siempre.

No te conoce el lomo de la piedra,
ni el raso negro donde te destrozas.
No te conoce tu recuerdo mudo
porque te has muerto para siempre.

El Otoño vendrá con caracolas,
uva de niebla y montes agrupados,
pero nadie querrá mirar tus ojos
porque te has muerto para siempre.

Porque te has muerto para siempre,
como todos los muertos de la Tierra,
como todos los muertos que se olvidan
en un montón de perros apagados.

No te conoce nadie. No. Pero yo te canto.
Yo canto para luego tu perfil y tu gracia.
La madurez insigne de tu conocimiento.

Tu apetencia de muerte y el gusto de su boca.
La tristeza que tuvo tu valiente alegría.

Tardará mucho tiempo en nacer, si es que nace,
un andaluz tan claro, tan rico de aventura.
Yo canto su elegancia con palabras que gimen
y recuerdo una brisa triste por los olivos.

SONETOS

Sonetos del amor oscuro

Soneto de la guirnalda de rosas

¡Esa guirnalda! ¡pronto! ¡que me muero!
¡Teje deprisa! ¡canta! ¡gime! ¡canta!
Que la sombra me enturbia la garganta
y otra vez viene y mil la luz de Enero.

Entre lo que me quieres y te quiero,
aire de estrellas y temblor de planta,
espesura de anémonas levanta
con oscuro gemir un año entero.

Goza el fresco paisaje de mi herida,
quiebra juncos y arroyos delicados,
bebe en muslo de miel sangre vertida.

Pero ¡pronto! Que unidos, enlazados,
boca rota de amor y alma mordida,
el tiempo nos encuentre destrozados.

Soneto de la dulce queja

Tengo miedo a perder la maravilla
de tus ojos de estatua y el acento
que me pone de noche en la mejilla
la solitaria rosa de tu aliento.

Tengo pena de ser en esta orilla
tronco sin ramas, y lo que más siento
es no tener la flor, pulpa o arcilla,
para el gusano de mi sufrimiento.

Si tú eres el tesoro oculto mío,
si eres mi cruz y mi dolor mojado,
si soy el perro de tu señorío,

no me dejes perder lo que he ganado
y decora las aguas de tu río
con hojas de mi Otoño enajenado.

Llagas de amor

Esta luz, este fuego que devora,
este paisaje gris que me rodea,
este dolor por una sola idea,
esta angustia de cielo, mundo y hora,

este llanto de sangre que decora
lira sin pulso ya, lúbrica tea,
este peso del mar que me golpea,
este alacrán que por mi pecho mora,

son guirnalda de amor, cama de herido,
donde sin sueño, sueño tu presencia
entre las ruinas de mi pecho hundido.

Y aunque busco la cumbre de prudencia
me da tu corazón valle tendido
con cicuta y pasión de amarga ciencia.

El poeta pide a su amor que le escriba

Amor de mis entrañas, viva muerte,
en vano espero tu palabra escrita
y pienso, con la flor que se marchita,
que si vivo sin mí quiero perderte.

El aire es inmortal. La piedra inerte
ni conoce la sombra ni la evita.
Corazón interior no necesita
la miel helada que la luna vierte.

Pero yo te sufrí. Rasgué mis venas,
tigre y paloma, sobre tu cintura,
en duelo de mordiscos y azucenas.

Llena, pues, de palabras mi locura
o déjame vivir en mi serena
noche del alma para siempre oscura.

El poeta dice la verdad

Quiero llorar mi pena y te lo digo
para que tú me quieras y me llores
en un anochecer de ruiseñores,
con un puñal, con besos y contigo.

Quiero matar al único testigo
para el asesinato de mis flores
y convertir mi llanto y mis sudores
en eterno montón de duro trigo.

Que no se acabe nunca la madeja
del te quiero me quieres, siempre ardida
con decrépito sol y luna vieja.

Que lo que me des y no te pida
será para la muerte, que no deja
ni sombra por la carne estremecida.

El poeta habla por teléfono
con el amor

Tu voz regó la duna de mi pecho
en la dulce cabina de madera.
Por el sur de mis pies fue primavera
y al norte de mi frente flor de helecho.

Pino de luz por el espacio estrecho
cantó sin alborada y sementera
y mi llanto prendió por vez primera
coronas de esperanza por el techo.

Dulce y lejana voz por mí vertida.
Dulce y lejana voz por mí gustada.
Lejana y dulce voz amortecida.

Lejana como oscura corza herida.
Dulce como un sollozo en la nevada.
¡Lejana y dulce en tuétano metida!

El poeta pregunta a su amor por la «Ciudad Encantada» de Cuenca

¿Te gustó la ciudad que gota a gota
labró el agua en el centro de los pinos?
¿Viste sueños y rostros y caminos
y muros de color que el aire azota?

¿Viste la grieta azul de luna rota
que el Júcar moja de cristal y trinos?
¿Han besado tus dedos los espinos
que coronan de amor piedra remota?

¿Te acordaste de mí cuando subías
al silencio que sufre la serpiente
prisionera de grillos y de umbrías?

¿No viste por el aire transparente
una dalia de penas y alegrías
que te mandó mi corazón caliente?

L̵E

323

Soneto gongorino en que el poeta mandaa su amor una paloma

Este pichón del Turia que te mando,
de dulces ojos y de blanca pluma,
sobre laurel de Grecia vierte y suma
llama lenta de amor do estoy parando.

Su cándida virtud, su cuello blando,
en lirio doble de caliente espuma,
con un temblor de escarcha, perla y bruma
la ausencia de tu boca está marcando.

Pasa la mano sobre su blancura
y verás qué nevada melodía
esparce en copos sobre tu hermosura.

Así mi corazón de noche y día,
preso en la cárcel del amor oscura,
llora sin verte su melancolía.

[¡Ay voz secreta del amor oscuro!]

¡Ay voz secreta del amor oscuro!
¡ay balido sin lanas! ¡ay herida!
¡ay aguja de hiel, camelia hundida!
¡ay corriente sin mar, ciudad sin muro!

¡Ay noche inmensa de perfil seguro,
montaña celestial de angustia erguida!
¡ay perro en corazón, voz perseguida!
¡silencio sin confín, lirio maduro!

Huye de mí, caliente voz de hielo,
no me quieras perder en la maleza
donde sin fruto gimen carne y cielo.

Dejo el duro marfil de mi cabeza,
apiádate de mí, ¡rompe mi duelo!
¡que soy amor, que soy naturaleza!

El amor duerme en el pecho del poeta

Tú nunca entenderás lo que te quiero
porque duermes en mí y estás dormido.
Yo te oculto llorando, perseguido
por una voz de penetrante acero.

Norma que agita igual carne y lucero
traspasa ya mi pecho dolorido
y las turbias palabras han mordido
las alas de tu espíritu severo.

Grupo de gente salta en los jardines
esperando tu cuerpo y mi agonía
en caballos de luz y verdes crines.

Pero sigue durmiendo, vida mía.
¡Oye mi sangre rota en los violines!
¡Mira que nos acechan todavía!

Noche del amor insomne

Noche arriba los dos con luna llena,
yo me puse a llorar y tú reías.
Tu desdén era un dios, las quejas mías
momentos y palomas en cadena.

Noche abajo los dos. Cristal de pena,
llorabas tú por hondas lejanías.
Mi dolor era un grupo de agonías
sobre tu débil corazón de arena.

La aurora nos unió sobre la cama,
las bocas puestas sobre el chorro helado
de una sangre sin fin que se derrama.

Y el sol entró por el balcón cerrado
y el coral de la vida abrió su rama
sobre mi corazón amortajado.

Otros sonetos

Adam

A Pablo Neruda,
rodeado de fantasmas

Árbol de sangre riega la mañana
por donde gime la recién parida.
Su voz deja cristales en la herida
y un gráfico de hueso en la ventana.

Mientras la luz que viene fija y gana
blancas metas de fábula que olvida
el tumulto de venas en la huida
hacia el turbio frescor de la manzana.

Adam sueña en la fiebre de la arcilla
un niño que se acerca galopando
por el doble latir de su mejilla.

Pero otro Adam oscuro está soñando
neutra luna de piedra sin semilla
donde el niño de luz se irá quemando.

Soneto

Yo sé que mi perfil será tranquilo
en el norte de un cielo sin reflejo:
mercurio de vigilia, casto espejo,
donde se quiebre el pulso de mi estilo.

Que si la yedra y el frescor del hilo
fue la norma del cuerpo que yo dejo,
mi perfil en la arena será un viejo
silencio sin rubor de cocodrilo.

Y aunque nunca tendrá sabor de llama
mi lengua de palomas ateridas
sino desierto gusto de retama,

libre signo de normas oprimidas
seré, en el cuello de la yerta rama
y en el sinfín de dalias doloridas.

A Mercedes en su vuelo

Una viola de luz yerta y helada
eres ya por las rocas de la altura.
Una voz sin garganta, voz oscura
que suena en todo sin sonar en nada.

Tu pensamiento es nieve resbalada
en la gloria sin fin de la blancura.
Tu perfil es perenne quemadura.
Tu corazón paloma desatada.

Canta ya por el aire sin cadena
la matinal fragante melodía,
monte de luz y llaga de azucena.

Que nosotros aquí de noche y día
haremos en la esquina de la pena
una guirnalda de melancolía.

TEATRO

BODAS DE SANGRE

Tragedia en tres actos
y siete cuadros

(1933)

PERSONAJES

LA MADRE.
LA NOVIA.
LA SUEGRA.
LA MUJER DE LEONARDO.
LA CRIADA.
LA VECINA.
MUCHACHAS.
LEONARDO.
EL NOVIO.
EL PADRE DE LA NOVIA.
LA LUNA.
LA MUERTE (como mendiga).
LEÑADORES.
MOZOS.

Acto primero

Habitación pintada de amarillo.

NOVIO.— *(Entrando.)* Madre.
MADRE.— ¿Qué?
NOVIO.— Me voy
MADRE.— ¿Adónde?
NOVIO.— A la viña. *(Va a salir.)*
MADRE.— Espera.
NOVIO.— ¿Quiere algo?
MADRE.— Hijo, el almuerzo.
NOVIO.— Déjelo. Comeré uvas. Deme la navaja.
MADRE.— ¿Para qué?
NOVIO.— *(Riendo.)* Para cortarlas.
MADRE.— *(Entre dientes y buscándola.)* La navaja, la navaja...
   Malditas sean todas y el bribón que las inventó.
NOVIO.— Vamos a otro asunto.

MADRE.— Y las escopetas y las pistolas y el cuchillo más pequeño, y hasta las azadas y los bieldos de la era.

NOVIO.— Bueno.

MADRE.— Todo lo que puede cortar el cuerpo de un hombre. Un hombre hermoso, con su flor en la boca, que sale a las viñas o va a sus olivos propios, porque son de él, heredados...

NOVIO.— *(Bajando la cabeza.)* Calle usted.

MADRE.— ... y ese hombre no vuelve. O si vuelve es para ponerle una palma encima o un plato de sal gorda para que no se hinche. No sé cómo te atreves a llevar una navaja en tu cuerpo, ni cómo yo dejo a la serpiente dentro del arcón.

NOVIO.— ¿Está bueno ya?

MADRE.— Cien años que yo viviera, no hablaría de otra cosa. Primero tu padre; que me olía a clavel y lo disfruté tres años escasos. Luego tu hermano. ¿Y es justo y puede ser que una cosa pequeña como una pistola o una navaja pueda acabar con un hombre, que es un toro? No callaría nunca. Pasan los meses y la desesperación me pica en los ojos y hasta en las puntas del pelo.

NOVIO.— *(Fuerte.)* ¿Vamos a acabar?

MADRE.— No. No vamos a acabar. ¿Me puede alguien traer a tu padre? ¿Y a tu hermano? Y luego el presidio. ¿Qué es el presidio? ¡Allí comen, allí fuman, allí tocan los instrumentos! Mis muertos llenos de hierba, sin hablar, hechos polvo; dos hombres que eran dos geranios... Los matadores, en presidio, frescos, viendo los montes...

NOVIO.— ¿Es que quiere usted que los mate?

MADRE.— No... Si hablo es porque... ¿Cómo no voy a hablar viéndote salir por esa puerta? Es que no me gusta que lleves navaja. Es que... que no quisiera que salieras al campo.

NOVIO.— *(Riendo.)* ¡Vamos!

MADRE.— Que me gustaría que fueras una mujer. No te irías al arroyo ahora y bordaríamos las dos cenefas y perritos de lana.

Novio.— *(Coge de un brazo a la* Madre *y ríe.)* Madre, ¿y si yo la llevara conmigo a las viñas?

Madre.— ¿Qué hace en las viñas una vieja? ¿Me ibas a meter debajo de los pámpanos?

Novio.— *(Levantándola en sus brazos.)* Vieja, revieja, requetevieja.

Madre.— Tu padre sí que me llevaba. Eso es buena casta. Sangre. Tu abuelo dejó un hijo en cada esquina. Eso me gusta. Los hombres, hombres; el trigo, trigo.

Novio.— ¿Y yo, madre?

Madre.— ¿Tú, qué?

Novio.— ¿Necesito decírselo otra vez?

Madre.— *(Seria.)* ¡Ah!

Novio.— ¿Es que le parece mal?

Madre.— No.

Novio.— ¿Entonces?...

Madre.— No lo sé yo misma. Así, de pronto, siempre me sorprende. Yo sé que la muchacha es buena. ¿Verdad que sí? Modosa. Trabajadora. Amasa su pan y cose sus faldas, y siento sin embargo, cuando la nombro, como si me dieran una pedrada en la frente.

Novio.— Tonterías.

Madre.— Más que tonterías. Es que me quedo sola. Ya no me quedas más que tú y siento que te vayas.

Novio.— Pero usted vendrá con nosotros.

Madre.— No. Yo no puedo dejar aquí solos a tu padre y a tu hermano. Tengo que ir todas las mañanas, y si me voy es fácil que muera uno de los Félix, uno de la familia de los matadores, y lo entierren al lado. ¡Y eso sí que no! ¡Ca! ¡Eso sí que no! Porque con las uñas los desentierro y yo sola los machaco contra la tapia.

Novio.— *(Fuerte.)* Vuelta otra vez.

Madre.— Perdóname. *(Pausa.)* ¿Cuánto tiempo llevas en relaciones?

Novio.— Tres años. Ya pude comprar la viña.

Madre.— Tres años. ¿Ella tuvo un novio, no?

Novio.— No sé. Creo que no. Las muchachas tienen que mirar con quién se casan.

Madre.— Sí. Yo no miré a nadie. Miré a tu padre, y cuando lo mataron miré a la pared de enfrente. Una mujer con un hombre, y ya está.

Novio.— Usted sabe que mi novia es buena.

Madre.— No lo dudo. De todos modos siento no saber cómo fue su madre.

Novio.— ¿Qué más da?

Madre.— *(Mirándolo.)* Hijo.

Novio.— ¿Qué quiere usted?

Madre.— ¡Que es verdad! ¡Que tienes razón! ¿Cuándo quieres que la pida?

Novio.— *(Alegre.)* ¿Le parece bien el domingo?

Madre.— *(Seria.)* Le llevaré los pendientes de azófar, que son antiguos, y tú le compras...

Novio.— Usted entiende más...

Madre.— Le compras unas medias caladas, y para ti dos trajes... ¡Tres! ¡No te tengo más que a ti!

Novio.— Me voy. Mañana iré a verla.

Madre.— Sí, sí, y a ver si me alegras con seis nietos, o los que te dé la gana, ya que tu padre no tuvo lugar de hacérmelos a mí.

Novio.— El primero para usted.

Madre.— Sí, pero que haya niñas. Que yo quiero bordar y hacer encaje y estar tranquila.

Novio.— Estoy seguro que usted querrá a mi novia.

Madre.— La querré. *(Se dirige a besarlo y reacciona.)* Anda, ya estás muy grande para besos. Se los das a tu mujer. *(Pausa. Aparte.)* Cuando lo sea.

Novio.— Me voy.

Madre.— Que caves bien la parte del molinillo, que la tienes descuidada.

Novio.— ¡Lo dicho!

Madre.— Anda con Dios. *(Vase el* Novio. *La* Madre *queda sentada de espaldas a la puerta. Aparece en la puerta una* Vecina *vestida de color oscuro, con pañuelo a la cabeza.)* Pasa.

Vecina.— ¿Cómo estás?

Madre.— Ya ves.

Vecina.— Yo bajé a la tienda y vine a verte. ¡Vivimos tan lejos!

Madre.— Hace veinte años que no he subido a lo alto de la calle.

Vecina.— Tú estás bien.

Madre.— ¿Lo crees?

Vecina.— Las cosas pasan. Hace dos días trajeron al hijo de mi vecina con los dos brazos cortados por la máquina. *(Se sienta.)*

Madre.— ¿A Rafael?

Vecina.— Sí. Y allí lo tienes. Muchas veces pienso que tu hijo y el mío están mejor donde están, dormidos, descansando, que no expuestos a quedarse inútiles.

Madre.— Calla. Todo eso son invenciones, pero no consuelos.

Vecina.— ¡Ay!

Madre.— ¡Ay! *(Pausa.)*

Vecina.— *(Triste.)* ¿Y tu hijo?

Madre.— Salió.

Vecina.— ¡Al fin compró la viña!

Madre.— Tuvo suerte.

Vecina.— Ahora se casará.

Madre.— *(Como despertando y acercando su silla a la silla de la* Vecina.*)* Oye.

Vecina.— *(En plan confidencial.)* Dime.

Madre.— ¿Tú conoces a la novia de mi hijo?

Vecina.— ¡Buena muchacha!

Madre.— Sí, pero...

Vecina.— Pero quien la conozca a fondo no hay nadie. Vive sola con su padre allí, tan lejos, a diez leguas de la casa más cerca. Pero es buena. Acostumbrada a la soledad.

MADRE.— ¿Y su madre?

VECINA.— A su madre la conocí. Hermosa. Le relucía la cara como a un santo; pero a mí no me gustó nunca. No quería a su marido.

MADRE.— *(Fuerte.)* Pero ¡cuántas cosas sabéis las gentes!

VECINA.— Perdona. No quise ofender; pero es verdad. Ahora, si fue decente o no, nadie lo dijo. De esto no se ha hablado. Ella era orgullosa.

MADRE.— ¡Siempre igual!

VECINA.— Tú me preguntaste.

MADRE.— Es que quisiera que ni a la viva ni a la muerta las conociera nadie. Que fueran como dos cardos, que ninguna persona les nombra y pinchan si llega el momento.

VECINA.— Tienes razón. Tu hijo vale mucho.

MADRE.— Vale. Por eso lo cuido. A mí me habían dicho que la muchacha tuvo novio hace tiempo.

VECINA.— Tendría ella quince años. Él se casó ya hace dos años, con una prima de ella, por cierto. Nadie se acuerda del noviazgo.

MADRE.— ¿Cómo te acuerdas tú?

VECINA.— ¡Me haces unas preguntas!

MADRE.— A cada uno le gusta enterarse de lo que le duele. ¿Quién fue el novio?

VECINA.— Leonardo.

MADRE.— ¿Qué Leonardo?

VECINA.— Leonardo el de los Félix.

MADRE.— *(Levantándose.)* ¡De los Félix!

VECINA.— Mujer, ¿qué culpa tiene Leonardo de nada? Él tenía ocho años cuando las cuestiones.

MADRE.— Es verdad... Pero oigo eso de Félix y es lo mismo *(entre dientes)* Félix que llenárseme de cieno la boca *(escupe)* y tengo que escupir, tengo que escupir por no matar.

VECINA.— Repórtate; ¿qué sacas con eso?

MADRE.— Nada. Pero tú lo comprendes.

VECINA.— No te opongas a la felicidad de tu hijo. No le digas nada. Tú estás vieja. Yo también. A ti y a mí nos toca callar.

MADRE.— No le diré nada.

VECINA.— *(Besándola.)* Nada.

MADRE.— *(Serena.)* ¡Las cosas!...

VECINA.— Me voy, que pronto llegará mi gente del campo.

MADRE.— ¿Has visto qué día de calor?

VECINA.— Iban negros los chiquillos que llevan el agua a los segadores. Adiós, mujer.

MADRE.— Adiós.

(La Madre *se dirige a la puerta de la izquierda. En medio del camino se detiene y lentamente se santigua.)*

Telón

CUADRO SEGUNDO

Habitación pintada de rosa con cobres y ramos de flores populares. En el centro, una mesa con mantel. Es la mañana.

(Suegra de Leonardo *con un niño en brazos. Lo mece. La* Mujer, *en la otra esquina, hace punto de media.)*

SUEGRA.—   Nana, niño, nana
del caballo grande
que no quiso el agua.
El agua era negra
dentro de las ramas.
Cuando llega al puente

se detiene y canta.
¿Quién dirá, mi niño,
lo que tiene el agua,
con su larga cola
por su verde sala?

MUJER.— *(Bajo.)*
Duérmete, clavel,
que el caballo no quiere beber.

SUEGRA.—
Duérmete, rosal,
que el caballo se pone a llorar.
Las patas heridas,
las crines heladas,
dentro de los ojos
un puñal de plata.
Bajaban al río.
¡Ay, cómo bajaban!
La sangre corría
más fuerte que el agua.

MUJER.—
Duérmete, clavel,
que el caballo no quiere beber.

SUEGRA.—
Duérmete, rosal,
que el caballo se pone a llorar.

MUJER.—
No quiso tocar
la orilla mojada
su belfo caliente
con moscas de plata.
A los montes duros
solo relinchaba
con el río muerto
sobre la garganta.
¡Ay caballo grande
que no quiso el agua!
¡Ay dolor de nieve,
caballo del alba!

SUEGRA.— ¡No vengas! Detente,
cierra la ventana
con ramas de sueños
y sueño de ramas.
MUJER.— Mi niño se duerme.
SUEGRA.— Mi niño se calla.
MUJER.— Caballo, mi niño
tiene una almohada.
SUEGRA.— Su cuna de acero.
MUJER.— Su colcha de holanda.
SUEGRA.— Nana, niño, nana.
MUJER.— ¡Ay caballo grande
que no quiso el agua!
SUEGRA.— ¡No vengas, no entres!
Vete a la montaña.
Por los valles grises
donde está la jaca.
MUJER.— *(Mirando.)*
Mi niño se duerme.
SUEGRA.— Mi niño descansa.
MUJER.— *(Bajito.)*
Duérmete, clavel,
que el caballo no quiere beber.
SUEGRA.— *(Levantándose y muy bajito.)*
Duérmete, rosal,
que el caballo se pone a llorar.

(Entran al niño. Entra Leonardo.)

LEONARDO.— ¿Y el niño?
MUJER.— Se durmió.
LEONARDO.— Ayer no estuvo bien. Lloró por la noche.
MUJER.— *(Alegre.)* Hoy está como una dalia. ¿Y tú? ¿Fuiste a casa del herrador?
LEONARDO.— De allí vengo. ¿Querrás creer? Llevo más de dos

meses poniendo herraduras nuevas al caballo y siempre se le caen. Por lo visto se las arranca con las piedras.

Mujer.— ¿Y no será que lo usas mucho?

Leonardo.— No. Casi no lo utilizo.

Mujer.— Ayer me dijeron las vecinas que te habían visto al límite de los llanos.

Leonardo.— ¿Quién lo dijo?

Mujer.— Las mujeres que cogen las alcaparras. Por cierto que me sorprendió. ¿Eras tú?

Leonardo.— No. ¿Qué iba a hacer yo allí, en aquel secano?

Mujer.— Eso dije. Pero el caballo estaba reventando de sudar.

Leonardo.— ¿Lo viste tú?

Mujer.— No. Mi madre.

Leonardo.— ¿Está con el niño?

Mujer.— Sí. ¿Quieres un refresco de limón?

Leonardo.— Con el agua bien fría.

Mujer.— ¿Cómo no viniste a comer?...

Leonardo.— Estuve con los medidores del trigo. Siempre entretienen.

Mujer.— *(Haciendo el refresco y muy tierna.)* ¿Y lo pagan a buen precio?

Leonardo.— El justo.

Mujer.— Me hace falta un vestido y al niño una gorra con lazos.

Leonardo.— *(Levantándose.)* Voy a verlo.

Mujer.— Ten cuidado, que está dormido.

Suegra.— *(Saliendo.)* Pero ¿quién da esas carreras al caballo? Está abajo, tendido, con los ojos desorbitados como si llegara del fin del mundo.

Leonardo.— *(Agrio.)* Yo.

Suegra.— Perdona; tuyo es.

Mujer.— *(Tímida.)* Estuvo con los medidores del trigo.

Suegra.— Por mí, que reviente. *(Se sienta. Pausa.)*

Mujer.— El refresco. ¿Está frío?

Leonardo.— Sí.

MUJER.— ¿Sabes que piden a mi prima?

LEONARDO.— ¿Cuándo?

MUJER.— Mañana. La boda será dentro de un mes. Espero
que vendrán a invitarnos.

LEONARDO.— *(Serio.)* No sé.

SUEGRA.— La madre de él creo que no estaba muy satisfecha
con el casamiento.

LEONARDO.— Y quizá tenga razón. Ella es de cuidado.

MUJER.— No me gusta que penséis mal de una buena muchacha.

SUEGRA.— Pero cuando dice eso es porque la conoce. ¿No ves
que fue tres años novia suya? *(Con intención.)*

LEONARDO.— Pero la dejé. *(A su mujer.)* ¿Vas a llorar ahora?
¡Quita! *(Le aparta bruscamente las manos de la cara.)* Vamos
a ver al niño.

> *(Entran abrazados. Aparece la Muchacha, alegre.
> Entra corriendo.)*

MUCHACHA.— Señora.

SUEGRA.— ¿Qué pasa?

MUCHACHA.— Llegó el novio a la tienda y ha comprado todo
lo mejor que había.

SUEGRA.— ¿Vino solo?

MUCHACHA.— No, con su madre. Seria, alta. *(La imita.)* Pero
¡qué lujo!

SUEGRA.— Ellos tienen dinero.

MUCHACHA.— ¡Y compraron unas medias caladas!... ¡Ay, qué
medias! ¡El sueño de las mujeres en medias! Mire usted: una
golondrina aquí *(señala al tobillo)*, un barco aquí *(señala la
pantorrilla)*, y aquí una rosa *(señala el muslo)*.

SUEGRA.— ¡Niña!

MUCHACHA.— ¡Una rosa con las semillas y el tallo! ¡Ay! ¡Todo
en seda!

SUEGRA.— Se van a juntar dos buenos capitales.

(Aparecen Leonardo *y su* Mujer.*)*

MUCHACHA.— Vengo a deciros lo que están comprando.

LEONARDO.— *(Fuerte.)* No nos importa.

MUJER.— Déjala.

SUEGRA.— Leonardo, no es para tanto.

MUCHACHA.— Usted dispense. *(Se va llorando.)*

SUEGRA.— ¿Qué necesidad tienes de ponerte a mal con las gentes?

LEONARDO.— No le he preguntado su opinión. *(Se sienta.)*

SUEGRA.— Está bien. *(Pausa.)*

MUJER.— *(A Leonardo.)* ¿Qué te pasa? ¿Qué idea te bulle por dentro de la cabeza? No me dejes así, sin saber nada...

LEONARDO.— Quita.

MUJER.— No. Quiero que me mires y me lo digas.

LEONARDO.— Déjame. *(Se levanta.)*

MUJER.— ¿Adónde vas, hijo?

LEONARDO.— *(Agrio.)* ¿Te puedes callar?

SUEGRA.— *(Enérgica, a su hija.)* ¡Cállate! *(Sale* Leonardo.*)* ¡El niño!

> *(Entra y vuelve a salir con él en brazos. La* Mujer *ha permanecido de pie, inmóvil.)*

> Las patas heridas,
> las crines heladas,
> dentro de los ojos
> un puñal de plata.
> Bajaban al río.
> ¡Ay, cómo bajaban!
> La sangre corría
> más fuerte que el agua.

MUJER.— *(Volviéndose lentamente y como soñando.)*
> Duérmete, clavel,
> que el caballo se pone a beber.

SUEGRA.— Duérmete, rosal,
que el caballo se pone a llorar
MUJER.— Nana niño, nana.
SUEGRA.— ¡Ay caballo grande
que no quiso el agua!
MUJER.— *(Dramática.)*
¡No vengas, no entres!
¡Vete a la montaña!
¡Ay dolor de nieve,
caballo del alba!
SUEGRA.— *(Llorando.)*
Mi niño se duerme
MUJER.— *(Llorando y acercándose lentamente.)*
Mi niño descansa...
SUEGRA.— Duérmete, clavel,
que el caballo no quiere beber.
MUJER.— *(Llorando y apoyándose sobre la mesa.)*
Duérmete, rosal,
que el caballo se pone a llorar.

Telón

CUADRO TERCERO

Interior de la cueva donde vive la Novia. *Al fondo, una cruz de grandes flores rosa. Las puertas redondas con cortinas de encaje y lazos rosa. Por las paredes de material blanco y duro, abanicos redondos, jarros azules y pequeños espejos.*

CRIADA.— Pasen... *(Muy afable, llena de hipocresía humilde.*
Entran el Novio *y su* Madre. *La* Madre *viste de raso negro y*

L
E
347

lleva mantilla de encaje. El Novio, *de pana negra con gran cadena de oro.) ¿*Se quieren sentar? Ahora vienen. *(Sale.)*

(Quedan madre e hijo sentados, inmóviles como estatuas. Pausa larga.)

MADRE.— ¿Traes el reloj?
NOVIO.— Sí. *(Lo saca y lo mira.)*
MADRE.— Tenemos que volver a tiempo. ¡Qué lejos vive esta gente!
NOVIO.— Pero estas tierras son buenas.
MADRE.— Buenas; pero demasiado solas. Cuatro horas de camino y ni una casa ni un árbol.
NOVIO.— Estos son los secanos.
MADRE.— Tu padre los hubiera cubierto de árboles.
NOVIO.— ¿Sin agua?
MADRE.— Ya la hubiera buscado. Los tres años que estuvo casado conmigo, plantó diez cerezos. *(Haciendo memoria.)* Los tres nogales del molino, toda una viña y una planta que se llama Júpiter, que da flores encarnadas, y se secó. *(Pausa.)*
NOVIO.— *(Por la novia.)* Debe estar vistiéndose.

(Entra el Padre *de la novia. Es anciano, con el cabello blanco reluciente. Lleva la cabeza inclinada. La* Madre *y el* Novio *se levantan y se dan las manos en silencio.)*

PADRE.— ¿Mucho tiempo de viaje?
MADRE.— Cuatro horas. *(Se sientan.)*
PADRE.— Habéis venido por el camino más largo.
MADRE.— Yo estoy ya vieja para andar por las terreras del río.
NOVIO.— Se marea. *(Pausa.)*
PADRE.— Buena cosecha de esparto.

Novio.— Buena de verdad.

Padre.— En mi tiempo, ni esparto daba esta tierra. Ha sido necesario castigarla y hasta llorarla, para que nos dé algo provechoso.

Madre.— Pero ahora da. No te quejes. Yo no vengo a pedirte nada.

Padre.— *(Sonriendo.)* Tú eres más rica que yo. Las viñas valen un capital. Cada pámpano una moneda de plata. Lo que siento es que las tierras... ¿entiendes?... estén separadas. A mí me gusta todo junto. Una espina tengo en el corazón, y es la huertecilla esa metida entre mis tierras, que no me quieren vender por todo el oro del mundo.

Novio.— Eso pasa siempre.

Padre.— Si pudiéramos con veinte pares de bueyes traer tus viñas aquí y ponerlas en la ladera. ¡Qué alegría!

Madre.— ¿Para qué?

Padre.— Lo mío es de ella y lo tuyo de él. Por eso. Para verlo todo junto, ¡que junto es una hermosura!

Novio.— Y sería menos trabajo.

Madre.— Cuando yo me muera, vendéis aquello y compráis aquí al lado.

Padre.— Vender, ¡vender! ¡Bah!; comprar, hija, comprarlo todo. Si yo hubiera tenido hijos, hubiera comprado todo este monte hasta la parte del arroyo. Porque no es buena tierra; pero con brazos se la hace buena, y como no pasa gente no te roban lo frutos y puedes dormir tranquilo. *(Pausa.)*

Madre.— Tú sabes a lo que vengo.

Padre.— Sí.

Madre.— ¿Y qué?

Padre.— Me parece bien. Ellos lo han hablado.

Madre.— Mi hijo tiene y puede.

Padre.— Mi hija también.

Madre.— Mi hijo es hermoso. No ha conocido mujer. La honra más limpia que una sábana puesta al sol.

PADRE.— Qué te digo de la mía. Hace las migas a las tres, cuando el lucero. No habla nunca; suave como la lana, borda toda clase de bordados y puede cortar una maroma con los dientes.

MADRE.— Dios bendiga su casa.

PADRE.— Que Dios la bendiga.

(Aparece la Criada *con dos bandejas. Una con copas y la otra con dulces.)*

MADRE.— *(Al hijo.)* ¿Cuándo queréis la boda?

NOVIO.— El jueves próximo.

PADRE.— Día en que ella cumple veintidós años justos.

MADRE.— ¡Veintidós años! Esa edad tendría mi hijo mayor si viviera. Que viviría caliente y macho como era, si los hombres no hubieran inventado las navajas.

PADRE.— En eso no hay que pensar.

MADRE.— Cada minuto. Métete la mano en el pecho.

PADRE.— Entonces el jueves. ¿No es así?

NOVIO.— Así es.

PADRE.— Los novios y nosotros iremos en coche hasta la iglesia, que está muy lejos, y el acompañamiento en los carros y en las caballerías que traigan.

MADRE.— Conformes.

(Pasa la Criada.*)*

PADRE.— Dile que ya puede entrar. *(A la* Madre.*)* Celebraré mucho que te guste.

(Aparece la Novia. *Trae las manos caídas en actitud modesta y la cabeza baja.)*

MADRE.— Acércate. ¿Estás contenta?

NOVIA.— Sí, señora.

PADRE.— No debes estar seria. Al fin y al cabo ella va a ser tu madre.

NOVIA.— Estoy contenta. Cuando he dado el sí es porque quiero darlo.

MADRE.— Naturalmente. *(Le coge la barbilla.)* Mírame.

PADRE.— Se parece en todo a mi mujer.

MADRE.— ¿Sí? ¡Qué hermoso mirar! ¿Tú sabes lo que es casarse, criatura?

NOVIA.— *(Seria.)* Lo sé.

MADRE.— Un hombre, unos hijos y una pared de dos varas de ancha para todo lo demás.

NOVIO.— ¿Es que hace falta otra cosa?

MADRE.— No. Que vivan todos, ¡eso! ¡Que vivan!

NOVIA.— Yo sabré cumplir.

MADRE.— Aquí tienes unos regalos.

NOVIA.— Gracias.

PADRE.— ¿No tomamos algo?

MADRE.— Yo no quiero. *(Al Novio.)* ¿Y tú?

NOVIO.— Tomaré. *(Toma un dulce. La* Novia *toma otro.)*

PADRE.— *(Al* Novio.) ¿Vino?

MADRE.— No lo prueba.

PADRE.— ¡Mejor! *(Pausa. Todos están en pie.)*

NOVIO.— *(A la* Novia.) Mañana vendré.

NOVIA.— ¿A qué hora?

NOVIO.— A las cinco.

NOVIA.— Yo te espero.

NOVIO.— Cuando me voy de tu lado siento un despego grande y así como un nudo en la garganta.

NOVIA.— Cuando seas mi marido ya no lo tendrás.

NOVIO.— Eso digo yo.

MADRE.— Vamos. El sol no espera. *(Al* Padre): ¿Conformes en todo?

PADRE.— Conformes.

MADRE.— *(A la* Criada.) Adiós, mujer.

CRIADA.— Vayan ustedes con Dios.

(La Madre *besa a la* Novia *y van saliendo en silencio.)*

MADRE.— *(En la puerta.)* Adiós, hija. *(La* Novia *contesta con la mano.)*

PADRE.— Yo salgo con vosotros. *(Salen.)*

CRIADA.— Que reviento por ver los regalos.

NOVIA.— *(Agria.)* Quita.

CRIADA.— ¡Ay, niña, enséñamelos!

NOVIA.— No quiero

CRIADA.— Siquiera las medias. Dicen que son todas caladas. ¡Mujer!

NOVIA.— ¡Ea, que no!

CRIADA.— ¡Por Dios! Está bien. Parece como si no tuvieras ganas de casarte.

NOVIA.— *(Mordiéndose la mano con rabia.)* ¡Ay!

CRIADA.— Niña, hija, ¿qué te pasa? ¿Sientes dejar tu vida de reina? No pienses en cosas agrias. ¿Tienes motivo? Ninguno. Vamos a ver los regalos. *(Coge la caja.)*

NOVIA.— *(Cogiéndola de las muñecas.)* Suelta.

CRIADA.— ¡Ay, mujer!

NOVIA.— Suelta he dicho.

CRIADA.— Tienes más fuerza que un hombre.

NOVIA.— ¿No he hecho yo trabajos de hombre? ¡Ojalá fuera!

CRIADA.— ¡No hables así!

NOVIA.— Calla he dicho. Hablemos de otro asunto.

(La luz va desapareciendo de la escena. Pausa larga.)

CRIADA.— ¿Sentiste anoche un caballo?

NOVIA.— ¿A qué hora?

CRIADA.— A las tres.

NOVIA.— Sería un caballo suelto de la manada

CRIADA.— No. Llevaba jinete.

NOVIA.— ¿Por qué lo sabes?

CRIADA.— Porque lo vi. Estuvo parado en tu ventana. Me chocó mucho.

NOVIA.— ¿No sería mi novio? Algunas veces ha pasado a esas horas.

CRIADA.— No.

NOVIA.— ¿Tú le viste?

CRIADA.— Sí.

NOVIA.— ¿Quién era?

CRIADA.— Era Leonardo.

NOVIA.— *(Fuerte.)* ¡Mentira! ¡Mentira! ¿A qué viene aquí?

CRIADA.— Vino.

NOVIA.— ¡Cállate! ¡Maldita sea tu lengua!

(Se siente el ruido de un caballo.)

CRIADA.— *(En la ventana.)* Mira, asómate. ¿Era?

NOVIA.— ¡Era!

Telón rápido

Acto segundo

CUADRO PRIMERO

Zaguán de casa de la Novia. *Portón al fondo. Es de noche. La* Novia *sale con enaguas blancas encañonadas, llenas de encajes y puntas bordadas y un corpiño blanco, con los brazos al aire. La* Criada, *lo mismo.*

CRIADA.— Aquí te acabaré de peinar.
NOVIA.— No se puede estar ahí dentro, del calor.
CRIADA.— En estas tierras no refresca ni al amanecer [17].

> *(Se sienta la* Novia *en una silla baja y se mira en un espejito de mano. La* Criada *la peina.)*

NOVIA.— Mi madre era de un sitio donde había muchos árboles. De tierra rica.
CRIADA.— ¡Así era ella de alegre!
NOVIA.— Pero se consumió aquí.
CRIADA.— El sino.

NOVIA.— Como nos consumimos todas. Echan fuego las paredes. ¡Ay! No tires demasiado.

CRIADA.— Es para arreglarte mejor esta onda. Quiero que te caiga sobre la frente. *(La Novia se mira en el espejo.)* ¡Qué hermosa estás! ¡Ay! *(La besa apasionadamente.)*

NOVIA.— *(Seria.)* Sigue peinándome.

CRIADA.— *(Peinándola.)* ¡Dichosa tú que vas a abrazar a un hombre, que lo vas a besar, que vas a sentir su peso!

NOVIA.— Calla

CRIADA.— Y lo mejor es cuando te despiertes y lo sientas al lado y que él te roza los hombros con su aliento, como con una plumilla de ruiseñor.

NOVIA.— *(Fuerte.)* ¿Te quieres callar?

CRIADA.— ¡Pero niña! ¿Una boda, qué es? Una boda es esto y nada más. ¿Son los dulces? ¿Son los ramos de flores? No. Es una cama relumbrante y un hombre y una mujer.

NOVIA.— No se debe decir.

CRIADA.— Eso es otra cosa. ¡Pero es bien alegre!

NOVIA.— O bien amargo.

CRIADA.— El azahar te lo voy a poner desde aquí hasta aquí, de modo que la corona luzca sobre el peinado. *(Le prueba el ramo de azahar.)*

NOVIA.— *(Se mira en el espejo.)* Trae. *(Coge el azahar y lo mira y deja caer la cabeza, abatida.)*

CRIADA.— ¿Qué es esto?

NOVIA.— Déjame.

CRIADA.— No son horas de ponerte triste. *(Animosa.)* Trae el azahar. (Novia *tira el azahar.)* ¡Niña! ¿Qué castigo pides tirando al suelo la corona? ¡Levanta esa frente! ¿Es que no te quieres casar? Dilo. Todavía te puedes arrepentir. *(Se levanta.)*

NOVIA.— Son nublos. Un mal aire en el centro, ¿quién no lo tiene?

CRIADA.— Tú quieres a tu novio.

NOVIA.— Lo quiero

CRIADA.— Sí, sí, estoy segura.

NOVIA.— Pero este es un paso muy grande.

CRIADA.— Hay que darlo.

NOVIA.— Ya me he comprometido.

CRIADA.— Te voy a poner la corona.

NOVIA.— *(Se sienta.)* Date prisa, que ya deben ir llegando.

CRIADA.— Ya llevarán lo menos dos horas de camino.

NOVIA.— ¿Cuánto hay de aquí a la iglesia?

CRIADA.— Cinco leguas por el arroyo, que por el camino hay el doble.

> *(La* Novia *se levanta y la* Criada *se entusiasma al verla.)*

> Despierte la novia
> la mañana de la boda.
> ¡Que los ríos del mundo
> lleven tu corona!

NOVIA.— *(Sonriente.)* Vamos.

CRIADA.— *(La besa entusiasmada y baila alrededor.)*

> Que despierte
> con el ramo verde
> del laurel florido.
> ¡Que despierte
> por el tronco y la rama
> de los laureles!

> *(Se oyen unos aldabonazos.)*

NOVIA.— ¡Abre! Deben ser los primeros convidados. *(Entra. La* Criada *abre sorprendida.)*

CRIADA.— ¿Tú?

LEONARDO.— Yo. Buenos días.

CRIADA.— ¡El primero!

LEONARDO.— ¿No me han convidado?

CRIADA.— Sí.

LEONARDO.— Por eso vengo.

CRIADA.— ¿Y tu mujer?

LEONARDO.— Yo vine a caballo. Ella se acerca por el camino.

CRIADA.— ¿No te has encontrado a nadie?

LEONARDO.— Los pasé con el caballo

CRIADA.— Vas a matar al animal con tanta carrera.

LEONARDO.— ¡Cuando se muera, muerto está! *(Pausa.)*

CRIADA.— Siéntate. Todavía no se ha levantado nadie.

LEONARDO.— ¿Y la novia?

CRIADA.— Ahora mismo la voy a vestir.

LEONARDO.— ¡La novia! ¡Estará contenta!

CRIADA.— *(Variando de conversación.)* ¿Y el niño?

LEONARDO.— ¿Cuál?

CRIADA.— Tu hijo.

LEONARDO.— *(Recordando como soñoliento.)* ¡Ah!

CRIADA.— ¿Lo traen?

LEONARDO.— No. *(Pausa. Voces cantando muy lejos.)*

VOCES.—

> ¡Despierte la novia
> la mañana de la boda!

LEONARDO.—

> Despierte la novia
> la mañana de la boda.

CRIADA.— Es la gente. Vienen lejos todavía.

LEONARDO.— *(Levantándose.)* ¿La novia llevará una corona grande, no? No debía ser tan grande. Un poco más pequeña le sentaría mejor. ¿Y trajo ya el novio el azahar que se tiene que poner en el pecho?

NOVIA.— *(Apareciendo todavía en enaguas y con la corona de azahar puesta.)* Lo trajo.

CRIADA.— *(Fuerte.)* No salgas así.

NOVIA.— ¿Qué más da? *(Seria.)* ¿Por qué preguntas si trajeron el azahar? ¿Llevas intención?

LEONARDO.— Ninguna. ¿Qué intención iba a tener? *(Acercándose.)* Tú, que me conoces, sabes que no la llevo. Dímelo. ¿Quién he sido yo para ti? Abre y refresca tu recuerdo. Pero dos bueyes y una mala choza son casi nada. Esa es la espina.

NOVIA.— ¿A qué vienes?

LEONARDO.— A ver tu casamiento.

NOVIA.— ¡También yo vi el tuyo!

LEONARDO.— Amarrado por ti, hecho con tus dos manos. A mí me pueden matar, pero no me pueden escupir. Y la plata, que brilla tanto, escupe algunas veces.

NOVIA.— ¡Mentira!

LEONARDO.— No quiero hablar, porque soy hombre de sangre y no quiero que todos estos cerros oigan mis voces.

NOVIA.— Las mías serían más fuertes.

CRIADA.— Estas palabras no pueden seguir. Tú no tienes que hablar de lo pasado. *(La* Criada *mira a las puertas presa de inquietud.)*

NOVIA.— Tiene razón. Yo no debo hablarte siquiera. Pero se me calienta el alma de que vengas a verme y atisbar mi boda y preguntes con intención por el azahar. Vete y espera a tu mujer en la puerta.

LEONARDO.— ¿Es que tú y yo no podemos hablar?

CRIADA.— *(Con rabia.)* No; no podéis hablar.

LEONARDO.— Después de mi casamiento he pensado noche y día de quién era la culpa, y cada vez que pienso sale una culpa nueva que se come a la otra; ¡pero siempre hay culpa!

NOVIA.— Un hombre con su caballo sabe mucho y puede mucho para poder estrujar a una muchacha metida en un desierto. Pero yo tengo orgullo. Por eso me caso. Y me encerraré con mi marido, a quien tengo que querer por encima de todo.

LEONARDO.— El orgullo no te servirá de nada. *(Se acerca.)*

NOVIA.— ¡No te acerques!

LEONARDO.— Callar y quemarse es el castigo más grande que nos podemos echar encima. ¿De qué me sirvió a mí el orgullo y el no mirarte y el dejarte despierta noches y noches? ¡De nada! ¡Sirvió para echarme fuego encima! Porque tú crees que el tiempo cura y que las paredes tapan, y no es verdad, no es verdad. ¡Cuando las cosas llegan a los centros, no hay quien las arranque!

NOVIA.— *(Temblando.)* No puedo oírte. No puedo oír tu voz. Es como si me bebiera una botella de anís y me durmiera en una colcha de rosas. Y me arrastra, y sé que me ahogo, pero voy detrás.

CRIADA.— *(Cogiendo a* Leonardo *por las solapas.)* ¡Debes irte ahora mismo!

LEONARDO.— Es la última vez que voy a hablar con ella. No temas nada.

NOVIA.— Y sé que estoy loca y sé que tengo el pecho podrido de aguantar, y aquí estoy quieta por oírlo, por verlo menear los brazos.

LEONARDO.— No me quedo tranquilo si no te digo estas cosas. Yo me casé. Cásate tú ahora

CRIADA.— *(A* Leonardo.*)* ¡Y se casa!

VOCES.— *(Cantando más cerca.)*
Despierte la novia
la mañana de la boda.

NOVIA.— ¡Despierte la novia!

(Sale corriendo a su cuarto.)

CRIADA.— Ya está aquí la gente. *(A* Leonardo.*)* No te vuelvas a acercar a ella.

LEONARDO.— Descuida. *(Sale por la izquierda. Empieza a clarear el día.)*

MUCHACHA 1.ª— *(Entrando.)*
Despierte la novia
la mañana de la boda;

ruede la ronda
y en cada balcón una corona.

VOCES.— ¡Despierte la novia!

CRIADA.— *(Moviendo algazara.)*
Que despierte
con el ramo verde
del amor florido.
¡Que despierte
por el tronco y la rama
de los laureles!

MUCHACHA 2.ª— *(Entrando.)*
Que despierte
con el largo pelo,
camisa de nieve,
botas de charol y plata
y jazmines en la frente.

CRIADA.— ¡Ay, pastora,
que la luna asoma!

MUCHACHA 1.ª—
¡Ay, galán,
deja tu sombrero por el olivar!

MOZO 1.º— *(Entrando con el sombrero en alto.)*
Despierte la novia
que por los campos viene
rodando la boda,
con bandejas de dalias
y panes de gloria.

VOCES.— ¡Despierte la novia!

MUCHACHA 2.ª—
La novia
se ha puesto su blanca corona,
y el novio
se la prende con lazos de oro.

CRIADA.— Por el toronjil
la novia no puede dormir.

MUCHACHA 3.ª— *(Entrando.)*
Por el naranjel
el novio le ofrece cuchara y mantel.

(Entran tres convidados.)

MOZO 1.º— ¡Despierta, paloma!
El alba despeja
campanas de sombra.

CONVIDADO.— La novia, la blanca novia,
hoy doncella,
mañana señora.

MUCHACHA 1.ª—
Baja, morena,
arrastrando tu cola de seda.

CONVIDADO.— Baja, morenita,
que llueve rocío la mañana fría.

MOZO 1.º— Despertad, señora, despertad,
porque viene el aire lloviendo azahar

CRIADA.— Un árbol quiero bordarle
lleno de cintas granates
y en cada cinta un amor
con vivas alrededor.

VOCES.— Despierte la novia.

MOZO 1.º— ¡La mañana de la boda!

CONVIDADO.— La mañana de la boda
qué galana vas a estar;
pareces, flor de los montes,
la mujer de un capitán.

PADRE.— *(Entrando.)*
La mujer de un capitán
se lleva el novio.
¡Ya viene con sus bueyes por el tesoro!

MUCHACHA 3.ª—
El novio
parece la flor del oro.

Cuando camina,
a sus plantas se agrupan las clavelinas.

CRIADA.— ¡Ay mi niña dichosa!

MOZO 2.º— Que despierte la novia.

CRIADA.— ¡Ay mi galana!

MUCHACHA 1.ª—

La boda está llamando
por las ventanas.

MUCHACHA 2.ª—

Que salga la novia.

MUCHACHA 1.ª—

¡Que salga, que salga!

CRIADA.— ¡Que toquen y repiquen
las campanas!

MOZO 1.º— ¡Que viene aquí! ¡Que sale ya!

CRIADA.— ¡Como un toro, la boda
levantándose está!

(Aparece la Novia. *Lleva un traje negro mil novecientos, con caderas y larga cola rodeada de gasas plisadas y encajes duros. Sobre el peinado de visera lleva la corona de azahar. Suenan las guitarras. Las* Muchachas *besan a la* Novia.)

MUCHACHA 3.ª— ¿Qué esencia te echaste en el pelo?

NOVIA.— *(Riendo.)* Ninguna.

MUCHACHA 2.ª— *(Mirando el traje.)* La tela es de lo que no hay.

MOZO 1.º— ¡Aquí está el novio!

NOVIO.— ¡Salud!

MUCHACHA 1.ª— *(Poniéndole una flor en la oreja.)*

El novio
parece la flor del oro.

MUCHACHA 2.ª—

¡Aires de sosiego
le manan los ojos!

(*El* Novio *se dirige al lado de la* Novia.)

NOVIA.— ¿Por qué te pusiste esos zapatos?

NOVIO.— Son más alegres que los negros.

MUJER DE LEONARDO.— (*Entrando y besando a la* Novia.) ¡Salud! *(Hablan todas con algazara.)*

LEONARDO.— *(Entrando como quien cumple un deber.)*
La mañana de casada
la corona te ponemos.

MUJER.— ¡Para que el campo se alegre
con el agua de tu pelo!

MADRE.— (*Al* Padre.) ¿También están esos aquí?

PADRE.— Son familia. ¡Hoy es día de perdones!

MADRE.— Me aguanto, pero no perdono.

NOVIO.— ¡Con la corona da alegría mirarte!

NOVIA.— ¡Vámonos pronto a la iglesia!

NOVIO.— ¿Tienes prisa?

NOVIA.— Sí. Estoy deseando ser tu mujer y quedarme sola contigo, y no oír más voz que la tuya.

NOVIO.— ¡Eso quiero yo!

NOVIA.— Y no ver más que tus ojos. Y que me abrazaras tan fuerte, que aunque me llamara mi madre, que está muerta, no me pudiera despegar de ti.

NOVIO.— Yo tengo fuerza en los brazos. Te voy a abrazar cuarenta años seguidos.

NOVIA.— *(Dramática, cogiéndole del brazo.)* ¡Siempre!

PADRE.— ¡Vamos pronto! ¡A coger las caballerías y los carros! Que ya ha salido el sol.

MADRE.— ¡Que llevéis cuidado! No sea que tengamos malahora.

(Se abre el gran portón del fondo. Empiezan a salir.)

CRIADA.— *(Llorando.)*
Al salir de tu casa,
blanca doncella,

acuérdate que sales
como una estrella...

MUCHACHA 1.ª—
Limpia de cuerpo y ropa
al salir de tu casa para la boda.

(Van saliendo.)

MUCHACHA 2.ª—
¡Ya sales de tu casa
para la iglesia!

CRIADA.— ¡El aire pone flores
por las arenas!

MUCHACHA 3.ª—
¡Ay la blanca niña!

CRIADA.— Aire oscuro el encaje de su mantilla.

*(Salen. Se oyen guitarras, palillos y panderetas.
Quedan solos* Leonardo *y su mujer.)*

MUJER.— Vamos.

LEONARDO.— ¿Adónde?

MUJER.— A la iglesia. Pero no vas en el caballo. Vienes conmigo.

LEONARDO.— ¿En el carro?

MUJER.— ¿Hay otra cosa?

LEONARDO.— Yo no soy hombre para ir en carro.

MUJER.— Y yo no soy mujer para ir sin su marido en un casamiento. ¡Que no puedo más!

LEONARDO.— ¡Ni yo tampoco!

MUJER.— ¿Por qué me miras así? Tienes una espina en cada ojo.

LEONARDO.— ¡Vamos!

MUJER.— No sé lo que pasa. Pero pienso y no quiero pensar. Una cosa sé. Yo ya estoy despachada. Pero tengo un hijo. Y

otro que viene. Vamos andando. El mismo sino tuvo mi
madre. Pero de aquí no me muevo.

(Voces fuera.)

VOCES.— (¡Al salir de tu casa
para la iglesia,
acuérdate que sales
como una estrella!)
MUJER.— *(Llorando.)*
¡Acuérdate que sales
como una estrella!

Así salí yo de mi casa también. Que me cabía todo el campo en
la boca.
LEONARDO.— *(Levantándose.)* Vamos.
MUJER.— ¡Pero conmigo!
LEONARDO.— Sí. *(Pausa.)* ¡Echa a andar! *(Salen.)*
VOCES.— Al salir de tu casa
para la iglesia,
acuérdate que sales
como una estrella.

L
E

365

Telón lento

CUADRO SEGUNDO

*Exterior de la cueva de la novia. Entonación en blancos grises y
azules fríos. Grandes chumberas. Tonos sombríos y plateados. Panoramas de mesetas color barquillo, todo endurecido como paisaje de
cerámica popular.*

CRIADA.— *(Arreglando en una mesa copas y bandejas.)*
Giraba,
giraba la rueda
y el agua pasaba,
porque llega la boda
que se aparten las ramas
y la luna se adorne
por su blanca baranda.
(En voz alta.) ¡Pon los manteles!
(En voz patética.) Cantaban,
cantaban los novios
y el agua pasaba.
Porque llega la boda
que relumbre la escarcha
y se llenen de miel
las almendras amargas.
(En voz alta.) ¡Prepara el vino!
(En voz poética.) Galana.
Galana de la tierra,
mira cómo el agua pasa.
Porque llega tu boda
recógete las faldas
y bajo el ala del novio
nunca salgas de tu casa.
Porque el novio es un palomo
con todo el pecho de brasa
y espera el campo el rumor
de la sangre derramada.
Giraba,
giraba la rueda
y el agua pasaba.
¡Porque llega tu boda,
deja que relumbre el agua!
MADRE.— *(Entrando.)* ¡Por fin!
PADRE.— ¿Somos los primeros?

CRIADA.— No. Hace rato llegó Leonardo con su mujer. Corrieron como demonios. La mujer llegó muerta de miedo. Hicieron el camino como si hubieran venido a caballo.

PADRE.— Ese busca la desgracia. No tiene buena sangre.

MADRE.— ¿Qué sangre va a tener? La de toda su familia. Mana de su bisabuelo, que empezó matando, y sigue en toda la mala ralea, manejadores de cuchillos y gente de falsa sonrisa.

PADRE.— ¡Vamos a dejarlo!

CRIADA.— ¿Cómo lo va a dejar?

MADRE.— Me duele hasta la punta de las venas. En la frente de todos ellos yo no veo más que la mano con que mataron a lo que era mío. ¿Tú me ves a mí? ¿No te parezco loca? Pues es loca de no haber gritado todo lo que mi pecho necesita. Tengo en mi pecho un grito siempre puesto de pie a quien tengo que castigar y meter entre los mantos. Pero se llevan a los muertos y hay que callar. Luego la gente critica. *(Se quita el manto.)*

PADRE.— Hoy no es día de que te acuerdes de esas cosas.

MADRE.— Cuando sale la conversación, tengo que hablar. Y hoy más. Porque hoy me quedo sola en mi casa.

PADRE.— En espera de estar acompañada.

MADRE.— Esa es mi ilusión: los nietos. *(Se sientan.)*

PADRE.— Yo quiero que tengan muchos. Esta tierra necesita brazos que no sean pagados. Hay que sostener una batalla con las malas hierbas, con los cardos, con los pedruscos que salen no se sabe dónde. Y estos brazos tienen que ser de los dueños, que castiguen y que dominen, que hagan brotar las simientes. Se necesitan muchos hijos.

MADRE.— ¡Y alguna hija! ¡Los varones son del viento! Tienen por fuerza que manejar armas. Las niñas no salen jamás a la calle.

PADRE.— *(Alegre.)* Yo creo que tendrán de todo.

MADRE.— Mi hijo la cubrirá bien. Es de buena simiente. Su padre pudo haber tenido conmigo muchos hijos.

PADRE.— Lo que yo quisiera es que esto fuera cosa de un día. Que en seguida tuvieran dos o tres hombres.

MADRE.— Pero no es así. Se tarda mucho. Por eso es tan terrible ver la sangre de una derramada por el suelo. Una fuente que corre un minuto y a nosotros nos ha costado años. Cuando yo llegué a ver a mi hijo, estaba tumbado en mitad de la calle. Me mojé las manos de sangre y me las lamí con la lengua. Porque era mía. Tú no sabes lo que es eso. En una custodia de cristal y topacios pondría yo la tierra empapada por ella.

PADRE.— Ahora tienes que esperar. Mi hija es ancha y tu hijo es fuerte.

MADRE.— Así espero. *(Se levantan.)*

PADRE.— Prepara las bandejas de trigo.

CRIADA.— Están preparadas.

MUJER DE LEONARDO.— *(Entrando.)* ¡Que sea para bien!

MADRE.— Gracias.

LEONARDO.— ¿Va a haber fiesta?

PADRE.— Poca. La gente no puede entretenerse.

CRIADA.— ¡Ya están aquí!

> *(Van entrando invitados en alegres grupos. Entran los novios cogidos del brazo. Sale Leonardo.)*

NOVIO.— En ninguna boda se vio tanta gente.

NOVIA.— *(Sombría.)* En ninguna.

PADRE.— Fue lucida.

MADRE.— Ramas enteras de familias han venido.

NOVIO.— Gente que no salía de su casa.

MADRE.— Tu padre sembró mucho y ahora lo recoges tú.

NOVIO.— Hubo primos míos que yo ya no conocía.

MADRE.— Toda la gente de la costa.

NOVIO.— *(Alegre.)* Se espantaban de los caballos. *(Hablan.)*

MADRE.— *(A la* Novia.*)* ¿Qué piensas?

NOVIA.— No pienso en nada.

MADRE.— Las bendiciones pesan mucho. *(Se oyen guitarras.)*

Novia.— Como plomo.

Madre.— *(Fuerte.)* Pero no han de pesar. Ligera como paloma debes ser.

Novia.— ¿Se queda usted aquí esta noche?

Madre.— No. Mi casa está sola.

Novia.— ¡Debía usted quedarse!

Padre.— *(A la* Madre.) Mira el baile que tienen formado. Bailes de allá de la orilla del mar.

> *(Sale* Leonardo *y se sienta. Su mujer detrás de él en actitud rígida.)*

Madre.— Son los primos de mi marido. Duros como piedras para la danza.

Padre.— Me alegra el verlos. ¡Qué cambio para esta casa! *(Se va.)*

Novio.— *(A la* Novia.) ¿Te gustó el azahar?

Novia.— *(Mirándole fija.)* Sí.

Novio.— Es todo de cera. Dura siempre. Me hubiera gustado que llevaras en todo el vestido.

Novia.— No hace falta. *(Mutis* Leonardo *por la derecha.)*

Muchacha 1.ª— Vamos a quitarte los alfileres.

Novia.— *(Al* Novio.) Ahora vuelvo.

Mujer.— ¡Que seas feliz con mi prima!

Novio.— Tengo seguridad.

Mujer.— Aquí los dos; sin salir nunca y a levantar la casa. ¡Ojalá yo viviera también así de lejos!

Novio.— ¿Por qué no compráis tierras? El monte es barato y los hijos se crían mejor.

Mujer.— No tenemos dinero. ¡Y con el camino que llevamos!

Novio.— Tu marido es un buen trabajador.

Mujer.— Sí, pero le gusta volar demasiado. Ir de una cosa a otra. No es hombre tranquilo.

Criada.— ¿No tomáis nada? Te voy a envolver unos roscos de vino para tu madre, que a ella le gustan mucho.

Novio.— Ponle tres docenas.

Mujer.— No, no. Con media tiene bastante.

Novio.— Un día es un día.
Mujer.— (*A la* Criada.) ¿Y Leonardo?
Criada.— No lo vi.
Novio.— Debe estar con la gente.
Mujer.— ¡Voy a ver! (*Se va.*)
Criada.— Aquello está hermoso.
Novio.— ¿Y tú no bailas?
Criada.— No hay quien me saque.

(*Pasan al fondo dos* Muchachas; *durante todo este acto el fondo será un animado cruce de figuras.*)

Novio.— (*Alegre.*) Eso se llama no entender. Las viejas frescas como tú bailan mejor que las jóvenes.
Criada.— Pero ¿vas a echarme requiebros, niño? ¡Qué familia la tuya! ¡Machos entre los machos! Siendo niña vi la boda de tu abuelo. ¡Qué figura! Parecía como si se casara un monte.
Novio.— Yo tengo menos estatura.
Criada.— Pero el mismo brillo en los ojos. ¿Y la niña?
Novio.— Quitándose la toca.
Criada.— ¡Ah! Mira. Para la media noche, como no dormiréis, os he preparado jamón, y unas copas grandes de vino antiguo. En la parte baja de la alacena. Por si lo necesitáis.
Novio.— (*Sonriente.*) No como a media noche.
Criada.— (*Con malicia.*) Si tú no, la novia. (*Se va.*)
Mozo 1.º— (*Entrando.*) ¡Tienes que beber con nosotros!
Novio.— Estoy esperando a la novia.
Mozo 2.º— ¡Ya la tendrás en la madrugada!
Mozo 1.º— ¡Que es cuando más gusta!
Mozo 2.º— Un momento.
Novio.— Vamos.

(*Salen. Se oye gran algazara. Sale la* Novia. *Por el lado opuesto salen dos muchachas corriendo a encontrarla.*)

MUCHACHA 1.ª— ¿A quién diste el primer alfiler, a mí o a esta?

NOVIA.— No me acuerdo.

MUCHACHA 1.ª— A mí me lo diste aquí.

MUCHACHA 2.ª— A mí delante del altar.

NOVIA.— *(Inquieta y con una gran lucha interior.)* No sé nada.

MUCHACHA 1.ª— Es que yo quisiera que tú...

NOVIA.— *(Interrumpiendo.)* Ni me importa. Tengo mucho que pensar.

MUCHACHA 2.ª— Perdona. (Leonardo *cruza el fondo.*)

NOVIA.— *(Ve a* Leonardo.*)* Y estos momentos son agitados.

MUCHACHA 1.ª— ¡Nosotras no sabemos nada!

NOVIA.— Ya lo sabréis cuando os llegue la hora. Estos pasos son pasos que cuestan mucho.

MUCHACHA 1.ª— ¿Te ha disgustado?

NOVIA.— No. Perdonad vosotras.

MUCHACHA 2.ª— ¿De qué? Pero los dos alfileres sirven para casarse, ¿verdad?

NOVIA.— Los dos.

MUCHACHA 1.ª— Ahora, que una se casa antes que otra.

NOVIA.— ¿Tantas ganas tenéis?

MUCHACHA 2.ª— *(Vergonzosa.)* Sí.

NOVIA.— ¿Para qué?

MUCHACHA 1.ª— Pues... *(Abrazando a la segunda.)*

(Echan a correr las dos. Llega el Novio *y muy despacio abraza a la* Novia *por detrás.)*

NOVIA.— *(Con gran sobresalto.)* ¡Quita!

NOVIO.— ¿Te asustas de mí?

NOVIA.— ¡Ay! ¿Eras tú?

NOVIO.— ¿Quién iba a ser? *(Pausa.)* Tu padre o yo.

NOVIA.— ¡Es verdad!

NOVIO.— Ahora, que tu padre te hubiera abrazado más blando.

NOVIA.— *(Sombría.)* ¡Claro!

NOVIO.— *(La abraza fuertemente de modo un poco brusco.)* Porque es viejo.

Novia.— *(Seca.)* ¡Déjame!

Novio.— ¿Por qué? *(La deja.)*

Novia.— Pues... la gente. Pueden vernos. *(Vuelve a cruzar el fondo la Criada, que no mira a los novios.)*

Novio.— ¿Y qué? Ya es sagrado.

Novia.— Sí, pero déjame... Luego.

Novio.— ¿Qué tienes? ¡Estás como asustada!

Novia.— No tengo nada. No te vayas. *(Sale la mujer de* Leonardo.*)*

Mujer.— No quiero interrumpir.

Novio.— Dime.

Mujer.— ¿Pasó por aquí mi marido?

Novio.— No.

Mujer.— Es que no lo encuentro, y el caballo no está tampoco en el establo.

Novio.— *(Alegre.)* Debe estar dándole una carrera. *(Se va la Mujer inquieta. Sale la* Criada.*)*

Criada.— ¿No andáis satisfechos de tanto saludo?

Novio.— Ya estoy deseando que esto acabe. La novia está un poco cansada.

Criada.— ¿Qué es eso, niña?

Novia.— ¡Tengo como un golpe en las sienes!

Criada.— Una novia de estos montes debe ser fuerte. *(Al* Novio): Tú eres el único que la puedes curar, porque tuya es. *(Sale corriendo.)*

Novio.— *(Abrazándola.)* Vamos un rato al baile. *(La besa.)*

Novia.— *(Angustiada.)* No. Quisiera echarme en la cama un poco.

Novio.— Yo te haré compañía.

Novia.— ¡Nunca! ¿Con toda la gente aquí? ¿Qué dirían? Déjame sosegar un momento.

Novio.— ¡Lo que quieras! ¡Pero no estés así por la noche!

Novia.— *(En la puerta.)* A la noche estaré mejor.

Novio.— ¡Que es lo que yo quiero! *(Aparece la* Madre.*)*

Madre.— Hijo.

Novio.— ¿Dónde anda usted?

Madre.— En todo ese ruido. ¿Estás contento?

Novio.— Sí.

Madre.— ¿Y tu mujer?

Novio.— Descansa un poco. ¡Mal día para las novias!

Madre.— ¿Mal día? El único bueno. Para mí fue como una herencia. (*Entra la* Criada *y se dirige al cuarto de la* Novia.) Es la roturación de las tierras, la plantación de árboles nuevos.

Novio.— ¿Usted se va a ir?

Madre.— Sí. Yo tengo que estar en mi casa.

Novio.— Sola.

Madre.— Sola no. Que tengo la cabeza llena de cosas y de hombres y de luchas.

Novio.— Pero luchas que ya no son luchas.

(Sale la Criada *rápidamente; desaparece corriendo por el fondo.)*

Madre.— Mientras una vive, lucha.

Novio.— ¡Siempre la obedezco!

Madre.— Con tu mujer procura estar cariñoso, y si la notaras infatuada o arisca, hazle una caricia que le produzca un poco de daño, un abrazo fuerte, un mordisco y luego un beso suave. Que ella no pueda disgustarse, pero que sienta que tú eres el macho, el amo, el que manda. Así aprendí de tu padre. Y como no lo tienes, tengo que ser yo la que te enseñe estas fortalezas.

Novio.— Yo siempre haré lo que usted mande.

Padre.— *(Entrando.)* ¿Y mi hija?

Novio.— Está dentro.

Muchacha 1.ª—¡Vengan los novios, que vamos a bailar la rueda!

Mozo 1.º— *(Al* Novio.) Tú la vas a dirigir.

Padre.— *(Saliendo.)* ¡Aquí no está!

Novio.— ¿No?

Padre.— Debe haber subido a la baranda.

Novio.— ¡Voy a ver! *(Entra.)*

(Se oye algazara y guitarras.)

Muchacha 1.ª—¡Ya han empezado! *(Sale.)*

Novio.— *(Saliendo.)* No está.

Madre.— *(Inquieta.)* ¿No?

Padre.— ¿Y adónde pudo haber ido?

Criada.— *(Entrando.)* ¿Y la niña, dónde está?

Madre.— *(Seria.)* No lo sabemos.

(Sale el Novio. *Entran tres invitados.)*

Padre.— *(Dramático.)* Pero ¿no está en el baile?

Criada.— En el baile no está,

Padre.— *(Con arranque.)* Hay mucha gente. ¡Mirad!

Criada.— ¡Ya he mirado!

Padre.— *(Trágico.)* ¿Pues dónde está?

Novio.— *(Entrando.)* Nada. En ningún sitio.

Madre.— *(Al* Padre.) ¿Qué es esto? ¿Dónde está tu hija?

(Entra la mujer de Leonardo.)

Mujer.— ¡Han huido! ¡Han huido! Ella y Leonardo. En el caballo. ¡Iban abrazados, como una exhalación!

Padre.— ¡No es verdad! ¡Mi hija, no!

Madre.— ¡Tu hija, sí! Planta de mala madre, y él, también él. ¡Pero ya es la mujer de mi hijo!

Novio.— *(Entrando.)* ¡Vamos detrás! ¿Quién tiene un caballo?

Madre.— ¿Quién tiene un caballo ahora mismo, quién tiene un caballo? Que le daré todo lo que tengo, mis ojos y hasta mi lengua.

Voz.— Aquí hay uno.

Madre.— *(Al hijo.)* ¡Anda! ¡Detrás! *(Sale con dos mozos.)* No.

No vayas. Esa gente mata pronto y bien...; ¡pero sí, corre, y yo detrás!

PADRE.— No será ella. Quizá se haya tirado al aljibe.

MADRE.— Al agua se tiran las honradas, las limpias; ¡esa, no! Pero ya es mujer de mi hijo. Dos bandos. Aquí hay dos bandos. *(Entran todos.)* Mi familia y la tuya. Salid todos de aquí. Limpiarse el polvo de los zapatos. Vamos a ayudar a mi hijo. *(La gente se separa en dos grupos.)* Porque tiene gente; que son sus primos del mar y todos los que llegan de tierra adentro. ¡Fuera de aquí! Por todos los caminos. Ha llegado otra vez la hora de la sangre. Dos bandos. Tú con el tuyo y yo con el mío. ¡Atrás! ¡Atrás!

Telón

Acto tercero

CUADRO PRIMERO

Bosque. Es de noche. Grandes troncos húmedos. Ambiente oscuro.
Se oyen dos violines.

(*Salen tres* Leñadores.)

LEÑADOR 1.º— ¿Y los han encontrado?

LEÑADOR 2.º— No. Pero los buscan por todas partes.

LEÑADOR 3.º— Ya darán con ellos.

LEÑADOR 2.º— ¡Chissss!

LEÑADOR 3.º— ¿Qué?

LEÑADOR 2.º— Parece que se acercan por todos los caminos a la vez.

LEÑADOR 1.º— Cuando salga la luna los verán.

LEÑADOR 2.º— Debían dejarlos.

LEÑADOR 1.º— El mundo es grande. Todos pueden vivir en él.

LEÑADOR 3.º— Pero los matarán.

LEÑADOR 2.º— Hay que seguir la inclinación; han hecho bien en huir.

LEÑADOR 1.º— Se estaban engañando uno a otro y al fin la sangre pudo más.

LEÑADOR 3.º— ¡La sangre!

LEÑADOR 1.º— Hay que seguir el camino de la sangre.

LEÑADOR 2.º— Pero sangre que ve la luz se la bebe la tierra.

LEÑADOR 1.º— ¿Y qué? Vale más ser muerto desangrado que vivo con ella podrida.

LEÑADOR 3.º— Callar

LEÑADOR 1.º— ¿Qué? ¿Oyes algo?

LEÑADOR 3.º— Oigo los grillos, las ranas, el acecho de la noche.

LEÑADOR 1.º— Pero el caballo no se siente.

LEÑADOR 3.º— No.

LEÑADOR 1.º— Ahora la estará queriendo.

LEÑADOR 2.º— El cuerpo de ella era para él y el cuerpo de él para ella.

LEÑADOR 3.º— Los buscan y los matarán.

LEÑADOR 1.º— Pero ya habrán mezclado sus sangres y serán como dos cántaros vacíos, como dos arroyos secos.

LEÑADOR 2.º— Hay muchas nubes y será fácil que la luna no salga.

LEÑADOR 3.º— El novio los encontrará con luna o sin luna. Yo lo vi salir. Como una estrella furiosa. La cara color ceniza. Expresaba el sino de su casta.

LEÑADOR 1.º— Su casta de muertos en mitad de la calle.

LEÑADOR 2.º— ¡Eso es!

LEÑADOR 3.º— ¿Crees que ellos lograrán romper el cerco?

LEÑADOR 2.º— Es difícil. Hay cuchillos y escopetas a diez leguas a la redonda.

LEÑADOR 3.º— Él lleva un buen caballo.

LEÑADOR 2.º— Pero lleva una mujer.

LEÑADOR 1.º— Ya estamos cerca.

LEÑADOR 2.º— Un árbol de cuarenta ramas. Lo cortaremos pronto.

LEÑADOR 3.º— Ahora sale la luna. Vamos a darnos prisa.

(Por la izquierda surge una claridad.)

LEÑADOR 1.º— ¡Ay luna que sales!
Luna de las hojas grandes.
LEÑADOR 2.º— ¡Llena de jazmines la sangre!
LEÑADOR 1.º— ¡Ay luna sola!
¡Luna de las verdes hojas!
LEÑADOR 2.º— Plata en la cara de la novia.
LEÑADOR 3.º— ¡Ay luna mala!
Deja para el amor la oscura rama.
LEÑADOR 1.º— ¡Ay triste luna!
¡Deja para el amor la rama oscura!

(Salen. Por la claridad de la izquierda aparece la
Luna. *La* Luna *es un leñador joven con la cara*
blanca. La escena adquiere un vivo resplandor
azul.)

LUNA.—   Cisne redondo en el río,
ojo de las catedrales,
alba fingida en las hojas
soy; ¡no podrán escaparse!
¿Quién se oculta? ¿Quién solloza
por la maleza del valle?
La luna deja un cuchillo
abandonado en el aire,
que siendo acecho de plomo
quiere ser dolor de sangre.
¡Dejadme entrar! ¡Vengo helada
por paredes y cristales!
¡Abrir tejados y pechos
donde pueda calentarme!
¡Tengo frío! Mis cenizas
de soñolientos metales,
buscan la cresta del fuego

por los montes y las calles.
Pero me lleva la nieve
sobre su espalda de jaspe,
y me anega, dura y fría,
el agua de los estanques.
Pues esta noche tendrán
mis mejillas roja sangre,
y los juncos agrupados
en los anchos pies del aire.
¡No haya sombra ni emboscada,
que no puedan escaparse!
¡Que quiero entrar en un pecho
para poder calentarme!
¡Un corazón para mí!
¡Caliente!, que se derrame
por los montes de mi pecho;
dejadme entrar, ¡ay, dejadme!

(A las ramas.)

No quiero sombras. Mis rayos
han de entrar en todas partes,
y haya en los troncos oscuros
un rumor de claridades,
para que esta noche tengan
mis mejillas dulce sangre,
y los juncos agrupados
en los anchos pies del aire.
¿Quién se oculta? ¡Afuera digo!
¡No! ¡No podrán escaparse!
Yo haré lucir al caballo
una fiebre de diamante.

*(Desaparece entre los troncos, y vuelve la
escena a su luz oscura. Sale una anciana totalmente cubierta por tenues paños verdeoscuro.*

Lleva los pies descalzos. Apenas si se le verá el rostro entre los pliegues. Este personaje no figura en el reparto.)

MENDIGA.— Esa luna se va, y ellos se acercan.
De aquí no pasan. El rumor del río
apagará con el rumor de troncos
el desgarrado vuelo de los gritos.
Aquí ha de ser, y pronto. Estoy cansada.
Abren los cofres, y los blancos hilos
aguardan por el suelo de la alcoba
cuerpos pesados con el cuello herido.
No se despierte un pájaro y la brisa,
recogiendo en su falda los gemidos,
huya con ellos por las negras copas
o los entierre por el blando limo.

(Impaciente.)

¡Esa luna, esa luna!

(Aparece la Luna. *Vuelve la luz azul intensa.)*

LUNA.— Ya se acercan. Unos por la cañada y el otro por el río.
Voy a alumbrar las piedras. ¿Qué necesitas?
MENDIGA.— Nada.
LUNA.— El aire va llegando duro, con doble filo.
MENDIGA.— Ilumina el chaleco y aparta los botones,
que después las navajas ya saben el camino.
LUNA.—
Pero que tarden mucho en morir.
Que la sangre
me ponga entre los dedos su delicado silbo.
¡Mira que ya mis valles de ceniza despiertan
en ansia de esta fuente de chorro estremecido!

MENDIGA.— No dejemos que pasen el arroyo. ¡Silencio!

LUNA.— ¡Allí vienen! *(Se va. Queda la escena oscura.)*
MENDIGA.— De prisa. Mucha luz. ¿Me has oído? ¡No pueden escaparse!

> *(Entran el* Novio *y* Mozo 1.º *La* Mendiga *se sienta y se tapa con el manto.)*

NOVIO.— Por aquí.
MOZO 1.º— No los encontrarás.
NOVIO.— *(Enérgico.)* ¡Sí los encontraré!
MOZO 1.º— Creo que se han ido por otra vereda.
NOVIO.— No. Yo sentí hace un momento el galope.
MOZO 1.º— Sería otro caballo.
NOVIO.— *(Dramático.)* Oye. No hay más que un caballo en el mundo, y es este. ¿Te has enterado? Si me sigues, sígueme sin hablar.
MOZO 1.º— Es que quisiera...
NOVIO.— Calla. Estoy seguro de encontrármelos aquí. ¿Ves este brazo? Pues no es mi brazo. Es el brazo de mi hermano y el de mi padre y el de toda mi familia que está muerta. Y tiene tanto poderío, que puede arrancar este árbol de raíz si quiere. Y vamos pronto, que siento los dientes de todos los míos clavados aquí de una manera que se me hace imposible respirar tranquilo.
MENDIGA.— *(Quejándose.)* ¡Ay!
MOZO 1.º— ¿Has oído?
NOVIO.— Vete por ahí y da la vuelta.
MOZO 1.º— Esto es una caza.
NOVIO.— Una caza. La más grande que se puede hacer.

> *(Se va el* Mozo. *El* Novio *se dirige rápidamente hacia la izquierda y tropieza con la* Mendiga. *La muerte.)*

MENDIGA.— ¡Ay!
NOVIO.— ¿Qué quieres?

MENDIGA.— Tengo frío.

NOVIO.— ¿Adónde te diriges?

MENDIGA.— *(Siempre quejándose como una mendiga.)* Allá lejos...

NOVIO.— ¿De dónde vienes?

MENDIGA.— De allí..., de muy lejos.

NOVIO.— ¿Viste un hombre y una mujer que corrían montados en un caballo?

MENDIGA.— *(Despertándose.)* Espera... *(Lo mira.)* Hermoso galán. *(Se levanta.)* Pero mucho más hermoso si estuviera dormido.

NOVIO.— Dime, contesta, ¿los viste?

MENDIGA.— Espera... ¡Qué espaldas más anchas! ¿Cómo no te gusta estar tendido sobre ellas y no andar sobre las plantas de los pies que son tan chicas?

NOVIO.— *(Zamarreándola.)* ¡Te digo si los viste! ¿Han pasado por aquí?

MENDIGA.— *(Enérgica.)* No han pasado; pero están saliendo de la colina. ¿No los oyes?

NOVIO.— No.

MENDIGA.— ¿Tú no conoces el camino?

NOVIO.— ¡Iré sea como sea!

MENDIGA.— Te acompañaré. Conozco esta tierra.

NOVIO.— *(Impaciente.)* ¡Pero vamos! ¿Por dónde?

MENDIGA.— *(Dramática.)* ¡Por allí!

(Salen rápidos. Se oyen lejanos dos violines que expresan el bosque. Vuelven los Leñadores. Llevan las hachas al hombro. Pasan lentos entre los troncos.)

LEÑADOR 1.º—   ¡Ay muerte que sales!
                Muerte de las hojas grandes.

LEÑADOR 2.º—   ¡No abras el chorro de la sangre!

LEÑADOR 1.º—   ¡Ay muerte sola!
                Muerte de las secas hojas.

LEÑADOR 3.º— ¡No cubras de flores la boda!
LEÑADOR 2.º— ¡Ay triste muerte!
Deja para el amor la rama verde.
LEÑADOR 1.º— ¡Ay muerte mala!
¡Deja para el amor la verde rama!

(*Van saliendo mientras hablan.* Aparecen Leonardo *y la* Novia.)

LEONARDO.— ¡Calla!
NOVIA.— Desde aquí yo me iré sola.
¡Vete! Quiero que te vuelvas.
LEONARDO.— ¡Calla, digo!
NOVIA.— Con los dientes, con las manos, como puedas,
quita de mi cuello honrado
el metal de esta cadena,
dejándome arrinconada
allá en mi casa de tierra.
Y si no quieres matarme
como a víbora pequeña,
pon en mis manos de novia
el cañón de la escopeta.
¡Ay, qué lamento, qué fuego
me sube por la cabeza!
¡Qué vidrios se me clavan en la lengua!
LEONARDO.— Ya dimos el paso; ¡calla!,
porque nos persiguen cerca
te he de llevar conmigo.
NOVIA.— ¡Pero ha de ser a la fuerza!
LEONARDO.— ¿A la fuerza? ¿Quién bajó
primero las escaleras?
NOVIA.— Yo las bajé.
LEONARDO.— ¿Quién le puso
al caballo bridas nuevas?
NOVIA.— Yo misma. Verdad.

L
E

383

LEONARDO.—   ¿Y qué manos
me calzaron las espuelas?
NOVIA.—   Estas manos, que son tuyas,
pero que al verte quisieran
quebrar las ramas azules
y el murmullo de tus venas.
¡Te quiero! ¡Te quiero! ¡Aparta!
Que si matarte pudiera,
te pondría una mortaja
con los filos de violetas.
¡Ay, qué lamento, qué fuego
me sube por la cabeza!
LEONARDO.—   ¡Qué vidrios se me clavan en la lengua!
Porque yo quise olvidar
y puse un muro de piedra
entre tu casa y la mía.
Es verdad. ¿No lo recuerdas?
Y cuando te vi de lejos
me eché en los ojos arena.
Pero montaba a caballo
y el caballo iba a tu puerta.
Con alfileres de plata
mi sangre se puso negra,
y el sueño me fue llenando
las carnes de mala hierba.
Que yo no tengo la culpa,
que la culpa es de la tierra
y de ese olor que te sale
de los pechos y las trenzas.
NOVIA.—   ¡Ay qué sinrazón! No quiero
contigo cama ni cena,
y no hay minuto del día
que estar contigo no quiera,
porque me arrastras y voy,
y me dices que me vuelva
y te sigo por el aire

como una brizna de hierba.
He dejado a un hombre duro
y a toda su descendencia
en la mitad de la boda
y con la corona puesta
Para ti será el castigo
y no quiero que lo sea.
¡Déjame sola! ¡Huye tú!
No hay nadie que te defienda.

LEONARDO.— Pájaros de la mañana
por los árboles se quiebran.
La noche se está muriendo
en el filo de la piedra.
Vamos al rincón oscuro,
donde yo siempre te quiera,
que no me importa la gente,
ni el veneno que nos echa.

(La abraza fuertemente.)

385

NOVIA.— Y yo dormiré a tus pies
para guardar lo que sueñas.
Desnuda, mirando al campo,

(Dramática.)

como si fuera una perra,
¡porque eso soy! Que te miro
y tu hermosura me quema.

LEONARDO.— Se abrasa lumbre con lumbre.
La misma llama pequeña
mata dos espigas juntas.
¡Vamos!

(La arrastra.)

NOVIA.— ¿Adónde me llevas?
LEONARDO.— Adonde no puedan ir
estos hombres que nos cercan.
¡Donde yo pueda mirarte!

NOVIA.— *(Sarcástica.)*
>Llévame de feria en feria,
>dolor de mujer honrada,
>a que las gentes me vean
>con las sábanas de boda
>al aire, como banderas.

LEONARDO.—
>También yo quiero dejarte
>si pienso como se piensa.
>Pero voy donde tú vas.
>Tú también. Da un paso. Prueba.
>Clavos de luna nos funden
>mi cintura y tus caderas.

(Toda esta escena es violenta, llena de gran sensualidad.)

NOVIA.— ¿Oyes?
LEONARDO.— Viene gente.
NOVIA.— ¡Huye!
>Es justo que yo aquí muera
>con los pies dentro del agua,
>espinas en la cabeza.
>Y que me lloren las hojas,
>mujer perdida y doncella.

LEONARDO.— Cállate. Ya suben.
NOVIA.— ¡Vete!
LEONARDO.— Silencio. Que no nos sientan.
>Tú delante. ¡Vamos, digo!

(Vacila la Novia.*)*

NOVIA.— ¡Los dos juntos!
LEONARDO.— *(Abrazándola.)*
>¡Como quieras!
>Si nos separan, será

porque esté muerto.

NOVIA.— Y yo muerta.

(Salen abrazados.)

(Aparece la Luna *muy despacio. La escena adquiere una fuerte luz azul. Se oyen los dos violines. Bruscamente se oyen dos largos gritos desgarrados, y se corta la música de los violines. Al segundo grito aparece la* Mendiga *y queda de espaldas. Abre el manto y queda en el centro como un gran pájaro de alas inmensas. La* Luna *se detiene. El telón baja en medio de un silencio absoluto.)*

Telón

CUADRO ÚLTIMO

Habitación blanca con arcos y gruesos muros. A la derecha y a la izquierda escaleras blancas. Gran arco al fondo y pared del mismo color. El suelo será también de un blanco reluciente. Esta habitación simple tendrá un sentido monumental de iglesia. No habrá ni un gris, ni una sombra, ni siquiera lo preciso para la perspectiva.

(Dos muchachas vestidas de azul oscuro están devanando una madeja roja.)

MUCHACHA 1.ª— Madeja, madeja,
¿qué quieres hacer?
MUCHACHA 2.ª— Jazmín de vestido,
cristal de papel.

Nacer a las cuatro,
morir a las diez.
Ser hilo de lana,
cadena a tus pies
y nudo que apriete
amargo laurel.

NIÑA.— *(Cantando.)*

¿Fuisteis a la boda?

MUCHACHA 1.ª— No.

NIÑA.— ¡Tampoco fui yo!
¿Qué pasaría
por los tallos de las viñas?
¿Qué pasaría
por el ramo de la oliva?
¿Qué pasó
que nadie volvió?
¿Fuisteis a la boda?

MUCHACHA 2.ª— Hemos dicho que no.

NIÑA.— *(Yéndose.)* ¡Tampoco fui yo!

MUCHACHA 2.ª— Madeja, madeja,
¿qué quieres cantar?

MUCHACHA 1.ª— Heridas de cera,
dolor de arrayán.
Dormir la mañana,
de noche velar.

NIÑA.— *(En la puerta.)*

El hilo tropieza
con el pedernal.
Los montes azules
lo dejan pasar.
Corre, corre, corre,
y al fin llegará
a poner cuchillo
y a quitar el pan.

(Se va.)

MUCHACHA 2.ª— Madeja, madeja,
¿qué quieres decir?
MUCHACHA 1.ª— Amante sin habla.
Novio carmesí.
Por la orilla muda
tendidos los vi.
(Se detiene mirando la madeja.)

NIÑA.— *(Asomándose a la puerta.)*
Corre, corre, corre,
el hilo hasta aquí.
Cubiertos de barro
los siento venir.
¡Cuerpos estirados,
paños de marfil!

(Se va.)

(Aparecen la Mujer *y la* Suegra *de* Leonardo. *Llegan angustiadas.)*

MUCHACHA 1.ª— ¿Vienen ya?
SUEGRA.— *(Agria.)* No sabemos.
MUCHACHA 2.ª— ¿Qué contáis de la boda?
MUCHACHA 1.ª—Dime.
SUEGRA.— *(Seca.)* Nada.
MUJER.— Quiero volver para saberlo todo.
SUEGRA.— *(Enérgica.)*
Tú, a tu casa.
Valiente y sola en tu casa.
A envejecer y a llorar.
Pero la puerta cerrada.
Nunca. Ni muerto ni vivo.
Clavaremos las ventanas.
Y vengan lluvias y noches
sobre las hierbas amargas.

MUJER.—	¿Qué habrá pasado?
SUEGRA.—	No importa.

Échate un velo en la cara.
Tus hijos son hijos tuyos
nada más. Sobre la cama
pon una cruz de ceniza
donde estuvo su almohada.

(Salen.)

MENDIGA.— *(A la puerta.)*
Un pedazo de pan, muchachas.
NIÑA.— ¡Vete!

(Las muchachas se agrupan.)

MENDIGA.— ¿Por qué?
NIÑA.— Porque tú gimes: vete.

MUCHACHA 1.ª— ¡Niña!
MENDIGA.— ¡Pude pedir tus ojos! Una nube
de pájaros me sigue; ¿quieres uno?
NIÑA.— ¡Yo me quiero marchar!
MUCHACHA 2.ª— *(A la* Mendiga.) ¡No le hagas caso!
MUCHACHA 1.ª— ¿Vienes por el camino del arroyo?
MENDIGA.— ¡Por allí vine!
MUCHACHA 1.ª— *(Tímida.)* ¿Puedo preguntarte?
MENDIGA.— Yo los vi; pronto llegan: dos torrentes
quietos al fin entre las piedras grandes,
dos hombres en las patas del caballo.
Muertos en la hermosura de la noche.

(Con delectación.)

Muertos, sí, muertos.
MUCHACHA 1.ª—¡Calla, vieja, calla!

MENDIGA.— Flores rotas los ojos, y sus dientes
dos puñados de nieve endurecida.
Los dos cayeron, y la novia vuelve
teñida en sangre falda y cabellera.
Cubiertos con dos mantas ellos vienen
sobre los hombros de los mozos altos.
Así fue; nada más. Era lo justo.
Sobre la flor del oro, sucia arena.

(Se va. Las Muchachas *inclinan las cabezas y rít-
micamente van saliendo.)*

MUCHACHA 1.ª— Sucia arena.
MUCHACHA 2.ª— Sobre la flor del oro.
NIÑA.— Sobre la flor del oro
traen a los muertos del arroyo.
Morenito el uno,
morenito el otro.
¡Qué ruiseñor de sombra vuela y gime
sobre la flor del oro!

(Se va. Queda la escena sola. Aparece la Madre *con
una* Vecina. *La* Vecina *viene llorando.*

MADRE.— Calla.
VECINA.— No puedo.
MADRE.— Calla, he dicho. *(En la puerta.)* ¿No hay nadie
aquí? *(Se lleva las manos a la frente.)* Debía contestarme
mi hijo. Pero mi hijo es ya un brazado de flores secas. Mi
hijo es ya una voz oscura detrás de los montes. (*Con rabia
a la* Vecina.) ¿Te quieres callar? No quiero llantos en esta
casa. Vuestras lágrimas son lágrimas de los ojos nada
más, y las mías vendrán cuando yo esté sola, de las plantas de mis pies, de mis raíces, y serán más ardientes que
la sangre.
VECINA.— Vente a mi casa; no te quedes aquí.

MADRE.— Aquí. Aquí quiero estar. Y tranquila. Ya todos están muertos. A medianoche dormiré, dormiré sin que ya me aterren la escopeta o el cuchillo. Otras madres se asomarán a las ventanas, azotadas por la lluvia, para ver el rostro de sus hijos. Yo no. Yo haré con mi sueño una fría paloma de marfil que lleve camelias de escarcha sobre el camposanto. Pero no; camposanto no, camposanto no: lecho de tierra, cama que los cobija y que los mece por el cielo. (*Entra una mujer de negro que se dirige a la derecha y allí se arrodilla. A la* Vecina.) Quítate las manos de la cara. Hemos de pasar días terribles. No quiero ver a nadie. La tierra y yo. Mi llanto y yo. Y estas cuatro paredes. ¡Ay! ¡Ay! (*Se sienta transida.*)

VECINA.— Ten caridad de ti misma.

MADRE.— (*Echándose el pelo hacia atrás.*) He de estar serena. (*Se sienta.*) Porque vendrán las vecinas y no quiero que me vean tan pobre. ¡Tan pobre! Una mujer que no tiene un hijo siquiera que poderse llevar a los labios.

(*Aparece la* Novia. *Viene sin azahar y con un manto negro.*)

VECINA.— (*Viendo a la* Novia, *con rabia.*) ¿Dónde vas?

NOVIA.— Aquí vengo.

MADRE.— (*A la* Vecina.) ¿Quién es?

VECINA.— ¿No la reconoce?

MADRE.— Por eso pregunto quién es. Porque tengo que no reconocerla, para no clavarle mis dientes en el cuello. ¡Víbora! (*Se dirige hacia la* Novia *con ademán fulminante; se detiene. A la* Vecina.) ¿La ves? Está ahí y está llorando, y yo quieta sin arrancarle los ojos. No me entiendo. ¿Será que yo no quería a mi hijo? Pero ¿y su honra? ¿Dónde está su honra? (*Golpea a la* Novia. *Esta cae al suelo.*)

VECINA.— ¡Por Dios! (*Trata de separarlas.*)

NOVIA.— (*A la* Vecina.) Déjala, he venido para que me mate y que me lleven con ellos. (*A la* Madre.) Pero no con las manos; con garfios de alambre, con una hoz, y con fuerza, hasta que se rompa en mis huesos. ¡Déjala! Que quiero que sepa que yo soy limpia, que estaré loca, pero que me pueden enterrar sin que ningún hombre se haya mirado en la blancura de mis pechos.

MADRE.— Calla, calla; ¿qué me importa eso a mí?

NOVIA.— ¡Porque yo me fui con el otro, me fui! *(Con angustia.)* Tú también te hubieras ido. Yo era una mujer quemada, llena de llagas por dentro y por fuera, y tu hijo era un poquito de agua de la que yo esperaba hijos, tierra, salud; pero el otro era un río oscuro, lleno de ramas, que acercaba a mí el rumor de sus juncos y su cantar entre dientes. Y yo corría con tu hijo que era como un niñito de agua fría y el otro me mandaba cientos de pájaros que me impedían el andar y que dejaban escarcha sobre mis heridas de pobre mujer marchita, de muchacha acariciada por el fuego. Yo no quería. ¡óyelo bien!, yo no quería. ¡Tu hijo era mi fin y yo no lo he engañado, pero el brazo del otro me arrastró como un golpe de mar, como la cabezada de un mulo, y me hubiera arrastrado siempre, siempre, siempre, aunque hubiera sido vieja y todos los hijos de tu hijo me hubiesen agarrado de los cabellos! *(Entra una vecina.)*

MADRE.— Ella no tiene la culpa, ¡ni yo! *(Sarcástica.)* ¿Quién la tiene, pues? ¡Floja, delicada, mujer de mal dormir es quien tira una corona de azahar para buscar un pedazo de cama calentado por otra mujer!

NOVIA.— ¡Calla, calla! Véngate de mí; ¡aquí estoy! Mira que mi cuello es blando: te costará menos trabajo que segar una dalia de tu huerto. Pero ¡eso no! Honrada, honrada como una niña recién nacida. Y fuerte para demostrártelo. Enciende la lumbre. Vamos a meter las manos; tú, por tu hijo, yo, por mi cuerpo. La retirarás antes tú. *(Entra otra vecina.)*

MADRE.— Pero ¿qué me importa a mí tu honradez? ¿Qué me importa tu muerte? ¿Qué me importa a mí nada de nada? Benditos sean los trigos, porque mis hijos están debajo de ellos; bendita sea la lluvia, porque moja la cara de los muertos. Bendito sea Dios, que nos tiende juntos para descansar. *(Entra otra vecina.)*

NOVIA.— Déjame llorar contigo.

MADRE.— Llora. Pero en la puerta.

(Entra la Niña. *La* Novia *queda en la puerta. La* Madre, *en el centro de la escena.)*

MUJER.— *(Entrando y dirigiéndose a la izquierda.)*
Era hermoso jinete,
y ahora montón de nieve.
Corrió ferias y montes
y brazos de mujeres.
Ahora, musgo de noche
le corona la frente.

MADRE.— Girasol de tu madre,
espejo de la tierra.
Que te pongan al pecho
cruz de amargas adelfas;
sábana que te cubra
de reluciente seda,
y el agua forme un llanto
entre tus manos quietas.

MUJER.— ¡Ay, qué cuatro muchachos
llegan con hombros cansados!

NOVIA.— ¡Ay, qué cuatro galanes
traen a la muerte por el aire!

MADRE.— Vecinas.

NIÑA.— *(En la puerta.)*
Ya los traen.

MADRE.— Es lo mismo.
La cruz, la cruz.

MUJERES.— Dulces clavos,
dulce cruz,

dulce nombre
de Jesús.

MADRE.— Que la cruz ampare a muertos y vivos.
Vecinas, con un cuchillo,
con un cuchillito,
en un día señalado, entre las dos y las tres,
se mataron los dos hombres del amor.
Con un cuchillo,
con un cuchillito
que apenas cabe en la mano,
pero que penetra fino
por las carnes asombradas,
y que se para en el sitio
donde tiembla enmarañada
la oscura raíz del grito.

NOVIA.— Y esto es un cuchillo,
un cuchillito
que apenas cabe en la mano;
pez sin escamas ni río,
para que un día señalado, entre las dos y las tres,
con este cuchillo
se queden dos hombres duros
con los labios amarillos.

MADRE.— Y apenas cabe en la mano,
pero que penetra frío
por las carnes asombradas
y allí se para, en el sitio
donde tiembla enmarañada
a oscura raíz del grito.

(Las vecinas, arrodilladas en el suelo, lloran.)

Telón

YERMA

Poema trágico en tres actos
y seis cuadros

YERMA

Poema trágico en tres actos
y seis cuadros

Personajes

YERMA.

MARÍA.

VIEJA PAGANA.

DOLORES.

LAVANDERA PRIMERA.

LAVANDERA SEGUNDA.

LAVANDERA TERCERA.

LAVANDERA CUARTA.

LAVANDERA QUINTA.

LAVANDERA SEXTA.

MUCHACHA PRIMERA.

MUCHACHA SEGUNDA.

HEMBRA.

CUÑADA PRIMERA.

CUÑADA SEGUNDA.

MUJER PRIMERA.

MUJER SEGUNDA.

NIÑOS.

JUAN.

VÍCTOR.

MACHO.

HOMBRE PRIMERO.

HOMBRE SEGUNDO.

HOMBRE TERCERO.

Acto primero

CUADRO PRIMERO

Al levantarse el telón está Yerma *dormida con un tabaque de costura a los pies. La escena tiene una extraña luz de sueño. Un* Pastor *sale de puntillas mirando fijamente a Yerma. Lleva de la mano a un* Niño *vestido de blanco. Suena el reloj. Cuando sale el* Pastor, *la luz azul se cambia por una alegre luz de mañana de primavera. Yerma se despierta.*

CANTO.— *(Voz dentro.)*
A la nana, nana, nana,
a la nanita le haremos
una chocita en el campo
y en ella nos meteremos.

YERMA.— Juan. ¿Me oyes? Juan.
JUAN.— Voy.
YERMA.— Ya es la hora.
JUAN.— ¿Pasaron las yuntas?
YERMA.— Ya pasaron.

JUAN.— Hasta luego. *(Va a salir.)*

YERMA.— ¿No tomas un vaso de leche?

JUAN.— ¿Para qué?

YERMA.— Trabajas mucho y no tienes tú cuerpo para resistir los trabajos.

JUAN.— Cuando los hombres se quedan enjutos se ponen fuertes como el acero.

YERMA.— Pero tú no. Cuando nos casamos eras otro. Ahora tienes la cara blanca como si no te diera en ella el sol. A mí me gustaría que fueras al río y nadaras, y que te subieras al tejado cuando la lluvia cala nuestra vivienda. Veinticuatro meses llevamos casados y tú cada vez más triste, más enjuto, como si crecieras al revés.

JUAN.— ¿Has acabado?

YERMA.— *(Levantándose.)* No lo tomes a mal. Si yo estuviera enferma me gustaría que tú me cuidases. «Mi mujer está enferma: voy a matar este cordero para hacerle un buen guiso de carne. Mi mujer está enferma: voy a guardar esta enjundia de gallina para aliviar su pecho; voy a llevarle esta piel de oveja para guardar sus pies de la nieve.» Así soy yo. Por eso te cuido.

JUAN.— Y yo te lo agradezco.

YERMA.— Pero no te dejas cuidar.

JUAN.— Es que no tengo nada. Todas esas cosas son suposiciones tuyas. Trabajo mucho. Cada año seré más viejo.

YERMA.— Cada año... Tú y yo seguiremos aquí cada año...

JUAN.— *(Sonriente.)* Naturalmente. Y bien sosegados. Las cosas de la labor van bien, no tenemos hijos que gasten.

YERMA.— No tenemos hijos... ¡Juan!

JUAN.— Dime.

YERMA.— ¿Es que yo no te quiero a ti?

JUAN.— Me quieres.

YERMA.— Yo conozco muchachas que han temblado y que lloraron antes de entrar en la cama con sus maridos. ¿Lloré yo la primera vez que me acosté contigo? ¿No cantaba al levantar los embozos de holanda? ¿Y no te dije: «¡Cómo huelen a manzana estas ropas!».

JUAN.— ¡Eso dijiste!

YERMA.— Mi madre lloró porque no sentí separarme de ella. ¡Y era verdad! Nadie se casó con más alegría. Y sin embargo...

JUAN.— Calla.

YERMA.— Y sin embargo...

JUAN.— Calla. Demasiado trabajo tengo yo con oír en todo momento...

YERMA.— No. No me repitas lo que dicen. Yo veo por mis ojos que eso no puede ser... A fuerza de caer la lluvia sobre las piedras éstas se ablandan y hacen crecer jaramagos, que las gentes dicen que no sirven para nada. Los jaramagos no sirven para nada, pero yo bien los veo mover sus flores amarillas en el aire.

JUAN.— ¡Hay que esperar!

YERMA.— ¡Sí, queriendo! (Yerma *abraza y besa al marido tomando ella la iniciativa.*)

JUAN.— Si necesitas algo me lo dices y lo traeré. Ya sabes que no me gusta que salgas.

YERMA.— Nunca salgo.

JUAN.— Estás mejor aquí.

YERMA.— Sí.

JUAN.— La calle es para la gente desocupada.

YERMA.— *(Sombría.)* Claro.

(El marido sale y *Yerma* se dirige a la costura, se pasa la mano por el vientre, alza los brazos en un hermoso bostezo y se sienta a coser.)*

¿De dónde vienes, amor, mi niño?
«De la cresta del duro frío.»

(Enhebra la aguja.)

¿Qué necesitas, amor, mi niño?
«La tibia tela de tu vestido.»

L
E
403

¡Que se agiten los ramos al sol
y salten las fuentes alrededor!

(Como si hablara con un niño.)

En el patio ladra el perro,
en los árboles canta el viento.
Los bueyes mugen al boyero
y la luna me riza los cabellos.
¿Qué pides, niño, desde tan lejos?

(Pausa.)

«Los blancos montes que hay en tu pecho.»

¡Que se agiten los ramos al sol
y salten las fuentes alrededor!

(Cosiendo.)

Te diré, niño mío, que sí.
Tronchada y rota soy para ti.
¡Cómo me duele esta cintura
donde tendrás primera cuna!
¿Cuándo, mi niño, vas a venir? *(Pausa.)*

«Cuando tu carne huela a jazmín.»

¡Que se agiten los ramos al sol
y salten las fuentes alrededor!

*(Yerma queda cantando. Por la puerta entra Ma-
ría, que viene con un lío de ropa.)*

¿De dónde vienes?
MARÍA.— De la tienda.
YERMA.— ¿De la tienda tan temprano?

MARÍA.— Por mi gusto hubiera esperado en la puerta a que abrieran. ¿Y a que no sabes lo que he comprado?

YERMA.— Habrás comprado café para el desayuno, azúcar, los panes.

MARÍA.— No. He comprado encajes, tres varas de hilo, cintas y lana de color para hacer madroños. El dinero lo tenía mi marido y me lo ha dado él mismo.

YERMA.— Te vas a hacer una blusa.

MARÍA.— No; es porque... ¿sabes?

YERMA.— ¿Qué?

MARÍA.— Porque ¡ya ha llegado! *(Queda con la cabeza baja).*

(Yerma se levanta y queda mirándola con admiración.)

YERMA.— ¡A los cinco meses!

MARÍA.— Sí.

YERMA.— ¿Te has dado cuenta de ello?

MARÍA.— Naturalmente.

YERMA.— *(Con curiosidad.)* ¿Y qué sientes?

MARÍA.— No sé. Angustia.

YERMA.— *(Agarrada a ella.)* Angustia. Pero... ¿cuándo llegó? Dime... Tú estabas descuidada...

MARÍA.— Sí, descuidada.

YERMA.— Estarías cantando, ¿verdad? Yo canto. ¿Tú?..., dime.

MARÍA.— No me preguntes. ¿No has tenido nunca un pájaro vivo apretado en la mano?

YERMA.— Sí.

MARÍA.— Pues lo mismo..., pero por dentro de la sangre.

YERMA.— ¡Qué hermosura! *(La mira extraviada.)*

MARÍA.— Estoy aturdida. No sé nada.

YERMA.— ¿De qué?

MARÍA.— De lo que tengo que hacer. Le preguntaré a mi madre.

YERMA.— ¿Para qué? Ya está vieja y habrá olvidado estas cosas. No andes mucho y, cuando respires, respira tan suave como si tuvieras una rosa entre los dientes.

405

MARÍA.— Oye, dicen que más adelante te empuja suavemente con las piernecitas.

YERMA.— Y entonces es cuando se le quiere más, cuando se dice ya ¡mi hijo!

MARÍA.— En medio de todo tengo vergüenza.

YERMA.— ¿Qué ha dicho tu marido?

MARÍA.— Nada.

YERMA.— ¿Te quiere mucho?

MARÍA.— No me lo dice, pero se pone junto a mí y sus ojos tiemblan como dos hojas verdes.

YERMA.— ¿Sabía él que tú...?

MARÍA.— Sí.

YERMA.— ¿Y por qué lo sabía?

MARÍA.— No sé. Pero la noche que nos casamos me lo decía constantemente con su boca puesta en mi mejilla, tanto que a mí me parece que mi niño es un palomo de lumbre que él me deslizó por la oreja.

YERMA.— ¡Dichosa!

MARÍA.— Pero tú estás más enterada de esto que yo.

YERMA.— ¿De qué me sirve?

MARÍA.— ¡Es verdad! ¿Por qué será eso? De todas las novias de tu tiempo tú eres la única...

YERMA.— Es así. Claro que todavía es tiempo. Elena tardó tres años, y otras antiguas del tiempo de mi madre, mucho más, pero dos años y veinte días, como yo, es demasiada espera. Pienso que no es justo que yo me consuma aquí. Muchas veces salgo descalza al patio para pisar la tierra, no sé por qué. Si sigo así, acabaré volviéndome mala.

MARÍA.— Pero ven acá, criatura. Hablas como si fueras una vieja. ¡Qué digo! Nadie puede quejarse de estas cosas. Una hermana de mi madre lo tuvo a los catorce años, ¡y si vieras qué hermosura de niño!

YERMA.— *(Con ansiedad.)* ¿Qué hacía?

MARÍA.— Lloraba como un torito, con la fuerza de mil cigarras cantando a la vez, y nos orinaba y nos tiraba de las trenzas y, cuando tuvo cuatro meses, nos llenaba la cara de arañazos.

YERMA.— *(Riendo.)* Pero esas cosas no duelen.

MARÍA.— Te diré...

YERMA.— ¡Bah! Yo he visto a mi hermana dar de mamar a su niño con el pecho lleno de grietas y le producía un gran dolor, pero era un dolor fresco, bueno, necesario para la salud.

MARÍA.— Dicen que con los hijos se sufre mucho.

YERMA.— Mentira. Eso lo dicen las madres débiles, las quejumbrosas. ¿Para qué los tienen? Tener un hijo no es tener un ramo de rosas. Hemos de sufrir para verlos crecer. Yo pienso que se nos va la mitad de nuestra sangre. Pero esto es bueno, sano, hermoso. Cada mujer tiene sangre para cuatro o cinco hijos, y cuando no los tienen se les vuelve veneno, como me va a pasar a mí.

MARÍA.— No sé lo que tengo.

YERMA.— Siempre oí decir que las primerizas tienen susto.

MARÍA.— *(Tímida.)* Veremos... Como tú coses tan bien...

YERMA.— *(Cogiendo el lío.)* Trae. Te cortaré los trajecitos. ¿Y esto?

MARÍA.— Son los pañales.

YERMA.— Bien. *(Se sienta.)*

MARÍA.— Entonces... Hasta luego.

(Se acerca y Yerma *le coge amorosamente el vientre con las manos.)*

YERMA.— No corras por las piedras de la calle.

MARÍA.— Adiós. *(La besa. Sale.)*

YERMA.— Vuelve pronto. (Yerma *queda en la misma actitud que al principio. Coge las tijeras y empieza a cortar. Sale* Víctor.) Adiós, Víctor.

VÍCTOR.— *(Es profundo y lleva firme gravedad.)* ¿Y Juan?

YERMA.— En el campo.

VÍCTOR.— ¿Qué coses?

YERMA.— Corto unos pañales.

VÍCTOR.— *(Sonriente.)* ¡Vamos!

YERMA.— *(Ríe.)* Los voy a rodear de encajes.

VÍCTOR.— Si es niña le pondrás tu nombre.

YERMA.— *(Temblando.)* ¿Cómo?

VÍCTOR.— Me alegro por ti.

YERMA.— *(Casi ahogada.)* No..., no son para mí. Son para el hijo de María.

VÍCTOR.— Bueno, pues a ver si con el ejemplo te animas. En esta casa hace falta un niño.

YERMA.— *(Con angustia.)* ¡Hace falta!

VÍCTOR.— Pues adelante. Dile a tu marido que piense menos en el trabajo. Quiere juntar dinero y lo juntará, pero ¿a quién lo va a dejar cuando se muera? Yo me voy con las ovejas. Dile a Juan que recoja las dos que me compró y, en cuanto a lo otro..., ¡que ahonde!

(Se va sonriente.)

YERMA.— *(Con pasión.)* Eso; ¡que ahonde!

(Yerma, *que en actitud pensativa se levanta y acude al sitio donde ha estado* Víctor *y respira fuertemente como si respirara aire de montaña, después va al otro lado de la habitación, como buscando algo, y de allí vuelve a sentarse y coge otra vez la costura. Comienza a coser y queda con los ojos fijos en un punto.*)

Te diré, niño mío, que sí.
Tronchada y rota soy para ti.
¡Cómo me duele esta cintura
donde tendrás primera cuna!
¿Cuándo, mi niño, vas a venir?
«¡Cuando tu carne huela a jazmín!»

Telón

CUADRO SEGUNDO

Campo. Sale YERMA. *Trae una cesta.*

Sale la Vieja Primera.

YERMA.— Buenos días.

VIEJA.— Buenos los tenga la hermosa muchacha. ¿Dónde vas?

YERMA.— Vengo de llevar la comida a mi esposo, que trabaja en los olivos.

VIEJA.— ¿Llevas mucho tiempo casada?

YERMA.— Tres años.

VIEJA.— ¿Tienes hijos?

YERMA.— No.

VIEJA.— ¡Bah! ¡Ya tendrás!

YERMA.— *(Con ansia.)* ¿Usted lo cree?

VIEJA.— ¿Por qué no? *(Se sienta.)* También yo vengo de traer la comida a mi esposo. Es viejo. Todavía trabaja. Tengo nueve hijos como nueve soles, pero, como ninguno es hembra, aquí me tienes a mí de un lado para otro.

YERMA.— Usted vive al otro lado del río.

VIEJA.— Sí. En los molinos. ¿De qué familia eres tú?

YERMA.— Yo soy hija de Enrique el pastor.

VIEJA.— ¡Ah! Enrique el pastor. Lo conocí. Buena gente. Levantarse, sudar, comer unos panes y morirse. Ni más juego, ni más nada. Las ferias, para otros. Criaturas de silencio. Pude haberme casado con un tío tuyo. Pero ¡ca! Yo he sido una mujer de faldas en el aire, he ido flechada a la tajada de melón, a la fiesta, a la torta de azúcar. Muchas veces me he asomado de madrugada a la puerta creyendo oír música de bandurrías que iba, que venía, pero era el aire. *(Ríe.)* Te vas a reír de mí. He tenido dos maridos, catorce hijos, seis murieron y, sin embargo, no estoy triste y quisiera vivir mucho más. Es lo que digo yo: las higueras, ¡cuánto duran!, las casas, ¡cuánto duran!; y solo nosotras, las endemoniadas mujeres, nos hacemos polvo por cualquier cosa.

YERMA.— Yo quisiera hacerle una pregunta.

VIEJA.— ¿A ver? *(La mira.)* Ya sé lo que me vas a decir. De estas cosas no se puede decir palabra. *(Se levanta.)*

YERMA.— *(Deteniéndola.)* ¿Por qué no? Me ha dado confianza el oírla hablar. Hace tiempo estoy deseando tener conversación con mujer vieja. Porque yo quiero enterarme. Sí. Usted me dirá...

VIEJA.— ¿Qué?

YERMA.— *(Bajando la voz.)* Lo que usted sabe. ¿Por qué estoy yo seca? ¿Me he de quedar en plena vida para cuidar aves o poner cortinitas planchadas en mi ventanillo? No. Usted me ha de decir lo que tengo que hacer, que yo haré lo que sea, aunque me mande clavarme agujas en el sitio más débil de mis ojos.

VIEJA.— ¿Yo? Yo no sé nada. Yo me he puesto boca arriba y he comenzado a cantar. Los hijos llegan como el agua. ¡Ay! ¿Quién puede decir que este cuerpo que tienes no es hermoso? Pisas y al fondo de la calle relincha el caballo. ¡Ay! Déjame, muchacha, no me hagas hablar. Pienso muchas ideas que no quiero decir.

YERMA.— ¿Por qué? Con mi marido no hablo de otra cosa.

VIEJA.— Oye. ¿A ti te gusta tu marido?

YERMA.— ¿Cómo?

VIEJA.— ¿Que si lo quieres? ¿Si deseas estar con él?...

YERMA.— No sé.

VIEJA.— ¿No tiemblas cuando se acerca a ti? ¿No te da así como un sueño cuando acerca sus labios? Dime.

YERMA.— No. No lo he sentido nunca.

VIEJA.— ¿Nunca? ¿Ni cuando has bailado?

YERMA.— *(Recordando.)* Quizá... Una vez... Víctor...

VIEJA.— Sigue.

YERMA.— Me cogió de la cintura y no pude decirle nada porque no podía hablar. Otra vez, el mismo Víctor, teniendo yo catorce años (él era un zagalón), me cogió en sus brazos para saltar una acequia y me entró un temblor que me sonaron los dientes. Pero es que yo he sido vergonzosa.

VIEJA.— ¿Y con tu marido?...

YERMA.— Mi marido es otra cosa. Me lo dio mi padre y yo lo acepté. Con alegría. Esta es la pura verdad. Pues el primer día que me puse novia con él ya pensé... en los hijos. Y me miraba en sus ojos. Sí, pero era para verme muy chica, muy manejable, como si yo misma fuera hija mía.

VIEJA.— Todo lo contrario que yo. Quizá por eso no hayas parido a tiempo. Los hombres tienen que gustar, muchacha. Han de deshacernos las trenzas y darnos de beber agua con su misma boca. Así corre el mundo.

YERMA.— El tuyo; que el mío, no. Yo pienso muchas cosas, muchas, y estoy segura que las cosas que pienso las ha de realizar mi hijo. Yo me entregué a mi marido por él, y me sigo entregando para ver si llega, pero nunca por divertirme.

VIEJA.— ¡Y resulta que estás vacía!

YERMA.— No, vacía no, porque me estoy llenando de odio. Dime, ¿tengo yo la culpa? ¿Es preciso buscar en el hombre al hombre nada más? Entonces, ¿qué vas a pensar cuando te deja en la cama con los ojos tristes mirando al techo y da media vuelta y se duerme? ¿He de quedarme pensando en él o en lo que puede salir relumbrando de mi pecho? Yo no sé, ¡pero dímelo tú, por caridad! *(Se arrodilla.)*

VIEJA.— ¡Ay, qué flor abierta! ¡Qué criatura tan hermosa eres! Déjame. No me hagas hablar más. No quiero hablarte más. Son asuntos de honra y yo no quemo la honra de nadie. Tú sabrás. De todos modos, debías ser menos inocente.

YERMA.— *(Triste.)* Las muchachas que se crían en el campo, como yo, tienen cerradas todas las puertas. Todo se vuelve medias palabras, gestos, porque todas estas cosas dicen que no se pueden saber. Y tú también, tú también te callas y te vas con aire de doctora, sabiéndolo todo, pero negándolo a la que se muere de sed.

VIEJA.— A otra mujer serena yo le hablaría. A ti, no. Soy vieja y sé lo que digo.

YERMA.— Entonces, que Dios me ampare.

VIEJA.— Dios, no. A mí no me ha gustado nunca Dios. ¿Cuándo os vais a dar cuenta de que no existe? Son los hombres los que te tienen que amparar.

YERMA.— Pero ¿por qué me dices eso?, ¿por qué?

VIEJA.— *(Yéndose.)* Aunque debía haber Dios, aunque fuera pequeñito, para que mandara rayos contra los hombres de simiente podrida que encharcan la alegría de los campos.

YERMA.— No sé lo que me quieres decir.

VIEJA.— *(Sigue.)* Bueno, yo me entiendo. No pases tristeza. Espera en firme. Eres muy joven todavía. ¿Qué quieres que haga yo? *(Se va.)*

(Aparecen dos Muchachas.)

MUCHACHA 1.ª— Por todas partes nos vamos encontrando gente.

YERMA.— Con las faenas los hombres están en los olivos, hay que traerles de comer. No quedan en las casas más que los ancianos.

MUCHACHA 2.ª— ¿Tú regresas al pueblo?

YERMA.— Hacia allá voy.

MUCHACHA 1.ª— Yo llevo mucha prisa. Me dejé al niño dormido y no hay nadie en casa.

YERMA.— Pues aligera, mujer. Los niños no se pueden dejar solos. ¿Hay cerdos en tu casa?

MUCHACHA 1.ª— No. Pero tienes razón. Voy deprisa.

YERMA.— Anda. Así pasan las cosas. Seguramente lo has dejado encerrado.

MUCHACHA 1.ª— Es natural.

YERMA.— Sí, pero es que no os dais cuenta de lo que es un niño pequeño. La causa que nos parece más inofensiva puede acabar con él. Una agujita, un sorbo de agua.

MUCHACHA 1.ª— Tienes razón. Voy corriendo. Es que no me doy bien cuenta de las cosas.

YERMA.— Anda.

MUCHACHA 2.ª— Si tuvieras cuatro o cinco, no hablarías así.

YERMA.— ¿Por qué? Aunque tuviera cuarenta.

MUCHACHA 2.ª— De todos modos, tú y yo, con no tenerlos, vivimos más tranquilas.

YERMA.— Yo, no.

MUCHACHA 2.ª— Yo, sí. ¡Qué afán! En cambio mi madre no hace más que darme yerbajos para que los tenga y en octubre iremos al Santo, que dicen los da a la que lo pide con ansia. Mi madre pedirá. Yo, no.

YERMA.— ¿Por qué te has casado?

MUCHACHA 2.ª— Porque me han casado. Se casan todas. Si seguimos así, no va a haber solteras más que las niñas. Bueno, y además..., una se casa en realidad mucho antes de ir a la iglesia. Pero las viejas se empeñan en todas estas cosas. Yo tengo diecinueve años y no me gusta guisar, ni lavar. Bueno, pues todo el día he de estar haciendo lo que no me gusta. ¿Y para qué? ¿Qué necesidad tiene mi marido de ser mi marido? Porque lo mismo hacíamos de novios que ahora. Tonterías de los viejos.

YERMA.— Calla, no digas esas cosas.

MUCHACHA 2.ª— También tú me dirás loca. «¡La loca, la loca!» *(Ríe.)* Yo te puedo decir lo único que he aprendido en la vida: toda la gente está metida dentro de sus casas haciendo lo que no les gusta. Cuánto mejor se está en medio de la calle. Ya voy al arroyo, ya subo a tocar las campanas, ya me tomo un refresco de anís.

YERMA.— Eres una niña.

MUCHACHA 2.ª— Claro, pero no estoy loca. *(Ríe.)*

YERMA.— ¿Tu madre vive en la parte más alta del pueblo?

MUCHACHA 2.ª— Sí.

YERMA.— ¿En la última casa?

MUCHACHA 2.ª— Sí.

YERMA.— ¿Cómo se llama?

MUCHACHA 2.ª— Dolores. ¿Por qué preguntas?

YERMA.— Por nada.

MUCHACHA 2.ª— Por algo preguntarás.

YERMA.— No sé... Es un decir...

MUCHACHA 2.ª— Allá tú... Mira, me voy a dar la comida a mi marido. *(Ríe.)* Es lo que hay que ver. ¡Qué lástima no poder decir mi novio! ¿Verdad? *(Se va riendo alegremente.)* ¡Adiós!

VOZ DE VÍCTOR.— *(Cantando.)*

> ¿Por qué duermes solo, pastor?
> ¿Por qué duermes solo, pastor?
> En mi colcha de lana
> dormirías mejor.
> ¿Por qué duermes solo, pastor?

YERMA.— *(Escuchando.)*

> ¿Por qué duermes solo, pastor?
> En mi colcha de lana
> dormirías mejor.
> Tu colcha de oscura piedra,
> pastor,
> y tu camisa de escarcha,
> pastor,
> juncos grises del invierno
> en la noche de tu cama.
> Los robles ponen agujas,
> pastor,
> debajo de tu almohada,
> pastor,
> y si oyes voz de mujer
> es la rota voz del agua.
> Pastor, pastor.
> ¿Qué quiere el monte de ti,
> pastor?

Monte de hierbas amargas,
¿qué niño te está matando?
¡La espina de la retama!

(Va a salir y se tropieza con Víctor, *que entra.)*

Víctor.— *(Alegre.)* ¿Dónde va lo hermoso?
Yerma.— ¿Cantabas tú?
Víctor.— Yo.
Yerma.— ¡Qué bien! Nunca te había sentido.
Víctor.— ¿No?
Yerma.— Y qué voz tan pujante. Parece un chorro de agua que te llena toda la boca.
Víctor.— Soy alegre.
Yerma.— Es verdad.
Víctor.— Como tú triste.
Yerma.— No soy triste. Es que tengo motivos para estarlo.
Víctor.— Y tu marido más triste que tú.
Yerma.— Él sí. Tiene un carácter seco.
Víctor.— Siempre fue igual. *(Pausa.* Yerma *está sentada.)* ¿Viniste a traer la comida?
Yerma.— Sí. *(Lo mira. Pausa.)* ¿Qué tienes aquí? *(Señala la cara.)*
Víctor.— ¿Dónde?
Yerma.— *(Se levanta y se acerca a* Víctor.*)* Aquí..., en la mejilla; como una quemadura.
Víctor.— No es nada.
Yerma.— Me había parecido.
(Pausa.)
Víctor.— Debe ser el sol...
Yerma.— Quizá...

(Pausa. El silencio se acentúa y sin el menor gesto comienza una lucha entre los dos personajes.)

Yerma.— *(Temblando.)* ¿Oyes?

Víctor.— ¿Qué?

Yerma.— ¿No sientes llorar?

Víctor.— *(Escuchando.)* No.

Yerma.— Me había parecido que lloraba un niño.

Víctor.— ¿Sí?

Yerma.— Muy cerca. Y lloraba como ahogado.

Víctor.— Por aquí hay siempre muchos niños que vienen a robar fruta.

Yerma.— No. Es la voz de un niño pequeño.

(Pausa.)

Víctor.— No oigo nada.

Yerma.— Serán ilusiones mías.

(Lo mira fijamente y Víctor *la mira también y desvía la mirada lentamente, como con miedo.)*

(Sale Juan.*)*

Juan.— ¿Qué haces todavía aquí?

Yerma.— Hablaba.

Víctor.— Salud. *(Sale.)*

Juan.— Debías estar en casa.

Yerma.— Me entretuve.

Juan.— No comprendo en qué te has entretenido.

Yerma.— Oí cantar los pájaros.

Juan.— Está bien. Así darás que hablar a las gentes.

Yerma.— *(Fuerte.)* Juan, ¿qué piensas?

Juan.— No lo digo por ti, lo digo por las gentes.

Yerma.— ¡Puñalada que le den a las gentes!

Juan.— No maldigas. Está feo en una mujer.

Yerma.— Ojalá fuera yo una mujer.

Juan.— Vamos a dejarnos de conversación. Vete a la casa.
   (Pausa.)

YERMA.— Está bien. ¿Te espero?

JUAN.— No. Estaré toda la noche regando. Viene poca agua, es mía hasta la salida del sol y tengo que defenderla de los ladrones. Te acuestas y te duermes.

YERMA.— (*Dramática.*) ¡Me dormiré!

(Sale.)

Telón

Acto segundo

CUADRO PRIMERO

Torrente donde lavan las mujeres del pueblo. Las Lavanderas *están situadas en varios planos.*

(Canto a telón corrido.)

> En el arroyo claro
> lavo tu cinta.
> Como un jazmín caliente
> tienes la risa.

LAVANDERA 1.ª— A mí no me gusta hablar.
LAVANDERA 3.ª— Pero aquí se habla.
LAVANDERA 4.ª— Y no hay mal en ello.
LAVANDERA 5.ª— La que quiera honra, que la gane.
LAVANDERA 4.ª—   Yo planté un tomillo,
>   yo lo vi crecer.
>   El que quiera honra,
>   que se porte bien.

(Ríen.)

LAVANDERA 5.ª— Así se habla.

LAVANDERA 1.ª— Pero es que nunca se sabe nada.

LAVANDERA 4.ª— Lo cierto es que el marido se ha llevado a vivir con ellos a sus dos hermanas.

LAVANDERA 5.ª— ¿Las solteras?

LAVANDERA 4.ª— Sí. Estaban encargadas de cuidar la iglesia y ahora cuidarán de su cuñada. Yo no podría vivir con ellas.

LAVANDERA 1.ª— ¿Por qué?

LAVANDERA 4.ª— Porque dan miedo. Son como esas hojas grandes que nacen de pronto sobre los sepulcros. Están untadas con cera. Son metidas hacia dentro. Se me figura que guisan su comida con el aceite de las lámparas.

LAVANDERA 3.ª— ¿Y están ya en la casa?

LAVANDERA 4.ª— Desde ayer. El marido sale otra vez a sus tierras.

LAVANDERA 1.ª— ¿Pero se puede saber lo que ha ocurrido?

LAVANDERA 5.ª— Anteanoche ella la pasó sentada en el tranco, a pesar del frío.

LAVANDERA 1.ª— Pero, ¿por qué?

LAVANDERA 4.ª— Le cuesta trabajo estar en su casa.

LAVANDERA 5.ª— Estas machorras son así. Cuando podían estar haciendo encajes o confituras de manzanas, les gusta subirse al tejado y andar descalzas por esos ríos.

LAVANDERA 1.ª— ¿Quién eres tú para decir estas cosas? Ella no tiene hijos, pero no es por culpa suya.

LAVANDERA 4.ª— Tiene hijos la que quiere tenerlos. Es que las regalonas, las flojas, las endulzadas, no son a propósito para llevar el vientre arrugado.

(Ríen.)

LAVANDERA 3.ª— Y se echan polvos de blancura y colorete y se prenden ramos de adelfa en busca de otro que no es su marido.

LAVANDERA 5.ª— ¡No hay otra verdad!

LAVANDERA 1.ª— Pero ¿vosotras la habéis visto con otro?
LAVANDERA 4.ª— Nosotras no, pero las gentes sí.
LAVANDERA 1.ª— ¡Siempre las gentes!
LAVANDERA 5.ª—Dicen que en dos ocasiones.
LAVANDERA 2.ª— ¿Y qué hacían?
LAVANDERA 4.ª— Hablaban.
LAVANDERA 1.ª— Hablar no es pecado.
LAVANDERA 4.ª— Hay una cosa en el mundo que es la mirada. Mi madre lo decía. No es lo mismo una mujer mirando a unas rosas que una mujer mirando a los muslos de un hombre. Ella lo mira.
LAVANDERA 1.ª— ¿Pero a quién?
LAVANDERA 4.ª— A uno. ¿Lo oyes? Entérate tú. ¿Quieres que lo diga más alto? *(Risas.)* Y cuando no lo mira, porque está sola, porque no lo tiene delante, lo lleva retratado en los ojos.
LAVANDERA 1.ª— ¡Eso es mentira!

(Algazara.)

LAVANDERA 5.ª— ¿Y el marido?
LAVANDERA 3.ª— El marido está como sordo. Parado como un lagarto puesto al sol.

(Ríen.)

LAVANDERA 1.ª— Todo esto se arreglaría si tuvieran criaturas.
LAVANDERA 2.ª— Todo esto son cuestiones de gente que no tiene conformidad con su sino.
LAVANDERA 4.ª— Cada hora que transcurre aumenta el infierno en aquella casa. Ella y las cuñadas, sin despegar los labios, blanquean todo el día las paredes, friegan los cobres, limpian con vaho los cristales, dan aceite a la solería. Pues, cuando más relumbra la vivienda, más arde por dentro.
LAVANDERA 1.ª— Él tiene la culpa, él. Cuando un padre no da hijos debe cuidar de su mujer.

LAVANDERA 4.ª— La culpa es de ella, que tiene por lengua un pedernal.

LAVANDERA 1.ª— ¿Qué demonio se te ha metido entre los cabellos para que hables así?

LAVANDERA 4.ª— ¿Y quién ha dado licencia a tu boca para que me des consejos?

LAVANDERA 5.ª— ¡Callar!

(Risas.)

LAVANDERA 1.ª— Con una aguja de hacer calceta ensartaría yo las lenguas murmuradoras.

LAVANDERA 5.ª— ¡Calla!

LAVANDERA 4.ª— Y yo la tapa del pecho de las fingidas.

LAVANDERA 5.ª— Silencio. ¿No veis que por ahí vienen las cuñadas?

(Murmullos. Entran las dos Cuñadas de Yerma. Van vestidas de luto. Se ponen a lavar en medio de un silencio. Se oyen esquilas.)

LAVANDERA 1.ª— ¿Se van ya los zagales?

LAVANDERA 3.ª— Sí, ahora salen todos los rebaños.

LAVANDERA 4.ª— *(Aspirando.)* Me gusta el olor de las ovejas.

LAVANDERA 3.ª— ¿Sí?

LAVANDERA 4.ª— ¿Y por qué no? Olor de lo que una tiene. Como me gusta el olor del fango rojo que trae el río por el invierno.

LAVANDERA 3.ª— Caprichos.

LAVANDERA 5.ª— *(Mirando.)* Van juntos todos los rebaños.

LAVANDERA 4.ª— Es una inundación de lana. Arramblan con todo. Si los trigos verdes tuvieran cabeza, temblarían de verlos venir.

LAVANDERA 3.ª— ¡Mira cómo corren! ¡Qué manada de enemigos!

LAVANDERA 1.ª— Ya salieron todos, no falta uno.

LAVANDERA 4.ª— A ver... No... Sí, sí falta uno.

LAVANDERA 5.ª— ¿Cuál?...
LAVANDERA 4.ª— El de Víctor.

(Las dos Cuñadas *se yerguen y miran.)*

(Cantando entre dientes.)

En el arroyo frío
lavo tu cinta.
Como un jazmín caliente
tienes la risa.
Quiero vivir
en la nevada chica
de ese jazmín.

LAVANDERA 1.ª—

¡Ay de la casada seca!
¡Ay de la que tiene los pechos de arena!

LAVANDERA 5.ª—

Dime si tu marido
guarda semilla
para que el agua cante
por tu camisa.

LAVANDERA 4.ª—

Es tu camisa
nave de plata y viento
por las orillas.

LAVANDERA 1.ª—

Las ropas de mi niño
vengo a lavar,
para que tome el agua
lecciones de cristal.

LAVANDERA 2.ª—

Por el monte ya llega
mi marido a comer.
Él me trae una rosa
y yo le doy tres.

LAVANDERA 5.ª—
　　　　Por el llano ya vino
　　　　mi marido a cenar.
　　　　Las brasas que me entrega
　　　　cubro con arrayán.
LAVANDERA 4.ª—
　　　　Por el aire ya viene
　　　　mi marido a dormir.
　　　　Yo alhelíes rojos
　　　　y él rojo alhelí.
LAVANDERA 1.ª—
　　　　Hay que juntar flor con flor
　　　　cuando el verano seca la sangre al segador.
LAVANDERA 4.ª—
　　　　Y abrir el vientre a pájaros sin sueño
　　　　cuando a la puerta llama tembloroso el invierno.
LAVANDERA 1.ª—
　　　　Hay que gemir en la sábana.
LAVANDERA 4.ª—
　　　　¡Y hay que cantar!
LAVANDERA 5.ª—
　　　　Cuando el hombre nos trae
　　　　la corona y el pan.
LAVANDERA 4.ª—
　　　　Porque los brazos se enlazan.
LAVANDERA 2.ª—
　　　　Porque la luz se nos quiebra en la garganta.
LAVANDERA 4.ª—
　　　　Porque se endulza el tallo de las ramas.
LAVANDERA 1.ª—
　　　　Y las tiendas del viento cubren a las montañas.
LAVANDERA 6.ª—*(Apareciendo en lo alto del torrente.)*
　　　　Para que un niño funda
　　　　yertos vidrios del alba.

LAVANDERA 1.ª—
Y nuestro cuerpo tiene
ramas furiosas de coral.

LAVANDERA 6.ª—
Para que haya remeros
en las aguas del mar.

LAVANDERA 1.ª—
Un niño pequeño, un niño.

LAVANDERA 2.ª—
Y las palomas abren las alas y el pico.

LAVANDERA 3.ª—
Un niño que gime, un hijo.

LAVANDERA 4.ª—
Y los hombres avanzan
como ciervos heridos.

LAVANDERA 5.ª—
¡Alegría, alegría, alegría
del vientre redondo bajo la camisa!

LAVANDERA 2.ª—
¡Alegría, alegría, alegría,
ombligo, cáliz tierno de maravilla!

LAVANDERA 1.ª—
Pero, ¡ay de la casada seca!
¡Ay de la que tiene los pechos de arena!

LAVANDERA 3.ª—
¡Que relumbre!

LAVANDERA 2.ª—
¡Que corra!

LAVANDERA 5.ª—
¡Que vuelva a relumbrar!

LAVANDERA 1.ª—
¡Que cante!

LAVANDERA 2.ª—
¡Que se esconda!

LAVANDERA 1.ª—
Y que vuelva a cantar.

LAVANDERA 6.ª—
   La aurora que mi niño
   lleva en el delantal.

LAVANDERA 4.ª—*(Cantan todas a coro.)*

   En el arroyo frío
   lavo tu cinta.
   Como un jazmín caliente
   tienes la risa.
   ¡Ja, ja, ja!

                    (Mueven los paños con ritmo y los golpean.)

                    Telón

                    CUADRO SEGUNDO

Casa de Yerma. *Atardece.* Juan *está sentado.*

Las dos Hermanas *de pie.*

JUAN.— ¿Dices que salió hace poco? *(La* Hermana Mayor *contesta con la cabeza.)* Debe estar en la fuente. Pero ya sabéis que no me gusta que salga sola. *(Pausa.)* Puedes poner la mesa. *(Mutis de la* Hermana Menor.) Bien ganado tengo el pan que como. *(A su* Hermana.) Ayer pasé un día duro. Estuve podando los manzanos y a la caída de la tarde me puse a pensar para qué pondría yo tanta ilusión en la faena si no puedo llevarme una manzana a la boca. Estoy harto. *(Se pasa las manos por la cara. Pausa.)* Esa no viene... Una de vosotras debía salir con ella, porque para eso estáis aquí comiendo en mi mantel y bebiendo mi vino. Mi vida está en el campo, pero mi honra está aquí. Y mi honra es también vuestra. *(La Hermana inclina la cabeza.)* No lo tomes a mal. *(Entra Yerma con dos cántaros. Queda parada en la puerta.)* ¿Vienes de la fuente?

YERMA.— Para tener agua fresca en la comida. *(Mutis de la otra Hermana.)* ¿Cómo están las tierras?

JUAN.— Ayer estuve podando los árboles.

(YERMA *deja los cántaros. Pausa.*)

YERMA.— ¿Te quedarás?

JUAN.— He de cuidar el ganado. Tú sabes que esto es cosa del dueño.

YERMA.— Lo sé muy bien. No lo repitas.

JUAN.— Cada hombre tiene su vida.

YERMA.— Y cada mujer la suya. No te pido yo que te quedes. Aquí tengo todo lo que necesito. Tus hermanas me guardan bien. Pan tierno y requesón y cordero asado como yo aquí, y pasto lleno de rocío tus ganados en el monte. Creo que puedes vivir en paz.

JUAN.— Para vivir en paz se necesita estar tranquilo.

YERMA.— Y tú no estás.

JUAN.— No estoy.

YERMA.— Desvía la intención.

JUAN.— ¿Es que no conoces mi modo de ser? Las ovejas en el redil y las mujeres en su casa. Tú sales demasiado. ¿No me has oído decir esto siempre?

YERMA.— Justo. Las mujeres dentro de sus casas. Cuando las casas no son tumbas. Cuando las sillas se rompen y las sábanas de hilo se gastan con el uso. Pero aquí, no. Cada noche, cuando me acuesto, encuentro mi cama más nueva, más reluciente, como si estuviera recién traída de la ciudad.

JUAN.— Tú misma reconoces que llevo razón al quejarme. ¡Que tengo motivos para estar alerta!

YERMA.— Alerta ¿de qué? En nada te ofendo. Vivo sumisa a ti y lo que sufro lo guardo pegado a mis carnes. Y cada día que pase será peor. Vamos a callarnos. Yo sabré llevar mi cruz como mejor pueda, pero no me preguntes nada. Si pudiera de pronto volverme vieja y tuviera la boca como una flor machacada, te podría sonreír y conllevar la vida contigo. Ahora, ahora, déjame con mis clavos.

JUAN.— Hablas de una manera que yo no te entiendo. No te privo de nada. Mando a los pueblos vecinos por las cosas que te gustan. Yo tengo mis defectos, pero quiero tener paz y sosiego contigo. Quiero dormir fuera y pensar que tú duermes también.

YERMA.— Pero yo no duermo, yo no puedo dormir.

JUAN.— ¿Es que te falta algo? Dime. *(Pausa.)* ¡Contesta!

YERMA.— *(Con intención y mirando fijamente al marido.)* Sí, me falta.

(Pausa.)

JUAN.— Siempre lo mismo. Hace ya más de cinco años. Yo casi lo estoy olvidando.

YERMA.— Pero yo no soy tú. Los hombres tienen otra vida: los ganados, los árboles, las conversaciones; y las mujeres no tenemos más que esta de la cría y el cuido de la cría.

JUAN.— Todo el mundo no es igual. ¿Por qué no te traes un hijo de tu hermano? Yo no me opongo.

YERMA.— No quiero cuidar hijos de otras. Me figuro que se me van a helar los brazos de tenerlos.

JUAN.— Con este achaque vives alocada, sin pensar en lo que debías, y te empeñas en meter la cabeza por una roca.

YERMA.— Roca que es una infamia que sea roca, porque debía ser un canasto de flores y agua dulce.

JUAN.— Estando a tu lado no se siente más que inquietud, desasosiego. En último caso debes resignarte.

YERMA.— Yo he venido a estas cuatro paredes para no resignarme. Cuando tenga la cabeza atada con un pañuelo para que no se me abra la boca, y las manos bien amarradas dentro del ataúd, en esa hora me habré resignado.

JUAN.— Entonces, ¿qué quieres hacer?

YERMA.— Quiero beber agua y no hay vaso ni agua; quiero subir al monte y no tengo pies; quiero bordar mis enaguas y no encuentro los hilos.

JUAN.— Lo que pasa es que no eres una mujer verdadera y buscas la ruina de un hombre sin voluntad.

YERMA.— Yo no sé quién soy. Déjame andar y desahogarme. En nada te he faltado.

JUAN.— No me gusta que la gente me señale. Por eso quiero ver cerrada esa puerta y cada persona en su casa.

L
E
428

(Sale la Hermana 1.ª *lentamente y se acerca a una alacena.)*

YERMA.— Hablar con la gente no es pecado.

JUAN.— Pero puede parecerlo. *(Sale la otra* Hermana *y se dirige a los cántaros, en los cuales llena una jarra.) (Bajando la voz.)* Yo no tengo fuerza para estas cosas. Cuando te den conversación, cierras la boca y piensas que eres una mujer casada.

YERMA.— *(Con asombro.)* ¡Casada!

JUAN.— Y que las familias tienen honra y la honra es una carga que se lleva entre todos. *(Mutis de la* Hermana *con la jarra lentamente.)* Pero que está oscura y débil en los mismos caños de la sangre. *(Mutis de la otra* Hermana *con una fuente, de modo casi procesional.) (Pausa.)* Perdóname. (Yerma *mira a su marido; este levanta la cabeza y se tropieza con la mirada.)* Aunque me miras de un modo que no debía decirte «perdóname», sino obligarte, encerrarte, porque para eso soy el marido.

(Aparecen las dos Hermanas *en la puerta.)*

YERMA.— Te ruego que no hables. Deja quieta la cuestión.

(Pausa.)

JUAN.— Vamos a comer. *(Entran las* Hermanas. *Pausa.)* ¿Me has oído?

YERMA.— *(Dulce.)* Come tú con tus hermanas. Yo no tengo hambre todavía.

JUAN.— Lo que quieras. *(Entra)*

YERMA.— *(Como soñando.)*

¡Ay, qué prado de pena!
¡Ay, qué puerta cerrada a la hermosura,
que pido un hijo que sufrir y el aire
me ofrece dalias de dormida luna!
Estos dos manantiales que yo tengo
de leche tibia, son en la espesura
de mi carne dos pulsos de caballo
que hacen latir la rama de mi angustia.
¡Ay, pechos ciegos bajo mi vestido!
¡Ay, palomas sin ojos ni blancura!
¡Ay, qué dolor de sangre prisionera
me está clavando avispas en la nuca!
Pero tú has de venir, amor, mi niño,
porque el agua da sal, la tierra fruta,
y nuestro vientre guarda tiernos hijos
como la nube lleva dulce lluvia.

(Mira hacia la puerta.)

¡María! ¿Por qué pasas tan deprisa por mi puerta?

MARÍA.— *(Entra con un niño en brazos.)* Cuando voy con el niño, lo hago... ¡Como siempre lloras!...

YERMA.— Tienes razón. *(Coge al niño y se sienta.)*

MARÍA.— Me da tristeza que tengas envidia. *(Se sienta.)*

YERMA.— No es envidia lo que tengo; es pobreza.

MARÍA.— No te quejes.

YERMA.— ¡Cómo no me voy a quejar cuando te veo a ti y a las otras mujeres llenas por dentro de flores, y viéndome yo inútil en medio de tanta hermosura!

MARÍA.— Pero tienes otras cosas. Si me oyeras, podrías ser feliz.

YERMA.— La mujer del campo que no da hijos es inútil como un manojo de espinos, ¡y hasta mala!, a pesar de que yo sea de este desecho dejado de la mano de Dios. *(María hace un gesto como para tomar al niño.)* Tómalo; contigo está más a gusto. Yo no debo tener manos de madre.

MARÍA.— ¿Por qué me dices eso?

YERMA.— *(Se levanta.)* Porque estoy harta, porque estoy harta de tenerlas y no poderlas usar en cosa propia. Que estoy ofendida, ofendida y rebajada hasta lo último, viendo que los trigos apuntan, que las fuentes no cesan de dar agua, y que paren las ovejas cientos de corderos, y las perras, y que parece que todo el campo puesto de pie me enseña sus crías tiernas, adormiladas, mientras yo siento dos golpes de martillo aquí, en lugar de la boca de mi niño.

MARÍA.— No me gusta lo que dices.

YERMA.— Las mujeres, cuando tenéis hijos, no podéis pensar en las que no los tenemos. Os quedáis frescas, ignorantes, como el que nada en agua dulce no tiene idea de la sed.

MARÍA.— No te quiero decir lo que te digo siempre.

YERMA.— Cada vez tengo más deseos y menos esperanzas.

MARÍA.— Mala cosa.

YERMA.— Acabaré creyendo que yo misma soy mi hijo. Muchas noches bajo yo a echar la comida a los bueyes, que antes no lo hacía porque ninguna mujer lo hace, y cuando paso por lo oscuro del cobertizo mis pasos me suenan a pasos de hombre.

MARÍA.— Cada criatura tiene su razón.

YERMA.— A pesar de todo, sigue queriéndome. ¡Ya ves cómo vivo!

MARÍA.— ¿Y tus cuñadas?

YERMA.— Muerta me vea y sin mortaja, si alguna vez les dirijo la conversación.

MARÍA.— ¿Y tu marido?

YERMA.— Son tres contra mí.

MARÍA.— ¿Qué piensan?

YERMA.— Figuraciones. De gente que no tiene la conciencia tranquila. Creen que me puede gustar otro hombre y no saben que, aunque me gustara, lo primero de mi casta es la honradez. Son piedras delante de mí. Pero ellos no saben que yo, si quiero, puedo ser agua de arroyo que las lleve.

(Una Hermana *entra y sale llevando un pan.)*

MARÍA.— De todas maneras, creo que tu marido te sigue queriendo.

YERMA.— Mi marido me da pan y casa.

MARÍA.— ¡Qué trabajos estás pasando, qué trabajos, pero acuérdate de las llagas de Nuestro Señor! *(Están en la puerta.)*

YERMA.— *(Mirando al niño.)* Ya ha despertado.

MARÍA.— Dentro de poco empezará a cantar.

YERMA.— Los mismos ojos que tú, ¿lo sabías? ¿Los has visto? *(Llorando.)* ¡Tiene los mismos ojos que tú! (Yerma *empuja suavemente a* María *y esta sale silenciosa.* Yerma *se dirige a la puerta por donde entró su marido.)*

MUCHACHA 2.ª— ¡Chisss!

YERMA.— *(Volviéndose.)* ¿Qué?

MUCHACHA 2.ª— Esperé a que saliera. Mi madre te está aguardando.

YERMA.— ¿Está sola?

MUCHACHA 2.ª— Con dos vecinas.

YERMA.— Dile que esperen un poco.

MUCHACHA 2.ª— ¿Pero vas a ir? ¿No te da miedo?

YERMA.— Voy a ir.

MUCHACHA 2.ª— ¡Allá tú!

YERMA.— ¡Que me esperen aunque sea tarde!

(Entra Víctor.)

VÍCTOR.— ¿Está Juan?

YERMA.— Sí.

MUCHACHA 2.ª— *(Cómplice.)* Entonces, luego yo traeré la blusa.

YERMA.— Cuando quieras. *(Sale la Muchacha.)* Siéntate.

VÍCTOR.— Estoy bien así.

YERMA.— *(Llamándolo.)* ¡Juan!

VÍCTOR.— Vengo a despedirme.

YERMA.— *(Se estremece ligeramente, pero vuelve a su serenidad.)* ¿Te vas con tus hermanos?

VÍCTOR.— Así lo quiere mi padre.

YERMA.— Ya debe estar viejo.

VÍCTOR.— Sí, muy viejo.

(Pausa.)

YERMA.— Haces bien en cambiar de campos.

VÍCTOR.— Todos los campos son iguales.

YERMA.— No. Yo me iría muy lejos.

VÍCTOR.— Es todo lo mismo. Las mismas ovejas tienen la misma lana.

YERMA.— Para los hombres, sí, pero las mujeres somos otra cosa. Nunca oí decir a un hombre comiendo: «¡Qué buenas son estas manzanas!». Vais a lo vuestro sin reparar en las delicadezas. De mí sé decir que he aborrecido el agua de estos pozos.

VÍCTOR.— Puede ser.

(La escena está en una suave penumbra. Pausa.)

YERMA.— Víctor.

VÍCTOR.— Dime.

YERMA.— ¿Por qué te vas? Aquí las gentes te quieren.

VÍCTOR.— Yo me porté bien.

(Pausa.)

YERMA.— Te portaste bien. Siendo zagalón me llevaste una vez en brazos; ¿no recuerdas? Nunca se sabe lo que va a pasar.

VÍCTOR.— Todo cambia.

YERMA.— Algunas cosas no cambian. Hay cosas encerradas detrás de los muros que no pueden cambiar porque nadie las oye.

VÍCTOR.— Así es.

(Aparece la Hermana 2.ª *y se dirige lentamente hacia la puerta, donde queda fija, iluminada por la última luz de la tarde.)*

YERMA.— Pero que si salieran de pronto y gritaran, llenarían el mundo.

VÍCTOR.— No se adelantaría nada. La acequia por su sitio, el rebaño en el redil, la luna en el cielo y el hombre con su arado.

YERMA.— ¡Qué pena más grande no poder sentir las enseñanzas de los viejos!

(Se oye el sonido largo y melancólico de las caracolas de los pastores.)

VÍCTOR.— Los rebaños.

JUAN.— *(Sale.)* ¿Vas ya de camino?

VÍCTOR.— Y quiero pasar el puerto antes del amanecer.

JUAN.— ¿Llevas alguna queja de mí?

VÍCTOR.— No. Fuiste buen pagador.

JUAN.— *(A* Yerma.) Le compré los rebaños.

YERMA.— ¿Sí?

VÍCTOR.— *(A* Yerma.) Tuyos son.

YERMA.— No lo sabía.

JUAN.— *(Satisfecho.)* Así es.

VÍCTOR.— Tu marido ha de ver su hacienda colmada.

YERMA.— El fruto viene a las manos del trabajador que lo busca.

> *(La* Hermana *que está en la puerta entra dentro.)*

JUAN.— Ya no tenemos sitio donde meter tantas ovejas.

YERMA.— *(Sombría.)* La tierra es grande.

> *(Pausa.)*

JUAN.— Iremos juntos hasta el arroyo.

VÍCTOR.— Deseo la mayor felicidad para esta casa.

> *(Le da la mano a* Yerma.)

YERMA.— ¡Dios te oiga! ¡Salud!

> (VÍCTOR *da la vuelta y, a un movimiento imperceptible de* Yerma, *se vuelve.)*

VÍCTOR.— ¿Decías algo?

YERMA.— *(Dramática.)* Salud dije.

VÍCTOR.— Gracias.

> *(Salen.* Yerma *queda angustiada mirándose la mano que ha dado a* Víctor. Yerma *se dirige rápidamente hacia la izquierda y toma un mantón.)*

MUCHACHA 2.ª—*(En silencio, tapándole la cabeza.)* Vamos.
YERMA.— Vamos.

> *(Salen sigilosamente. La escena está casi a oscuras.*
> *Sale la* Hermana 1.ª *con un velón que no debe dar*
> *al teatro luz ninguna, sino la natural que lleva. Se*
> *dirige al fin de la escena buscando a* Yerma. *Suenan*
> *las caracolas de los rebaños.)*

CUÑADA 1.ª—*(En voz baja.)* ¡Yerma!

> *(Sale la* Hermana 2.ª, *se miran las dos y se dirigen*
> *a la puerta.)*

CUÑADA 2.ª—*(Más alto.)* ¡Yerma! *(Sale.)*
CUÑADA 1.ª—*(Dirigiéndose a la puerta también y con una impe-*
riosa voz.) ¡Yerma!

> *(Sale. Se oyen las caracolas y los cuernos de los pasto-*
> *res. La escena está oscurísima.)*

Telón

Acto tercero

Casa de la Dolores, *la conjuradora. Está amaneciendo. Entra* Yerma *con* Dolores *y dos* Viejas.

DOLORES.— Has estado valiente.

VIEJA 1.ª—No hay en el mundo fuerza como la del deseo.

VIEJA 2.ª—Pero el cementerio estaba demasiado oscuro.

DOLORES.— Muchas veces yo he hecho estas oraciones en el cementerio con mujeres que ansiaban crías, y todas han pasado miedo. Todas, menos tú.

YERMA.— Yo he venido por el resultado. Creo que no eres mujer engañadora.

DOLORES.— No soy. Que mi lengua se llene de hormigas, como está la boca de los muertos, si alguna vez he mentido. La última vez hice la oración con una mujer mendicante, que estaba seca más tiempo que tú, y se le endulzó el vientre de manera tan hermosa que tuvo dos criaturas ahí abajo, en el río, porque no le daba tiempo a llegar a las casas, y ella misma las trajo en un pañal para que yo las arreglase.

YERMA.— ¿Y pudo venir andando desde el río?

DOLORES.— Vino. Con los zapatos y las enaguas empapadas en sangre..., pero con la cara reluciente.

YERMA.— ¿Y no le pasó nada?

DOLORES.— ¿Qué le iba a pasar? Dios es Dios.

YERMA.— Naturalmente. No le podía pasar nada, sino agarrar las criaturas y lavarlas con agua viva. Los animales los lamen, ¿verdad? A mí no me da asco de mi hijo. Yo tengo la idea de que las recién paridas están como iluminadas por dentro, y los niños se duermen horas y horas sobre ellas oyendo ese arroyo de leche tibia que les va llenando los pechos para que ellos mamen, para que ellos jueguen, hasta que no quieran más, hasta que retiren la cabeza —«otro poquito más, niño...»—, y se les llene la cara y el pecho de gotas blancas.

DOLORES.— Ahora tendrás un hijo. Te lo puedo asegurar.

YERMA.— Lo tendré porque lo tengo que tener. O no entiendo el mundo. A veces, cuando ya estoy segura de que jamás, jamás..., me sube como una oleada de fuego por los pies y se me quedan vacías todas las cosas, y los hombres que andan por la calle y los toros y las piedras me parecen como cosas de algodón. Y me pregunto: ¿para qué estarán ahí puestos?

VIEJA 1.ª—Está bien que una casada quiera hijos, pero si no los tiene, ¿por qué ese ansia de ellos? Lo importante de este mundo es dejarse llevar por los años. No te critico. Ya has visto cómo he ayudado a los rezos. Pero, ¿qué vega esperas dar a tu hijo, ni qué felicidad, ni qué silla de plata?

YERMA.— Yo no pienso en el mañana; pienso en el hoy. Tú estás vieja y lo ves ya todo como un libro leído. Yo pienso que tengo sed y no tengo libertad. Yo quiero tener a mi hijo en los brazos para dormir tranquila y, óyelo bien y no te espantes de lo que digo: aunque yo supiera que mi hijo me iba a martirizar después y me iba a odiar y me iba a llevar de los cabellos por las calles, recibiría con gozo su nacimiento, porque es mucho mejor llorar por un hombre vivo que nos apuñala, que llorar por este fantasma sentado año tras año encima de mi corazón.

VIEJA 1.ª—Eres demasiado joven para oír consejo. Pero, mientras esperas la gracia de Dios, debes ampararte en el amor de tu marido.

YERMA.— ¡Ay! Has puesto el dedo en la llaga más honda que tienen mis carnes.

DOLORES.— Tu marido es bueno.

YERMA.— *(Se levanta.)* ¡Es bueno! ¡Es bueno! ¿Y qué? Ojalá fuera malo. Pero no. Él va con sus ovejas por sus campos y cuenta el dinero por las noches. Cuando me cubre, cumple con su deber, pero yo le noto la cintura fría como si tuviera el cuerpo muerto, y yo, que siempre he tenido asco de las mujeres calientes, quisiera ser en aquel instante como una montaña de fuego.

DOLORES.— ¡Yerma!

YERMA.— No soy una casada indecente; pero yo sé que los hijos nacen del hombre y de la mujer. ¡Ay, si los pudiera tener yo sola!

DOLORES.— Piensa que tu marido también sufre.

YERMA.— No sufre. Lo que pasa es que él no ansía hijos.

VIEJA 1.ª—¡No digas eso!

YERMA.— Se lo conozco en la mirada y, como no los ansía, no me los da. No lo quiero, no lo quiero y, sin embargo, es mi única salvación. Por honra y por casta. Mi única salvación.

VIEJA 1.ª—*(Con miedo.)* Pronto empezará a amanecer. Debes irte a tu casa.

DOLORES.— Antes de nada saldrán los rebaños y no conviene que te vean sola.

YERMA.— Necesitaba este desahogo. ¿Cuántas veces repito las oraciones?

DOLORES.— La oración del laurel, dos veces, y al mediodía, la oración de Santa Ana. Cuando te sientas encinta me traes la fanega de trigo que me has prometido.

VIEJA 1.ª—Por encima de los montes ya empieza a clarear. Vete.

DOLORES.— Como enseguida empezarán a abrir los portones, te vas dando un rodeo por la acequia.

YERMA.— *(Con desaliento.)* ¡No sé por qué he venido!

DOLORES.— ¿Te arrepientes?

YERMA.— ¡No!

DOLORES.— *(Turbada.)* Si tienes miedo, te acompañaré hasta la esquina.

YERMA.— ¡Quita!

VIEJA 1.ª— *(Con inquietud.)* Van a ser las claras del día cuando llegues a tu puerta.

(Se oyen voces.)

DOLORES.— ¡Calla! *(Escuchan.)*

VIEJA 1.ª—No es nadie. Anda con Dios.

(Yerma se dirige a la puerta y en este momento llaman a ella. Las tres mujeres quedan paradas.)

DOLORES.— ¿Quién es?

VOZ.— Soy yo.

YERMA.— Abre. (Dolores *duda.*) ¿Abres o no?

(Se oyen murmullos. Aparece Juan con las dos Cuñadas.)

HERMANA 2.ª— Aquí está.

YERMA.— ¡Aquí estoy!

JUAN.— ¿Qué haces en este sitio? Si pudiera dar voces, levantaría a todo el pueblo, para que viera dónde iba la honra de mi casa; pero he de ahogarlo todo y callarme porque eres mi mujer.

YERMA.— Si pudiera dar voces, también las daría yo, para que se levantaran hasta los muertos y vieran esta limpieza que me cubre.

JUAN.— No, ¡eso no! Todo lo aguanto menos eso. No. Me engañas, me envuelves y, como soy un hombre que trabaja la tierra, no tengo ideas para tus astucias.

DOLORES.— ¡Juan!

JUAN.— ¡Vosotras, ni palabra!

DOLORES.— *(Fuerte.)* Tu mujer no ha hecho nada malo.

JUAN.— Lo está haciendo desde el mismo día de la boda. Mirándome con dos agujas, pasando las noches en vela con los ojos abiertos al lado mío, y llenando de malos suspiros mis almohadas.

YERMA.— ¡Cállate!

JUAN.— Y yo no puedo más. Porque se necesita ser de bronce para ver a tu lado una mujer que te quiere meter los dedos dentro del corazón y que se sale de noche fuera de su casa, ¿en busca de qué? ¡Dime!, ¿buscando qué? Las calles están llenas de machos. En las calles no hay flores que cortar.

YERMA.— No te dejo hablar ni una sola palabra. Ni una más. Te figuras tú y tu gente que sois vosotros los únicos que guardáis honra, y no sabes que mi casta no ha tenido nunca nada que ocultar. Anda, acércate a mí y huele mi vestido; ¡acércate!, a ver dónde encuentras un olor que no sea tuyo, que no sea de tu cuerpo. Me pones desnuda en mitad de la plaza y me escupes. Haz conmigo lo que quieras, que soy tu mujer, pero guárdate de poner nombre de varón sobre mis pechos.

JUAN.— No soy yo quien lo pone; lo pones tú con tu conducta y el pueblo lo empieza a decir. Lo empieza a decir claramente. Cuando llego a un corro, todos callan; cuando voy a pesar la harina, todos callan; y hasta de noche en el campo, cuando despierto a medianoche, me parece que también se callan las ramas de los árboles.

YERMA.— Yo no sé por qué empiezan los malos aires que revuelcan al trigo y ¡mira tú si el trigo es bueno!

JUAN.— Ni yo sé lo que busca una mujer a todas horas fuera de su tejado.

YERMA.— *(En un arranque y abrazándose a su marido.)* Te busco a ti. Te busco a ti. Es a ti a quien busco día y noche sin encontrar sombra donde respirar. Es tu sangre y tu amparo lo que deseo.

JUAN.— ¡Apártate!

YERMA.— No me apartes y quiere conmigo.

JUAN.— ¡Quita!

YERMA.— Mira que me quedo sola. Como si la luna se buscara ella misma por el cielo. ¡Mírame! *(Lo mira.)*

JUAN.— *(La mira y la aparta bruscamente.)* ¡Déjame ya de una vez!

DOLORES.— ¡Juan!

(YERMA *cae al suelo.*)

YERMA.— *(Alto.)* Cuando salía por mis claveles me tropecé con el muro. ¡Ay! ¡Ay! Es en ese muro donde tengo que estrellar mi cabeza.

JUAN.— Calla. Vamos.

DOLORES.— ¡Dios mío!

YERMA.— *(A gritos.)* Maldito sea mi padre, que me dejó su sangre de padre de cien hijos. Maldita sea mi sangre, que los busca golpeando por las paredes.

JUAN.— ¡Calla he dicho!

DOLORES.— ¡Viene gente! Habla bajo.

YERMA.— No me importa. Dejarme libre siquiera la voz. Ahora que voy entrando en lo más oscuro del pozo. *(Se levanta.)* Dejar que de mi cuerpo salga siquiera esta cosa hermosa y que llene el aire.

(Se oyen voces.)

DOLORES.— Van a pasar por aquí.

JUAN.— Silencio.

YERMA.— ¡Eso! ¡Eso! Silencio. Descuida.

JUAN.— Vamos. ¡Pronto!

YERMA.— ¡Ya está! ¡Ya está! ¡Y es inútil que me retuerza las manos! Una cosa es querer con la cabeza...

JUAN.— Calla.

YERMA.— *(Bajo.)* Una cosa es querer con la cabeza y otra cosa es que el cuerpo, ¡maldito sea el cuerpo!, no nos responda. ¡Está escrito y no me voy a poner a luchar a brazo partido con los mares! ¡Ya está! ¡Que mi boca se quede muda!

(Sale.)

Telón

CUADRO ÚLTIMO

Alrededores de una ermita, en plena montaña. En primer término, unas ruedas de carro y unas mantas formando una tienda rústica, donde está Yerma. Entran las Mujeres con ofrendas a la ermita. Vienen descalzas. En la escena está la Vieja alegre del primer acto.

(Canto a telón corrido.)

No te pude ver
cuando eras soltera,
mas de casada te encontraré.
No te pude ver
cuando eras soltera.
Te desnudaré,
casada y romera,
cuando en lo oscuro las doce den.

VIEJA.— *(Con sorna.)* ¿Habéis bebido ya el agua santa?

MUJER 1.ª— Sí.

VIEJA.— Y ahora, a ver a ese.

MUJER 2.ª— Creemos en él.

VIEJA.— Venís a pedir hijos al Santo y resulta que cada año vienen más hombres solos a esta romería. ¿Qué es lo que pasa? *(Ríe.)*

MUJER 1.ª— ¿A qué vienes aquí, si no crees?

VIEJA.— A ver. Yo me vuelvo loca por ver. Y a cuidar de mi hijo. El año pasado se mataron dos por una casada seca y quiero vigilar. Y, en último caso, vengo porque me da la gana.

MUJER 1.ª— ¡Que Dios te perdone! *(Entran.)*

VIEJA.— *(Con sarcasmo.)* ¡Que te perdone a ti!

(Se va. Entra MARÍA *con la* Muchacha 1.ª*)*

MUCHACHA 1.ª— ¿Y ha venido?

MARÍA.— Ahí tienen el carro. Me costó mucho que vinieran. Ella ha estado un mes sin levantarse de la silla. Le tengo miedo. Tiene una idea que no sé cuál es, pero desde luego es una idea mala.

MUCHACHA 1.ª— Yo llegué con mi hermana. Lleva ocho años viniendo sin resultado.

MARÍA.— Tiene hijos la que los tiene que tener.

MUCHACHA 1.ª— Es lo que yo digo.

(Se oyen voces.)

MARÍA.— Nunca me gustó esta romería. Vamos a las eras, que es donde está la gente.

MUCHACHA 1.ª— El año pasado, cuando se hizo oscuro, unos mozos atenazaron con sus manos los pechos de mi hermana.

MARÍA.— En cuatro leguas a la redonda no se oyen más que palabras terribles.

MUCHACHA 1.ª— Más de cuarenta toneles de vino he visto en las espaldas de la ermita.

MARÍA.— Un río de hombres solos baja por esas sierras.

(Se oyen voces. Entra Yerma *con seis* Mujeres *que van a la iglesia. Van descalzas y llevan cirios rizados. Empieza el anochecer.)*

Señor, que florezca la rosa,
no me la dejéis en sombra.

MUJER 2.ª— Sobre su carne marchita
florezca la rosa amarilla.

MARÍA.— Y en el vientre de tus siervas,
la llama oscura de la tierra.

CORO.—

Señor, que florezca la rosa,
no me la dejéis en sombra.

(Se arrodillan.)

YERMA.— El cielo tiene jardines
con rosales de alegría:
entre rosal y rosal,
la rosa de maravilla.
Rayo de aurora parece
y un arcángel la vigila,
las alas como tormentas,
los ojos como agonías.
Alrededor de sus hojas
arroyos de leche tibia
juegan y mojan la cara
de las estrellas tranquilas.
Señor, abre tu rosal
sobre mi carne marchita.

(Se levantan.)

MUJER 2.ª—	Señor, calma con tu mano las ascuas de su mejilla.
YERMA.—	Escucha a la penitente de tu santa romería. Abre tu rosa en mi carne aunque tenga mil espinas.
CORO.—	Señor, que florezca la rosa, no me la dejéis en sombra.
YERMA.—	Sobre mi carne marchita, la rosa de maravilla.

(Entran.)

(Salen dos Muchachas *corriendo con largas cintas en las manos, por la izquierda, y entran. Por la derecha, otras tres, con largas cintas y mirando hacia atrás, que entran también. Hay en la escena como un crescendo de voces, con ruidos de cascabeles y colleras de campanillas. En un plano superior aparecen las siete* Muchachas, *que agitan las cintas hacia la izquierda. Crece el ruido y entran dos máscaras populares, una como macho y otra como hembra. Llevan grandes caretas. El* Macho *empuña un cuerno de toro en la mano. No son grotescas de ningún modo, sino de gran belleza y con un sentido de pura tierra. La* Hembra *agita un collar de grandes cascabeles.)*

NIÑOS.— ¡El demonio y su mujer! ¡El demonio y su mujer!

(El fondo se llena de gente que grita y comenta la danza. Está muy anochecido.)

HEMBRA.—   En el río de la sierra
la esposa triste se bañaba.
Por el cuerpo le subían
los caracoles del agua.

La arena de las orillas
y el aire de la mañana
le daban fuego a su risa
y temblor a sus espaldas.
¡Ay, qué desnuda estaba
la doncella en el agua!

NIÑO.— Ay, cómo se quejaba!

HOMBRE 1.º— ¡Ay marchita de amores!

NIÑO.— ¡Con el viento y el agua!

HOMBRE 2.º— ¡Que diga a quién espera!

HOMBRE 1.º— ¡Que diga a quién aguarda!

HOMBRE 2.º— ¡Ay, con el vientre seco
y la color quebrada!

HEMBRA.— Cuando llegue la noche lo diré,
cuando llegue la noche clara.
Cuando llegue la noche de la romería
rasgaré los volantes de mi enagua.

NIÑO.— Y enseguida vino la noche.
¡Ay, que la noche llegaba!
Mirad qué oscuro se pone
el chorro de la montaña.

(Empiezan a sonar unas guitarras.)

MACHO.— *(Se levanta y agita el cuerno.)*
¡Ay, qué blanca
la triste casada!
Ay, cómo se queja entre las ramas!
Amapola y clavel serás luego,
cuando el macho despliegue su capa.

(Se acerca.)

Si tú vienes a la romería
a pedir que tu vientre se abra,
no te pongas un velo de luto,
sino dulce camisa de holanda.

Vete sola detrás de los muros,
donde están las higueras cerradas,
y soporta mi cuerpo de tierra
hasta el blanco gemido del alba.
¡Ay, cómo relumbra!
¡Ay, cómo relumbraba!
¡Ay, cómo se cimbrea la casada!

HEMBRA.— ¡Ay, que el amor le pone
coronas y guirnaldas,
y dardos de oro vivo
en su pecho se clavan!

MACHO.— Siete veces gemía,
nueve se levantaba;
quince veces juntaron
jazmines con naranjas.

HOMBRE 3.º— ¡Dale ya con el cuerno!

HOMBRE 2.º— Con la rosa y la danza.

HOMBRE 1.º— ¡Ay, cómo se cimbrea la casada!

MACHO.— En esta romería
el varón siempre manda.
Los maridos son toros,
el varón siempre manda,
y las romeras flores
para aquel que las gana.

NIÑO.— Dale ya con el aire.

HOMBRE 2.º— Dale ya con la rama.

MACHO.— ¡Venid a ver la lumbre
de la que se bañaba!

HOMBRE 1.º— Como junco se curva.

NIÑO.— Y como flor se cansa.

HOMBRES.— ¡Que se aparten las niñas!

MACHO.— ¡Que se queme la danza!
Y el cuerpo reluciente
de la limpia casada.

LE
447

(Se van bailando con son de palmas y música. Cantan.)

El cielo tiene jardines
con rosales de alegría:
entre rosal y rosal,
la rosa de maravilla.

(Vuelven a pasar dos Muchachas *gritando. Entra
la* Vieja *alegre.)*

VIEJA.— A ver si luego nos dejáis dormir. Pero luego será ella. *(Entra* Yerma.*)* ¡Tú! *(Yerma* está abatida y no habla.*)* Dime, ¿para qué has venido?

YERMA.— No sé.

VIEJA.— ¿No te convences? ¿Y tu esposo?

(Yerma da muestras de cansancio y de persona a la
que una idea fija le quiebra la cabeza.*)*

YERMA.— Ahí está.

VIEJA.— ¿Qué hace?

YERMA.— Bebe. *(Pausa. Llevándose las manos a la frente.)* ¡Ay!

VIEJA.— ¡Ay, ay! Menos ¡ay! y más alma. Antes no he podido decirte nada, pero ahora sí.

YERMA.— ¡Y qué me vas a decir que ya no sepa!

VIEJA.— Lo que ya no se puede callar. Lo que está puesto encima del tejado. La culpa es de tu marido. ¿Lo oyes? Me dejaría cortar las manos. Ni su padre, ni su abuelo, ni su bisabuelo se portaron como hombres de casta. Para tener un hijo ha sido necesario que se junte el cielo con la tierra. Están hechos con saliva. En cambio, tu gente, no. Tienes hermanos y primos a cien leguas a la redonda. Mira qué maldición ha venido a caer sobre tu hermosura.

YERMA.— Una maldición. Un charco de veneno sobre las espigas.

VIEJA.— Pero tú tienes pies para marcharte de tu casa.

YERMA.— ¿Para marcharme?

VIEJA.— Cuando te vi en la romería me dio un vuelco el corazón. Aquí vienen las mujeres a conocer hombres nuevos y el Santo hace el milagro. Mi hijo está sentado detrás de la ermita esperándome. Mi casa necesita una mujer. Vete con él y viviremos los tres juntos. Mi hijo sí es de sangre. Como yo. Si entras en mi casa, todavía queda olor de cunas. La ceniza de tu colcha se te volverá pan y sal para las crías. Anda. No te importe la gente. Y, en cuanto a tu marido, hay en mi casa entrañas y herramientas para que no cruce siquiera la calle.

YERMA.— Calla, calla. ¡Si no es eso! Nunca lo haría. Yo no puedo ir a buscar. ¿Te figuras que puedo conocer otro hombre? ¿Dónde pones mi honra? El agua no se puede volver atrás, ni la luna llena sale al mediodía. Vete. Por el camino que voy seguiré. ¿Has pensado en serio que yo me pueda doblar a otro hombre? ¿Que yo vaya a pedirle lo que es mío como una esclava? Conóceme, para que nunca me hables más. Yo no busco.

VIEJA.— Cuando se tiene sed, se agradece el agua.

YERMA.— Yo soy como un campo seco donde caben arando mil pares de bueyes, y lo que tú me das es un pequeño vaso de agua de pozo. Lo mío es dolor que ya no está en las carnes.

VIEJA.— *(Fuerte.)* Pues sigue así. Por tu gusto es. Como los cardos del secano, pinchosa, marchita.

YERMA.— *(Fuerte.)* Marchita sí, ¡ya lo sé! ¡Marchita! No es preciso que me lo refriegues por la boca. No vengas a solazarte como los niños pequeños en la agonía de un animalito. Desde que me casé estoy dándole vueltas a esta palabra, pero es la primera vez que la oigo, la primera vez que me la dicen en la cara. La primera vez que veo que es verdad.

VIEJA.— No me da ninguna lástima, ninguna. Yo buscaré otra mujer para mi hijo.

(Se va. Se oye un gran coro lejano cantado por los romeros. Yerma *se dirige hacia el carro y aparece por detrás del mismo su marido.)*

YERMA.— ¿Estabas ahí?

JUAN.— Estaba.

YERMA.— ¿Acechando?

JUAN.— Acechando.

YERMA.— ¿Y has oído?

JUAN.— Sí.

YERMA.— ¿Y qué? Déjame y vete a los cantos. *(Se sienta en las mantas.)*

JUAN.— También es hora de que yo hable.

YERMA.— ¡Habla!

JUAN.— Y que me queje.

YERMA.— ¿Con qué motivo?

JUAN.— Que tengo el amargor en la garganta.

YERMA.— Y yo en los huesos.

JUAN.— Ha llegado el último minuto de resistir este continuo lamento por cosas oscuras, fuera de la vida, por cosas que están en el aire.

YERMA.— *(Con asombro dramático.)* ¿Fuera de la vida dices? ¿En el aire dices?

JUAN.— Por cosas que no han pasado y ni tú ni yo dirigimos.

YERMA.— *(Violenta.)* ¡Sigue! ¡Sigue!

JUAN.— Por cosas que a mí no me importan. ¿Lo oyes? Que a mí no me importan. Ya es necesario que te lo diga. A mí me importa lo que tengo entre las manos. Lo que veo por mis ojos.

YERMA.— *(Incorporándose de rodillas, desesperada.)* Así, así. Eso es lo que yo quería oír de tus labios. No se siente la verdad cuando está dentro de una misma, pero qué grande y cómo grita cuando se pone fuera y levanta los brazos. ¡No le importa! ¡Ya lo he oído!

JUAN.— *(Acercándose.)* Piensa que tenía que pasar así. Óyeme. *(La abraza para incorporarla.)* Muchas mujeres serían felices de llevar tu vida. Sin hijos es la vida más dulce. Yo soy feliz no teniéndolos. No tenemos culpa ninguna.

YERMA.— ¿Y qué buscabas en mí?

JUAN.— A ti misma.

YERMA.— *(Excitada.)* ¡Eso! Buscabas la casa, la tranquilidad y una mujer. Pero nada más. ¿Es verdad lo que digo?

JUAN.— Es verdad. Como todos.

YERMA.— ¿Y lo demás? ¿Y tu hijo?

JUAN.— *(Fuerte.)* ¡No oyes que no me importa! ¡No me preguntes más! ¡Que te lo tengo que gritar al oído para que lo sepas, a ver si de una vez vives ya tranquila!

YERMA.— ¿Y nunca has pensado en él cuando me has visto desearlo?

JUAN.— Nunca.

(Están los dos en el suelo.)

YERMA.— ¿Y no podré esperarlo?

JUAN.— No.

YERMA.— Ni tú.

JUAN.— Ni yo tampoco. ¡Resígnate!

YERMA.— ¡Marchita!

JUAN.— Y a vivir en paz. Uno y otro, con suavidad, con agrado. ¡Abrázame! *(La abraza.)*

YERMA.— ¿Qué buscas?

JUAN.— A ti te busco. Con la luna estás hermosa.

YERMA.— Me buscas como cuando te quieres comer una paloma.

JUAN.— Bésame... así.

YERMA.— Eso nunca. Nunca. (Yerma *da un grito y aprieta la garganta de su esposo. Este cae hacia atrás. Le aprieta la garganta hasta matarle. Empieza el coro de la romería.)* Marchita, marchita, pero segura. Ahora sí que lo sé de cierto. Y sola.

(Se levanta. Empieza a llegar gente.) Voy a descansar sin despertarme sobresaltada para ver si la sangre me anuncia otra sangre nueva. Con el cuerpo seco para siempre. ¿Qué queréis saber? No os acerquéis, porque he matado a mi hijo. ¡Yo misma he matado a mi hijo!

(Acude un grupo que queda al fondo. Se oye el coro de la romería.)

Telón

Doña Rosita la soltera
o
El lenguaje de las flores

Poema granadino del novecientos,
dividido en varios jardines,
con escenas de canto y baile

Personajes

Doña Rosita · Ayola 1.ª

El ama · Ayola 2.ª

La tía · El tío

Manola 1.ª · El sobrino

Manola 2.ª · El Catedrático de

Manola 3.ª · Economía

Soltera 1.ª · Don Martín

Soltera 2.ª · El muchacho

Soltera 3.ª · Dos obreros

Madre de las solteras · Una voz

Acto primero

Habitación con salida a un invernadero.

Tío.— ¿Y mis semillas?

Tía.— Ahí estaban.

Tío.— Pues no están.

Tía.— Eléboro, fucsias y los crisantemos, Luis Passy violáceo y altair blanco plata con puntas heliotropo.

Tío.— Es necesario que cuidéis las flores.

Ama.— Si lo dice por mí...

Tía.— Calla. No repliques.

Tío.— Lo digo por todos. Ayer me encontré las semillas de dalias pisoteadas por el suelo. *(Entra en el invernadero.)* No os dais cuenta de mi invernadero; desde el ochocientos siete, en que la condesa de Wandes obtuvo la rosa muscosa, no la ha conseguido nadie en Granada más que yo, ni el botánico de la universidad. Es preciso que tengáis más respeto por mis plantas.

Ama.— ¿Pero no las respeto?

Tía.— ¡Chist! Sois a cuál peor.

Ama.— Sí, señora. Pero yo no digo que de tanto regar las flores y tanta agua por todas partes, van a salir sapos en el sofá.

Tía.— Luego bien te gusta olerlas.

Ama.— No, señora. A mí las flores me huelen a niño muerto, o a profesión de monja, o a altar de iglesia. A cosas tristes. Donde esté una naranja o un buen membrillo, que se quiten las rosas del mundo. Pero aquí... rosas por la derecha, albahaca por la izquierda, anémonas, salvias, petunias y esas flores de ahora, de moda, los crisantemos, despeinados como unas cabezas de gitanillas. ¡Qué ganas tengo de ver plantados en este jardín un peral, un cerezo, un caqui!

Tía.— ¡Para comértelos!

Ama.— Come quien tiene boca... Como decían en mi pueblo:

> La boca sirve para comer,
> las piernas sirven para la danza
> y hay una cosa de la mujer...

(Se detiene y se acerca a la Tía *y lo dice bajo.)*

Tía.— ¡Jesús! *(Signando.)*

Ama.— Son indecencias de los pueblos. *(Signando.)*

Rosita.— *(Entra rápida. Viene vestida de rosa con un traje del novecientos, mangas de jamón y adornos de cintas.)* ¿Y mi sombrero? ¿Dónde está mi sombrero? ¡Ya han dado las treinta campanadas en San Luis!

Ama.— Yo lo dejé en la mesa.

Rosita.— Pues no está. *(Buscan. El* Ama *sale.)*

Tía.— ¿Has mirado en el armario? *(Sale la* Tía.*)*

Ama.— *(Entra.)* No lo encuentro.

Rosita.— ¿Será posible que no se sepa dónde está mi sombrero?

Ama.— Ponte el azul con margaritas.

Rosita.— Estás loca.

AMA.— Más loca estás tú.

TÍA.— *(Vuelve a entrar.)* ¡Vamos, aquí está! (Rosita *lo coge y sale corriendo.)*

AMA.— Es que todo lo quiere volando. Hoy ya quisiera que fuese pasado mañana. Se echa a volar y se nos pierde de las manos. Cuando chiquita tenía que contarle todos los días el cuento de cuando ella fuera vieja: «Mi Rosita ya tiene ochenta años»... y siempre así. ¿Cuándo la ha visto usted sentada a hacer encaje de lanzadera[1] o *frivolité,* o puntas de festón o sacar hilos para adornarse una chapona?

TÍA.— Nunca.

AMA.— Siempre del coro al caño y del caño al coro; del coro al caño y del caño al coro.

TÍA.— ¡A ver si te equivocas!

AMA.— Si me equivocara no oiría usted ninguna palabra nueva.

TÍA.— Claro es que nunca me ha gustado contradecirla, porque ¿quién apena a una criatura que no tiene padres?

AMA.— Ni padre, ni madre, ni perrito que le ladre, pero tiene un tío y una tía que valen un tesoro. *(La abraza.)*

TÍO.— *(Dentro.)* ¡Esto ya es demasiado!

TÍA.— ¡María Santísima!

TÍO.— Bien está que se pisen las semillas, pero no es tolerable que esté con las hojitas tronchadas la planta de rosal que más quiero. Mucho más que la muscosa y la híspida y la pomponiana y la damascena y que la eglantina de la reina Isabel. *(A la* Tía.) Entra, entra y la verás.

TÍA.— ¿Se ha roto?

TÍO.— No, no le ha pasado gran cosa, pero pudo haberle pasado.

---

[1] El *encaje de lanzadera* se trenzaba en bastidor con un huso (o *lanzadera*); los *festones* son relieves ondulados recortados o solo bordados; *sacar hilos* de una tela era la tarea previa para varios tipos de bordados. Las *frivolités* son encajes al estilo francés. *Chapona* es un tipo de blusa o chaqueta.

AMA.— ¡Acabáramos!

Tío.— Yo me pregunto: ¿quién volcó la maceta?

AMA.— A mí no me mire usted.

Tío.— ¿He sido yo?

AMA.— ¿Y no hay gatos y no hay perros, y no hay un golpe de aire que entra por la ventana?

TÍA.— Anda, barre el invernadero.

AMA.— Está visto que en esta casa no la dejan hablar a una.

Tío.— *(Entra.)* Es una rosa que nunca has visto; una sorpresa que te tengo preparada. Porque es increíble la *rosa declinata* de capullos caídos y la *inermis* que no tiene espinas, qué maravilla, ¿eh?, ¡ni una espina!, y la *mirtifolia* que viene de Bélgica y la *sulfurata* que brilla en la oscuridad. Pero ésta las aventaja a todas en rareza. Los botánicos la llaman *rosa mutabile*, que quiere decir mudable, que cambia... En este libro está su descripción y su pintura, ¡mira! *(Abre el libro.)* Es roja por la mañana, a la tarde se pone blanca, y se deshoja por la noche.

> Cuando se abre en la mañana,
> roja como sangre está.
> El rocío no la toca
> porque se teme quemar.
> Abierta en el medio día
> es dura como el coral.
> El sol se asoma a los vidrios
> para verla relumbrar.
> Cuando en las ramas empiezan
> los pájaros a cantar
> y se desmaya la tarde
> en las violetas del mar,
> se pone blanca, con blanco
> de una mejilla de sal.
> Y cuando toca la noche

blando cuerno de metal
y las estrellas avanzan
mientras los aires se van,
en la raya de lo oscuro,
se comienza a deshojar.

Tía.— ¿Y tiene ya flor?

Tío.— Una que se está abriendo.

Tía.— ¿Dura un día tan solo?

Tío.— Uno. Pero yo ese día lo pienso pasar al lado para ver cómo se pone blanca.

Rosita.— *(Entrando.)* Mi sombrilla.

Tío.— Su sombrilla.

Tía.— *(A voces.)* ¡La sombrilla!

Ama.— *(Apareciendo.)* ¡Aquí está la sombrilla! (Rosita *coge la sombrilla y besa a sus tíos.)*

Rosita.— ¿Qué tal?

Tío.— Un primor.

Tía.— No hay otra.

Rosita.— *(Abriendo la sombrilla.)* ¿Y ahora?

Ama.— ¡Por Dios, cierra la sombrilla, no se puede abrir bajo techado! ¡Llega la mala suerte!

Por la rueda de san Bartolomé
y la varita de san José
y la santa rama de laurel,
enemigo, retírate
por las cuatro esquinas de Jerusalén.

(Ríen todos. El Tío *sale.)*

Rosita.— *(Cerrando.)* ¡Ya está!

Ama.— No lo hagas más... ¡ca... ramba!

Rosita.— ¡Uy!

Tía.— ¿Qué ibas a decir?

AMA.— ¡Pero no lo he dicho!

ROSITA.— *(Saliendo con risas.)* ¡Hasta luego!

TÍA.— ¿Quién te acompaña?

ROSITA.— *(Asomando la cabeza.)* Voy con las manolas.

AMA.— Y con el novio.

TÍA.— El novio creo que tenía que hacer.

AMA.— No sé quién me gusta más: si el novio o ella. *(La Tía se sienta a hacer encaje de bolillos.)* Un par de primos para ponerlos en un vasar de azúcar, y si se murieran, ¡Dios los libre!, embalsamarlos y meterlos en un nicho de cristales y de nieve. ¿A cuál quiere usted más? *(Se pone a limpiar.)*

TÍA.— A los dos los quiero como sobrinos.

AMA.— Uno por la manta de arriba y otro por la manta de abajo, pero...

TÍA.— Rosita se crio conmigo...

AMA.— Claro. Como que yo no creo en la sangre. Para mí esto es ley. La sangre corre por debajo de las venas, pero no se ve. Más se quiere a un primo segundo que se ve todos los días, que a un hermano que está lejos. Por qué, vamos a ver.

TÍA.— Mujer, sigue limpiando.

AMA.— Ya voy. Aquí no la dejan a una ni abrir los labios. Críe usted una niña hermosa para esto. Déjese usted a sus propios hijos en una chocita temblando de hambre.

TÍA.— Será de frío.

AMA.— Temblando de todo, para que le digan a una: «¡Cállate!», y como soy criada no puedo hacer más que callarme, que es lo que hago, y no puedo replicar y decir...

TÍA.— Y decir ¿qué...?

AMA.— Que deje usted esos bolillos con ese tiquití, que me va a estallar la cabeza de tiquitís.

TÍA.— *(Riendo.)* Mira a ver quién entra. *(Hay un silencio en la escena, donde se oye el golpear de los bolillos.)*

VOZ.— ¡¡Manzanillaaaaa finaaa de la sierraaa!!

TÍA.— *(Hablando sola.)* Es preciso comprar otra vez manzani-

lla. En algunas ocasiones hace falta... Otro día que pase...
treinta y siete, treinta y ocho.

(*Voz de* Pregonero *muy lejos*)

¡Manzanillaa finaa de la sierraa!

TÍA.— *(Poniendo un alfiler.)* Y cuarenta.

SOBRINO.— *(Entrando.)* Tía.

TÍA.— *(Sin mirarlo.)* Hola, siéntate, si quieres. Rosita ya se ha
marchado.

SOBRINO.— ¿Con quién salió?

TÍA.— Con las manolas. (*Pausa. Mirando al* Sobrino.*)* Algo te
pasa.

SOBRINO.— Sí.

TÍA.— *(Inquieta.)* Casi me lo figuro. Ojalá me equivoque.

SOBRINO.— No. Lea usted.

TÍA.— *(Lee.)* Claro, si es lo natural. Por eso me opuse a tus
relaciones con Rosita. Yo sabía que más tarde o más temprano te tendrías que marchar con tus padres. ¡Y que es ahí
al lado! Cuarenta días de viaje hacen falta para llegar a Tucumán. Si fuera hombre y joven, te cruzaría la cara.

SOBRINO.— Yo no tengo culpa de querer a mi prima. ¿Se imagina usted que me voy con gusto? Precisamente quiero quedarme aquí y a eso vengo.

TÍA.— ¡Quedarte! ¡Quedarte! Tu deber es irte. Son muchas leguas de hacienda y tu padre está viejo. Soy yo la que te tiene
que obligar a que tomes el vapor. Pero a mí me dejas la vida
amarga. De tu prima no quiero acordarme. Vas a clavar
una flecha con cintas moradas sobre su corazón. Ahora se
enterará de que las telas no solo sirven para hacer flores sino
para empapar lágrimas.

SOBRINO.— ¿Qué me aconseja usted?

TÍA.— Que te vayas. Piensa que tu padre es hermano mío.
Aquí no eres más que un paseante de los jardinillos y allí
serás un labrador.

SOBRINO.— Pero es que yo quisiera...

TÍA.— ¿Casarte? ¿Estás loco? Cuando tengas tu porvenir hecho. Y llevarte a Rosita, ¿no? Tendrías que saltar por encima de mí y de tu tío.

SOBRINO.— Todo es hablar. Demasiado sé que no puedo. Pero yo quiero que Rosita me espere. Porque volveré pronto.

TÍA.— Si antes no pegas la hebra con una tucumana. La lengua se me debió pegar en el cielo de la boca antes de consentir tu noviazgo; porque mi niña se queda sola en estas cuatro paredes, y tú te vas libre por el mar, por aquellos ríos, por aquellos bosques de toronjas, y mi niña aquí, un día igual a otro, y tú allí: el caballo y la escopeta para tirarle al faisán.

SOBRINO.— No hay motivo para que me hable usted de esa manera. Yo di mi palabra y la cumpliré. Por cumplir su palabra está mi padre en América y usted sabe...

TÍA.— *(Suave.)* Calla.

SOBRINO.— Callo. Pero no confunda usted el respeto con la falta de vergüenza.

TÍA.— *(Con ironía andaluza.)* ¡Perdona, perdona! Se me había olvidado que ya eras un hombre.

AMA.— *(Entra llorando.)* Si fuera un hombre no se iría.

TÍA.— *(Enérgica.)* ¡Silencio! *(El Ama llora con grandes sollozos.)*

SOBRINO.— Volveré dentro de unos instantes. Dígaselo usted.

TÍA.— Descuida. Los viejos son los que tienen que llevar los malos ratos. *(Sale el Sobrino.)*

AMA.— ¡Ay, qué lastima de mi niña! ¡Ay, qué lástima! ¡Ay, qué lástima! ¡Estos son los hombres de ahora! Pidiendo ochavitos por las calles me quedo yo al lado de esta prenda. Otra vez vienen los llantos a esta casa. ¡Ay, señora! *(Reaccionando.)* ¡Ojalá se lo coma la serpiente del mar!

TÍA.— ¡Dios dirá!

AMA.—

Por el ajonjolí,
por las tres santas preguntas

y la flor de la canela,
tenga malas noches
y malas sementeras.
Por el pozo de San Nicolás
se le vuelva veneno la sal.

(Coge un jarro de agua y hace una cruz en el suelo.)

Tía.— No maldigas. Vete a tu hacienda. *(Sale el* Ama.*)*

(Se oyen risas. La Tía *se va.)*

Manola 1.ª— *(Entrando y cerrando la sombrilla.)* ¡Ay!
Manola 2.ª— *(Igual.)* ¡Ay, qué fresquito!
Manola 3.ª— *(Igual.)* ¡Ay!
Rosita.— *(Igual.)* ¿Para quién son los suspiros
de mis tres lindas manolas?
Manola 1.ª— Para nadie.
Manola 2.ª—   Para el viento.
Manola 3.ª— Para un galán que me ronda.
Rosita.—   ¿Qué manos recogerán
los ayes de vuestra boca?
Manola 1.ª— La pared.
Manola 2.ª— Cierto retrato.
Manola 3.ª— Los encajes de mi colcha.
Rosita.—   También quiero suspirar.
¡Ay, amigas! ¡Ay, manolas!
Manola 1.ª— ¿Quién los recoge?
Rosita.—

            Dos ojos
que ponen blanca la sombra,
cuyas pestañas son parras,
donde se duerme la aurora.
Y, a pesar de negros, son
dos tardes con amapolas.

MANOLA 1.ª— ¡Ponle una cinta al suspiro!
MANOLA 2.ª— ¡Ay!
MANOLA 3.ª— Dichosa tú.
MANOLA 1.ª— ¡Dichosa!
ROSITA.—   No me engañéis, que yo sé
cierto rumor de vosotras.
MANOLA 1.ª— Rumores son jaramagos.
MANOLA 2.ª— Y estribillos son las olas.
ROSITA.—   Lo voy a decir...
MANOLA 1.ª—   Empieza.
MANOLA 3.ª— Los rumores son coronas.
ROSITA.—   Granada, calle de Elvira,
donde viven las manolas,
las que se van a la Alhambra,
las tres y las cuatro solas.
Una vestida de verde,
otra de malva, y la otra,
un corselete escocés
con cintas hasta la cola.
Las que van delante, garzas,
la que va detrás, paloma,
abren por las alamedas
muselinas misteriosas.
¡Ay, qué oscura está la Alhambra!
¿Adónde irán las manolas
mientras sufren en la umbría
el surtidor y la rosa?
¿Qué galanes las esperan?
¡Bajo qué mirto reposan?
¿Qué manos roban perfumes
a sus dos flores redondas?
Nadie va con ellas, nadie;
dos garzas y una paloma.
Pero en el mundo hay galanes
que se tapan con las hojas.

La catedral ha dejado
bronces que la brisa toma.
El Genil duerme a sus bueyes
y el Dauro a sus mariposas.
La noche viene cargada
con sus colinas de sombra;
una enseña los zapatos
entre volantes de blonda;
la mayor abre sus ojos
y la menor los entorna.
¿Quién serán aquellas tres
de alto pecho y larga cola?
¿Por qué agitan los pañuelos?
¿Adónde irán a estas horas?
Granada, calle de Elvira,
donde viven las manolas,
las que se van a la Alhambra,
las tres y las cuatro solas.

MANOLA 1.ª— 	Deja que el rumor extienda
	sobre Granada sus olas.
MANOLA 2.ª— ¿Tenemos novio?
ROSITA.— Ninguna.
MANOLA 2.ª— ¿Digo la verdad?
ROSITA.— Sí, toda.
MANOLA 3.ª— 	Encajes de escarcha tienen
	nuestras camisas de novia.
ROSITA.— Pero...
MANOLA 1.ª— La noche nos gusta.
ROSITA.— Pero...
MANOLA 2.ª— Por calles en sombra
MANOLA 1.ª— 	Nos subimos a la Alhambra
	las tres y las cuatro solas.
MANOLA 3.ª— ¡Ay!
MANOLA 2.ª— Calla.

MANOLA 3.ª— ¿Por qué?

MANOLA 2.ª— ¡Ay!

MANOLA 1.ª— ¡Ay, sin que nadie lo oiga!

ROSITA.— Alhambra, jazmín de pena
donde la luna reposa.

AMA.— Niña, tu tía te llama. *(Muy triste.)*

ROSITA.— ¿Has llorado?

AMA.— *(Conteniéndose.)* No... es que tengo así, una cosa que...

ROSITA.— No me asustes. ¿Qué pasa? *(Entra rápida, mirando hacia el Ama. Cuando entra Rosita, el Ama rompe a llorar en silencio.)*

MANOLA 1.ª— *(En voz alta.)* ¿Qué ocurre?

MANOLA 2.ª— Dinos.

AMA.— Callad.

MANOLA 3.ª— *(En voz baja.)* ¿Malas noticias?

> *(El* Ama *las lleva a la puerta y mira por donde salió* Rosita.*)*

AMA.— ¡Ahora se lo está diciendo!

> *(Pausa, en que todas oyen.)*

MANOLA 1.ª— Rosita está llorando, vamos a entrar.

AMA.— Venid y os contaré. ¡Dejadla ahora! Podéis salir por el postigo.

> *(Salen. Queda la escena sola. Un piano lejísimo toca un estudio de Cerny[2]. Pausa. Entra el* Primo[3] *y al llegar al centro de la habitación se detiene porque entra* Rosita. *Quedan los dos mirándose frente a frente. El* Primo *avanza. La enlaza por el talle. Ella inclina la cabeza sobre su hombro.)*

---

[2] *Cerny:* en realidad, Karl Zcerny (1791-1857), compositor y pianista austriaco, alumno de Beethoven y profesor de Listz.

[3] El *Sobrino* de unos minutos antes (con su Tía) se ha transformado aquí en el *Primo con su prima.*

ROSITA.—   ¿Por qué tus ojos traidores
con los míos se fundieron?
¿Por qué tus manos tejieron
sobre mi cabeza, flores?
¡Qué luto de ruiseñores
dejas a mi juventud,
pues, siendo norte y salud
tu figura y tu presencia,
rompes con tu cruel ausencia
las cuerdas de mi laúd!

PRIMO.—   *(La lleva a un* vis à vis *y se sientan.)*
¡Ay, prima, tesoro mío!,
ruiseñor de la nevada,
deja tu boca cerrada
al imaginario frío;
no es de hielo mi desvío,
que, aunque atraviese la mar,
el agua me ha de prestar
nardos de espuma y sosiego
para contener mi fuego
cuando me vaya a quemar.

ROSITA.—   Una noche, adormilada,
en mi balcón de jazmines,
vi bajar dos querubines
a una rosa enamorada;
ella se puso encarnada,
siendo blanco su color;
pero, como tierna flor,
sus pétalos encendidos
se fueron cayendo heridos
por el beso del amor.
Así yo, primo, inocente
en mi jardín de arrayanes,

daba al aire mis afanes
y mi blancura a la fuente.
Tierna gacela imprudente
alcé los ojos, te vi
y en mi corazón sentí
agujas estremecidas
que me están abriendo heridas
rojas como el alhelí.

PRIMO.— He de volver, prima mía,
para llevarte a mi lado
en barco de oro cuajado
con las velas de alegría;
luz y sombra, noche y día,
solo pensaré en quererte.

ROSITA.— Pero el veneno que vierte
amor, sobre el alma sola,
tejerá con tierra y ola
el vestido de mi muerte.

PRIMO.— Cuando mi caballo lento
coma tallos con rocío,
cuando la niebla del río
empañe el muro del viento,
cuando el verano violento
ponga el llano carmesí
y la escarcha deje en mí
alfileres de lucero,
te digo, porque te quiero,
que me moriré por ti.

ROSITA.— Yo ansío verte llegar
una tarde por Granada

con toda la luz salada
por la nostalgia del mar;
amarillo limonar,
jazminero desangrado,
por las piedras enredado
impedirán tu camino,
y nardos en remolino
pondrán loco mi tejado.
¿Volverás?

PRIMO.—   Sí. ¡Volveré!

ROSITA.—   ¿Qué paloma iluminada
me anunciará tu llegada!

PRIMO.—   El palomo de mi fe.

ROSITA.—   Mira que yo bordaré
sábanas para los dos.

PRIMO.—   Por los diamantes de Dios
y el clavel de su costado,
juro que vendré a tu lado.

ROSITA.—   ¡Adiós, primo!
PRIMO.—   ¡Prima, adiós!

(Se abrazan en el vis à vis. *Lejos se oye el piano. El
Primo* sale. Rosita *queda llorando. Aparece el* Tío
*que cruza la escena hacia el invernadero. Al ver a su
Tío, Rosita* coge el libro de las rosas que está al alcance de su mano.)*

TÍO.— ¿Qué hacías?
ROSITA.— Nada.
TÍO.— ¿Estabas leyendo?

Rosita.— Sí. *(Sale el Tío. Leyendo.)*

> Cuando se abre en la mañana
> roja como sangre está;
> el rocío no la toca
> porque se teme quemar.
> Abierta en el mediodía
> es dura como el coral.
> El sol se asoma a los vidrios
> para verla relumbrar.
> Cuando en las ramas empiezan
> los pájaros a cantar
> y se desmaya la tarde
> en las violetas del mar,
> se pone blanca, con blanco
> de una mejilla de sal;
> y cuando toca la noche
> blando cuerno de metal
> y las estrellas avanzan
> mientras los aires se van,
> en la raya de lo oscuro
> se comienza a deshojar.

Telón

Acto segundo

Salón de la casa de Doña Rosita. *Al fondo, el jardín.*

EL SR. X.— Pues yo siempre seré de este siglo.

TÍO.— El siglo que acabamos de empezar será un siglo materialista.

EL SR. X.— Pero de mucho más adelanto que el que se fue. Mi amigo, el señor Longoria, de Madrid, acaba de comprar un automóvil con el que se lanza a la fantástica velocidad de treinta kilómetros por hora; y el Sha de Persia, que por cierto es un hombre muy agradable, ha comprado también un Panhard Levasson [4] de veinticuatro caballos.

TÍO.— Y digo yo: ¿adónde van con tanta prisa? Ya ve usted lo que ha pasado en la carrera París-Madrid, que ha habido que suspenderla, porque antes de llegar a Burdeos se mataron todos los corredores.

---

[4] *Panhard Levasson:* Panhard Levasseur, fabricante francés de coches que, hacia 1900, fue el primero en colocar el motor delante de la máquina.

EL SR. X.— El conde Zborowsky, muerto en el accidente, y Marcel Renault [5], o Renol, que de ambas maneras suele y puede decirse, muerto también en el accidente, son mártires de la ciencia, que serán puestos en los altares el día en que venga la religión de lo positivo. A Renol lo conocí bastante. ¡Pobre Marcelo!

Tío.— No me convencerá usted. *(Se sienta.)*

EL SR. X.— *(Con el pie puesto en la silla y jugando con el bastón.)* Superlativamente; aunque un catedrático de Economía Política no puede discutir con un cultivador de rosas. Pero hoy día, créame usted, no privan los quietismos ni las ideas *oscurantistas.* Hoy día se abren camino un Juan Bautista Say [6] o Se, que de ambas maneras suele y puede decirse, o un conde León Tostuá, vulgo Tolstoi, tan galán en la forma como profundo en el concepto. Yo me siento en la Polis viviente; no soy partidario de la Natura Naturata.

Tío.— Cada uno vive como puede o como sabe en esta vida diaria.

EL SR. X.— Está entendido, la Tierra es un planeta mediocre [7], pero hay que ayudar a la civilización. Si Santos Dumont, en vez de estudiar meteorología comparada, se hubiera dedicado a cuidar rosas, el aeróstato dirigible estaría en el seno de Brahma.

Tío.— *(Disgustado.)* La botánica también es una ciencia.

---

[5] *El conde Zborowsky,* piloto de coches, y *Marcel Renault,* fabricante, fueron dos de las ocho víctimas producidas por aquella carrera histórica (1903), interrumpida en Burdeos, que tenía como objetivo recorrer la distancia entre París y Madrid.

[6] El Sr. X alardea de conocer el francés a propósito de Jean Baptiste Say (economista de comienzos del siglo XIX) o pronuncia a la francesa el ruso Tolstoi. También menciona la Polis griega (organización de ciudadanos) y la «Natura Naturata» o generada por sí misma.

[7] «La tierra es un planeta mediocre» es una cita de José Ortega y Gasset. *Alberto Santos Dumont,* inventor que perfeccionó el globo aerostático y también experimentó al comienzo del siglo XX, en Francia, los primeros aeroplanos.

El Sr. X.— *(Despectivo.)* Sí, pero aplicada: para estudiar jugos de la *Anthemis* olorosa, o el ruibarbo, o la enorme pulsátila, o el narcótico de la *Datura stramonium.*

Tío.— *(Ingenuo.)* ¿Le interesan a usted esas plantas?

El Sr. X.— No tengo el suficiente volumen de experiencia sobre ellas. Me interesa la cultura, que es distinto. ¡*Voilà* [8]! *(Pausa.)* ¿Y... Rosita?

Tío.— ¿Rosita? *(Pausa. En alta voz.)* ¡Rosita...!

Voz.— *(Dentro.)* No está.

Tío.— No está.

El Sr. X.— Lo siento.

Tío.— Yo también. Como es su santo, habrá salido a rezar los cuarenta credos.

El Sr. X.— Le entrega usted de mi parte este *pendentif* [9]. Es una Torre Eiffel de nácar sobre dos palomas que llevan en sus picos la rueda de la industria.

Tío.— Lo agradecerá mucho.

El Sr. X.— Estuve por haberla traído un cañoncito de plata por cuyo agujero se veía la Virgen de Lurdes, o Lourdes, o una hebilla para el cinturón hecha con una serpiente y cuatro libélulas, pero preferí lo primero por ser de más gusto.

Tío.— Gracias.

El Sr. X.— Encantado de su favorable acogida.

Tío.— Gracias.

El Sr. X.— Póngame a los pies de su señora esposa.

Tío.— Muchas gracias.

El Sr. X.— Póngame a los pies de su encantadora sobrinita, a la que deseo venturas en su celebrado onomástico.

Tío.— Mil gracias.

El Sr. X.— Considéreme seguro servidor suyo.

Tío.— Un millón de gracias.

El Sr. X.— Vuelvo a repetir...

---

[8] *Voilá,* del francés: «Así es», «Eso es».

[9] *pendentif:* del francés, pendiente.

Tío.— Gracias, gracias, gracias.

El Sr. X.— Hasta siempre. *(Se va.)*

Tío.— *(A voces.)* Gracias, gracias, gracias.

Ama.— *(Sale riendo.)* No sé cómo tiene usted paciencia. Con este señor y con el otro, don Confucio Montes de Oca, bautizado en la logia número cuarenta y tres, va a arder la casa un día.

Tío.— Te he dicho que no me gusta que escuches las conversaciones.

Ama.— Eso se llama ser desagradecido. Estaba detrás de la puerta, sí señor, pero no era para oír, sino para poner una escoba boca arriba y que el señor se fuera.

Tía.— ¿Se fue ya?

Tío.— Ya. *(Entra.)*

Ama.— ¿También este pretende a Rosita?

Tía.— Pero ¿por qué hablas de pretendientes? ¡No conoces a Rosita!

Ama.— Pero conozco a los pretendientes.

Tía.— Mi sobrina está comprometida.

Ama.— No me haga usted hablar, no me haga usted hablar, no me haga usted hablar, no me haga usted hablar.

Tía.— Pues cállate.

Ama.— ¿A usted le parece bien que un hombre se vaya y deje quince años plantada a una mujer que es la flor de la manteca? Ella debe casarse. Ya me duelen las manos de guardar mantelerías de encaje de Marsella y juegos de cama adornados de guipure y caminos de mesa y cubrecamas de gasa con flores de realce. Es que ya debe usarlos y romperlos, pero ella no se da cuenta de cómo pasa el tiempo. Tendrá el pelo de plata y todavía estará cosiendo cintas de raso liberti en los volantes de su camisa de novia.

Tía.— ¿Pero por qué te metes en lo que no te importa?

Ama.— *(Con asombro.)* Pero si no me meto, es que estoy metida.

Tía.— Yo estoy segura de que ella es feliz.

AMA.— Se lo figura. Ayer me tuvo todo el día acompañándola en la puerta del circo, porque se empeñó en que uno de los titiriteros se parecía a su primo.

TÍA.— ¿Y se parecía realmente?

AMA.— Era hermoso como un novicio cuando sale a cantar la primera misa, pero ya quisiera su sobrino tener aquel talle, aquel cuello de nácar y aquel bigote. No se parecía nada. En la familia de ustedes no hay hombres guapos.

TÍA.— ¡Gracias, mujer!

AMA.— Son todos bajos y un poquito caídos de hombros.

TÍA.— ¡Vaya!

AMA.— Es la pura verdad, señora. Lo que pasó es que a Rosita le gustó el saltimbanqui, como me gustó a mí y como le gustaría a usted. Pero ella lo achaca todo al otro. A veces me gustaría tirarle un zapato a la cabeza. Porque de tanto mirar al cielo se le van a poner los ojos de vaca.

TÍA.— Bueno; y punto final. Bien está que la zafia hable, pero que no ladre.

AMA.— No me echará usted en cara que no la quiero.

TÍA.— A veces me parece que no.

AMA.— El pan me quitaría de la boca y la sangre de mis venas, si ella me los deseara.

TÍA.— *(Fuerte.)* ¡Pico de falsa miel! ¡Palabras!

AMA.— *(Fuerte.)* ¡Y hechos! Lo tengo demostrado, ¡y hechos! La quiero más que usted.

TÍA.— Eso es mentira.

AMA.— *(Fuerte.)* ¡Eso es verdad!

TÍA.— ¡No me levantes la voz!

AMA.— *(Alto.)* Para eso tengo la campanilla de la lengua.

TÍA.— ¡Cállate, mal educada!

AMA.— Cuarenta años llevo al lado de usted.

TÍA.— *(Casi llorando.)* ¡Queda usted despedida!

AMA.— *(Fortísimo.)* ¡Gracias a Dios que la voy a perder de vista!

TÍA.— *(Llorando.)* ¡A la calle inmediatamente!

AMA.— *(Rompiendo a llorar.)* ¡A la calle!

(Se dirige llorando a la puerta y al entrar se le cae un objeto. Las dos están llorando. Pausa.)

TÍA.— *(Limpiándose las lágrimas y dulcemente.)* ¿Qué se te ha caído?

AMA.— *(Llorando.)* Un portatermómetro, estilo Luis XV.

TÍA.— ¿Sí?

AMA.— Sí, señora. *(Lloran.)*

TÍA.— ¿A ver?

AMA.— Para el santo de Rosita. *(Se acerca.)*

TÍA.— *(Sorbiendo.)* Es una preciosidad.

AMA.— *(Con voz de llanto.)* En medio del terciopelo hay una fuente hecha con caracoles de verdad; sobre la fuente una glorieta de alambre con rosas verdes; el agua de la taza es un grupo de lentejuelas azules y el surtidor es el propio termómetro. Los charcos que hay alrededor están pintados al aceite y encima de ellos bebe un ruiseñor todo bordado con hilo de oro. Yo quise que tuviera cuerda y cantara, pero no pudo ser.

TÍA.— No pudo ser.

AMA.— Pero no hace falta que cante. En el jardín los tenemos vivos.

TÍA.— Es verdad. *(Pausa.)* ¿Para qué te has metido en esto?

AMA.— *(Llorando.)* Yo doy todo lo que tengo por Rosita.

TÍA.— ¡Es que tú la quieres como nadie!

AMA.— Pero después que usted.

TÍA.— No. Tú le has dado tu sangre.

AMA.— Usted le ha sacrificado su vida.

TÍA.— Pero yo lo he hecho por deber y tú por generosidad.

AMA.— *(Más fuerte.)* ¡No diga usted eso!

TÍA.— Tú has demostrado quererla más que nadie.

AMA.— Yo he hecho lo que haría cualquiera en mi caso. Una criada. Ustedes me pagan y yo sirvo.

Tía.— Siempre te hemos considerado como de la familia.

Ama.— Una humilde criada que da lo que tiene y nada más.

Tía.— ¿Pero me vas a decir que nada más?

Ama.— ¿Y soy otra cosa?

Tía.— *(Irritada.)* Eso no lo puedes decir aquí. Me voy por no oírte.

Ama.— *(Irritada.)* Y yo también.

(*Salen rápidas una por cada puerta. Al salir la* Tía *se tropieza con el* Tío.)

Tío.— De tanto vivir juntas, los encajes se os hacen espinas.

Tía.— Es que quiere salirse siempre con la suya.

Tío.— No me expliques, ya me lo sé todo de memoria... Y sin embargo no puedes estar sin ella. Ayer oí cómo le explicabas con todo detalle nuestra cuenta corriente en el Banco. No te sabes quedar en tu sitio. No me parece conversación lo más a propósito para una criada.

Tía.— Ella no es una criada.

Tío.— *(Con dulzura.)* Basta, basta, no quiero llevarte la contraria.

Tía.— ¿Pero es que conmigo no se puede hablar?

Tío.— Se puede, pero prefiero callarme.

Tía.— Aunque te quedes con tus palabras de reproche.

Tío.— ¿Para qué voy a decir nada a estas alturas? Por no discutir soy capaz de hacerme la cama, de limpiar mis trajes con jabón de palo y cambiar las alfombras de mi habitación.

Tía.— No es justo que te des ese aire de hombre superior y mal servido, cuando todo en esta casa está supeditado a tu comodidad y a tus gustos.

Tío.— *(Dulce.)* Al contrario, hija.

Tía.— *(Seria.)* Completamente. En vez de hacer encajes, podo las plantas. ¿Qué haces tú por mí?

Tío.— Perdona. Llega un momento en que las personas que viven juntas muchos años hacen motivo de disgusto y de inquietud las cosas más pequeñas, para poner intensidad y afanes en lo que está definitivamente muerto. Con veinte años no teníamos estas conversaciones.

TÍA.— No. Con veinte años se rompían los cristales...

TÍO.— Y el frío era un juguete en nuestras manos.

> *(Aparece Rosita. Viene vestida de rosa. Ya la moda ha cambiado de mangas de jamón a 1900. Falda en forma de campanela. Atraviesa la escena, rápida, con unas tijeras en la mano. En el centro, se para.)*

ROSITA.— ¿Ha llegado el cartero?

TÍO.— ¿Ha llegado?

TÍA.— No sé. *(A voces.)* ¿Ha llegado el cartero? *(Pausa.)* No, todavía no.

ROSITA.— Siempre pasa a estas horas.

TÍO.— Hace rato debió llegar.

TÍA.— Es que muchas veces se entretiene.

ROSITA.— El otro día me lo encontré jugando al uni-uni-doli-doli con tres chicos y todo el montón de cartas en el suelo.

TÍA.— Ya vendrá.

ROSITA.— Avisadme. *(Sale rápida.)*

TÍO.— ¿Pero dónde vas con esas tijeras?

ROSITA.— Voy a cortar unas rosas.

TÍO.— *(Asombrado.)* ¿Cómo? ¿Y quién te ha dado permiso?

TÍA.— Yo. Es el día de su santo.

ROSITA.— Quiero poner en las jardineras y en el florero de la entrada.

TÍO.— Cada vez que cortáis una rosa es como si me cortaseis un dedo. Ya sé que es igual. *(Mirando a su mujer.)* No quiero discutir. Sé que duran poco. *(Entra el Ama.)* Así lo dice el vals de las rosas, que es una de las composiciones más bonitas de estos tiempos, pero no puedo reprimir el disgusto que me produce verlas en los búcaros. *(Sale de escena.)*

ROSITA.— *(Al Ama.)* ¿Vino el correo?

Ama.— Pues para lo único que sirven las rosas es para adornar las habitaciones.

Rosita.— *(Irritada.)* Te he preguntado si ha venido el correo.

Ama.— *(Irritada.)* ¿Es que me guardo yo las cartas cuando vienen?

Tía.— Anda, corta las flores.

Rosita.— Para todo hay en esta casa una gotita de acíbar.

Ama.— Nos encontramos el rejalgar por los rincones.

(Sale de escena.)

Tía.— ¿Estás contenta?

Rosita.— No sé.

Tía.— ¿Y eso?

Rosita.— Cuando no veo a la gente estoy contenta, pero como la tengo que ver...

Tía.— ¡Claro! No me gusta la vida que llevas. Tu novio no te exige que seas hurona. Siempre me dice en las cartas que salgas.

Rosita.— Pero es que en la calle noto cómo pasa el tiempo y no quiero perder las ilusiones. Ya han hecho otra casa nueva en la placeta. No quiero enterarme de cómo pasa el tiempo.

Tía.— ¡Claro! Muchas veces te he aconsejado que escribas a tu primo y te cases aquí con otro. Tú eres alegre. Yo sé que hay muchachos y hombres maduros enamorados de ti.

Rosita.— ¡Pero, tía! Tengo las raíces muy hondas, muy bien hincadas en mi sentimiento. Si no viera a la gente, me creería que hace una semana que se marchó. Yo espero como el primer día. Además, ¿qué es un año, ni dos, ni cinco? *(Suena una campanilla.)* El correo.

Tía.— ¿Qué te habrá mandado?

Ama.— *(Entrando en escena.)* Ahí están las solteronas cursilonas.

Tía.— ¡María Santísima!

Rosita.— Que pasen.

Ama.— La madre y las tres niñas. Lujo por fuera y para la boca unas malas migas de maíz. ¡Qué azotazo en el... les daba...! *(Sale de escena. Entran las tres cursilonas y su mamá. Las tres* Solteronas *vienen con inmensos sombreros de plumas malas, trajes exageradísimos, guantes hasta el codo con pulseras encima y abanicos pendientes de largas cadenas. La* Madre *viste de negro pardo con un sombrero de viejas cintas moradas.)*

Madre.— Felicidades. *(Se besan.)*

Rosita.— Gracias. *(Besa a las* Solteronas.*)* ¡Amor! ¡Caridad! ¡Clemencia!

Solterona 1.ª— Felicidades.

Solterona 2.ª— Felicidades.

Solterona 3.ª— Felicidades.

Tía.— *(A la* Madre.*)* ¿Cómo van esos pies?

Madre.— Cada vez peor. Si no fuera por estas, estaría siempre en casa. *(Se sientan.)*

Tía.— ¿No se da usted las friegas con alhucemas?

Solterona 1.ª— Todas las noches.

Solterona 2.ª— Y el cocimiento de malvas.

Tía.— No hay reúma que resista.*(Pausa.)*

Madre.— ¿Y su esposo?

Tía.— Está bien, gracias. *(Pausa.)*

Madre.— Con sus rosas.

Tía.— Con sus rosas.

Solterona 3.ª— ¡Qué bonitas son las flores!

Solterona 2.ª— Nosotras tenemos en una maceta un rosal de San Francisco.

Rosita.— Pero las rosas de San Francisco no huelen.

Solterona 1.ª— Muy poco.

Madre.— A mí lo que más me gusta son las celindas.

Solterona 3.ª— Las violetas son también preciosas. *(Pausa.)*

Madre.— Niñas, ¿habéis traído la tarjeta?

Solterona 3.ª— Sí. Es una niña vestida de rosa, que al mismo tiempo es barómetro. El fraile con la capucha está ya muy visto. Según la humedad, las faldas de la niña, que son de papel finísimo, se abren o se cierran.

Rosita.— *(Leyendo.)*

Una mañana en el campo
cantaban los ruiseñores
y en su cántico decían:
Rosita, de las mejores.

¿Para qué se han molestado ustedes?

Tía.— Es de mucho gusto.

Madre.— ¡Gusto no me falta, lo que me falta es dinero!

Solterona 1.ª— ¡Mamá...!

Solterona 2.ª— ¡Mamá...!

Solterona 3.ª— ¡Mamá...!

Madre.— Hijas, aquí tengo confianza. No nos oye nadie. Pero usted lo sabe muy bien: desde que faltó mi pobre marido hago verdaderos milagros para administrar la pensión que nos queda. Todavía me parece oír al padre de estas hijas, cuando, generoso y caballero como era, me decía: «Enriqueta, gasta, gasta, que ya gano setenta duros»; ¡pero aquellos tiempos pasaron! A pesar de todo, nosotras no hemos descendido de clase. ¡Y qué angustias he pasado, señora, para que estas hijas puedan seguir usando sombrero! ¡Cuántas lágrimas, cuántas tristezas, por una cinta o un grupo de bucles! Esas plumas y esos alambres me tienen costado muchas noches en vela.

Solterona 3.ª—¡Mamá...!

Madre.— Es la verdad, hija mía. No nos podemos extralimitar lo más mínimo. Muchas veces les pregunto: «¿Qué queréis, hijas de mi alma: ¿huevo en el almuerzo o silla en el paseo?». Y ellas me responden las tres a la vez: «Sillas».

Solterona 3.ª— Mamá, no comentes más esto. Todo Granada lo sabe.

Madre.— Claro, ¿qué van a contestar? Y allá nos vamos con unas patatas y un racimo de uvas, pero con capa de mongolia

L
E
483

o sombrilla pintada o blusa de popelinette, con todos los detalles. Porque no hay más remedio. ¡Pero a mí me cuesta la vida! Y se me llenan los ojos de lágrimas cuando las veo alternar con las que pueden.

SOLTERONA 2.ª— ¿No vas ahora a la Alameda, Rosita?

ROSITA.— No.

SOLTERONA 3.ª— Allí nos reunimos siempre con las de Ponce de León, con las de Herrasti y con las de la Baronesa de Santa Matilde de la Bendición Papal. Lo mejor de Granada.

MADRE.— ¡Claro! Estuvieron juntas en el Colegio de la Puerta del Cielo. *(Pausa.)*

TÍA.— *(Levantándose.)* Tomarán ustedes algo. *(Se levantan todas.)*

MADRE.— No hay manos como las de usted para el piñonate y el pastel de gloria.

SOLTERONA 1.ª— *(A* Rosita.*)* ¿Tienes noticias?

ROSITA.— El último correo me prometía novedades. Veremos a ver este.

SOLTERONA 3.ª— ¿Has terminado el juego de encajes valenciennes [10]?

ROSITA.— ¡Toma! Ya he hecho otro de nansú [11] con mariposas a la aguada.

SOLTERONA 2.ª— El día que te cases vas a llevar el mejor ajuar del mundo.

ROSITA.— ¡Ay, yo pienso que todo es poco! Dicen que los hombres se cansan de una si la ven siempre con el mismo vestido.

AMA.— *(Entrando.)* Ahí están las de Ayola, el fotógrafo.

TÍA.— Las señoritas de Ayola, querrás decir.

AMA.— Ahí están las señoronas por todo lo alto de Ayola, fo-

---

[10] *encajes valenciennes*: originarios de Valenciennes (ciudad del norte de Francia).

[11] *nansú*: tela fina de algodón, semejante a la batista en lo transparente, pero más suave, originaria de Oriente, que se emplea para blusas ligeras o pañuelos.

tógrafo de Su Majestad y medalla de oro en la exposición de Madrid. *(Sale.)*

TÍA.— Hay que aguantarla; pero a veces me crispa los nervios. *(Las* Solteronas *están con* Rosita *viendo unos paños.)* Están imposibles.

MADRE.— Envalentonadas. Yo tengo una muchacha que nos arregla el piso por las tardes; ganaba lo que han ganado siempre: una peseta al mes y las sobras, que ya está bien en estos tiempos; pues el otro día se nos descolgó diciendo que quería un duro, ¡y yo no puedo!

TÍA.— No sé dónde vamos a parar. *(Entran las* Niñas *de Ayola que saludan a* Rosita *con alegría. Vienen con la moda exageradísima de la época y ricamente vestidas.)*

ROSITA.— ¿No se conocen ustedes?

AYOLA 1.ª— De vista.

ROSITA.— Las señoritas de Ayola, la señora y señoritas de Escarpini.

AYOLA 2.ª— Ya las vemos sentadas en sus sillas del paseo. *(Disimulan la risa.)*

ROSITA.— Tomen asiento. *(Se sientan las* Solteronas.)

TÍA.— *(A las de* Ayola.) ¿Queréis un dulcecito?

AYOLA 2.ª— No; hemos comido hace poco. Por cierto que yo tomé cuatro huevos con picadillo de tomate, y casi no me podía levantar de la silla.

AYOLA 1.ª— ¡Qué graciosa! *(Ríen. Pausa. Las* Ayola *inician una risa incontenible que se comunica a* Rosita, *que hace esfuerzos por contenerlas. Las* Cursilonas *y su* Madre *están serias. Pausa.)*

TÍA.— ¡Qué criaturas!

MADRE.— ¡La juventud!

TÍA.— Es la edad dichosa.

ROSITA.— *(Andando por la escena como arreglando cosas.)* Por favor, callarse. *(Se callan.)*

TÍA.— *(A* Solterona 3.ª) ¿Y ese piano?

SOLTERONA 3.ª— Ahora estudio poco. Tengo muchas labores que hacer.

ROSITA.— Hace mucho tiempo que no te he oído.

MADRE.— Si no fuera por mí, ya se le habrían engarabitado los dedos. Pero siempre estoy con el tole tole.

SOLTERONA 2.ª— Desde que murió el pobre papá no tiene ganas. ¡Como a él le gustaba tanto!

SOLTERONA 3.ª— Me acuerdo que algunas veces se le caían las lágrimas.

SOLTERONA 1.ª— Cuando tocaba la tarantela de Popper.

SOLTERONA 2.ª— Y la plegaria de la Virgen.

MADRE.— ¡Tenía mucho corazón! *(Las* Ayola, *que han estado conteniendo la risa, rompen a reír en grandes carcajadas.* Rosita, *vuelta de espaldas a las* Solteronas, *ríe también, pero se domina.)*

TÍA.— ¡Qué chiquillas!

AYOLA 1.ª— Nos reímos porque antes de entrar aquí...

AYOLA 2.ª— Tropezó esta y estuvo a punto de dar la vuelta de campana...

AYOLA 1.ª— Y yo... *(Ríen. Las* Solteronas *inician una leve risa fingida con un matiz cansado y triste.)*

MADRE.— ¡Ya nos vamos!

TÍA.— De ninguna manera.

ROSITA.— *(A todas.)* ¡Pues celebremos que no te hayas caído! Ama, trae los huesos de Santa Catalina.

SOLTERONA 3.ª— ¡Qué ricos son!

MADRE.— El año pasado nos regalaron a nosotras medio kilo. *(Entra el* Ama *con los huesos.)*

AMA.— Bocados para gente fina. *(A* Rosita.*)* Ya viene el correo por los alamillos.

ROSITA.— ¡Espéralo en la puerta!

AYOLA 1.ª— Yo no quiero comer. Prefiero una palomilla de anís.

AYOLA 2.ª— Y yo de agraz.

ROSITA.— ¡Tú siempre tan borrachilla!

AYOLA 1.ª— Cuando yo tenía seis años venía aquí y el novio de Rosita me acostumbró a beberlas. ¿No recuerdas, Rosita?

ROSITA.— *(Seria.)* ¡No!

AYOLA 2.ª— A mí, Rosita y su novio me enseñaban las letras B, C, D... ¿Cuánto tiempo hace de esto?

TÍA.— ¡Quince años!

AYOLA 1.ª— A mí, casi, casi, se me ha olvidado la cara de tu novio.

AYOLA 2.ª— ¿No tenía una cicatriz en el labio?

ROSITA.— ¿Una cicatriz? Tía, ¿tenía una cicatriz?

TÍA.— ¿Pero no te acuerdas, hija? Era lo único que le afeaba un poco.

ROSITA.— Pero no era una cicatriz, era una quemadura, un poquito rosada. Las cicatrices son hondas.

AYOLA 1.ª— ¡Tengo una gana de que Rosita se case!

ROSITA.— ¡Por Dios!

AYOLA 2.ª— Nada de tonterías. ¡Yo también!

ROSITA.— ¿Por qué?

AYOLA 1.ª— Para ir a una boda. En cuanto yo pueda me caso.

TÍA.— ¡Niña!

AYOLA 1.ª— Con quien sea, pero no me quiero quedar soltera.

AYOLA 2.ª— Yo pienso igual.

TÍA.— *(A la* Madre.) ¿Qué le parece a usted?

AYOLA 1.ª— ¡Ay! ¡Y si soy amiga de Rosita es porque sé que tiene novio! Las mujeres sin novio están pochas, recocidas y todas ellas... *(Al ver a las* Solteronas.) Bueno, todas no; algunas de ellas... En fin, ¡todas están rabiadas!

TÍA.— ¡Ea! Ya está bien.

MADRE.— Déjela.

SOLTERONA 1.ª— Hay muchas que no se casan porque no quieren.

AYOLA 2.ª— Eso no lo creo yo.

SOLTERONA 1.ª— *(Con intención.)* Lo sé muy cierto.

AYOLA 2.ª— La que no se quiere casar, deja de echarse polvos y ponerse postizos debajo de la pechera, y no se está día y noche en las barandillas del balcón atisbando la gente.

SOLTERONA 2.ª— ¡Le puede gustar tomar el aire!

Rosita.— Pero ¡qué discusión más tonta! *(Ríen forzosamente.)*

Tía.— Bueno. ¿Por qué no tocamos un poquito?

Madre.— ¡Anda, niña!

Solterona 3.ª— *(Levantándose.)* Pero ¿qué toco?

Ayola 2.ª— Toca *¡Viva Frascuelo!*

Solterona 2.ª— La barcarola de *La Fragata Numancia.*

Rosita.— ¿Y por qué no *Lo que dicen las flores?*

Madre.— ¡Ah, sí, *Lo que dicen las flores!* (*A la* Tía.) ¿No la ha
oído usted? Habla y toca al mismo tiempo. ¡Una preciosidad!

Solterona 3.ª— También puedo decir: «Volverán las oscuras
golondrinas, de tu balcón los nidos a colgar».

Ayola 1.ª—Eso es muy triste.

Solterona 1.ª— Lo triste es bonito también.

Tía.— ¡Vamos! ¡Vamos!

Solterona 3.ª— *(En el piano.)*
    Madre, llévame a los campos
    con la luz de la mañana
    a ver abrirse las flores
    cuando se mecen las ramas.
    Mil flores dicen mil cosas
    para mil enamoradas,
    y la fuente está contando
    lo que el ruiseñor se calla.

Rosita.—
    Abierta estaba la rosa
    con la luz de la mañana;
    tan roja de sangre tierna,
    que el rocío se alejaba;
    tan caliente sobre el tallo,
    que la brisa se quemaba;
    ¡tan alta!, ¡cómo reluce!
    ¡Abierta estaba!

SOLTERONA 3.ª— «Solo en ti pongo mis ojos»,
el heliotropo expresaba.
«No te querré mientras viva»,
dice la flor de la albahaca.
«Soy tímida», la violeta.
«Soy fría», la rosa blanca.
Dice el jazmín: «Seré fiel»,
y el clavel: «¡Apasionada!»

SOLTERONA 2.ª— El jacinto es la amargura;
el dolor, la pasionaria;

SOLTERONA 1.ª— El jaramago, el desprecio,
y los lirios, la esperanza.

TÍA.— Dice el nardo: «Soy tu amigo»;
«creo en ti», la pasionaria.
La madreselva te mece,
la siempreviva te mata.

MADRE.— Siempreviva de la muerte,
flor de las manos cruzadas;
¡qué bien estás cuando el aire
llora sobre tu guirnalda!

ROSITA.— Abierta estaba la rosa,
pero la tarde llegaba,
y un rumor de nieve triste
le fue pasando las ramas;
cuando la sombra volvía,
cuando el ruiseñor cantaba,
como una muerta de pena
se puso transida y blanca;
y cuando la noche, grande

cuerno de metal sonaba
y los vientos enlazados
dormían en la montaña,
se deshojó suspirando
por los cristales del alba.

SOLTERONA 3.ª—
Sobre tu largo cabello
gimen las flores cortadas.
Unas llevan puñalitos,
otras fuego y otras agua.

SOLTERONA 1.ª—
Las flores tienen su lengua
para las enamoradas.

ROSITA.—
Son celos el carambuco;
desdén esquivo la dalia;
suspiros de amor el nardo;
risa, la gala de Francia.
Las amarillas son odio;
el furor, las encarnadas;
las blancas son casamiento
y las azules, mortaja.

SOLTERONA 3.ª—
Madre, llévame a los campos
con la luz de la mañana
a ver abrirse las flores
cuando se mecen las ramas.

(El piano hace la última escala y se para.)

TÍA.— ¡Ay, qué preciosidad!
MADRE.— Saben también el lenguaje del abanico, el lenguaje
de los guantes, el lenguaje de los sellos y el lenguaje de las

horas. A mí se me pone la carne de gallina cuando dicen aquello:

Las doce dan sobre el mundo
con horrísono rigor;
de la hora de tu muerte
acuérdate, pecador.

AYOLA 1.ª— *(Con la boca llena de dulce.)* ¡Qué cosa más fea!

MADRE.— Y cuando dicen:

A la una nacemos,
la ra la, la,
y este nacer,
la, la, ran,
es como abrir los ojos,
lan,
en un vergel,
vergel, vergel.

AYOLA 2.ª— *(A su hermana.)* Me parece que la vieja ha empinado el codo *(A la* Madre.*)* ¿Quiere otra copita?

MADRE.— Con sumo gusto y fina voluntad, como se decía en mi época.

(Rosita *ha estado espiando la llegada del correo.*)

AMA.— ¡El correo! *(Algazara general.)*

TÍA.— Y ha llegado justo.

SOLTERONA 3.ª— Ha tenido que contar los días para que llegue hoy.

MADRE.— ¡Es una fineza!

AYOLA 2.ª— ¡Abre la carta!

AYOLA 1.ª— Más discreto es que la leas tú sola, porque a lo mejor te dice algo verde.

MADRE.— ¡Jesús!

(Sale Rosita *con la carta.)*

Ayola 1.ª— Una carta de un novio no es un devocionario.

Solterona 3.ª— Es un devocionario de amor.

Ayola 2.ª— ¡Ay, qué finoda! *(Ríen las* Ayola.*)*

Ayola 1.ª— Se conoce que no ha recibido ninguna.

Madre.— *(Fuerte.)* ¡Afortunadamente para ella!

Ayola 1.ª— Con su pan se lo coma.

Tía.— *(Al* Ama *que va a entrar con* Rosita.*)* ¿Dónde vas tú?

Ama.— ¿Es que no puedo dar un paso?

Tía.— ¡Déjala a ella!

Rosita.— *(Saliendo.)* ¡Tía! ¡Tía!

Tía.— Hija, ¿qué pasa?

Rosita.— *(Con agitación.)* ¡Ay, tía!

Ayola 1.ª— ¿Qué?

Solterona 3.ª— ¡Dinos!

Ayola 2.ª— ¿Qué?

Ama.— ¡Habla!

Tía.— ¡Rompe!

Madre.— ¡Un vaso de agua!

Ayola 2.ª— ¡Venga!

Ayola 1.ª— Pronto. *(Algazara.)*

Rosita.— *(Con voz ahogada.)* Que se casa... *(Espanto en todos)*. Que se casa conmigo, porque ya no puede más, pero que...

Ayola 2.ª— *(Abrazándola.)* ¡Olé! ¡Qué alegría!

Ayola 1.ª— ¡Un abrazo!

Tía.— Dejadla hablar.

Rosita.— *(Más calmada.)* Pero como le es imposible venir por ahora, la boda será por poderes y luego vendrá él.

Solterona 1.ª— ¡Enhorabuena!

Madre.— *(Casi llorando.)* ¿Dios te haga lo feliz que mereces! *(La abraza.)*

Ama.— Bueno, y «poderes» ¿qué es?

Rosita.— Nada. Una persona representa al novio en la ceremonia.

Ama.— ¿Y qué más?

Rosita.— ¡Que está una casada!

Ama.— Y por la noche, ¿qué?

Rosita.— ¡Por Dios!

Ayola 1.ª— Muy bien dicho. Y por la noche, ¿qué?

Tía.— ¡Niñas!

Ama.— ¡Que venga en persona y se case! ¡«Poderes»! No lo he oído decir nunca. La cama y sus pinturas, temblando de frío, y la camisa de novia en lo más oscuro del baúl. Señora, no deje usted que los «poderes» entren en esta casa. *(Ríen todos.)* ¡Señora, que yo no quiero «poderes»!

Rosita.— Pero él vendrá pronto. ¡Esto es una prueba más de lo que me quiere!

Ama.— ¡Eso! ¡Que venga! Y que te coja del brazo y que menee el azúcar de tu café y lo pruebe antes a ver si quema.

(Risas. Aparece el Tío *con una rosa.)*

Rosita.— ¡Tío!

Tío.— ¡Lo he oído todo, y casi sin darme cuenta he cortado la única rosa mudable que tenía en mi invernadero! Todavía estaba roja:

> Abierta en el mediodía
> es roja como el coral.

Rosita.—

> El sol se asoma a los vidrios
> para verla relumbrar.

Tío.— Si hubiera tardado dos horas más en cortarla, te la hubiese dado blanca.

Rosita.—

> Blanca como la paloma,
> como la risa del mar;
> blanca con el blanco frío
> de una mejilla de sal.

Tío.— Pero todavía, todavía tiene la brasa de su juventud.

Tía.— Bebe conmigo una copita, hombre. Hoy es día de que
lo hagas.

(Algazara. La Solterona 3.ª *se sienta al piano y toca
una polca.* Rosita *está mirando la rosa. Las* Solteronas 2.ª *y* 1ª *bailan con las* Ayola *y cantan.)*

Porque, mujer, te vi,
a la orilla del mar,
tu dulce languidez
me hacía suspirar,
y aquel dulzor sutil
de mi ilusión fatal
a la luz de la luna
lo viste naufragar.

(La Tía *y el* Tío *bailan.* Rosita *se dirige a la pareja*
Soltera 2.ª *y* Ayola. *Baila con la* Soltera. *La* Ayola
bate palmas al ver a los viejos y el Ama *al entrar
hace el mismo juego.)*

Telón

Acto tercero

Sala baja de ventanas con persianas verdes que dan al Jardín del Carmen. Hay un silencio en la escena. Un reloj da las seis de la tarde. Cruza la escena el Ama con un cajón y una maleta. Han pasado diez años. Aparece la Tía y se sienta en una silla baja, en el centro de la escena. Silencio. El reloj vuelve a dar las seis. Pausa.

AMA.— *(Entrando.)* La repetición de las seis.

TÍA.— ¿Y la niña?

AMA.— Arriba, en la torre. Y usted, ¿dónde estaba?

TÍA.— Quitando las últimas macetas del invernadero.

AMA.— No la he visto en toda la mañana.

TÍA.— Desde que murió mi marido está la casa tan vacía que parece el doble de grande, y hasta tenemos que buscarnos. Algunas noches, cuando toso en mi cuarto, oigo un eco como si estuviera en una iglesia.

AMA.— Es verdad que la casa resulta demasiado grande.

TÍA.— Y luego..., si él viviera, con aquella claridad que tenía, con aquel talento... *(Casi llorando.)*

AMA.— *(Cantando.)* Lan-lan-van-lan-lan... No, señora, llorar no lo consiento. Hace ya seis años que murió y no quiero que esté usted como el primer día. ¡Bastante lo hemos llorado! ¡A pisar firme, señora! ¡Salga el sol por las esquinas! ¡Que nos espere muchos años todavía cortando rosas!

TÍA.— *(Levantándose.)* Estoy muy viejecita, ama. Tenemos encima una ruina muy grande.

AMA.— No nos faltará. ¡También yo estoy vieja!

TÍA.— ¡Ojalá tuviera yo tus años!

AMA.— Nos llevamos poco, pero como yo he trabajado mucho, estoy engrasada, y a usted, a fuerza de poltrona, se le han engarabitado las piernas.

TÍA.— ¿Es que te parece que yo no he trabajado?

AMA.— Con las puntillas de los dedos, con hilos, con tallos, con confituras; en cambio yo he trabajado con las espaldas, con las rodillas, con las uñas...

TÍA.— Entonces, gobernar una casa ¿no es trabajar?

AMA.— Es mucho más difícil fregar sus suelos.

TÍA.— No quiero discutir.

AMA.— ¿Y por qué no? Así pasamos el rato. Ande. Replíqueme. Pero nos hemos quedado mudas. Antes se daban voces. Que si esto, que si lo otro, que si las natillas, que si no planches más...

TÍA.— Yo ya estoy entregada..., y un día sopas, otro día migas, mi vasito de agua y mi rosario en el bolsillo, esperaría la muerte con dignidad... ¡Pero cuando pienso en Rosita!

AMA.— ¡Esa es la llaga!

TÍA.— *(Enardecida.)* Cuando pienso en la mala acción que le han hecho y en el terrible engaño mantenido y en la falsedad del corazón de ese hombre, que no es de mi familia ni merece ser de mi familia, quisiera tener veinte años para tomar un vapor y llegar a Tucumán y coger un látigo...

AMA.— *(Interrumpiéndola.)* ... y coger una espada y cortarle la cabeza y machacársela con dos piedras y cortarle la mano del falso juramento y las mentirosas escrituras de cariño.

Tía.— Sí, sí; que pagara con sangre lo que sangre ha costado, aunque toda sea sangre mía, y después...

Ama.— ... aventar las cenizas sobre el mar.

Tía.— Resucitarlo y traerlo con Rosita para respirar satisfecha con la honra de los míos.

Ama.— Ahora me dará usted la razón.

Tía.— Te la doy.

Ama.— Allí encontró la rica que iba buscando y se casó, pero debió decirlo a tiempo. Porque, ¿quién quiere ya a esta mujer? ¡Ya está pasada! Señora: ¿y no le podríamos mandar una carta envenenada, que se muriera de repente al recibirla?

Tía.— ¡Qué cosas! Ocho años lleva de matrimonio, y hasta el mes pasado no me escribió el canalla la verdad. Yo notaba algo en las cartas; los poderes que no venían, un aire dudoso..., no se atrevía, pero al fin lo hizo. ¡Claro que después que su padre murió! Y esta criatura...

Ama.— ¡Chist...!

Tía.— Y recoge las dos orzas.

(Aparece Rosita. Viene vestida de un rosa claro con moda del 1910. Entra peinada de bucles. Está muy avejentada.)

Ama.— ¡Niña!

Rosita.— ¿Qué hacéis?

Ama.— Criticando un poquito. Y tú, ¿dónde vas?

Rosita.— Voy al invernadero. ¿Se llevaron ya las macetas?

Tía.— Quedan unas pocas.

(Sale Rosita. Se limpian las lágrimas las dos mujeres.)

Ama.— ¿Y ya está? ¿Usted sentada y yo sentada? ¿Y a morir tocan? ¿Y no hay ley? ¿Y no hay gábilos para hacerlo polvo...?

Tía.— Calla, ¡no sigas!

Ama.— Yo no tengo genio para aguantar estas cosas sin que

el corazón me corra por todo el pecho como si fuera un perro perseguido. Cuando yo enterré a mi marido lo sentí mucho, pero tenía en el fondo una gran alegría..., alegría no..., golpetazos de ver que la enterrada no era yo. Cuando enterré a mi niña... ¿me entiende usted?, cuando enterré a mi niña fue como si me pisotearan las entrañas, pero los muertos son muertos. Están muertos, vamos a llorar, se cierra la puerta, ¡y a vivir! Pero esto de mi Rosita es lo peor. Es querer y no encontrar el cuerpo; es llorar y no saber por quién se llora; es suspirar por alguien que uno sabe que no se merece los suspiros. Es una herida abierta que mana sin parar un hilito de sangre, y no hay nadie, nadie del mundo, que traiga los algodones, las vendas o el precioso terrón de nieve.

Tía.— ¿Qué quieres que yo haga?

Ama.— Que nos lleve el río.

Tía.— A la vejez todo se nos vuelve de espaldas.

Ama.— Mientras yo tenga brazos nada le faltará.

Tía.— *(Pausa. Muy bajo, como con vergüenza.)* Ama, ¡ya no puedo pagar tus mensualidades! Tendrás que abandonarnos.

Ama.— ¡Huuy! ¡Qué airazo entra por las ventanas! ¡Huuuy...! ¿O será que me estoy volviendo sorda? Pues... ¿y las ganas que me entran de cantar? ¡Como los niños que salen del colegio! *(Se oyen voces infantiles.)* ¿Lo oye usted, señora? Mi señora, más señora que nunca. *(La abraza.)*

Tía.— Oye.

Ama.— Voy a guisar. Una cazuela de jureles perfumada con hinojos.

Tía.— ¡Escucha!

Ama.— ¡Y un monte nevado! Le voy a hacer un monte nevado con grageas de colores...

Tía.— ¡Pero mujer!...

Ama.— *(A voces.)* ¡Digo!... ¡Si está aquí don Martín! Don Martín, ¡adelante! ¡Vamos! Entretenga un poco a la señora.

(Sale rápida. Entra Don Martín. *Es un viejo con el pelo rojo. Lleva una muleta con la que sostiene una pierna encogida. Tipo noble, de gran dignidad, con un aire de tristeza definitiva.)*

Tía.— ¡Dichosos los ojos!

Martín.— ¿Cuándo es la arrancada definitiva?

Tía.— Hoy.

Martín.— ¡Qué se le va a hacer!

Tía.— La nueva casa no es esto. Pero tiene buenas vistas y un patinillo con dos higueras donde se pueden tener flores.

Martín.— Más vale así. *(Se sientan.)*

Tía.— ¿Y usted?

Martín.— Mi vida de siempre. Vengo de explicar mi clase de Preceptiva. Un verdadero infierno. Era una lección preciosa: «Concepto y definición de la Harmonía», pero a los niños no les interesa nada. ¡Y qué niños! A mí, como me ven inútil, me respetan un poquito; alguna vez un alfiler que otro en el asiento, o un muñequito en la espalda, pero a mis compañeros les hacen cosas horribles. Son los niños de los ricos y, como pagan, no se les puede castigar. Así nos dice siempre el director. Ayer se empeñaron en que el pobre señor Canito, profesor nuevo de Geografía, llevaba corsé, porque tiene un cuerpo algo retrepado, y cuando estaba solo en el patio, se reunieron los grandullones y los internos, lo desnudaron de cintura para arriba, lo ataron a una de las columnas del corredor y le arrojaron desde el balcón un jarro de agua.

Tía.— ¡Pobre criatura!

Martín.— Todos los días entro temblando en el colegio esperando lo que van a hacerme, aunque, como digo, respetan algo mi desgracia. Hace un rato tenían un escándalo enorme, porque el señor Consuegra, que explica latín admirablemente, había encontrado un excremento de gato sobre su lista de clase.

Tía.— ¡Son el enemigo!

MARTÍN.— Son los que pagan y vivimos con ellos. Y créame usted que los padres se ríen luego de las infamias, porque como somos los pasantes y no les vamos a examinar los hijos, nos consideran como hombres sin sentimiento, como a personas situadas en el último escalón de gente que lleva todavía corbata y cuello planchado.

TÍA.— ¡Ay, don Martín! ¡Qué mundo este!

MARTÍN.— ¡Qué mundo! Yo soñaba siempre ser poeta. Me dieron una flor natural y escribí un drama que nunca se pudo representar.

TÍA.— *¿La hija de Jefté?*

MARTÍN.— ¡Eso es!

TÍA.— Rosita y yo lo hemos leído. Usted nos lo prestó. ¡Lo hemos leído cuatro o cinco veces!

MARTÍN.— *(Con ansia.)* Y ¿qué...?

TÍA.— Me gustó mucho. Se lo he dicho siempre. Sobre todo cuando ella va a morir y se acuerda de su madre y la llama.

MARTÍN.— Es fuerte, ¿verdad? Un drama verdadero. Un drama de contorno y de concepto. Nunca se pudo representar. *(Rompiendo a recitar.)*

¡Oh madre excelsa! Torna tu mirada
a la que en vil sopor rendida yace;
¡recibe tú las fúlgidas preseas
y el hórrido estertor de mi combate!

¿Y es que esto está mal? ¿Y es que no suena bien de acento y de cesura este verso: «y el hórrido estertor de mi combate»?

TÍA.— ¡Precioso! ¡Precioso!

MARTÍN.— Y cuando Glucinio se va a encontrar con Isaías y levanta el tapiz de la tienda...

AMA.— *(Interrumpiéndole.)* Por aquí. *(Entran dos Obreros vestidos con trajes de pana.)*

OBRERO 1.º— Buenas tardes.

MARTÍN Y TÍA.— *(Juntos.)* Buenas tardes.

AMA.— ¡Ese es! *(Señala un diván grande que hay al fondo de la habitación. Los Hombres lo sacan lentamente como si sacaran un ataúd. El Ama los sigue. Silencio. Se oyen dos campanadas mientras salen los Hombres con el diván.)*

MARTÍN.— ¿Es la Novena de Santa Gertrudis la Magna?

TÍA.— Sí, en San Antón.

MARTÍN.— ¡Es muy difícil ser poeta! *(Salen los Hombres.)* Después quise ser farmacéutico. Es una vida tranquila.

TÍA.— Mi hermano, que en gloria esté, era farmacéutico.

MARTÍN.— Pero no pude. Tenía que ayudar a mi madre y me hice profesor. Por eso envidiaba yo tanto a su marido. Él fue lo que quiso.

TÍA.— ¡Y le costó la ruina!

MARTÍN.— Sí, pero es peor esto mío.

TÍA.— Pero usted sigue escribiendo.

MARTÍN.— No sé por qué escribo, porque no tengo ilusión, pero sin embargo es lo único que me gusta. ¿Leyó usted mi cuento de ayer en el segundo número de *Mentalidad Granadina*?

TÍA.— ¿«El cumpleaños de Matilde»? Sí, lo leímos; una preciosidad.

MARTÍN.— ¿Verdad que sí? Ahí he querido renovarme haciendo una cosa de ambiente actual; ¡hasta hablo de un aeroplano! Verdad es que hay que modernizarse. Claro que lo que más me gusta a mí son mis sonetos.

TÍA.— ¡A las nueve musas del Parnaso!

MARTÍN.— A las diez, a las diez. ¿No se acuerda usted que nombré décima musa a Rosita?

AMA.— *(Entrando.)* Señora, ayúdeme usted a doblar esta sábana. *(Se ponen a doblarla entre las dos.)* ¡Don Martín con su pelito rojo! ¿Por qué no se casó, hombre de Dios? ¡No estaría tan solo en esta vida!

MARTÍN.— ¡No me han querido!

AMA.— Es que ya no hay gusto. ¡Con la manera de hablar tan preciosa que tiene usted!

TÍA.— ¡A ver si lo vas a enamorar!

MARTÍN.— ¡Que pruebe!

AMA.— Cuando él explica en la sala baja del colegio, yo voy a la carbonería para oírlo: «¿Qué es idea?». «La representación intelectual de una cosa o un objeto.» ¿No es así?

MARTÍN.— ¡Mírenla! ¡Mírenla!

AMA.— Ayer decía a voces: «No; ahí hay hipérbaton», y luego... «el epinicio»... A mí me gustaría entender, pero como no entiendo me dan ganas de reír, y el carbonero que siempre está leyendo un libro que se llama *Las ruinas de Palmira*, me echa unas miradas como si fueran dos gatos rabiosos. Pero aunque me ría, como ignorante, comprendo que don Martín tiene mucho mérito.

MARTÍN.— No se le da hoy mérito a la Retórica y Poética, ni a la cultura universitaria. *(Sale el Ama rápida con la sábana doblada.)*

TÍA.— ¡Qué le vamos a hacer! Ya nos queda poco tiempo en este teatro.

MARTÍN.— Y hay que emplearlo en la bondad y en el sacrificio. *(Se oyen voces.)*

TÍA.— ¿Qué pasa?

AMA.— *(Apareciendo.)* Don Martín, que vaya usted al colegio, que los niños han roto con un clavo las cañerías y están todas las clases inundadas.

MARTÍN.— Vamos allá. Soñé con el Parnaso y tengo que hacer de albañil y fontanero. Con tal de que no me empujen o resbale... *(El Ama ayuda a levantarse a Don Martín. Se oyen voces.)*

AMA.— ¡Ya va...! ¡Un poco de calma! ¡A ver si el agua sube hasta que no quede un niño vivo!

MARTÍN.— *(Saliendo.)* ¡Bendito sea Dios!

TÍA.— Pobre, ¡qué sino el suyo!

AMA.— Mírese en ese espejo. Él mismo se plancha los cuellos y cose sus calcetines, y cuando estuvo enfermo, que le llevé las natillas, tenía una cama con unas sábanas que tiznaban como el carbón y unas paredes y un lavabillo..., ¡ay!

TÍA.— ¡Y otros, tanto!

AMA.— Por eso siempre diré: ¡Malditos, malditos sean los ricos! ¡No quede de ellos ni las uñas de las manos!

TÍA.— ¡Déjalos!

AMA.— Pero estoy segura que van al infierno de cabeza. ¿Dónde cree usted que estará don Rafael Salé, explotador de los pobres, que enterraron anteayer (Dios lo haya perdonado) con tanto cura y tanta monja y tango gori-gori? ¡En el infierno! Y él dirá: «¡Que tengo veinte millones de pesetas, no me apretéis con las tenazas! ¡Os doy cuarenta mil duros si me arrancáis estas brasas de los pies!»; pero los demonios, tizonazo por aquí, tizonazo por allá, puntapié que te quiero, bofetadas en la cara, hasta que la sangre se le convierta en carbonilla.

TÍA.— Todos los cristianos sabemos que ningún rico entra en el reino de los cielos, pero a ver si por hablar de ese modo vas a parar también al infierno de cabeza.

AMA.— ¿Al infierno yo? Del primer empujón que le doy a la caldera de Pedro Botero, hago llegar el agua caliente a los confines de la tierra. No, señora, no. Yo entro en el cielo a la fuerza. *(Dulce.)* Con usted. Cada una en una butaca de seda celeste que se meza ella sola, y unos abanicos de raso grana. En medio de las dos, en un columpio de jazmines y matas de romero, Rosita meciéndose y detrás su marido cubierto de rosas como salió en su caja de esa habitación; con la misma sonrisa, con la misma frente blanca como si fuera de cristal, y usted se mece así, y yo así, y Rosita así, y detrás el Señor tirándonos rosas como si las tres fuéramos un paso de nácar lleno de cirios y caireles.

TÍA.— Y los pañuelos para las lágrimas que se queden aquí abajo.

AMA.— Eso, que se fastidien. Nosotras, ¡juerga celestial!

TÍA.— ¡Porque ya no nos queda una sola dentro del corazón!

OBRERO 1.º— Ustedes dirán [12].

L
E
503

---

[12] El Obrero no es anunciado por acotación alguna.

AMA.— Vengan. *(Entran. Desde la puerta.)* ¡Ánimo!

TÍA.— ¡Dios te bendiga! *(La Tía se sienta lentamente. Aparece* Rosita *con un paquete de cartas en la mano. Silencio.)*

TÍA.— ¿Se han llevado ya la cómoda?

ROSITA.— En este momento. Su prima Esperanza mandó un niño por un destornillador.

TÍA.— Estarán armando las camas para esta noche. Debimos irnos temprano y haber hecho las cosas a nuestro gusto. Mi prima habrá puesto los muebles de cualquier manera.

ROSITA.— Pero yo prefiero salir de aquí con la calle a oscuras. Si me fuera posible apagaría el farol. De todos modos las vecinas estarán acechando. Con la mudanza ha estado todo el día la puerta llena de chiquillos como si en la casa hubiera un muerto.

TÍA.— Si yo lo hubiera sabido no hubiese consentido de ninguna manera que tu tío hubiera hipotecado la casa con muebles y todo. Lo que sacamos es lo sucinto, la silla para sentarnos y la cama para dormir.

ROSITA.— Para morir.

TÍA.— ¡Fue buena jugada la que nos hizo! ¡Mañana vienen los nuevos dueños! Me gustaría que tu tío nos viera. ¡Viejo tonto! Pusilánime para los negocios. ¡Chalado de las rosas! ¡Hombre sin idea del dinero! Me arruinaba cada día. «Ahí está fulano»; y él: «Que entre», y entraba con los bolsillos vacíos y salía con ellos rebosando plata, y siempre: «Que no se entere mi mujer». ¡El manirroto! ¡El débil! Y no había calamidad que no remediase..., ni niños que no amparara porque..., porque... tenía el corazón más grande que hombre tuvo..., el alma cristiana más pura...; no, no, ¡cállate, vieja! ¡Cállate, habladora, y respeta la voluntad de Dios! ¡Arruinadas! Muy bien, y ¡silencio!; pero te veo a ti...

ROSITA.— No se preocupe de mí, tía. Yo sé que la hipoteca la hizo para pagar mis muebles y mi ajuar, y esto es lo que me duele.

TÍA.— Hizo bien. Tú lo merecías todo. Y todo lo que se compró es digno de ti y será hermoso el día que lo uses.

Rosita.— ¿El día que lo use?

Tía.— ¡Claro! El día de tu boda.

Rosita.— No me haga usted hablar.

Tía.— Ese es el defecto de las mujeres decentes de estas tierras. ¡No hablar! No hablamos y tenemos que hablar. *(A voces.)* ¡Ama! ¿Ha llegado el correo?

Rosita.— ¿Qué se propone usted?

Tía.— Que me veas vivir, para que aprendas.

Rosita.— *(Abrazándola.)* Calle.

Tía.— Alguna vez tengo que hablar alto. Sal de tus cuatro paredes, hija mía. No te hagas a la desgracia.

Rosita.— *(Arrodillada delante de ella.)* Me he acostumbrado a vivir muchos años fuera de mí, pensando en cosas que estaban muy lejos, y ahora que estas cosas ya no existen sigo dando vueltas y más vueltas por un sitio frío, buscando una salida que no he de encontrar nunca. Yo lo sabía todo. Sabía que se había casado; ya se encargó un alma caritativa de decírmelo; y he estado recibiendo sus cartas con una ilusión llena de sollozos que aun a mí misma me asombraba. Si la gente no hubiera hablado; si vosotras no lo hubierais sabido; si no lo hubiera sabido nadie más que yo, sus cartas y su mentira hubieran alimentado mi ilusión como el primer año de su ausencia. Pero lo sabían todos y yo me encontraba señalada por un dedo que hacía ridícula mi modestia de prometida y daba un aire grotesco a mi abanico de soltera. Cada año que pasaba era como una prenda íntima que arrancaran de mi cuerpo. Y hoy se casa una amiga y otra y otra, y mañana tiene un hijo y crece, y viene a enseñarme sus notas de examen, y hacen casas nuevas y canciones nuevas, y yo igual, con el mismo temblor, igual; yo, lo mismo que antes, cortando el mismo clavel, viendo las mismas nubes; y un día bajo al paseo y me doy cuenta de que no conozco a nadie; muchachos y muchachas me dejan atrás porque me canso, y uno dice: «Ahí está la solterona», y otro, hermoso, con la cabeza rizada, que comenta: «A esa ya no hay quien le clave

L̶E

505

el diente». Y yo lo oigo y no puedo gritar, sino vamos adelante, con la boca llena de veneno y con unas ganas enormes de huir, de quitarme los zapatos, de descansar y no moverme más, nunca, de mi rincón.

TÍA.— ¡Hija! ¡Rosita!

ROSITA.— Ya soy vieja. Ayer le oí decir al Ama que todavía podía yo casarme. De ningún modo. No lo pienses. Ya perdí la esperanza de hacerlo con quien quise con toda mi sangre, con quien quise y... con quien quiero. Todo está acabado... y, sin embargo, con toda la ilusión perdida, me acuesto, y me levanto con el más terrible de los sentimientos, que es el sentimiento de tener la esperanza muerta. Quiero huir, quiero no ver, quiero quedarme serena, vacía... (¿es que no tiene derecho una pobre mujer a respirar con libertad?).Y, sin embargo, la esperanza me persigue, me ronda, me muerde; como un lobo moribundo que apretara sus dientes por última vez.

TÍA.— ¿Por qué no me hiciste caso? ¿Por qué no te casaste con otro?

ROSITA.— Estaba atada, y además, ¿qué hombre vino a esta casa sincero y desbordante para procurarse mi cariño? Ninguno.

TÍA.— Tú no les hacías ningún caso. Tú estabas encelada por un palomo ladrón.

ROSITA.— Yo he sido siempre seria.

TÍA.— Te has aferrado a tu idea sin ver la realidad y sin tener caridad de tu porvenir.

ROSITA.— Soy como soy. Y no me puedo cambiar. Ahora lo único que me queda es mi dignidad. Lo que tengo por dentro lo guardo para mí sola.

TÍA.— Eso es lo que yo no quiero.

AMA.— (Saliendo de pronto.) ¡Ni yo tampoco! Tú hablas, te desahogas, nos hartamos de llorar las tres y nos repartimos el sentimiento.

ROSITA.— ¿Y qué os voy a decir? Hay cosas que no se pueden decir porque no hay palabras para decirlas; y si las hubiera, nadie entendería su significado. Me entendéis si pido pan y agua y hasta un beso, pero nunca me podríais ni entender ni quitar esta mano oscura que no sé si me hiela o me abrasa el corazón cada vez que me quedo sola.

AMA.— Ya está diciendo algo.

TÍA.— Para todo hay consuelo.

ROSITA.— Sería el cuento de nunca acabar. Yo sé que los ojos los tendré siempre jóvenes, y sé que la espalda se me irá curvando cada día. Después de todo, lo que me ha pasado les ha pasado a mil mujeres. *(Pausa.)* Pero ¿por qué estoy yo hablando todo esto? *(Al* Ama.*)* Tú, vete a arreglar cosas, que dentro de unos momentos salimos de este carmen; y usted, tía, no se preocupe de mí. *(Pausa. Al* Ama.*)* ¡Vamos! No me agrada que me miréis así. Me molestan esas miradas de perros fieles. *(Se va el* Ama.*)* Esas miradas de lástima que me perturban y me indignan.

TÍA.— Hija, ¿qué quieres que yo haga?

ROSITA.— Dejadme como cosa perdida. *(Pausa. Se pasea.)* Ya sé que se está usted acordando de su hermana la solterona..., solterona como yo. Era agria y odiaba a los niños y a toda la que se ponía un traje nuevo..., pero yo no seré así. *(Pausa.)* Le pido perdón.

TÍA.— ¡Qué tontería! *(Aparece por el fondo de la habitación un* Muchacho *de dieciocho años.)*

ROSITA.— Adelante.

MUCHACHO.— Pero ¿se mudan ustedes?

ROSITA.— Dentro de unos minutos. Al oscurecer.

TÍA.— ¿Quién es?

ROSITA.— El hijo de María.

TÍA.— ¿Qué María?

ROSITA.— La mayor de las tres manolas.

TÍA.— ¡Ah!

> Las que suben a la Alhambra
> las tres y las cuatro solas.

Perdona, hijo, mi mala memoria.

MUCHACHO.— Me ha visto usted muy pocas veces.

TÍA.— Claro, pero yo quería mucho a tu madre. ¡Qué graciosa era! Murió por la misma época que mi marido.

ROSITA.— Antes.

MUCHACHO.— Hace ocho años.

ROSITA.— Y tiene la misma cara.

MUCHACHO.— *(Alegre.)* Un poquito peor. Yo la tengo hecha a martillazos.

TÍA.— Y las mismas salidas; ¡el mismo genio!

MUCHACHO.— Pero claro que me parezco. En carnaval me puse un vestido de mi madre..., un vestido del año de la nana, verde...

ROSITA.— *(Melancólica.)* Con lazos negros... y bullones de seda verde nilo.

MUCHACHO.— Sí.

ROSITA.— Y un gran lazo de terciopelo en la cintura.

MUCHACHO.— El mismo.

ROSITA.— Que cae a un lado y otro del polisón.

MUCHACHO.— ¡Exacto! ¡Qué disparate de moda! *(Se sonríe.)*

ROSITA.— *(Triste.)* ¡Era una moda bonita!

MUCHACHO.— ¡No me diga usted! Pues bajaba yo muerto de risa con el vejestorio puesto, llenando todo el pasillo de la casa de olor de alcanfor, y de pronto mi tía se puso a llorar amargamente porque decía que era exactamente igual que ver a mi madre. Yo me impresioné, como es natural, y dejé el traje y el antifaz sobre mi cama.

ROSITA.— Como que no hay cosa más viva que un recuerdo. Llegan a hacernos la vida imposible. Por eso yo comprendo muy bien a esas viejecillas borrachas que van por las calles queriendo borrar el mundo, y se sientan a cantar en los bancos del paseo.

TÍA.— ¿Y tu tía la casada?

MUCHACHO.— Escribe desde Barcelona. Cada vez menos.

ROSITA.— ¿Tiene hijos?

MUCHACHO.— Cuatro. *(Pausa.)*

AMA.— *(Entrando.)* Deme usted las llaves del armario. *(La Tía se las da. Por el* Muchacho.*)* Aquí, el joven, iba ayer con su novia. Los vi por la Plaza Nueva. Ella quería ir por un lado y él no la dejaba. *(Ríe.)*

TÍA.— ¡Vamos con el niño!

MUCHACHO.— *(Azorado.)* Estábamos de broma.

AMA.— ¡No te pongas colorado! *(Saliendo.)*

ROSITA.— ¡Vamos, calla!

MUCHACHO.— ¡Qué jardín más precioso tienen ustedes!

ROSITA.— ¡Teníamos!

TÍA.— Ven, y corta unas flores.

MUCHACHO.— Usted lo pase bien, doña Rosita.

ROSITA.— ¡Anda con Dios, hijo! *(Salen. La tarde está cayendo.)* ¡Doña Rosita! ¡Doña Rosita!

> Cuando se abre en la mañana
> roja como sangre está.
> La tarde la pone blanca
> con blanco de espuma y sal.
> Y cuando llega la noche
> se comienza a deshojar.

(Pausa.)

AMA.— *(Sale con un chal.)* ¡En marcha!

ROSITA.— Sí, voy a echarme un abrigo.

AMA.— Como he descolgado la percha, lo tienes enganchado en el tirador de la ventana. *(Entra la* Solterona 3.ª, *vestida de oscuro, con un velo de luto en la cabeza y la pena que se llevaba en el año doce. Hablan bajo.)*

SOLTERONA 3.ª—¡Ama!

AMA.— Por unos minutos nos encuentra aquí.

SOLTERONA 3.ª—Yo vengo a dar una lección de piano que tengo aquí cerca y me llegué por si necesitaban ustedes algo.

AMA.— ¡Dios se lo pague!

SOLTERONA 3.ª—¡Qué cosa más grande!

Ama—Sí, sí, pero no me toque usted el corazón, no me levante la gasa de la pena, porque yo soy la que tiene que dar ánimos en este duelo sin muerto que está usted presenciando.

Solterona 3.ª—Yo quisiera saludarlas.

Ama.— Pero es mejor que no las vea. ¡Vaya por la otra casa!

Solterona 3.ª—Es mejor. Pero si hace falta algo, ya sabe que en lo que pueda, aquí estoy yo.

Ama.— ¡Ya pasará la mala hora! *(Se oye el viento.)*

Solterona 3.ª—¡Se ha levantado un aire!

Ama.— Sí. Parece que va a llover. *(La Solterona 3.ª se va.)*

Tía.— Como siga este viento, no va a quedar una rosa viva. Los cipreses de la glorieta casi tocan las paredes de mi cuarto. Parece como si alguien quisiera poner el jardín feo para que no tuviésemos pena de dejarlo.

Ama.— Como precioso, precioso, no ha sido nunca. ¿Se ha puesto su abrigo? Y esta nube. Así, bien tapada. *(Se lo pone.)* Ahora, cuando lleguemos, tengo la comida hecha. De postre, flan. A usted le gusta. Un flan dorado como una clavelina. *(El Ama habla con la voz velada por una profunda emoción. Se oye un golpe.)*

Tía.— Es la puerta del invernadero. ¿Por qué no la cierras?

Ama.— No se puede cerrar por la humedad.

Tía.— Estará toda la noche golpeando.

Ama.— ¡Como no la oiremos...! *(La escena está en una dulce penumbra de atardecer.)*

Tía.— Yo sí. Yo sí la oiré.

(Aparece Rosita. Viene pálida, vestida de blanco, con un abrigo hasta el filo del vestido.)

Ama.— *(Valiente.)* ¡Vamos!

Rosita.— *(Con voz débil.)* Ha empezado a llover. Así no habrá nadie en los balcones para vernos salir.

Tía.— Es preferible.

Rosita.— *(Vacila un poco, se apoya en una silla y cae sostenida por el* Ama *y la* Tía *que impiden su total desmayo.)*

«Y cuando llega la noche
se comienza a deshojar.»

(Salen y a su mutis queda la escena sola. Se oye golpear la puerta. De pronto se abre un balcón del fondo y las blancas cortinas oscilan con el viento.)

Telón

LA CASA
DE BERNARDA ALBA

Drama de mujeres
en los pueblos de España

Personas

BERNARDA, 60 años.

MARÍA JOSEFA (madre de Bernarda), 80 años.

ANGUSTIAS (hija de Bernarda), 39 años.

MAGDALENA (hija de Bernarda), 30 años.

AMELIA (hija de Bernarda), 27 años.

MARTIRIO (hija de Bernarda), 24 años.

ADELA (hija de Bernarda), 20 años.

CRIADA, 50 años.   LA PONCIA (criada), 60 años.

PRUDENCIA, 50 años.   [MENDIGA CON NIÑA.]

MUJERES DE LUTO.   [MUJER 1.ª]

[MUJER 2.ª]   [MUJER 3.ª]

[MUJER 4.ª]   [MUCHACHA.]

*El poeta advierte que estos tres actos tienen
la intención de un documental fotográfico.*

Acto primero

Habitación blanquísima del interior de la casa de Bernarda. Muros
gruesos. Puertas en arco con cortinas de yute rematadas con madro-
ños y volantes. Sillas de anea. Cuadros con paisajes inverosímiles de
ninfas o reyes de leyenda. Es verano. Un gran silencio umbroso se
extiende por la escena. Al levantarse el telón está la escena sola. Se
oyen doblar las campanas.

(*Sale la* Criada.)

CRIADA.— Ya tengo el doble de esas campanas metido entre
las sienes.
LA PONCIA.— *(Sale comiendo chorizo y pan.)* Llevan ya más de
dos horas de gorigori. Han venido curas de todos los pueblos. La iglesia está hermosa. En el primer responso se
desmayó la Magdalena.
CRIADA.— Esa es la que se queda más sola.
PONCIA.— Era a la única que quería el padre. ¡Ay! ¡Gracias a
Dios que estamos solas un poquito! Yo he venido a comer.

CRIADA.— ¡Si te viera Bernarda!

PONCIA.— ¡Quisiera que ahora, como no come ella, que todas nos muriéramos de hambre! ¡Mandona! ¡Dominanta! ¡Pero se fastidia! Le he abierto la orza de chorizos.

CRIADA.— *(Con tristeza ansiosa.)* ¿Por qué no me das para mi niña, Poncia?

PONCIA.— Entra y llévate también un puñado de garbanzos. ¡Hoy no se dará cuenta!

VOZ.— *(Dentro.)* ¡Bernarda!

PONCIA.— La vieja [1]. ¿Está bien encerrada?

CRIADA.— Con dos vueltas de llave

PONCIA.— Pero debes poner también la tranca. Tiene unos dedos como cinco ganzúas.

VOZ.— ¡Bernarda!

PONCIA.— *(A voces.)* ¡Ya viene! *(A la* Criada.*)* Limpia bien todo. Si Bernarda no ve relucientes las cosas, me arrancará los pocos pelos que me quedan.

CRIADA.— ¡Qué mujer!

PONCIA.— Tirana de todos los que la rodean. Es capaz de sentarse encima de tu corazón y ver cómo te mueres durante un año sin que se le cierre esa sonrisa fría que lleva en su maldita cara. ¡Limpia, limpia ese vidriado!

CRIADA.— Sangre en las manos tengo de fregarlo todo.

PONCIA.— Ella la más aseada, ella la más decente, ella la más alta. Buen descanso ganó su pobre marido.

(Cesan las campanas.)

CRIADA.— ¿Han venido todos sus parientes?

PONCIA.— Los de ella. La gente de él la odia. Vinieron a verlo muerto, y le hicieron la cruz.

CRIADA.— ¿Hay bastantes sillas?

PONCIA.— Sobran. Que se sienten en el suelo. Desde que murió el padre de Bernarda no han vuelto a entrar las gentes

[1] Se refiere a María Josefa, la madre de Bernarda.

bajo estos techos. Ella no quiere que la vean en su dominio. ¡Maldita sea!

CRIADA.— Contigo se portó bien.

PONCIA.— Treinta años lavando sus sábanas, treinta años comiendo sus sobras, noches en vela cuando tose, días enteros mirando por la rendija para espiar a los vecinos y llevarle el cuento; vida sin secretos una con otra, y sin embargo, ¡maldita sea!, ¡mal dolor de clavo le pinche en los ojos!

CRIADA.— ¡Mujer!

PONCIA.— Pero yo soy buena perra: ladro cuando me lo dice y muerdo los talones de los que piden limosna cuando ella me azuza; mis hijos trabajan en sus tierras y ya están los dos casados, pero un día me hartaré.

CRIADA.— Y ese día...

PONCIA.— Ese día me encerraré con ella en un cuarto y le estaré escupiendo un año entero: «Bernarda, por esto, por aquello, por lo otro», hasta ponerla como un lagarto machacado por los niños, que es lo que es ella y toda su parentela. Claro es que no le envidio la vida. Le quedan cinco mujeres, cinco hijas feas, que quitando a Angustias, la mayor, que es la hija del primer marido y tiene dineros, las demás, mucha puntilla bordada, muchas camisas de hilo, pero pan y uvas por toda herencia.

CRIADA.— ¡Ya quisiera tener yo lo que ellas!

PONCIA.— Nosotras tenemos nuestras manos y un hoyo en la tierra de la verdad.

CRIADA.— Esa es la única tierra que nos dejan a los que no tenemos nada.

PONCIA.— *(En la alacena.)* Este cristal tiene unas motas.

CRIADA.— Ni con el jabón ni con bayeta se le quitan.

(Suenan las campanas.)

PONCIA.— El último responso. Me voy a oírlo. A mí me gusta mucho cómo canta el párroco. En el «Pater noster» subió,

subió, subió la voz que parecía un cántaro llenándose de agua poco a poco. ¡Claro es que al final dio un gallo, pero da gloria oírlo! Ahora que nadie como el antiguo sacristán, Tronchapinos [2]. En la misa de mi madre, que esté en gloria, cantó. Retumbaban las paredes, y cuando decía amén era como si un lobo hubiese entrado en la iglesia. *(Imitándolo.)* ¡Améééén! *(Se echa a toser.)*

CRIADA.— Te vas a hacer el gaznate polvo.

PONCIA.— ¡Otra cosa hacía polvo yo! *(Sale riendo.)*

(La Criada *limpia. Suenan las campanas.)*

CRIADA.— *(Llevando el canto.)* Tin, tin, tan. Tin, tin, tan. ¡Dios lo haya perdonado!

MENDIGA.— *(Con una niña.)* ¡Alabado sea Dios!

CRIADA.— Tin, tin, tan. ¡Que nos espere muchos años! Tin, tin, tan.

MENDIGA.— *(Fuerte con cierta irritación.)* ¡Alabado sea Dios!

CRIADA.— *(Irritada.)* ¡Por siempre!

MENDIGA.— Vengo por las sobras.

(Cesan las campanas.)

CRIADA.— Por la puerta se va a la calle. Las sobras de hoy son para mí.

MENDIGA.— Mujer, tú tienes quien te gane. Mi niña y yo estamos solas.

CRIADA.— También están solos los perros y viven.

MENDIGA.— Siempre me las dan.

CRIADA.— Fuera de aquí. ¿Quién os dijo que entrarais? Ya me habéis dejado los pies señalados. *(Se van. Limpia.)* Suelos barnizados con aceite, alacenas, pedestales, camas de acero, para que traguemos quina las que vivimos en las chozas de

---

[2] Personaje real, sacristán de Granada, famoso por su potente voz.

tierra con un plato y una cuchara. ¡Ojalá que un día no quedáramos ni uno para contarlo! *(Vuelven a sonar las campanas.)* Sí, sí, ¡vengan clamores!, ¡venga caja con filos dorados y toallas de seda para llevarla!; ¡que lo mismo estarás tú que estaré yo! Fastídiate, Antonio María Benavides, tieso con tu traje de paño y tus botas enterizas. ¡Fastídiate! ¡Ya no volverás a levantarme las enaguas detrás de la puerta de tu corral! *(Por el fondo, de dos en dos, empiezan a entrar mujeres de luto con pañuelos, grandes faldas y abanicos negros. Entran lentamente hasta llenar la escena.)*

CRIADA.— *(Rompiendo a gritar.)* ¡Ay Antonio María Benavides, que ya no verás estas paredes, ni comerás el pan de esta casa! Yo fui la que más te quiso de las que te sirvieron. *(Tirándose del cabello.)* ¿Y he de vivir yo después de haberte marchado? ¿Y he de vivir?

(Terminan de entrar las doscientas mujeres y aparece Bernarda *y sus cinco hijas.* Bernarda *viene apoyada en un bastón.)*

BERNARDA.— *(A la* Criada.) ¡Silencio!

CRIADA.— *(Llorando.)* ¡Bernarda!

BERNARDA.— Menos gritos y más obras. Debías haber procurado que todo esto estuviera más limpio para recibir al duelo. Vete. No es este tu lugar. *(La* Criada *se va sollozando.)* Los pobres son como los animales. Parece como si estuvieran hechos de otras sustancias.

MUJER 1.ª— Los pobres sienten también sus penas.

BERNARDA.— Pero las olvidan delante de un plato de garbanzos.

MUCHACHA.— *(Con timidez.)* Comer es necesario para vivir.

BERNARDA.— A tu edad no se habla delante de las personas mayores.

MUJER 1.ª— Niña, cállate.

BERNARDA.— No he dejado que nadie me dé lecciones. Sentarse. *(Se sientan. Pausa. Fuerte.)* Magdalena, no llores. Si quieres llorar, te metes debajo de la cama. ¿Me has oído?

MUJER 2.ª— (*A* Bernarda.) ¿Habéis empezado los trabajos en la era?

BERNARDA.— Ayer.

MUJER 3.ª— Cae el sol como plomo.

MUJER 1.ª— Hace años no he conocido calor igual.

(Pausa. Se abanican todas.)

BERNARDA.— ¿Está hecha la limonada?

PONCIA.— *(Sale con una gran bandeja llena de jarritas blancas, que distribuye.)* Sí, Bernarda.

BERNARDA.— Dale a los hombres.

PONCIA.— La están tomando en el patio.

BERNARDA.— Que salgan por donde han entrado. No quiero que pasen por aquí.

MUCHACHA.— (*A* Angustias.) Pepe el Romano estaba con los hombres del duelo.

ANGUSTIAS.— Allí estaba.

BERNARDA.— Estaba su madre. Ella ha visto a su madre. A Pepe no lo ha visto ni ella ni yo.

MUCHACHA.— Me pareció...

BERNARDA.— Quien sí estaba era el viudo de Darajalí [3]. Muy cerca de tu tía. A ese lo vimos todas.

MUJER 2.ª— *(Aparte y en baja voz.)* ¡Mala, más que mala!

MUJER 3.ª— *(Aparte y en baja voz.)* ¡Lengua de cuchillo!

BERNARDA.— Las mujeres en la iglesia no deben mirar más hombre que al oficiante, y a ese porque tiene faldas. Volver la cabeza es buscar el calor de la pana.

MUJER 1.ª— *(En voz baja.)* ¡Vieja lagarta recocida!

PONCIA.— *(Entre dientes.)* ¡Sarmentosa por calentura de varón!

BERNARDA.— *(Dando un golpe de bastón en el suelo.)* Alabado sea Dios.

TODAS.— *(Santiguándose.)* Sea por siempre bendito y alabado.

---

[3] Lugar próximo a Fuente Vaqueros, pueblo donde nació el poeta.

BERNARDA.— Descansa en paz con la santa
compaña de cabecera.

TODAS.— ¡Descansa en paz!

BERNARDA.— Con el ángel San Miguel
y su espada justiciera.

TODAS.— ¡Descansa en paz!

BERNARDA.— Con la llave que todo lo abre
y la mano que todo lo cierra.

TODAS.— ¡Descansa en paz!

BERNARDA.— Con los bienaventurados
y las lucecitas del campo.

TODAS.— ¡Descansa en paz!

BERNARDA.— Con nuestra santa caridad
y las almas de tierra y mar.

TODAS.— ¡Descansa en paz!

BERNARDA.— Concede el reposo a tu siervo Antonio María
Benavides y dale la corona de tu santa gloria.

TODAS.— Amén.

BERNARDA.— *(Se pone de pie y canta.)* «Requiem aeternam
dona eis, Domine.»

TODAS.— *(De pie y cantando al modo gregoriano.)* «Et lux perpetua luceat eis.» *(Se santiguan.)*

MUJER 1.ª— Salud para rogar por su alma. *(Van desfilando.)*

MUJER 3.ª— No te faltará la hogaza de pan caliente

MUJER 2.ª— Ni el techo para tus hijas. *(Van desfilando todas por
delante de Bernarda y saliendo.)*

(Sale Angustias por otra puerta, la que da al patio.)

MUJER 4.ª— El mismo lujo de tu casamiento lo sigas disfrutando.

PONCIA.— *(Entrando con una bolsa.)* De parte de los hombres
esta bolsa de dineros para responsos.

BERNARDA.— Dales las gracias y échales una copa de aguardiente.

MUCHACHA.— (*A* Magdalena.) Magdalena.

BERNARDA.— *(A* Magdalena, *que inicia el llanto.)* Chiss. *(Golpea con el bastón.) (Salen todas.* A las que se han ido.) ¡Andar a vuestras cuevas a criticar todo lo que habéis visto! Ojalá tardéis muchos años en pasar el arco de mi puerta.

PONCIA.— No tendrás queja ninguna. Ha venido todo el pueblo.

BERNARDA.— Sí, para llenar mi casa con el sudor de sus refajos y el veneno de sus lenguas.

AMELIA.— ¡Madre, no hable usted así!

BERNARDA.— Es así como se tiene que hablar en este maldito pueblo sin río, pueblo de pozos, donde siempre se bebe el agua con el miedo de que esté envenenada.

PONCIA.— ¡Cómo han puesto la solería!

BERNARDA.— Igual que si hubiera pasado por ella una manada de cabras. *(La* Poncia *limpia el suelo.)* Niña, dame un abanico.

ADELA.— Tome usted. *(Le da un abanico redondo con flores rojas y verdes.)*

BERNARDA.— *(Arrojando el abanico al suelo.)* ¿Es este el abanico que se da a una viuda? Dame uno negro y aprende a respetar el luto de tu padre.

MARTIRIO.— Tome usted el mío.

BERNARDA.— ¿Y tú?

MARTIRIO.— Yo no tengo calor.

BERNARDA.— Pues busca otro, que te hará falta. En ocho años que dure el luto no ha de entrar en esta casa el viento de la calle. Haceros cuenta que hemos tapiado con ladrillos puertas y ventanas. Así pasó en casa de mi padre y en casa de mi abuelo. Mientras, podéis empezar a bordaros el ajuar. En el arca tengo veinte piezas de hilo con el que podréis cortar sábanas y embozos. Magdalena puede bordarlas.

MAGDALENA.— Lo mismo me da.

ADELA.— *(Agria.)* Si no quieres bordarlas, irán sin bordados. Así las tuyas lucirán más

MAGDALENA.— Ni las mías ni las vuestras. Sé que yo no me

voy a casar. Prefiero llevar sacos al molino. Todo menos estar sentada días y días dentro de esta sala oscura.
BERNARDA.— Eso tiene ser mujer.
MAGDALENA.— Malditas sean las mujeres.
BERNARDA.— Aquí se hace lo que yo mando. Ya no puedes ir con el cuento a tu padre. Hilo y aguja para las hembras. Látigo y mula para el varón. Eso tiene la gente que nace con posibles.

(*Sale* Adela.)

VOZ.— Bernarda, ¡déjame salir!
BERNARDA.— *(En voz alta.)* ¡Dejadla ya!

(*Sale la* Criada 1.ª)

CRIADA.— Me ha costado mucho trabajo sujetarla. A pesar de sus ochenta años, tu madre es fuerte como un roble.
BERNARDA.— Tiene a quién parecérsele. Mi abuela fue igual.
CRIADA.— Tuve durante el duelo que taparle varias veces la boca con un costal vacío porque quería llamarte para que le dieras agua de fregar siquiera, para beber, y carne de perro, que es lo que ella dice que le das.
MARTIRIO.— Tiene mala intención
BERNARDA.— *(A la* Criada.) Déjala que se desahogue en el patio.
CRIADA.— Ha sacado del cofre sus anillos y los pendientes de amatistas, se los ha puesto y me ha dicho que se quiere casar.

(Las hijas ríen.)

BERNARDA.— Ve con ella y ten cuidado que no se acerque al pozo.

CRIADA.— No tengas miedo que se tire.

BERNARDA.— No es por eso. Pero desde aquel sitio las vecinas pueden verla desde su ventana.

(*Sale la* Criada.)

MARTIRIO.— Nos vamos a cambiar la ropa.

BERNARDA.— Sí, pero no el pañuelo de la cabeza. (*Entra* Adela.) ¿Y Angustias?

ADELA.— *(Con retintín.)* La he visto asomada a la rendija del portón. Los hombres se acababan de ir.

BERNARDA.— ¿Y tú a qué fuiste también al portón?

ADELA.— Me llegué a ver si habían puesto las gallinas.

BERNARDA.— ¡Pero el duelo de los hombres habría salido ya!

ADELA.— *(Con intención.)* Todavía estaba un grupo parado por fuera.

BERNARDA.— *(Furiosa.)* ¡Angustias! ¡Angustias!

ANGUSTIAS.— *(Entrando.)* ¿Qué manda usted?

BERNARDA.— ¿Qué mirabas y a quién?

ANGUSTIAS.— A nadie.

BERNARDA.— ¿Es decente que una mujer de tu clase vaya con el anzuelo detrás de un hombre el día de la misa de su padre? ¡Contesta! ¿A quién mirabas?

(Pausa.)

ANGUSTIAS.— Yo...

BERNARDA.— ¡Tú!

ANGUSTIAS.— ¡A nadie!

BERNARDA.— *(Avanzando con el bastón.)* ¡Suave!, ¡dulzarrona! *(Le da.)*

PONCIA.— *(Corriendo.)* ¡Bernarda, cálmate! *(La sujeta.)*

(Angustias llora.)

BERNARDA.— ¡Fuera de aquí todas! *(Salen.)*

PONCIA.— Ella lo ha hecho sin dar alcance a lo que hacía, que está francamente mal. ¡Ya me chocó a mí verla escabullirse hacia el patio! ¡Luego estuvo detrás de una ventana oyendo la conversación que traían los hombres, que como siempre no se puede oír.

BERNARDA.— ¡A eso vienen a los duelos! *(Con curiosidad.)* ¿De qué hablaban?

PONCIA.— Hablaban de Paca la Roseta. Anoche ataron a su marido a un pesebre y a ella se la llevaron a la grupa del caballo hasta lo alto del olivar.

BERNARDA.— ¿Y ella?

PONCIA.— Ella tan conforme. Dicen que iba con los pechos fuera y Maximiliano la llevaba cogida como si tocara la guitarra. ¡Un horror!

BERNARDA.— ¿Y qué pasó?

PONCIA.— Lo que tenía que pasar. Volvieron casi de día. Paca la Roseta traía el pelo suelto y una corona de flores en la cabeza.

BERNARDA.— Es la única mujer mala que tenemos en el pueblo.

PONCIA.— Porque no es de aquí. Es de muy lejos. Y los que fueron con ella son también hijos de forastero. Los hombres de aquí no son capaces de eso.

BERNARDA.— No, pero les gusta verlo y comentarlo, y se chupan los dedos de que esto ocurra.

PONCIA.— Contaban muchas cosas más.

BERNARDA.— *(Mirando a un lado y otro con cierto temor.)* ¿Cuáles?

PONCIA.— Me da vergüenza referirlas.

BERNARDA.— Y mi hija las oyó.

PONCIA.— ¡Claro!

BERNARDA.— Esa sale a sus tías; blancas y untosas que ponían ojos de carnero al piropo de cualquier barberillo. ¡Cuánto hay que sufrir y luchar para hacer que las personas sean decentes y no tiren al monte demasiado!

PONCIA.— ¡Es que tus hijas están ya en edad de merecer! Demasiada poca guerra te dan. Angustias ya debe tener mucho más de los treinta.

BERNARDA.— Treinta y nueve justos.

PONCIA.— Figúrate. Y no ha tenido nunca novio...

BERNARDA.— *(Furiosa.)* ¡No, no ha tenido novio ninguna, ni les hace falta! Pueden pasarse muy bien.

PONCIA.— No he querido ofenderte.

BERNARDA.— No hay en cien leguas a la redonda quien se pueda acercar a ellas. Los hombres de aquí no son de su clase. ¿Es que quieres que las entregue a cualquier gañán?

PONCIA.— Debías haberte ido a otro pueblo.

BERNARDA.— Eso, ¡a venderlas!

PONCIA.— No, Bernarda, a cambiar... ¡Claro que en otros sitios ellas resultan las pobres!

BERNARDA.— ¡Calla esa lengua atormentadora!

PONCIA.— Contigo no se puede hablar. ¿Tenemos o no tenemos confianza?

BERNARDA.— No tenemos. Me sirves y te pago. ¡Nada más!

CRIADA.— *(Entrando.)* Ahí está don Arturo, que viene a arreglar las particiones.

BERNARDA.— Vamos. *(A la* Criada.) Tú empieza a blanquear el patio. *(A la* Poncia.) Y tú ve guardando en el arca grande toda la ropa del muerto.

PONCIA.— Algunas cosas las podríamos dar...

BERNARDA.— Nada. ¡Ni un botón! ¡Ni el pañuelo con que le hemos tapado la cara! *(Sale lentamente apoyada en el bastón y al salir vuelve la cabeza y mira a sus* Criadas. *Las* Criadas *salen después.)*

(Entran Amelia *y* Martirio.)

AMELIA.— ¿Has tomado la medicina?

MARTIRIO.— ¡Para lo que me va a servir!

AMELIA.— Pero la has tomado.

MARTIRIO.— Ya hago las cosas sin fe, pero como un reloj.

AMELIA.— Desde que vino el médico nuevo estás más animada.

MARTIRIO.— Yo me siento lo mismo

AMELIA.— ¿Te fijaste? Adelaida no estuvo en el duelo.

MARTIRIO.— Ya lo sabía. Su novio no la deja salir ni al tranco de la calle. Antes era alegre; ahora ni polvos se echa en la cara.

AMELIA.— Ya no sabe una si es mejor tener novio o no.

MARTIRIO.— Es lo mismo.

AMELIA.— De todo tiene la culpa esta crítica que no nos deja vivir. Adelaida habrá pasado mal rato.

MARTIRIO.— Le tienen miedo a nuestra madre. Es la única que conoce la historia de su padre y el origen de sus tierras. Siempre que viene le tira puñaladas con el asunto. Su padre mató en Cuba al marido de su primera mujer para casarse con ella, luego aquí la abandonó y se fue con otra que tenía una hija, y luego tuvo relaciones con esta muchacha, la madre de Adelaida, y casó con ella después de haber muerto loca la segunda mujer.

AMELIA.— Y ese infame, ¿por qué no está en la cárcel?

MARTIRIO.— Porque los hombres se tapan unos a otros las cosas de esta índole y nadie es capaz de delatar.

AMELIA.— Pero Adelaida no tiene culpa de esto.

MARTIRIO.— No, pero las cosas se repiten. Yo veo que todo es una terrible repetición. Y ella tiene el mismo sino de su madre y de su abuela, mujeres las dos del que la engendró.

AMELIA.— ¡Qué cosa más grande!

MARTIRIO.— Es preferible no ver a un hombre nunca. Desde niña les tuve miedo. Los veía en el corral uncir los bueyes y levantar los costales de trigo entre voces y zapatazos, y siempre tuve miedo de crecer por temor de encontrarme de pronto abrazada por ellos. Dios me ha hecho débil y fea y los ha apartado definitivamente de mí.

AMELIA.— ¡Eso no digas! Enrique Humanes estuvo detrás de ti y le gustabas.

Martirio.— ¡Invenciones de la gente! Una vez estuve en camisa detrás de la ventana hasta que fue de día, porque me avisó con la hija de su gañán que iba a venir, y no vino. Fue todo cosa de lenguas. Luego se casó con otra que tenía más que yo.

Amelia.— ¡Y fea como un demonio!

Martirio.— ¡Qué les importa a ellos la fealdad! A ellos les importa la tierra, las yuntas y una perra sumisa que les dé de comer.

Amelia.— ¡Ay! (*Entra* Magdalena.)

Magdalena.— ¿Qué hacéis?

Martirio.— Aquí.

Amelia.— ¿Y tú?

Magdalena.— Vengo de correr las cámaras. Por andar un poco. De ver los cuadros bordados en cañamazo de nuestra abuela, el perrito de lanas y el negro luchando con el león, que tanto nos gustaba de niñas. Aquella era una época más alegre. Una boda duraba diez días y no se usaban las malas lenguas. Hoy hay más finura. Las novias se ponen velo blanco como en las poblaciones, y se bebe vino de botella, pero nos pudrimos por el qué dirán.

Martirio.— ¡Sabe Dios lo que entonces pasaría!

Amelia.— (*A* Magdalena.) ¡Llevas desabrochados los cordones de un zapato.

Magdalena.— ¡Qué más da!

Amelia.— ¡Te los vas a pisar y te vas a caer!

Magdalena.— ¡Una menos!

Martirio.— ¿Y Adela?

Magdalena.— ¡Ah! Se ha puesto el traje verde que se hizo para estrenar el día de su cumpleaños, se ha ido al corral y ha comenzado a voces: «¡Gallinas, gallinas, miradme!» ¡Me he tenido que reír!

Amelia.— ¡Si la hubiera visto madre!

Magdalena.— ¡Pobrecilla! Es la más joven de nosotras y tiene ilusión. ¡Daría algo por verla feliz!

(*Pausa.* Angustias *cruza la escena con unas toa-llas en la mano.*)

ANGUSTIAS.— ¿Qué hora es?

MARTIRIO.— Ya deben ser las doce.

ANGUSTIAS.— ¿Tanto?

AMELIA.— Estarán al caer.

(*Sale* Angustias.)

MAGDALENA.— *(Con intención.)* ¿Sabéis ya la cosa?... (*Señalando a* Angustias.)

AMELIA.— No.

MAGDALENA.— ¡Vamos!

MARTIRIO.— ¡No sé a qué cosa te refieres!...

MAGDALENA.— Mejor que yo lo sabéis las dos, siempre cabeza con cabeza como dos ovejitas, pero sin desahogaros con nadie. ¡Lo de Pepe el Romano!

MARTIRIO.— ¡Ah!

MAGDALENA.— *(Remedándola.)* ¡Ah! Ya se comenta por el pueblo. Pepe el Romano viene a casarse con Angustias. Anoche estuvo rondando la casa y creo que pronto va a mandar un emisario.

MARTIRIO.— ¡Yo me alegro! Es buen hombre.

AMELIA.— Yo también. Angustias tiene buenas condiciones.

MAGDALENA.— Ninguna de las dos os alegráis.

MARTIRIO.— ¡Magdalena! ¡Mujer!

MAGDALENA.— Si viniera por el tipo de Angustias, por Angustias como mujer, yo me alegraría, pero viene por el dinero. Aunque Angustias es nuestra hermana, aquí estamos en familia y reconocemos que está vieja, enfermiza, y que siempre ha sido la que ha tenido menos mérito de todas nosotras, porque si con veinte años parecía un palo vestido, ¡qué será ahora que tiene cuarenta!

MARTIRIO.— No hables así. La suerte viene a quien menos la aguarda.

AMELIA.— ¡Después de todo dice la verdad! Angustias tiene el dinero de su padre, es la única rica de la casa y por eso, ahora que nuestro padre ha muerto y ya se harán particiones, vienen por ella.

MAGDALENA.— Pepe el Romano tiene veinticinco años y es el mejor tipo de todos estos contornos. Lo natural sería que te pretendiera a ti, Amelia, o a nuestra Adela, que tiene veinte años, pero no que venga a buscar lo más oscuro de esta casa, a una mujer que como su padre habla con la nariz.

MARTIRIO.— ¡Puede que a él le guste!

MAGDALENA.— ¡Nunca he podido resistir tu hipocresía!

MARTIRIO.— ¡Dios nos valga!

(*Entra* Adela.)

MAGDALENA.— ¿Te han visto ya las gallinas?

ADELA.— ¿Y qué querías que hiciera?

AMELIA.— ¡Si te ve nuestra madre, te arrastra del pelo!

ADELA.— Tenía mucha ilusión con el vestido. Pensaba ponérmelo el día que vamos a comer sandías a la noria. No hubiera habido otro igual.

MARTIRIO.— ¡Es un vestido precioso!

ADELA.— Y me está muy bien. Es lo que mejor ha cortado Magdalena.

MAGDALENA.— ¿Y las gallinas qué te han dicho?

ADELA.— Regalarme unas cuantas pulgas que me han acribillado las piernas. (*Ríen.*)

MARTIRIO.— Lo que puedes hacer es teñirlo de negro.

MAGDALENA.— ¡Lo mejor que puede hacer es regalárselo a Angustias para su boda con Pepe el Romano!

ADELA.— *(Con emoción contenida.)* ¡Pero Pepe el Romano...!

AMELIA.— ¿No lo has oído decir?

ADELA.— No.

MAGDALENA.— ¡Pues ya lo sabes!

ADELA.— ¡Pero si no puede ser!

MAGDALENA.— ¡El dinero lo puede todo!

ADELA.— ¿Por eso ha salido detrás del duelo y estuvo mirando por el portón? *(Pausa.)* Y ese hombre es capaz de...

MAGDALENA.— Es capaz de todo.

(Pausa.)

MARTIRIO.— ¿Qué piensas, Adela?

ADELA.— Pienso que este luto me ha cogido en la peor época de mi vida para pasarlo.

MAGDALENA.— Ya te acostumbrarás.

ADELA.— *(Rompiendo a llorar con ira.)* ¡No, no me acostumbraré! Yo no quiero estar encerrada. No quiero que se me pongan las carnes como a vosotras. ¡No quiero perder mi blancura en estas habitaciones! ¡Mañana me pondré mi vestido verde y me echaré a pasear por la calle! ¡Yo quiero salir!

(Entre la Criada)

MAGDALENA.— *(Autoritaria.)* ¡Adela!

CRIADA.— ¡La pobre! ¡Cuánto ha sentido a su padre! *(Sale.)*

MARTIRIO.— ¡Calla!

AMELIA.— Lo que sea de una será de todas.

(Adela se calma.)

MAGDALENA.— Ha estado a punto de oírte la criada.

CRIADA.— *(Apareciendo.)* Pepe el Romano viene por lo alto de la calle.

(Amelia, Martirio y Magdalena corren presurosas.)

MAGDALENA.— ¡Vamos a verlo!*(Salen rápidas.)*

CRIADA.— *(A* Adela.) ¿Tú no vas?

ADELA.— No me importa.

CRIADA.— Como dará la vuelta a la esquina, desde la ventana de tu cuarto se verá mejor. (*Sale la* Criada.)

(Adela *queda en escena dudando. Después de un instante se va también rápida hacia su habitación. Salen* Bernarda *y la* Poncia.)

BERNARDA.— ¡Malditas particiones!

PONCIA.— ¡¡Cuánto dinero le queda a Angustias!!

BERNARDA.— Sí.

PONCIA.— Y a las otras bastante menos.

BERNARDA.— Ya me lo has dicho tres veces y no te he querido replicar. Bastante menos, mucho menos. No me lo recuerdes más.

(*Sale* Angustias *muy compuesta de cara.*)

BERNARDA.— ¡Angustias!

ANGUSTIAS.— Madre.

BERNARDA.— ¿Pero has tenido valor de echarte polvos en la cara? ¿Has tenido valor de lavarte la cara el día de la misa de tu padre?

ANGUSTIAS.— No era mi padre. El mío murió hace tiempo. ¿Es que ya no lo recuerda usted?

BERNARDA.— ¡Más debes a este hombre, padre de tus hermanas, que al tuyo! Gracias a este hombre tienes colmada tu fortuna.

ANGUSTIAS.— ¡Eso lo teníamos que ver!

BERNARDA.— ¡Aunque fuera por decencia! Por respeto.

ANGUSTIAS.— Madre, déjeme usted salir.

BERNARDA.— ¿Salir? Después que te haya quitado esos polvos de la cara. ¡Suavona!, ¡yeyo!, ¡espejo de tus tías! (*Le quita violentamente con su pañuelo los polvos.)* ¡Ahora vete!

PONCIA.— ¡Bernarda, no seas tan inquisitiva!

BERNARDA.— Aunque mi madre esté loca, yo estoy con mis cinco sentidos y sé perfectamente lo que hago.

(Entran todas.)

MAGDALENA.— ¿Qué pasa?

BERNARDA.— No pasa nada.

MAGDALENA.— *(A* Angustias.) Si es que discutís por las particiones, tú, que eres la más rica, te puedes quedar con todo.

ANGUSTIAS.— ¡Guárdate la lengua en la madriguera!

BERNARDA.— *(Golpeando con el bastón en el suelo.)* ¡No os hagáis ilusiones de que vais a poder conmigo! ¡Hasta que salga de esta casa con los pies adelante mandaré en lo mío y en lo vuestro!

(Se oyen unas voces y entra en escena María Josefa, la madre de Bernarda, viejísima, ataviada con flores en la cabeza y en el pecho.)

MARÍA JOSEFA.— Bernarda, ¿dónde está mi mantilla? Nada de lo que tengo quiero que sea para vosotras, ni mis anillos, ni mi traje negro de moaré, porque ninguna de vosotras se va a casar. ¡Ninguna! ¡Bernarda, dame mi gargantilla de perlas!

BERNARDA.— *(A la* Criada.) ¿Por qué la habéis dejado entrar?

CRIADA.— *(Temblando.)* ¡Se me escapó!

MARÍA JOSEFA.— Me escapé porque me quiero casar, porque quiero casarme con un varón hermoso de la orilla del mar, ya que aquí los hombres huyen de las mujeres.

BERNARDA.— ¡Calle usted, madre!

MARÍA JOSEFA.— No, no callo. No quiero ver a estas mujeres solteras, rabiando por la boda, haciéndose polvo el corazón, y yo me quiero ir a mi pueblo. ¡Bernarda, yo quiero un varón para casarme y tener alegría!

BERNARDA.— ¡Encerradla!

MARÍA JOSEFA.— Déjame salir, Bernarda.

(*La* Criada *coge a* María Josefa.)

BERNARDA.— ¡Ayudarla vosotras! *(Todas arrastran a la vieja.)*
MARÍA JOSEFA.— ¡Quiero irme de aquí! ¡Bernarda! A casarme a la orilla del mar, a la orilla del mar.

Telón rápido

Acto segundo

Habitación blanca del interior de la casa de Bernarda. Las puertas de la izquierda dan a los dormitorios. Las hijas de Bernarda están sentadas en sillas bajas, cosiendo, Magdalena borda. Con ellas está la Poncia.

ANGUSTIAS.— Ya he cortado la tercera sábana.

MARTIRIO.— Le corresponde a Amelia.

MAGDALENA.— Angustias, ¿pongo también las iniciales de Pepe?

ANGUSTIAS.— *(Seca.)* No.

MAGDALENA.— *(A voces.)* Adela, ¿no vienes?

AMELIA.— Estará echada en la cama.

PONCIA.— Esa tiene algo. La encuentro sin sosiego, temblona, asustada como si tuviera una lagartija entre los pechos.

MARTIRIO.— No tiene ni más ni menos que lo que tenemos todas.

MAGDALENA.— Todas menos Angustias.

ANGUSTIAS.— Yo me encuentro bien, y al que le duela, que reviente.

MAGDALENA.— Desde luego hay que reconocer que lo mejor que has tenido siempre ha sido el talle y la delicadeza.

ANGUSTIAS.— Afortunadamente, pronto voy a salir de este infierno.

MAGDALENA.— ¡A lo mejor no sales!

MARTIRIO.— ¡Dejar esa conversación!

ANGUSTIAS.— Y, además, ¡más vale onza en el arca que ojos negros en la cara!

MAGDALENA.— Por un oído me entra y por otro me sale

AMELIA.— (A la Poncia.) Abre la puerta del patio a ver si nos entra un poco el fresco.

(La Poncia lo hace.)

MARTIRIO.— Esta noche pasada no me podía quedar dormida del calor.

AMELIA.— ¡Yo tampoco!

MAGDALENA.— Yo me levanté a refrescarme. Había un nublo negro de tormenta y hasta cayeron algunas gotas.

PONCIA.— Era la una de la madrugada y salía fuego de la tierra. También me levanté yo. Todavía estaba Angustias con Pepe en la ventana.

MAGDALENA.— (Con ironía.) ¿Tan tarde? ¿A qué hora se fue?

ANGUSTIAS.— Magdalena, ¿a qué preguntas si lo viste?

AMELIA.— Se iría a eso de la una y media.

ANGUSTIAS.— Sí. ¿Tú por qué lo sabes?

AMELIA.— Lo sentí toser y oí los pasos de su jaca.

PONCIA.— ¡Pero si yo lo sentí marchar a eso de las cuatro!

ANGUSTIAS.— ¡No sería él!

PONCIA.— ¡Estoy segura!

AMELIA.— A mí también me pareció.

MAGDALENA.— ¡Qué cosa más rara!

(Pausa.)

PONCIA.— Oye, Angustias, ¿qué fue lo que te dijo la primera vez que se acercó a tu ventana?

ANGUSTIAS.— Nada. ¡Qué me iba a decir! Cosas de conversación.

MARTIRIO.— Verdaderamente es raro que dos personas que no se conocen se vean de pronto en una reja y ya novios.

ANGUSTIAS.— Pues a mí no me chocó.

AMELIA.— A mí me daría no sé qué.

ANGUSTIAS.— No, porque cuando un hombre se acerca a una reja ya sabe por los que van y vienen, llevan y traen, que se le va a decir que sí.

MARTIRIO.— Bueno, pero él te lo tendría que decir.

ANGUSTIAS.— ¡Claro!

AMELIA.— *(Curiosa.)* ¿Y cómo te lo dijo?

ANGUSTIAS.— Pues, nada: «Ya sabes que ando detrás de ti, necesito una mujer buena, modosa, y esa eres tú, si me das la conformidad».

AMELIA.— ¡A mí me da vergüenza de estas cosas!

ANGUSTIAS.— ¡Y a mí, pero hay que pasarlas!

PONCIA.— ¿Y habló más?

ANGUSTIAS.— Sí, siempre habló él.

MARTIRIO.— ¿Y tú?

ANGUSTIAS.— Yo no hubiera podido. Casi se me salía el corazón por la boca. Era la primera vez que estaba sola de noche con un hombre.

MAGDALENA.— Y un hombre tan guapo.

ANGUSTIAS.— ¡No tiene mal tipo!

PONCIA.— Esas cosas pasan entre personas ya un poco instruidas que hablan y dicen y mueven la mano. La primera vez que mi marido Evaristo el Colorín vino a mi ventana... ¡Ja, ja, ja!

AMELIA.— ¿Qué pasó?

PONCIA.— Era muy oscuro. Lo vi acercarse y, al llegar, me dijo: «Buenas noches». «Buenas noches», le dije yo, y nos quedamos callados más de media hora. Me corría el sudor por todo el cuerpo. Entonces Evaristo se acercó, se acercó que se quería meter por los hierros, y dijo con voz muy baja: «¡Ven, que te tiente! *(Ríen todas.)*

Amelia *se levanta corriendo y espía por una puerta.)*

AMELIA.— ¡Ay! Creí que llegaba nuestra madre.

MAGDALENA.— ¡Buenas nos hubiera puesto!

(Siguen riendo.)

AMELIA.— Chiss... ¡Que nos va a oír!

PONCIA.— Luego se portó bien. En vez de darle por otra cosa, le dio por criar colorines hasta que murió. A vosotras, que sois solteras, os conviene saber de todos modos que el hombre a los quince días de boda deja la cama por la mesa, y luego la mesa por la tabernilla. Y la que no se conforma se pudre llorando en un rincón.

AMELIA.— Tú te conformaste.

PONCIA.— ¡Yo pude con él!

MARTIRIO.— ¿Es verdad que le pegaste algunas veces?

PONCIA.— Sí, y por poco lo dejo tuerto.

MAGDALENA.— ¡Así debían ser todas las mujeres!

PONCIA.— Yo tengo la escuela de tu madre. Un día me dijo no sé qué cosa y le maté todos los colorines con la mano del almirez. *(Ríen.)*

MAGDALENA.— Adela, niña, no te pierdas esto.

AMELIA.— Adela.

(Pausa.)

MAGDALENA.— ¡Voy a ver! *(Entra.)*

PONCIA.— ¡Esa niña está mala!

MARTIRIO.— Claro, ¡no duerme apenas!

PONCIA.— Pues ¿qué hace?

MARTIRIO.— ¡Yo qué sé lo que hace!

PONCIA.— Mejor lo sabrás tú que yo, que duermes pared por medio.

ANGUSTIAS.— La envidia la come.

AMELIA.— No exageres.

ANGUSTIAS.— Se lo noto en los ojos. Se le está poniendo mirar de loca.

MARTIRIO.— No habléis de locos. Aquí es el único sitio donde no se puede pronunciar esta palabra.

(*Sale* Magdalena *con* Adela.)

MAGDALENA.— Pues ¿no estaba dormida?

ADELA.— Tengo mal cuerpo.

MARTIRIO.— *(Con intención.)* ¿Es que no has dormido bien esta noche?

ADELA.— Sí.

MARTIRIO.— ¿Entonces?

ADELA.— *(Fuerte.)* ¡Déjame ya! ¡Durmiendo o velando, no tienes por qué meterte en lo mío! ¡Yo hago con mi cuerpo lo que me parece!

MARTIRIO.— ¡Solo es interés por ti!

ADELA.— Interés o inquisición. ¿No estabais cosiendo? Pues seguir. ¡Quisiera ser invisible, pasar por las habitaciones sin que me preguntarais dónde voy!

CRIADA.— *(Entra.)* Bernarda os llama. Está el hombre de los encajes. (*Salen.*)

Al salir, Martirio *mira fijamente a* Adela.)

ADELA.— ¡No me mires más! Si quieres, te daré mis ojos, que son frescos, y mis espaldas, para que te compongas la joroba que tienes, pero vuelve la cabeza cuando yo pase.

PONCIA.— ¡Adela, que es tu hermana, y además la que más te quiere!

ADELA.— Me sigue a todos lados. A veces se asoma a mi cuarto para ver si duermo No me deja respirar. Y siempre: «¡Qué lástima de cara! ¡Qué lástima de cuerpo, que no va a ser para nadie!». ¡Y eso no! ¡Mi cuerpo será de quien yo quiera!

PONCIA.— *(Con intención y en voz baja.)* De Pepe el Romano, ¿no es eso?

ADELA.— *(Sobrecogida.)* ¿Qué dices?

PONCIA.— ¡Lo que digo, Adela!

ADELA.— ¡Calla!

PONCIA.— *(Alto.)* ¿Crees que no me he fijado?

ADELA.— ¡Baja la voz!

PONCIA.— ¡Mata esos pensamientos!

ADELA.— ¿Qué sabes tú?

PONCIA.— Las viejas vemos a través de las paredes. ¿Dónde vas de noche cuando te levantas?

ADELA.— ¡Ciega debías estar!

PONCIA.— Con la cabeza y las manos llenas de ojos cuando se trata de lo que se trata. Por mucho que pienso no sé lo que te propones. ¿Por qué te pusiste casi desnuda con la luz encendida y la ventana abierta al pasar Pepe el segundo día que vino a hablar con tu hermana?

ADELA.— ¡Eso no es verdad!

PONCIA.— ¡No seas como los niños chicos! Deja en paz a tu hermana, y si Pepe el Romano te gusta, te aguantas. (Adela *llora.*) Además, ¿quién dice que no te puedas casar con él? Tu hermana Angustias es una enferma. Esa no resiste el primer parto. Es estrecha de cintura, vieja, y con mi conocimiento te digo que se morirá. Entonces Pepe hará lo que hacen todos los viudos de esta tierra: se casará con la más joven, la más hermosa, y esa eres tú. Alimenta esa esperanza, olvídalo. Lo que quieras, pero no vayas contra la ley de Dios.

ADELA.— ¡Calla!

PONCIA.— ¡No callo!

ADELA.— Métete en tus cosas, ¡oledora!, ¡pérfida!

PONCIA.— ¡Sombra tuya he de ser!

ADELA.— En vez de limpiar la casa y acostarte para rezar a tus muertos, buscas como una vieja marrana asuntos de hombres y mujeres para babosear en ellos.

PONCIA.— ¡Velo!, para que las gentes no escupan al pasar por esta puerta.

ADELA.— ¡Qué cariño tan grande te ha entrado de pronto por mi hermana!

PONCIA.— No os tengo ley a ninguna, pero quiero vivir en casa decente. ¡No quiero mancharme de vieja!

ADELA.— Es inútil tu consejo. Ya es tarde. No por encima de ti, que eres una criada, por encima de mi madre saltaría para apagarme este fuego que tengo levantado por piernas y boca. ¿Qué puedes decir de mí? ¿Que me encierro en mi cuarto y no abro la puerta? ¿Que no duermo? ¡Soy más lista que tú! Mira a ver si puedes agarrar la liebre con tus manos.

PONCIA.— No me desafíes. ¡Adela, no me desafíes! Porque yo puedo dar voces, encender luces y hacer que toquen las campanas.

ADELA.— Trae cuatro mil bengalas amarillas y ponlas en las bardas del corral. Nadie podrá evitar que suceda lo que tiene que suceder.

PONCIA.— ¡Tanto te gusta ese hombre!

ADELA.— ¡Tanto! Mirando sus ojos me parece que bebo su sangre lentamente.

PONCIA.— Yo no te puedo oír.

ADELA.— ¡Pues me oirás! Te he tenido miedo. ¡Pero ya soy más fuerte que tú!

(*Entra* Angustias.)

ANGUSTIAS.— ¡Siempre discutiendo!

PONCIA.— Claro, se empeña en que, con el calor que hace, vaya a traerle no sé qué cosa de la tienda.

ANGUSTIAS.— ¿Me compraste el bote de esencia?

PONCIA.— El más caro. Y los polvos. En la mesa de tu cuarto los he puesto.

(*Sale* Angustias.)

ADELA.— ¡Y chitón!

PONCIA.— ¡Lo veremos!

(*Entran* Martirio, Amelia *y* Magdalena.)

MAGDALENA.— (*A* Adela.) ¿Has visto los encajes?

AMELIA.— Los de Angustias para sus sábanas de novia son preciosos.

ADELA.— (*A* Martirio, *que trae unos encajes.*) ¿Y estos?

MARTIRIO.— Son para mí. Para una camisa.

ADELA.— (*Con sarcasmo.*) ¡Se necesita buen humor!

MARTIRIO.— (*Con intención.*) Para verlos yo. No necesito lucirme ante nadie.

PONCIA.— Nadie la ve a una en camisa.

MARTIRIO.— (*Con intención y mirando a* Adela.) ¡A veces! Pero me encanta la ropa interior. Si fuera rica, la tendría de holanda. Es uno de los pocos gustos que me quedan.

PONCIA.— Estos encajes son preciosos para las gorras de niño, para manteruelos de cristianar. Yo nunca pude usarlos en los míos. A ver si ahora Angustias los usa en los suyos. Como le dé por tener crías vais a estar cosiendo mañana y tarde.

MAGDALENA.— Yo no pienso dar una puntada.

AMELIA.— Y mucho menos cuidar niños ajenos. Mira tú cómo están las vecinas del callejón, sacrificadas por cuatro monigotes.

PONCIA.— Esas están mejor que vosotras. ¡Siquiera allí se ríe y se oyen porrazos!

MARTIRIO.— Pues vete a servir con ellas.

PONCIA.— No. ¡Ya me ha tocado en suerte este convento!

(Se oyen unos campanillos lejanos, como a través de varios muros.)

MAGDALENA.— Son los hombres que vuelven al trabajo.

PONCIA.— Hace un minuto dieron las tres.

MARTIRIO.— ¡Con este sol!

ADELA.— *(Sentándose.)* ¡Ay, quién pudiera salir también a los campos!

MAGDALENA.— *(Sentándose.)* ¡Cada clase tiene que hacer lo suyo!

MARTIRIO.— *(Sentándose.)* ¡Así es!

AMELIA.— *(Sentándose.)* ¡Ay!

PONCIA.— No hay alegría como la de los campos en esta época. Ayer de mañana llegaron los segadores. Cuarenta o cincuenta buenos mozos.

MAGDALENA.— ¿De dónde son este año?

PONCIA.— De muy lejos. Vinieron de los montes. ¡Alegres! ¡Como árboles quemados! ¡Dando voces y arrojando piedras! Anoche llegó al pueblo una mujer vestida de lentejuelas y que bailaba con un acordeón, y quince de ellos la contrataron para llevársela al olivar. Yo los vi de lejos. El que la contrataba era un muchacho de ojos verdes, apretado como una gavilla de trigo.

AMELIA.— ¿Es eso cierto?

ADELA.— ¡Pero es posible!

PONCIA.— Hace años vino otra de estas y yo misma di dinero a mi hijo mayor para que fuera. Los hombres necesitan estas cosas.

ADELA.— Se les perdona todo.

AMELIA.— Nacer mujer es el mayor castigo.

MAGDALENA.— Y ni nuestros ojos siquiera nos pertenecen.

(Se oye un canto lejano que se va acercando.)

PONCIA.— Son ellos. Traen unos cantos preciosos.

AMELIA.— Ahora salen a segar.

CORO.— Ya salen los segadores
en busca de las espigas;
se llevan los corazones
de las muchachas que miran.

*(Se oyen panderos y carrañacas. Pausa. Todas oyen
en un silencio traspasado por el sol.)*

AMELIA.— ¡Y no les importa el calor!

MARTIRIO.— Siegan entre llamaradas.

ADELA.— Me gustaría segar para ir y venir. Así se olvida lo que
nos muerde.

MARTIRIO.— ¿Qué tienes tú que olvidar?

ADELA.— Cada una sabe sus cosas.

MARTIRIO.— *(Profunda.)* ¡Cada una!

PONCIA.— ¡Callar! ¡Callar!

CORO.— *(Muy lejano.)*
Abrir puertas y ventanas
las que vivís en el pueblo;
el segador pide rosas
para adornar su sombrero.

PONCIA.— ¡Qué canto!

MARTIRIO.— *(Con nostalgia.)*
Abrir puertas y ventanas
las que vivís en el pueblo.

ADELA.— *(Con pasión.)*
...El segador pide rosas
para adornar su sombrero.

(Se va alejando el cantar.)

PONCIA.— Ahora dan la vuelta a la esquina.

ADELA.— Vamos a verlos por la ventana de mi cuarto.

PONCIA.— Tened cuidado con no entreabrirla mucho, porque
son capaces de dar un empujón para ver quién mira.

(Se van las tres. Martirio *queda sentada en la silla baja con la cabeza entre las manos.)*

AMELIA.— *(Acercándose.)* ¿Qué te pasa?

MARTIRIO.— Me sienta mal el calor.

AMELIA.— ¿No es más que eso?

MARTIRIO.— Estoy deseando que llegue noviembre, los días de lluvia, la escarcha; todo lo que no sea este verano interminable.

AMELIA.— Ya pasará y volverá otra vez.

MARTIRIO.— ¡Claro! *(Pausa.)* ¿A qué hora te dormiste anoche?

AMELIA.— No sé. Yo duermo como un tronco. ¿Por qué?

MARTIRIO.— Por nada, pero me pareció oír gente en el corral.

AMELIA.— ¿Sí?

MARTIRIO.— Muy tarde.

AMELIA.— ¿Y no tuviste miedo?

MARTIRIO.— No. Ya lo he oído otras noches.

AMELIA.— Debíamos tener cuidado. ¿No serían los gañanes?

MARTIRIO.— Los gañanes llegan a las seis.

AMELIA.— Quizá una mulilla sin desbravar.

MARTIRIO.— *(Entre dientes y llena de segunda intención.)* Eso, ¡eso!, una mulilla sin desbravar.

AMELIA.— ¡Hay que prevenir!

MARTIRIO.— ¡No, no! No digas nada. Puede ser un volunto mío.

AMELIA.— Quizá. *(Pausa.* Amelia *inicia el mutis.)*

MARTIRIO.— Amelia.

AMELIA.— *(En la puerta.)* ¿Qué?

(Pausa.)

MARTIRIO.— Nada.

(Pausa.)

AMELIA.— ¿Por qué me llamaste?

(Pausa.)

MARTIRIO.— Se me escapó. Fue sin darme cuenta.

(Pausa.)

AMELIA.— Acuéstate un poco.

ANGUSTIAS.— *(Entrando furiosa en escena, de modo que haya un gran contraste con los silencios anteriores.)* ¿Dónde está el retrato de Pepe que tenía yo debajo de mi almohada? ¿Quién de vosotras lo tiene?

MARTIRIO.— Ninguna.

AMELIA.— Ni que Pepe fuera un San Bartolomé de plata.

(Entran Poncia, Magdalena y Adela.)

ANGUSTIAS.— ¿Dónde está el retrato?

ADELA.— ¿Qué retrato?

ANGUSTIAS.— Una de vosotras me lo ha escondido.

MAGDALENA.— ¿Tienes la desvergüenza de decir esto?

ANGUSTIAS.— Estaba en mi cuarto y no está.

MARTIRIO.— ¿Y no se habrá escapado a media noche al corral? A Pepe le gusta andar con la luna.

ANGUSTIAS.— ¡No me gastes bromas! Cuando venga se lo contaré.

PONCIA.— ¡Eso, no! ¡Porque aparecerá! *(Mirando a Adela.)*

ANGUSTIAS.— ¡Me gustaría saber cuál de vosotras lo tiene!

ADELA.— *(Mirando a Martirio.)* ¡Alguna! ¡Todas, menos yo!

MARTIRIO.— *(Con intención.)* ¡Desde luego!

BERNARDA.— *(Entrando con su bastón.)* ¡Qué escándalo es este en mi casa y con el silencio del peso del calor! Estarán las vecinas con el oído pegado a los tabiques.

ANGUSTIAS.— Me han quitado el retrato de mi novio.

BERNARDA.— *(Fiera.)* ¿Quién? ¿Quién?

ANGUSTIAS.— ¡Estas!

BERNARDA.— ¿Cuál de vosotras? *(Silencio.)* ¡Contestarme! *(Silencio. A Poncia.)* Registra los cuartos, mira por las camas. Esto tiene no ataros más cortas. ¡Pero me vais a soñar! (*A* Angustias.) ¿Estás segura?

ANGUSTIAS.— Sí.

BERNARDA.— ¿Lo has buscado bien?

ANGUSTIAS.— Sí, madre.

(Todas están de pie en medio de un embarazoso silencio.)

BERNARDA.— Me hacéis al final de mi vida beber el veneno más amargo que una madre puede resistir. (*A* Poncia.) ¿No lo encuentras?

(Sale Poncia.)

PONCIA.— Aquí está.

BERNARDA.— ¿Dónde lo has encontrado?

PONCIA.— Estaba...

BERNARDA.— Dilo sin temor.

PONCIA.— *(Extrañada.)* Entre las sábanas de la cama de Martirio.

BERNARDA.— (*A* Martirio.) ¿Es verdad?

MARTIRIO.— ¡Es verdad!

BERNARDA.— *(Avanzando y golpeándola con el bastón.)* ¡Mala puñalada te den, mosca muerta! ¡Sembradura de vidrios!

MARTIRIO.— *(Fiera.)* ¡No me pegue usted, madre!

BERNARDA.— ¡Todo lo que quiera!

MARTIRIO.— ¡Si yo la dejo! ¿Lo oye? ¡Retírese usted!

PONCIA.— No faltes a tu madre.

ANGUSTIAS.— *(Cogiendo a* Bernarda.) Déjela. ¡Por favor!

BERNARDA.— Ni lágrimas te quedan en esos ojos.

MARTIRIO.— No voy a llorar para darle gusto.

BERNARDA.— ¿Por qué has cogido el retrato?

MARTIRIO.— ¿Es que yo no puedo gastar una broma a mi hermana? ¡Para qué otra cosa lo iba a querer!

ADELA.— *(Saltando llena de celos.)* No ha sido broma, que tú no has gustado jamás de juegos. Ha sido otra cosa que te reventaba en el pecho por querer salir. Dilo ya claramente.

MARTIRIO.— ¡Calla y no me hagas hablar, que si hablo se van a juntar las paredes unas con otras de vergüenza!

ADELA.— ¡La mala lengua no tiene fin para inventar!

BERNARDA.— ¡Adela!

MAGDALENA.— Estáis locas.

AMELIA.— Y nos apedreáis con malos pensamientos.

MARTIRIO.— Otras hacen cosas más malas.

ADELA.— Hasta que se pongan en cueros de una vez y se las lleve el río.

BERNARDA.— ¡Perversa!

ANGUSTIAS.— Yo no tengo la culpa de que Pepe el Romano se haya fijado en mí.

ADELA.— ¡Por tus dineros!

ANGUSTIAS.— ¡Madre!

BERNARDA.— ¡Silencio!

MARTIRIO.— Por tus marjales y tus arboledas.

MAGDALENA.— ¡Eso es lo justo!

BERNARDA.— ¡Silencio digo! Yo veía la tormenta venir, pero no creía que estallara tan pronto. ¡Ay, qué pedrisco de odio habéis echado sobre mi corazón! Pero todavía no soy anciana y tengo cinco cadenas para vosotras y esta casa levantada por mi padre para que ni las hierbas se enteren de mi desolación. ¡Fuera de aquí! *(Salen.* Bernarda *se sienta desolada.* Poncia *está de pie arrimada a los muros.* Bernarda *reacciona, da un golpe en el suelo y dice):* ¡Tendré que sentarles la mano! Bernarda, ¡acuérdate que esta es tu obligación!

PONCIA.— ¿Puedo hablar?

BERNARDA.— Habla. Siento que hayas oído. Nunca está bien una extraña en el centro de la familia.

PONCIA.— Lo visto, visto está.

BERNARDA.— Angustias tiene que casarse en seguida.

PONCIA.— Claro, hay que retirarla de aquí.

BERNARDA.— No a ella. ¡A él!

PONCIA.— ¡Claro, a él hay que alejarlo de aquí! Piensas bien.

BERNARDA.— No pienso. Hay cosas que no se pueden ni se deben pensar. Yo ordeno.

PONCIA.— ¿Y tú crees que él querrá marcharse?

BERNARDA.— *(Levantándose.)* ¿Qué imagina tu cabeza?

PONCIA.— Él, claro, ¡se casará con Angustias!

BERNARDA.— Habla. Te conozco demasiado para saber que ya me tienes preparada la cuchilla.

PONCIA.— Nunca pensé que se llamara asesinato al aviso.

BERNARDA.— ¿Me tienes que prevenir algo?

PONCIA.— Yo no acuso, Bernarda. Yo solo te digo: abre los ojos y verás.

BERNARDA.— ¿Y verás qué?

PONCIA.— Siempre has sido lista. Has visto lo malo de las gentes a cien leguas. Muchas veces creí que adivinabas los pensamientos. Pero los hijos son los hijos. Ahora estás ciega.

BERNARDA.— ¿Te refieres a Martirio?

PONCIA.— Bueno, a Martirio... *(Con curiosidad.)* ¿Por qué habrá escondido el retrato?

BERNARDA.— *(Queriendo ocultar a su hija.)* Después de todo, ella dice que ha sido una broma. ¿Qué otra cosa puede ser?

PONCIA.— *(Con sorna.)* ¿Tú lo crees así?

BERNARDA.— *(Enérgica.)* No lo creo. ¡Es así!

PONCIA.— Basta. Se trata de lo tuyo. Pero si fuera la vecina de enfrente, ¿qué sería?

BERNARDA.— Ya empiezas a sacar la punta del cuchillo.

PONCIA.— *(Siempre con crueldad.)* No, Bernarda: aquí pasa una cosa muy grande. Yo no te quiero echar la culpa, pero tú no has dejado a tus hijas libres. Martirio es enamoradiza, digas tú lo que quieras. ¿Por qué no la dejaste casar con Enrique Humanes? ¿Por qué el mismo día que iba a venir a la ventana le mandaste recado que no viniera?

BERNARDA.— *(Fuerte.)* ¡Y lo haría mil veces! ¡Mi sangre no se junta con la de los Humanes mientras yo viva! Su padre fue gañán.

PONCIA.— ¡Y así te va a ti con esos humos!

BERNARDA.— Los tengo porque puedo tenerlos. Y tú no los tienes porque sabes muy bien cuál es tu origen.

LE
551

PONCIA.— *(Con odio.)* ¡No me lo recuerdes! Estoy ya vieja. Siempre agradecí tu protección.

BERNARDA.— *(Crecida.)* ¡No lo parece!

PONCIA.— *(Con odio envuelto en suavidad.)* A Martirio se le olvidará esto.

BERNARDA.— Y si no lo olvida peor para ella. No creo que esta sea la «cosa muy grande» que aquí pasa. Aquí no pasa nada. ¡Eso quisieras tú! Y si pasara algún día, estáte segura que no traspasaría las paredes.

PONCIA.— ¡Eso no lo sé yo! En el pueblo hay gentes que leen también de lejos los pensamientos escondidos.

BERNARDA.— ¡Cómo gozarías de vernos a mí y a mis hijas camino del lupanar!

PONCIA.— ¡Nadie puede conocer su fin!

BERNARDA.— ¡Yo sí sé mi fin! ¡Y el de mis hijas! El lupanar se queda para alguna mujer ya difunta.

PONCIA.— *(Fiera.)* ¡Bernarda, respeta la memoria de mi madre!

BERNARDA.— ¡No me persigas tú con tus malos pensamientos!

(Pausa.)

PONCIA.— Mejor será que no me meta en nada.

BERNARDA.— Es lo que debías hacer. Obrar y callar a todo es la obligación de los que viven a sueldo.

PONCIA.— Pero no se puede. ¿A ti no te parece que Pepe estaría mejor casado con Martirio o... ¡sí!, o con Adela?

BERNARDA.— No me parece.

PONCIA.— *(Con intención.)* Adela. ¡Esa es la verdadera novia del Romano!

BERNARDA.— Las cosas no son nunca a gusto nuestro.

PONCIA.— Pero les cuesta mucho trabajo desviarse de la verdadera inclinación. A mí me parece mal que Pepe esté con Angustias, y a las gentes, y hasta al aire. ¡Quién sabe si se saldrán con la suya!

BERNARDA.— ¡Ya estamos otra vez!... Te deslizas para llenarme de malos sueños. Y no quiero entenderte, porque si llegara al alcance de todo lo que dices te tendría que arañar.

PONCIA.— ¡No llegará la sangre al río!

BERNARDA.— ¡Afortunadamente mis hijas me respetan y jamás torcieron mi voluntad!

PONCIA.— ¡Eso sí! Pero en cuanto las dejes sueltas se te subirán al tejado.

BERNARDA.— ¡Ya las bajaré tirándoles cantos!

PONCIA.— ¡Desde luego eres la más valiente!

BERNARDA.— ¡Siempre gasté sabrosa pimienta!

PONCIA.— ¡Pero lo que son las cosas! A su edad, ¡hay que ver el entusiasmo de Angustias con su novio! ¡Y él también parece muy picado! Ayer me contó mi hijo mayor que a las cuatro y media de la madrugada, que pasó por la calle con la yunta, estaban hablando todavía.

BERNARDA.— ¡A las cuatro y media!

ANGUSTIAS.— *(Saliendo.)* ¡Mentira!

PONCIA.— Eso me contaron.

BERNARDA.— *(A* Angustias.) ¡Habla!

ANGUSTIAS.— Pepe lleva más de una semana marchándose a la una. Que Dios me mate si miento.

MARTIRIO.— *(Saliendo.)* Yo también lo sentí marcharse a las cuatro.

BERNARDA.— ¿Pero lo viste con tus ojos?

MARTIRIO.— No quise asomarme. ¿No habláis ahora por la ventana del callejón?

ANGUSTIAS.— Yo hablo por la ventana de mi dormitorio.

(Aparece Adela *en la puerta.)*

MARTIRIO.— Entonces...

BERNARDA.— ¿Qué es lo que pasa aquí?

PONCIA.— ¡Cuida de enterarte! Pero, desde luego, Pepe estaba a las cuatro de la madrugada en una reja de tu casa.

BERNARDA.— ¿Lo sabes seguro?

PONCIA.— Seguro no se sabe nada en esta vida.

ADELA.— Madre, no oiga usted a quien nos quiere perder a todas.

BERNARDA.— ¡Ya sabré enterarme! Si las gentes del pueblo quieren levantar falsos testimonios, se encontrarán con mi pedernal. No se hable de este asunto. Hay a veces una ola de fango que levantan los demás para perdernos.

MARTIRIO.— A mí no me gusta mentir.

PONCIA.— Y algo habrá.

BERNARDA.— No habrá nada. Nací para tener los ojos abiertos. Ahora vigilaré sin cerrarlos ya hasta que me muera.

ANGUSTIAS.— Yo tengo derecho de enterarme.

BERNARDA.— Tú no tienes derecho más que a obedecer. Nadie me traiga ni me lleve. (A Poncia.) Y tú te metes en los asuntos de tu casa. ¡Aquí no se vuelve a dar un paso que yo no sienta!

CRIADA.— *(Entrando.)* ¡En lo alto de la calle hay un gran gentío y todos los vecinos están en sus puertas!

BERNARDA.— (A Poncia.) ¡Corre a enterarte de lo que pasa! *(Las mujeres corren para salir.)* ¿Dónde vais? Siempre os supe mujeres ventaneras y rompedoras de su luto. ¡Vosotras, al patio!

(Salen y sale Bernarda. *Se oyen rumores lejanos. Entran* Martirio *y* Adela, *que se quedan escuchando y sin atreverse a dar un paso más de la puerta de salida.)*

MARTIRIO.— Agradece a la casualidad que no desaté mi lengua.

ADELA.— También hubiera hablado yo.

MARTIRIO.— ¿Y qué ibas a decir? ¡Querer no es hacer!

ADELA.— Hace la que puede y la que se adelanta. Tú querías, pero no has podido.

MARTIRIO.— No seguirás mucho tiempo.

ADELA.— ¡Lo tendré todo!

MARTIRIO.— Yo romperé tus abrazos.

ADELA.— *(Suplicante.)* ¡Martirio, déjame!

MARTIRIO.— ¡De ninguna!

ADELA.— ¡Él me quiere para su casa!

MARTIRIO.— ¡He visto cómo te abrazaba!

ADELA.— Yo no quería. He ido como arrastrada por una maroma.

MARTIRIO.— ¡Primero muerta!

> *(Se asoman* Magdalena *y* Angustias. *Se siente crecer el tumulto.)*

PONCIA.— (*Entrando con* Bernarda.) ¡Bernarda!

BERNARDA.— ¿Qué ocurre?

PONCIA.— La hija de la Librada, la soltera, tuvo un hijo no se sabe con quién.

ADELA.— ¿Un hijo?

PONCIA.— Y para ocultar su vergüenza lo mató y lo metió debajo de unas piedras; pero unos perros, con más corazón que muchas criaturas, lo sacaron y como llevados por la mano de Dios lo han puesto en el tranco de su puerta. Ahora la quieren matar. La traen arrastrando por la calle abajo, y por las trochas y los terrenos del olivar vienen los hombres corriendo, dando unas voces que estremecen los campos.

BERNARDA.— Sí, que vengan todos con varas de olivo y mangos de azadones, que vengan todos para matarla.

ADELA.— ¡No, no, para matarla no!

MARTIRIO.— Sí, y vamos a salir también nosotras.

BERNARDA.— Y que pague la que pisotea su decencia.

> *(Fuera se oye un grito de mujer y un gran rumor.)*

ADELA.— ¡Que la dejen escapar! ¡No salgáis vosotras!

MARTIRIO.— (*Mirando a* Adela.) ¡Que pague lo que debe!
BERNARDA.— *(Bajo el arco.)* ¡Acabar con ella antes que lleguen los guardias! ¡Carbón ardiendo en el sitio de su pecado!
ADELA.— *(Cogiéndose el vientre.)* ¡No! ¡No!
BERNARDA.— ¡Matadla! ¡Matadla!

Telón

Acto tercero

Cuatro paredes blancas ligeramente azuladas del patio interior de la casa de Bernarda. *Es de noche. El decorado ha de ser de una perfecta simplicidad. Las puertas, iluminadas por la luz de los interiores, dan un tenue fulgor a la escena.*

En el centro, una mesa con un quinqué, donde están comiendo Bernarda *y sus hijas. La* Poncia *las sirve.* Prudencia *está sentada aparte.*

Al levantarse el telón hay un gran silencio, interrumpido por el ruido de platos y cubiertos.

Prudencia.— Ya me voy. Os he hecho una visita larga. *(Se levanta.)*

Bernarda.— Espérate, mujer. No nos vemos nunca.

Prudencia.— ¿Han dado el último toque para el rosario?

Poncia.— Todavía no. (Prudencia *se sienta.*)

Bernarda.— ¿Y tu marido cómo sigue?

Prudencia.— Igual.

BERNARDA.— Tampoco lo vemos.

PRUDENCIA.— Ya sabes sus costumbres. Desde que se peleó con sus hermanos por la herencia no ha salido por la puerta de la calle. Pone una escalera y salta las tapias del corral.

BERNARDA.— Es un verdadero hombre. ¿Y con tu hija?...

PRUDENCIA.— No la ha perdonado.

BERNARDA.— Hace bien.

PRUDENCIA.— No sé qué te diga. Yo sufro por esto.

BERNARDA.— Una hija que desobedece deja de ser hija para convertirse en enemiga.

PRUDENCIA.— Yo dejo que el agua corra. No me queda más consuelo que refugiarme en la iglesia, pero como me estoy quedando sin vista tendré que dejar de venir para que no jueguen con una los chiquillos. *(Se oye un gran golpe, como dado en los muros.)* ¿Qué es eso?

BERNARDA.— El caballo garañón, que está encerrado y da coces contra el muro [31]. *(A voces.)* ¡Trabadlo y que salga al corral! *(En voz baja.)* Debe tener calor.

PRUDENCIA.— ¿Vais a echarle las potras nuevas?

BERNARDA.— Al amanecer.

PRUDENCIA.— Has sabido acrecentar tu ganado.

BERNARDA.— A fuerza de dinero y sinsabores.

PONCIA.— *(Interviniendo.)* ¡Pero tiene la mejor manada de estos contornos! Es una lástima que esté bajo de precio.

BERNARDA.— ¿Quieres un poco de queso y miel?

PRUDENCIA.— Estoy desganada.

(Se oye otra vez el golpe.)

PONCIA.— ¡Por Dios!

PRUDENCIA.— ¡Me ha retemblado dentro del pecho!

BERNARDA.— *(Levantándose furiosa.)* ¿Hay que decir las cosas dos veces? ¡Echadlo que se revuelque en los montones de paja! *(Pausa, y como hablando con los gañanes.)* Pues encerrad las potras en la cuadra, pero dejadlo libre, no sea que nos eche abajo las paredes. *(Se dirige a la mesa y se sienta otra vez.)* ¡Ay, qué vida!

PRUDENCIA.— Bregando como un hombre.

BERNARDA.— Así es. (Adela *se levanta de la mesa.*) ¿Dónde vas?

ADELA.— A beber agua.

BERNARDA.— *(En alta voz.)* Trae un jarro de agua fresca. (*A* Adela.) Puedes sentarte. (Adela *se sienta.*)

PRUDENCIA.— Y Angustias, ¿cuándo se casa?

BERNARDA.— Vienen a pedirla dentro de tres días.

PRUDENCIA.— ¡Estarás contenta!

ANGUSTIAS.— ¡Claro!

AMELIA.— (*A* Magdalena.) ¡Ya has derramado la sal!

MAGDALENA.— Peor suerte que tienes no vas a tener.

AMELIA.— Siempre trae mala sombra.

BERNARDA.— ¡Vamos!

PRUDENCIA.— (*A* Angustias.) ¿Te ha regalado ya el anillo?

ANGUSTIAS.— Mírelo usted. *(Se lo alarga.)*

PRUDENCIA.— Es precioso. Tres perlas. En mi tiempo las perlas significaban lágrimas.

ANGUSTIAS.— Pero ya las cosas han cambiado.

ADELA.— Yo creo que no. Las cosas significan siempre lo mismo. Los anillos de pedida deben ser de diamantes.

PRUDENCIA.— Es más propio.

BERNARDA.— Con perlas o sin ellas, las cosas son como una se las propone.

MARTIRIO.— O como Dios dispone.

PRUDENCIA.— Los muebles me han dicho que son preciosos.

BERNARDA.— Dieciséis mil reales he gastado.

PONCIA.— *(Interviniendo.)* Lo mejor es el armario de luna.

PRUDENCIA.— Nunca vi un mueble de estos.

BERNARDA.— Nosotras tuvimos arca.

PRUDENCIA.— Lo preciso es que todo sea para bien.

ADELA.— Que nunca se sabe.

BERNARDA.— No hay motivo para que no lo sea.

(Se oyen lejanísimas unas campanas.)

PRUDENCIA.— El último toque. *(A* Angustia.) Ya vendré a que me enseñes la ropa.

ANGUSTIAS.— Cuando usted quiera.

PRUDENCIA.— Buenas noches nos dé Dios.

BERNARDA.— Adiós, Prudencia.

LAS CINCO.— *(A la vez.)* Vaya usted con Dios.

(Pausa. Sale Prudencia.)

BERNARDA.— Ya hemos comido. *(Se levantan.)*

ADELA.— Voy a llegarme hasta el portón para estirar las piernas y tomar un poco el fresco.

(Magdalena *se sienta en una silla baja retrepada contra la pared.)*

AMELIA.— Yo voy contigo.

MARTIRIO.— Y yo.

ADELA.— *(Con odio contenido.)* No me voy a perder.

AMELIA.— La noche quiere compaña.

(Salen. Bernarda *se sienta y* Angustias *está arreglando la mesa.)*

BERNARDA.— Ya te he dicho que quiero que hables con tu hermana Martirio. Lo que pasó del retrato fue una broma y lo debes olvidar.

ANGUSTIAS.— Usted sabe que ella no me quiere.

BERNARDA.— Cada uno sabe lo que piensa por dentro. Yo no me meto en los corazones, pero quiero buena fachada y armonía familiar. ¿Lo entiendes?

ANGUSTIAS.— Sí.

BERNARDA.— Pues ya está.

MAGDALENA.— *(Casi dormida.)* Además, ¡si te vas a ir antes de nada! *(Se duerme.)*

ANGUSTIAS.— Tarde me parece.

BERNARDA.— ¿A qué hora terminaste anoche de hablar?

ANGUSTIAS.— A las doce y media.

BERNARDA.— ¿Qué cuenta Pepe?

ANGUSTIAS.— Yo lo encuentro distraído. Me habla siempre como pensando en otra cosa. Si le pregunto qué le pasa, me contesta: «Los hombres tenemos nuestras preocupaciones».

BERNARDA.— No le debes preguntar. Y cuando te cases, menos. Habla si él habla y míralo cuando te mire. Así no tendrás disgustos.

ANGUSTIAS.— Yo creo, madre, que él me oculta muchas cosas.

BERNARDA.— No procures descubrirlas, no le preguntes y, desde luego, que no te vea llorar jamás.

ANGUSTIAS.— Debía estar contenta y no lo estoy.

BERNARDA.— Eso es lo mismo.

ANGUSTIAS.— Muchas veces miro a Pepe con mucha fijeza y se me borra a través de los hierros, como si lo tapara una nube de polvo de las que levantan los rebaños.

BERNARDA.— Eso son cosas de debilidad.

ANGUSTIAS.— ¡Ojalá!

BERNARDA.— ¿Viene esta noche?

ANGUSTIAS.— No. Fue con su madre a la capital.

BERNARDA.— Así nos acostaremos antes. ¡Magdalena!

ANGUSTIAS.— Está dormida.

(*Entran* Adela, Martirio *y* Amelia.)

AMELIA.— ¡Qué noche más oscura!

ADELA.— No se ve a dos pasos de distancia.

MARTIRIO.— Una buena noche para ladrones, para el que necesite escondrijo.

ADELA.— El caballo garañón estaba en el centro del corral. ¡Blanco! Doble de grande, llenando todo lo oscuro.

AMELIA.— Es verdad. Daba miedo. ¡Parecía una aparición!

ADELA.— Tiene el cielo unas estrellas como puños.

MARTIRIO.— Esta se puso a mirarlas de modo que se iba a tronchar el cuello.

ADELA.— ¿Es que no te gustan a ti?

MARTIRIO.— A mí las cosas de tejas arriba no me importan nada. Con lo que pasa dentro de las habitaciones tengo bastante.

ADELA.— Así te va a ti.

BERNARDA.— A ella le va en lo suyo como a ti en lo tuyo.

ANGUSTIAS.— Buenas noches.

ADELA.— ¿Ya te acuestas?

ANGUSTIAS.— Sí, esta noche no viene Pepe. *(Sale.)*

ADELA.— Madre, ¿por qué cuando se corre una estrella o luce un relámpago se dice:

«Santa Bárbara bendita,
que en el cielo estás escrita
con papel y agua bendita?».

BERNARDA.— Los antiguos sabían muchas cosas que hemos olvidado

AMELIA.— Yo cierro los ojos para no verlas.

ADELA.— Yo no. A mí me gusta ver correr lleno de lumbre lo que está quieto y quieto años enteros.

MARTIRIO.— Pero estas cosas nada tienen que ver con nosotros.

BERNARDA.— Y es mejor no pensar en ellas.

ADELA.— ¡Qué noche más hermosa! Me gustaría quedarme hasta muy tarde para disfrutar el fresco del campo.

BERNARDA.— Pero hay que acostarse. ¡Magdalena!

AMELIA.— Está en el primer sueño.

BERNARDA.— ¡Magdalena!

MAGDALENA.— *(Disgustada.)* ¡Dejarme en paz!

BERNARDA.— ¡A la cama!

MAGDALENA.— *(Levantándose malhumorada.)* ¡No la dejáis a una tranquila! *(Se va refunfuñando.)*

AMELIA.— Buenas noches. *(Se va.)*

BERNARDA.— Andar vosotras también.

MARTIRIO.— ¿Cómo es que esta noche no viene el novio de Angustias?

BERNARDA.— Fue de viaje.

MARTIRIO.— *(Mirando a* Adela.) ¡Ah!

ADELA.— Hasta mañana. *(Sale.)*

> (Martirio *bebe agua y sale lentamente mirando hacia la puerta del corral. Sale la* Poncia.)

PONCIA.— ¿Estás todavía aquí?

BERNARDA.— Disfrutando este silencio y sin lograr ver por parte alguna «la cosa tan grande» que aquí pasa, según tú.

PONCIA.— Bernarda, dejemos esa conversación.

BERNARDA.— En esta casa no hay un sí ni un no. Mi vigilancia lo puede todo.

PONCIA.— No pasa nada por fuera. Eso es verdad. Tus hijas están y viven como metidas en alacenas. Pero ni tú ni nadie puede vigilar por el interior de los pechos.

BERNARDA.— Mis hijas tienen la respiración tranquila.

PONCIA.— Eso te importa a ti que eres su madre. A mí, con servir tu casa tengo bastante.

BERNARDA.— Ahora te has vuelto callada.

PONCIA.— Me estoy en mi sitio, y en paz.

BERNARDA.— Lo que pasa es que no tienes nada que decir. Si en esta casa hubiera hierbas, ya te encargarías de traer a pastar las ovejas del vecindario.

PONCIA.— Yo tapo más de lo que te figuras.

BERNARDA.— ¿Sigue tu hijo viendo a Pepe a las cuatro de la mañana? ¿Siguen diciendo todavía la mala letanía de esta casa?

PONCIA.— No dicen nada.

BERNARDA.— Porque no pueden. Porque no hay carne donde morder. ¡A la vigilia de mis ojos se debe esto!

PONCIA.— Bernarda, yo no quiero hablar porque temo tus intenciones. Pero no estés segura.

BERNARDA.— ¡Segurísima!

PONCIA.— ¡A lo mejor, de pronto, cae un rayo! A lo mejor, de pronto, un golpe de sangre te para el corazón.

BERNARDA.— Aquí no pasará nada. Ya estoy alerta contra tus suposiciones.

PONCIA.— Pues mejor para ti.

BERNARDA.— ¡No faltaba más!

CRIADA.— *(Entrando.)* Ya terminé de fregar los platos. ¿Manda usted algo, Bernarda?

BERNARDA.— *(Levantándose.)* Nada. Yo voy a descansar.

PONCIA.— ¿A qué hora quiere que la llame?

BERNARDA.— A ninguna. Esta noche voy a dormir bien. *(Se va.)*

PONCIA.— Cuando una no puede con el mar lo más fácil es volver las espaldas para no verlo.

CRIADA.— Es tan orgullosa que ella misma se pone una venda en los ojos.

PONCIA.— Yo no puedo hacer nada. Quise atajar las cosas, pero ya me asustan demasiado. ¿Tú ves este silencio? Pues hay una tormenta en cada cuarto. El día que estallen nos barrerán a todas. Yo he dicho lo que tenía que decir.

CRIADA.— Bernarda cree que nadie puede con ella y no sabe la fuerza que tiene un hombre entre mujeres solas.

PONCIA.— No es toda la culpa de Pepe el Romano. Es verdad que el año pasado anduvo detrás de Adela, y esta estaba loca por él, pero ella debió estarse en su sitio y no provocarlo. Un hombre es un hombre

CRIADA.— Hay quien cree que habló muchas noches con Adela.

PONCIA.— Es verdad. *(En voz baja.)* Y otras cosas.

CRIADA.— No sé lo que va a pasar aquí.

PONCIA.— A mí me gustaría cruzar el mar y dejar esta casa de guerra.

CRIADA.— Bernarda está aligerando la boda y es posible que nada pase.

PONCIA.— Las cosas se han puesto ya demasiado maduras. Adela está decidida a lo que sea, y las demás vigilan sin descanso.

CRIADA.— ¿Y Martirio también?...

PONCIA.— Esa es la peor. Es un pozo de veneno. Ve que el Romano no es para ella y hundiría el mundo si estuviera en su mano.

CRIADA.— ¡Es que son malas!

PONCIA.— Son mujeres sin hombre, nada más. En estas cuestiones se olvida hasta la sangre. ¡Chisssss! *(Escucha.)*

CRIADA.— ¿Qué pasa?

PONCIA.— *(Se levanta.)* Están ladrando los perros.

CRIADA.— Debe haber pasado alguien por el portón

(Sale Adela en enaguas blancas y corpiño.)

PONCIA.— ¿No te habías acostado?

ADELA.— Voy a beber agua. *(Bebe en un vaso de la mesa.)*

PONCIA.— Yo te suponía dormida.

ADELA.— Me despertó la sed. ¿Y vosotras no descansáis?

CRIADA.— Ahora.

(Sale Adela.)

PONCIA.— Vámonos.

CRIADA.— Ganado tenemos el sueño. Bernarda no me deja descanso en todo el día.

PONCIA.— Llévate la luz.

CRIADA.— Los perros están como locos.

PONCIA.— No nos van a dejar dormir. *(Salen.)*

(La escena queda casi a oscuras. Sale María Josefa
con una oveja en los brazos.)

MARÍA JOSEFA.—
Ovejita, niño mío,
vámonos a la orilla del mar.
La hormiguita estará en su puerta,
yo te daré la teta y el pan.
Bernarda, cara de leoparda.
Magdalena, cara de hiena.
Ovejita.
Meee, meee.
Vamos a los ramos del portal de Belén.

(Ríe.)

Ni tú ni yo queremos dormir.
La puerta sola se abrirá
y en la playa nos meteremos
en una choza de coral.

Bernarda, cara de leoparda.
Magdalena, cara de hiena.
Ovejita.
Meee, meee.
¡Vamos a los ramos del portal de Belén!

(Se va cantando.)

(Entra Adela. *Mira a un lado y otro con sigilo, y
desaparece por la puerta del corral. Sale* Martirio
*por otra puerta y queda en angustioso acecho en el
centro de la escena. También va en enaguas. Se cubre con pequeño mantón negro de talle. Sale por
enfrente de ella* María Josefa.)*

MARTIRIO.— ¿Abuela, dónde va usted?

MARÍA JOSEFA.— ¿Vas a abrirme la puerta? ¿Quién eres tú?

MARTIRIO.— ¿Cómo está aquí?

MARÍA JOSEFA.— Me escapé. ¿Tú quién eres?

MARTIRIO.— Vaya a acostarse.

MARÍA JOSEFA.— Tú eres Martirio, ya te veo. Martirio cara de martirio. ¿Y cuándo vas a tener un niño? Yo he tenido este.

MARTIRIO.— ¿Dónde cogió esa oveja?

MARÍA JOSEFA.— Ya sé que es una oveja. Pero ¿por qué una oveja no va a ser un niño? Mejor es tener una oveja que no tener nada. Bernarda, cara de leoparda, Magdalena, cara de hiena.

MARTIRIO.— No dé voces.

MARÍA JOSEFA.— Es verdad. Está todo muy oscuro. Como tengo el pelo blanco crees que no puedo tener crías, y sí: crías y crías y crías. Este niño tendrá el pelo blanco y tendrá otro niño, y este otro, y todos con el pelo de nieve seremos como las olas: una y otra y otra. Luego nos sentaremos todos, y todos tendremos el cabello blanco y seremos espuma. ¿Por qué aquí no hay espuma? Aquí no hay más que mantos de luto.

MARTIRIO.— Calle, calle.

MARÍA JOSEFA.— Cuando mi vecina tenía un niño yo le llevaba chocolate y luego ella me lo traía a mí, y así siempre, siempre, siempre. Tú tendrás el pelo blanco, pero no vendrán las vecinas. Yo tengo que marcharme, pero tengo miedo de que los perros me muerdan. ¿Me acompañarás tú a salir del campo? Yo no quiero campo. Yo quiero casas, pero casas abiertas, y las vecinas acostadas en sus camas con sus niños chiquitos, y los hombres fuera, sentados en sus sillas. Pepe el Romano es un gigante. Todas lo queréis. Pero él os va a devorar, porque vosotras sois granos de trigo. No granos de trigo, no. ¡Ranas sin lengua!

MARTIRIO.— *(Enérgica.)* Vamos, váyase a la cama. *(La empuja.)*

MARÍA JOSEFA.— Sí, pero luego tú me abrirás, ¿verdad?

MARTIRIO.— De seguro.

MARÍA JOSEFA.— *(Llorando.)*

Ovejita, niño mío,

vámonos a la orilla del mar.

La hormiguita estará en su puerta,

yo te daré la teta y el pan.

(Sale. Martirio cierra la puerta por donde ha salido María Josefa y se dirige a la puerta del corral. Allí vacila pero avanza dos pasos más.)

MARTIRIO.— *(En voz baja.)* Adela. *(Pausa. Avanza hasta la misma puerta. En voz alta.)* ¡Adela!

(Aparece Adela. Viene un poco despeinada.)

ADELA.— ¿Por qué me buscas?

MARTIRIO.— ¡Deja a ese hombre!

ADELA.— ¿Quién eres tú para decírmelo?

MARTIRIO.— No es ese el sitio de una mujer honrada.

ADELA.— ¡Con qué ganas te has quedado de ocuparlo!

MARTIRIO.— *(En voz alta.)* Ha llegado el momento de que yo hable. Esto no puede seguir.

ADELA.— Esto no es más que el comienzo. He tenido fuerza para adelantarme. El brío y el mérito que tú no tienes. He visto la muerte debajo de estos techos y he salido a buscar lo que era mío, lo que me pertenecía.

MARTIRIO.— Ese hombre sin alma vino por otra. Tú te has atravesado.

ADELA.— Vino por el dinero, pero sus ojos los puso siempre en mí.

MARTIRIO.— Yo no permitiré que lo arrebates. Él se casará con Angustias.

ADELA.— Sabes mejor que yo que no la quiere.

MARTIRIO.— Lo sé.

ADELA.— Sabes, porque lo has visto, que me quiere a mí.

MARTIRIO.— *(Desesperada.)* Sí.

ADELA.— *(Acercándose.)* Me quiere a mí, me quiere a mí.

MARTIRIO.— Clávame un cuchillo si es tu gusto, pero no me lo digas más.

ADELA.— Por eso procuras que no vaya con él. No te importa que abrace a la que no quiere. A mí tampoco. Ya puede estar cien años con Angustias. Pero que me abrace a mí se te hace terrible, porque tú lo quieres también, ¡lo quieres!

MARTIRIO.— *(Dramática.)* ¡Sí! Déjame decirlo con la cabeza fuera de los embozos. ¡Sí! Déjame que el pecho se me rompa como una granada de amargura. ¡Lo quiero!

ADELA.— *(En un arranque, y abrazándola.)* Martirio, Martirio, yo no tengo la culpa.

MARTIRIO.— ¡No me abraces! No quieras ablandar mis ojos. Mi sangre ya no es la tuya, y aunque quisiera verte como hermana, no te miro ya más que como mujer. *(La rechaza.)*

ADELA.— Aquí no hay ningún remedio. La que tenga que ahogarse que se ahogue. Pepe el Romano es mío. Él me lleva a los juncos de la orilla.

MARTIRIO.— ¡No será!

ADELA.— Ya no aguanto el horror de estos techos después de haber probado el sabor de su boca. Seré lo que él quiera que sea. Todo el pueblo contra mí, quemándome con sus dedos de lumbre, perseguida por los que dicen que son decentes, y me pondré delante de todos la corona de espinas que tienen las que son queridas de algún hombre casado.

MARTIRIO.— ¡Calla!

ADELA.— Sí, sí. *(En voz baja.)* Vamos a dormir, vamos a dejar que se case con Angustias. Ya no me importa. Pero yo me iré a una casita sola donde él me verá cuando quiera, cuando le venga en gana.

MARTIRIO.— Eso no pasará mientras yo tenga una gota de sangre en el cuerpo.

ADELA.— No a ti, que eres débil: a un caballo encabritado soy capaz de poner de rodillas con la fuerza de mi dedo meñique.

MARTIRIO.— No levantes esa voz que me irrita. Tengo el corazón lleno de una fuerza tan mala, que, sin quererlo yo, a mí misma me ahoga.

ADELA.— Nos enseñan a querer a las hermanas. Dios me ha debido dejar sola, en medio de la oscuridad, porque te veo como si no te hubiera visto nunca.

(Se oye un silbido y Adela *corre a la puerta, pero* Martirio *se le pone delante.)*

MARTIRIO.— ¿Dónde vas?

ADELA.— ¡Quitate de la puerta!

MARTIRIO.— ¡Pasa si puedes!

ADELA.— ¡Aparta! *(Lucha.)*

MARTIRIO.— *(A voces.)* ¡Madre, madre!

ADELA.— ¡Déjame!

(Aparece Bernarda. *Sale en enaguas con un mantón negro.)*

BERNARDA.— Quietas, quietas. ¡Qué pobreza la mía, no poder tener un rayo entre los dedos!

MARTIRIO.— *(Señalando a* Adela.) ¡Estaba con él! ¡Mira esas enaguas llenas de paja de trigo!

BERNARDA.— ¡Esa es la cama de las mal nacidas! (*Se dirige furiosamente hacia* Adela.)

ADELA.— *(Haciéndole frente.)* ¡Aquí se acabaron las voces de presidio! (Adela *arrebata un bastón a su madre y lo parte en dos.*) Esto hago yo con la vara de la dominadora. No dé usted un paso más. ¡En mí no manda nadie más que Pepe!

(Sale Magdalena.)

MAGDALENA.— ¡Adela!

(*Salen la* Poncia *y* Angustias.)

ADELA.— Yo soy su mujer. (*A* Angustias.) Entérate tú y ve al corral a decírselo. Él dominará toda esta casa. Ahí fuera está, respirando como si fuera un león.

ANGUSTIAS.— ¡Dios mío!

BERNARDA.— ¡La escopeta! ¿Dónde está la escopeta?

(Sale corriendo.)

(*Aparece* Amelia *por el fondo, que mira aterrada, con la cabeza sobre la pared. Sale detrás* Martirio.)

ADELA.— ¡Nadie podrá conmigo! *(Va a salir.)*

ANGUSTIAS.— *(Sujetándola.)* De aquí no sales con tu cuerpo en triunfo, ¡ladrona!, ¡deshonra de nuestra casa!

MAGDALENA.— ¡Déjala que se vaya donde no la veamos nunca más!

(Suena un disparo.)

BERNARDA.— *(Entrando.)* Atrévete a buscarlo ahora.

MARTIRIO.— *(Entrando.)* Se acabó Pepe el Romano.

ADELA.— ¡Pepe! ¡Dios mío! ¡Pepe! *(Sale corriendo.)*

PONCIA.— ¿Pero lo habéis matado?

MARTIRIO.— ¡No! ¡Salió corriendo en la jaca!

BERNARDA.— Fue culpa mía. Una mujer no sabe apuntar.

MAGDALENA.— ¿Por qué lo has dicho entonces?

MARTIRIO.— ¡Por ella! Hubiera volcado un río de sangre sobre su cabeza.

PONCIA.— Maldita.

MAGDALENA.— ¡Endemoniada!

BERNARDA.— Aunque es mejor así. *(Se oye como un golpe.)* ¡Adela! ¡Adela!

PONCIA.— *(En la puerta.)* ¡Abre!

BERNARDA.— Abre. No creas que los muros defienden de la vergüenza.

CRIADA.— *(Entrando.)* ¡Se han levantado los vecinos!

BERNARDA.— *(En voz baja, como un rugido.)* ¡Abre, porque echaré abajo la puerta! *(Pausa. Todo queda en silencio.)* ¡Adela! *(Se retira de la puerta.)* ¡Trae un martillo! *(La Poncia da un empujón y entra. Al entrar da un grito y sale.)* ¿Qué?

PONCIA.— *(Se lleva las manos al cuello.)* ¡Nunca tengamos ese fin!

> *(Las hermanas se echan hacia atrás. La* Criada *se santigua.* Bernarda *da un grito y avanza.)*

PONCIA.— ¡No entres!

BERNARDA.— No. ¡Yo no! Pepe: irás corriendo vivo por lo oscuro de las alamedas, pero otro día caerás. ¡Descolgarla! ¡Mi hija ha muerto virgen! Llevadla a su cuarto y vestirla como si fuera doncella. ¡Nadie dirá nada! ¡Ella ha muerto virgen! Avisad que al amanecer den dos clamores las campanas.

MARTIRIO.— Dichosa ella mil veces que lo pudo tener.

BERNARDA.— Y no quiero llantos. La muerte hay que mirarla cara a cara. ¡Silencio! *(A otra hija.)* ¡A callar he dicho! *(A otra hija.)* Las lágrimas cuando estés sola. ¡Nos hundiremos todas en un mar de luto! Ella, la hija menor de Bernarda Alba, ha muerto virgen. ¿Me habéis oído? Silencio, silencio he dicho. ¡Silencio!

Telón

MAURO ARMIÑO, *EDITOR*

MAURO ARMIÑO es escritor, periodista y crítico teatral. Estudió Filosofía y Letras en la Universidad Complutense de Madrid.

Ha publicado poesía (*El mástil de la noche*), narrativa (*El curso de las cosas*) y ensayo literario (*Qué ha dicho verdaderamente Larra, Las Musas*). Para la Biblioteca EDAF ha preparado la edición de las obras más representativas de Alejandro Casona. Sus prólogos son imprescindibles para comprender la enorme repercusión de la obra del autor asturiano.

Su labor de traductor, por la que obtuvo en 2002 el Premio Max de traducción a una obra teatral (*París 1940*, de Louis Jouvet), también ha sido galardonada en tres ocasiones con el Premio Nacional de traducción: *Antología de la poesía surrealista*, 1971; Rosalía de Castro (*Poesía*, 1979), y Giacomo Casanova (*Historia de mi vida*, 2010). Se ha centrado sobre todo en la cultura francesa y sus autores de teatro, desde Molière (*El Tartufo, Don Juan, El misántropo, Las mujeres sabias, La escuela de los maridos, La escuela de las mujeres*, etc.) a Albert Camus (*Los jus-*

tos) pasando por Beaumarchais (*El barbero de Sevilla, Las bodas de Fígaro*), Pierre de Marivaux (*El juego del amor y del azar, La isla de los esclavos, La disputa, La colonia*), Edmond Rostand (*Cyrano de Bergerac*) y Jean Genet (*Splendid's*)

Ha traducido también importantes obras de filósofos de la Ilustración como Jean-Jacques Rousseau (*Las confesiones, Emilio, o de la educación, Ensoñaciones del paseante solitario, Del Contrato social*); Diderot (*Paradoja sobre el comediante; Cartas a dos actrices*); Voltaire (*Novelas y cuentos completos, Tratado sobre la tolerancia, Diálogos de Evémero, El filósofo ignorante*); el Marqués de Sade (*La filosofía en el tocador, Las 120 jornadas de Sodoma, Justine, Los crímenes del amor*); una antología de *Cuentos y relatos libertinos* del mismo periodo Ilustrado, y *Los dominios de Venus*, que continúa con la vitalidad de ese género narrativo durante los siglos XVIII-XIX. Poetas como Arthur Rimbaud (*Un corazón bajo una sotana, Obras completas*) e Isidore Ducasse *(Los cantos de Maldoror)*; y novelistas y dramaturgos de los siglos XIX y XX, desde Balzac, Maupassant *(Cuentos completos)* Zola y Jules Verne a Marcel Schwob *(Cuentos completos)*, Julien Gracq y Antonin Artaud.

De manera especial hay que destacar el trabajo de Armiño sobre la obra de Marcel Proust, en traducción crítica y anotada para la Editorial Valdemar (*A la busca del tiempo perdido*, 2000-2005; *Los placeres y los días*, 2006) y *Jean Santeuil*, 2006). De cultura inglesa ha traducido, entre otros, a Nathaniel Hawthorne, a Edgard Allan Poe y a Oscar Wilde (*Teatro completo*, 2008).

Ha ejercido el periodismo y la crítica teatral en diversos medios de comunicación (*El País, Cambio 16, Radio Nacional de España*) y, en la actualidad, en la revista *El Siglo de Europ*a. Dirigió la *Guía del Ocio* de Madrid.

Algunas de sus traducciones y versiones teatrales han sido llevadas a los escenarios, dirigidas por: Josep Maria Flotats: *París 1940*, de Louis Jouvet; *La cena, Encuentro de Descartes con Pascal joven, La mecedora*, de Jean-Claude Brisville; *Beaumarchais*, de Sacha Guitry; *La verdad*, de Florian Zeller; *Serlo o no*, de Jean-Claude Grumberg); Adrián Daumas (*Los enredos de Scapin, La escuela de los maridos, Las preciosas ridículas,* de Molière; *El triunfo del amor,* de Marivaux; *La comedia de las ilusiones,* de Corneille); Isidro Rodríguez (*El misántropo, Los enredos de Scapin,* de Molière; *El medico de su honra,* de Calderón); Miguel Narros (*Salomé,* de Oscar Wilde), Fernando Pignolo *(El triunfo del amor,* de Marivaux, Montevideo), y otros directores (*Splendid's* de Jean Genet, *Los justos,* de Albert Camus etc.).

Ha intervenido como autor, traductor, prologuista o anotador de libros de bibliofilia:

— *Salomé,* de Oscar Wilde, ilustraciones de Celedonio Perellón (Liber Ediciones, 2000).
— *Le Libro de Troya,* de Benoît de Sainte-Maure, edición facsímil (AyN Ediciones, 2004)
— *Carmen,* de Prosper Merimée, ilustraciones de Natalio Bayo (Liber Ediciones, 2004).
— *Apocalipsis,* ilustraciones de José Luis Fariñas (Liber Ediciones, 2010).
— *El libro de las maravillas,* de Marco Polo, ilustraciones de Fernando Bellver (AyN Ediciones, 2010).
— *Las Musas,* de Mauro Armiño, ilustraciones de Celedonio Perellón (Liber Ediciones, 2011).
— *Fausto, de* Goethe, ilustraciones de José Luis Fariñas (Liber Ediciones, 2016).

En 2007 el Gobierno de la República Francesa lo honró con el nombramiento de Chevalier de l'Ordre des Arts et des Lettres.

ÍNDICE DE TÍTULOS Y PRIMEROS VERSOS

[VERSALITAS: títulos de obra; *cursivas:* títulos de poemas;
en redonda: primeros versos]

L
E